U0113701

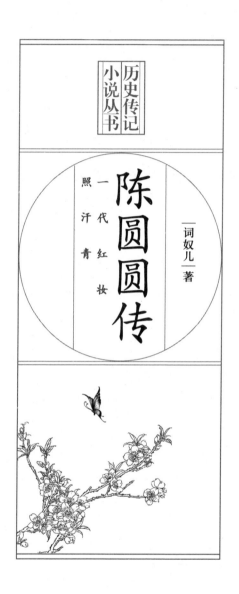

历史传记小说丛书

陈圆圆传

一代红妆
照汗青

词奴儿 著

中国文史出版社

图书在版编目（CIP）数据

一代红妆照汗青：陈圆圆传 / 词奴儿著 . —北京：
中国文史出版社，2020.8
（历史传记小说丛书）
ISBN 978-7-5205-2198-7

Ⅰ . ①一⋯ Ⅱ . ①词⋯ Ⅲ . ①传记小说 – 中国 – 当代 Ⅳ . ① I247.5

中国版本图书馆 CIP 数据核字（2020）第 158849 号

责任编辑： 徐玉霞

出版发行：中国文史出版社

社　　址：北京市海淀区西八里庄路 69 号院　　邮　　编：100142

电　　话：010–81136606 81136602 81136603（发行部）

传　　真：010–81136655

印　　装：河北燕龙印刷有限公司

经　　销：全国新华书店

开　　本：16 开

印　　张：19.5

字　　数：320 千字

版　　次：2021 年 1 月北京第 1 版

印　　次：2021 年 1 月第 1 次印刷

定　　价：59.00 元

序

陈圆圆是明末秦淮八艳之一。秦淮八艳是历史风云际会中的女性角色，这种风云际会一方面是复社文人、东林党人和朝廷奸党的斗争，另一方面是代表汉族正统政权的明王朝与清朝的抗争。柳如是与钱谦益，陈圆圆与吴三桂，李香君和侯方域就生活在这个背景中，她们的身世与帝王将相、名公巨勋有着紧密的联系。

这些女子都有才，现代大学者陈寅恪读了柳如是的诗词有"瞠目结舌"之感。柳如是的画收藏在故宫博物院，董小宛的画收藏在无锡博物馆。本传的陈圆圆歌舞精妙，似乎只是女子的本分，但能够让吴梅村写出"冲冠一怒为红颜"，改变中国历史命运的女人也只有她一人。

明末文人一方面将琴棋书画、诗词歌赋的日常生活艺术发挥到一种高度，一方面感受着这个时期政治黑暗和时势风雨的沉重压抑。思想上像李贽、何心隐，艺术上像徐渭、八大山人，都已经在撼动着黑暗王朝的文化根基。复社文人则继承道统与魏忠贤、阮大铖等势力作现实的斗争。这些女性和明末文人的交集，在与这些文人墨客诗酒酬和、娱乐人生的同时，却比他们更讲道义千古。所以她们可以侍清，或急言劝谏、或欲投河自沉、或礼佛终生，绝不苟且。中国古代的男尊女卑观念在她们一些人身上表现出滑稽的一面。

陈圆圆是风尘女子，她的才华可能比不上柳如是等人，但历史要让她成就一段传奇。被崇祯皇帝视为"红颜祸水"而退回田畹府中，又被吴三桂强行索取，安置于京城。偏风雨飘摇，李自成破城，杀吴全家，部下占得陈圆圆，吴三桂大怒，"恸哭六军俱缟素"，引清兵入关，与李自成决战山海关，历史就这样被改写。

一个弱女子无法改变历史，改变历史的仍然是某种力量的对比，平衡的破坏。"惊风乱飐芙蓉水，密雨斜侵薜荔墙"，花叶无辜，奈何以一点乱红残绿装点历史的枯黄画卷！在她身上甚至找不到爱情的自主的痕迹，她只是一个历史的玩偶而已!

不过,文学不是历史,或不全是历史。像张爱玲在《倾城之恋》中所感叹的,范柳原和白流苏的爱情仿佛要以整个香港沦陷来成就。这种灾难的背景是不是可以作为一个女性情感的衬托,将爱扩大到天荒地老的地步呢?血与火的沧桑会让俗世的爱情凤凰涅槃般绽放诡异的美质。陈圆圆的美是凄艳到至极而令人唏嘘的,是一种美好被毁灭的美,也是一种柔弱仍旧还要被踩蹦的无辜的美,是命运的一声浅浅的叹息!

词奴儿是我妻子的同学,素来爱好古典文学,善填词,词风清丽柔婉,颇得赞誉。她已经写过柳如是传,接着写这本陈圆圆传,因为是女性,所以才这样选材吧。历史题材,写作是有一定难度的。因为大体史实要概貌清楚,即使如建筑、风俗、装饰、民情都要作一定的研究。本书作者取小说的笔意,画人物的神貌,展历史的风云,写人物的命运,文笔细腻清新,颇有可观之处。

我们很早就认识,但是这么些年她没有蹉跎自己,这就已经是令我惭愧了。她的心越来越沉静,人于静思之中,当有魁星附体。得意处文思泉涌,独处时也有玄冥之思,写文章不过是意到笔随而已。不过,文章千古事,得失寸心知。个中甘苦,只好自己去回味。

从没有写过序言,为了不辜负盛情,勉强凑字而已。并盼望越来越多的好作品出现。

赵文清

目　录

引 诗

鼎湖当日弃人间，破敌收京下玉关，

恸哭六军俱缟素，冲冠一怒为红颜。

红颜流落非吾恋，逆贼天亡自荒宴。

电扫黄巾定黑山，哭罢君亲再相见。

相见初经田窦家，侯门歌舞出如花。

许将戚里箜篌伎，等取将军油壁车。

家本姑苏浣花里，圆圆小字娇罗绮。

梦向夫差苑里游，宫娥拥入君王起。

前身合是采莲人，门前一片横塘水。

横塘双桨去如飞，何处豪家强载归。

此际岂知非薄命，此时唯有泪沾衣。

熏天意气连宫掖，明眸皓齿无人惜。

夺归永巷闭良家，教就新声倾坐客。

坐客飞觞红日暮，一曲哀弦向谁诉？

白皙通侯最少年，拣取花枝屡回顾。

早携娇鸟出樊笼，待得银河几时渡？

恨杀军书抵死催，苦留后约将人误。

相约恩深相见难，一朝蚁贼满长安。

可怜思妇楼头柳，认作天边粉絮看。

遍索绿珠围内第，强呼绛树出雕阑。

若非壮士全师胜，争得蛾眉匹马还！

蛾眉马上传呼进，云鬟不整惊魂定。

蜡炬迎来在战场，啼妆满面残红印。

专征萧鼓向秦川，金牛道上车千乘。

斜谷云深起画楼，散关月落开妆镜。

传来消息满江乡，乌桕红经十度霜。

教曲伎师怜尚在，浣纱女伴忆同行。

旧巢共是衔泥燕，飞上枝头变凤凰。

长向尊前悲老大，有人夫婿擅侯王。

当时只受声名累，贵戚名豪竞延致。

一斛明珠万斛愁，关山漂泊腰肢细。

错怨狂风飏落花，无边春色来天地。

尝闻倾国与倾城，翻使周郎受重名。

妻子岂应关大计，英雄无奈是多情。

全家白骨成灰土，一代红妆照汗青。

君不见馆娃初起鸳鸯宿，越女如花看不足。

香径尘生鸟自啼，屟廊人去苔空绿。

换羽移宫万里愁，珠歌翠舞古梁州。

为君别唱吴宫曲，汉水东南日夜流。

——清　吴伟业《圆圆曲》

第一章　初入梨园　赢得艺名满秦淮

晴波碧漾浸春空，邃馆清寒柳曳风。

隔岸谁家修竹外，杏花斜袅一枝红。

——宋　朱淑真《下湖即事》

江苏武进县的奔牛镇，自古以来便是水路要冲。

运河、孟河如飘扬的玉带，贯穿于奔牛镇的东西南北。河面上，商船、画舫绵连不绝；河两岸则店铺林立，杨柳阴浓，歌楼酒肆，丝竹悠扬。茶坊、糟坊、糖坊、油坊、竹木器坊、陶瓷窑应有尽有。商人往来，物品交易日益兴隆，奔牛镇一时成为闻名江南水乡的商埠。

镇南的海棠溪畔，有一户人家，户主姓陈，是个货郎。别看陈货郎每天挑着针头线脑走乡串村的，却极爱听曲，时常把那几个辛苦钱，去歌楼酒馆赏了曲儿。其妻颇有几分姿色，闲暇之时，也爱舞几番水袖，唱上几句，那舞姿歌喉倒也像模像样，愉悦乡邻耳目。只可惜这对夫妻年过四旬，却无子女。

两年前，陈货郎的妻妹去世，妹夫邢三种了几亩薄田，无力支撑家道，便把六七岁大的女儿邢沅托付给姨母抚养。

小邢沅的到来，虽给陈家平白的增添了负担，却也给这对夫妻带来了天伦之乐。

女孩儿生得粉雕玉琢的，又极乖巧，一口一个爹爹叫得陈货郎欢天喜地，陈货郎便让她随自己姓陈，叫陈沅。

恰巧村中有位咬文嚼字的私塾先生，每于海棠溪畔的大青石上，闭目摇头念些之乎者也时，陈沅与村中小伙伴都爱围在他身边，偶尔也捡得一两句，诸如："春眠不觉晓，处处闻啼鸟"或"采菊东篱下，悠然见南山"等简单明了的句子。

这私塾先生，原是崇祯十年的进士，出口成章，着墨为诗，通晓经史，满腹经纶。

据村中老者说，先生本是进了翰林院的，皆因不善巴结逢迎，又生性耿直，没过半年，便遭奸佞小人所陷害，先诬其为"东林党之余孽"，后又谗其为"反骨在项之魏延"。

皇帝岂能容忍这样的臣子在朝中？欲制其罪、砍其头颅，又苦无证据，便罢出朝廷，遣回故里。在乡邻的帮助下，于海棠溪畔筑三间茅屋，以授徒为业。

私塾先生虽年过五旬，却如梧桐树般伟岸，颌下的几绺胡须又显其儒雅飘逸的风采。闲时，先生极爱在海棠溪畔读书诵诗。

小陈沅与村中小儿也不惧怕他，先生诵诗时，他们虽不识字，也不明白其中含义，只玩儿似的跟着有口无心的吟诵。

先生觉得有趣，每于第二天再问时，众多小儿中，唯有小陈沅能背诵头天所读诗词。又见她面如满月，肤如凝脂，身量虽不足，却也隐现其纤美，对她姨父姨母说："此女清风秀骨，眉目慧黠，日后定将不凡。"便为她取名为圆圆，字畹芬，并愿收为弟子而不收学费。

陈货郎叹道："唉！若是男儿，读书上进，学些仕途经济，将来求得一官半职，倒也不枉了读书。一个女孩儿家，长大总是要嫁人的。读书，读来何用？"

她姨母一甩手帕，斥道："先生说了不收学金。就算如今识得几个字儿，将来唱曲儿也识得词谱，也能理解其中滋味。哪像我，一字不识，又喜欢唱几句，还要请人念上好几遍才能记得词，才听得懂！"

先生笑着摇头，不置可否。日后，教小畹芬熟读苏东坡、辛弃疾、李清照、陆放翁、文天祥等人的诗词，也讲些岳飞、梁红玉的故事。

小畹芬天资聪颖，先生教的诗词经史，她都能过目成诵，而且还喜欢听先生弹琴，更爱看先生在海棠溪边的大青石上与人下棋。

先生也常暗自叹息：这女娃儿读书的心劲，比学堂里的男孩儿都强十分。正如陈货郎所说，可惜是个女孩儿家，唉！

待小畹芬熟悉棋艺之后，她听琴、学琴的天分更是让先生惊诧不已，先生便倾囊相授宫商技艺，教她识谱弹琴。

此时，天下灾难不断，济南飞蝗蔽天，开封府洪水溺民，泰州海堤崩溃。而荷兰小国侵我澎湖、台湾岛屿；安南犯我广西；西班牙侵占淡水、基隆；建州人屡屡扰乱宁远，真是外忧内患，民不聊生。

忽有一日，陈货郎挑着货郎担子，走乡串村，一去不复返。左邻右舍纷纷猜度：定是死在外面了。灾荒之年，走失人口，极为平常，也无从找起。

陈家原本就不富裕，货郎往日挣的银子，除去日常用度，大多都花在了请歌儿唱曲了。一旦没了货郎，圆圆与姨母只得靠刺绣，或给人缝补浆洗，艰难度日。

圆圆十四岁这年，姨娘病故，陈家家徒四壁，连具棺木也买不起。荒年饥馑，先生与乡邻也是朝不保夕，爱莫能助，圆圆惶恐无计，只得抹干眼泪，负草卖身，以葬姨母。

恰逢苏州霓裳戏班班主舞霓裳，路过此地，见圆圆虽瘦骨伶仃，面呈菜色，却双目灵动，身段窈窕，自有一段天然的风流韵致。心想，如此姿色，调教后必技艺、扮相超群，便将其买进戏班。

陈圆圆葬了姨母，随霓裳班主来到苏州。

舞霓裳的老婆月仙是风月楼的鸨儿，她挑剔的眼光把圆圆从头到脚，从前胸到后背，似在鸡蛋里挑骨头一般仔细看了几回，便要圆圆跟她回风月楼，说是要好好调教一番。

舞霓裳斥道："我买回来是让她学戏的，若戏唱得不好再给你带回风月楼调教。"此后，舞霓裳还真费了一番心血，花大价钱请师傅教习圆圆青衣花旦行当。这圆圆幼时受姨父姨母的熏陶，也算是天资聪颖，对戏曲有一份超然的领悟，学了不到一年的功夫，初次登台献艺，便轰动苏州梨园。加之容颜秀丽，身姿婀娜，音色圆润，扮相更是美艳不可方物。

扮《西厢记》里的崔莺莺，圆圆在台上水袖缥缈，莲步生香，一双妙目，顾盼传情，唱说如莺啼鹂啭，把个怀春少女待月西厢下，与情人鹊桥暗渡的祈盼、娇羞与胆怯演得惟妙惟肖。那扮相、那唱腔、那说白，足以倾倒台下众生。

自陈圆圆登台，霓裳班在秦淮河畔声誉鹊起，不知有多少文人骚客、仕宦名流为睹其风采而一掷千金。

有文人雅士品评说：陈圆圆演西厢，扮贴旦，体态轻靡，说白便巧，曲尽萧寺当年情绪。

又有人赞说：能讴，登场称绝，余当选声评第一。

更有人称：圆圆登场，花明雪艳，独出冠时，观者魂断。

一时，陈圆圆名声大噪，文人雅士都以与她交往为荣，为她填词赋诗者更是不胜枚举。时人又送她一妙号，称之为："声甲天下之声，色甲天下之色"

的"风月娘子"，这名号更让陈圆圆身价大增，每天，戏园子都挤得满满的。

这日，冰雪消融，阳光和暖，吴府门前来了一位丰神俊雅，仪表非凡的少年。吴府门童见了，忙迎上前笑道："表少爷来了！表少爷安好！"

那少年笑问："你家二少爷可在？"

门童摸着脑袋道："今日尚早，未见二少爷出门呢！"

被门童叫作表少爷的翩翩少年，正是吴三桂的舅父——宁远总兵祖大寿的儿子祖子安。

子安撇下门童，撩起衣衫跨进大门，顺着游廊，往上房来见姑母。祖夫人拉着他的手，慈爱地笑道："我知你是来找三桂玩儿的，也不留你喝茶了，在我这里，你拘束得紧。三桂在他屋子里呢，你快去吧！待会儿，我叫丫头送你爱吃的点心过去。"

这吴府便是提督京营吴襄在江南的府第，吴三桂是吴襄与祖夫人之子，排行老二，老大名吴三凤，老三名吴三辅。

吴家祖籍辽东，祖上以贩马为业，三桂之父吴襄体魄健壮，孔武有力，曾是镇东将军李成梁的手下，因其有识马相马的超凡能力，李成梁便委任他在军中专司购买军马之职，多次立功后升为千总。后来随经略大臣杨镐率领的二十万大军与满洲人激战，杨镐败于抚顺，人马俱失。吴襄因识马懂马，于战败后劫得满洲战马三百匹。如此，才不致与其他将领一起受朝廷降罪，而以劫马有功升为提督京营。

祖子安熟门熟路，来到三桂的屋子，屋里只有一个丫头，拿了抹布正在擦拭门窗。

丫头见子安进来，忙放下手中的活儿，笑道："表少爷来了，快请坐！"

"你家二少爷呢？在书房么？"子安是常来的，与三桂屋里的丫头小子们都是极熟的，这个丫头却并不认得。

"书房？我们这位二少爷这个时候能在书房？若是在书房，老爷夫人也省了心了，我们这些服侍人的，也能跟着露脸儿。"丫头答道。

子安听了，不由得仔细打量面前这丫头，丰盈的身段，容长脸儿，一双杏仁眼儿生出几分慧黠。心里暗道：这丫头虽伶牙俐齿，见识倒是不一般。

于是笑问："你原是哪屋里的？叫什么？"

丫头斟了茶过来，抿嘴笑道："我原是夫人屋里的，叫琴儿，不大出来，怨不得表少爷不认得我。"

"可琴儿姑娘认得我呢。"子安呷口茶笑道。

琴儿无端地羞红了脸,垂首敛眉低声道:"表少爷常去见夫人,我自然认得表少爷。夫人也常常夸表少爷文采风流,心地纯厚,比我家二少爷要强上百倍。"

子安摆手道:"那是姑母疼爱侄儿,我哪有姑母说的这样好。"说罢,便走向书房。

琴儿见了,忙道:"表少爷还是不要去书房的好,这些日子,二少爷把书都搬了,书房快成放兵器的仓库了。"

听她说书房成了兵器库,子安哈哈笑起来。

不想,跟三桂的小厮灯心草急匆匆地跑进来,一头撞在子安怀里。

琴儿惊道:"哎呀!灯心草,你这冒失鬼!"

子安揉着被撞得生痛的胸口,皱眉道:"灯心草,有老虎追你么?"

"哎呀!表少爷,小的该死!"灯心草见子安痛得龇牙咧嘴,唬得心都跳出来了,惶恐地站在一边,不知如何是好。

琴儿扶子安坐下,轻轻地替他揉着胸口,扭头问:"灯心草,你慌慌张张的,做什么呢?"

这句话似提醒了灯心草,他急急忙忙地跑进书房,扛一把大刀出来,对子安道:"表少爷,你且歇会儿。少爷先是舞剑,这会子要耍大刀了。"说毕,出门而去。

琴儿赶到门边,朝着灯心草的背影道:"你告诉二少爷,表少爷来了好一阵子了。"

灯心草答应着,人已跑去老远。

一会儿,灯心草又扛了大刀转来,边向书房去边道:"二少爷回了。"

话音未落,院门闪进一人,正是吴三桂。

子安抬眼望去,见他身着一件纯白镶金边战袍,足蹬白色战靴,头发梳拢,只用一枚玉簪绾在头顶。

三桂手提宝剑,几步跨进堂屋,向子安拱手道:"不知表兄来临,三桂有失远迎!"

子安伸手往他肩胛处打一拳,笑道:"如何你练武练得文绉绉、酸溜溜的?这模样倒还像个凯旋的将军。"

三桂把剑递给从书房出来的灯心草，挽了子安的手，两人坐下，琴儿重新沏上茶来。

正说些闲话，就有夫人身边的丫头送了刚出笼的各样点心来。

三桂笑道："我娘真神了，知道我练武饿了，恰恰的送点心来。"说罢，抓起点心便吃。

琴儿端盆水来："二少爷，你洗了手再吃也不迟。"

那送点心的丫头出门又回头道："夫人说了，这都是表少爷爱吃的点心。"

三桂边洗手，边假装吃惊地向子安做鬼脸："原来，我是沾了表兄的光了。"

子安笑道："别贫嘴了！舞刀弄棒的练了半天，还不饿？还不快洗了来吃。"

二人边吃点心边闲话。

子安突然皱眉道："据我所知，姑父虽然在任上，也是要姑母督促你读书的，怎么你的书房倒成了兵器库呢？"

三桂笑而不语，只管吃那香酥可口的烘饼。

"瞧你这身装扮，莫不是姑母已答应你弃文从武了？"

三桂咽下嘴里的饼，喝口茶道："母亲哪里肯让我弃文从武！这身战袍是我偷偷去城里的绣衣坊定做的，今天才穿上身，你看我是不是很英武？"

"确实是伟岸英武，有统领千军之气概。"子安这句话倒是由衷的心里话。

三桂听了哈哈大笑。

子安掏出一方帕子，揩了揩手，从袖里取出一本簿册来，递与三桂："你且看看这个，最近城里的戏园子都争着上这些旦角的戏。"

三桂接过册子，不以为然："你趁早别说，前些时候，我也看过几场戏的，未曾见有绝色的旦角儿。"

子安笑道："你先看了我这几页品题再说话。"

三桂只得一行行的看去。

第一页写的是：垆边人似月，皓腕凝霜雪

袁雪贞，芳龄十六，工诗词，善丹青，演《鹊桥》《密誓》《霓裳》等曲，嗓音如鸾凤和鸣，犹可遏云。

第二页写的是：秀色掩今古，荷花羞玉颜

顾眉生，芳龄十七，琴、棋、书、画样样精通，难得的是尚气节，善权变，慧心独具。演《瑶台》《亭会》《盘秋》等戏如黄鹂婉转，娇韵横流。

第三页写的是：清水出芙蓉，天然去雕饰

卞玉京，芳龄十四，进戏班才两年，演唱《断机》《寄子》《女弹》等，让念奴含羞，叫飞燕生妒。

三桂一目十行地看了前三页，便不耐烦再看后面的，把册子扔给子安，笑问："一个唱戏的花旦，真有你说的这般好？跟那天上的仙女似的？"

子安见他眼里流露出十二分的不相信，急道："天地钟灵毓秀，聚日月之精华，造化出如此佳丽，你如何不信？"

三桂只喝茶，笑而不答。

子安奇怪道："莫不是你吴三桂的眼光太高，竟看不起这些梨园女子？"

"表兄错也！三桂是粗人，丝毫没有贱看梨园女子的意思。"三桂急道，"古时的佳人，书里说的，戏里唱的，如西施、貂蝉、王嫱、玉环等，也都只是听说而已，并无人亲眼所见。难道你品题的这些梨园女子，能比得过她们去？"

子安哂的一声笑道："这眼前现成的美人你竟不见，却偏偏去提那些不能见的古人。明日待我邀了兰成几个，同你去戏园，亲眼见了，你再说话。"

三桂正欲辩解，先前送点心的丫头复又进来道："二少爷，夫人吩咐了，叫二少爷带表少爷去前厅用饭呢！"

琴儿望着三桂道："二少爷是换身衣裳？还是就穿这身？"

子安收起册子，笑着打趣道："你家二少爷穿这身战袍，很有几分当年杨家将里杨宗保的神韵呢！"

三桂低头看看袍子："若不是你提醒，我倒去了。还是换了袍子再去，免得惹母亲数落。"

琴儿忙拿件紫色棉袍来换了，二人这才出了三桂的屋子，往前厅而来。

一时饭毕，祖夫人拉了子安的手，来到东厢暖阁，三桂只得跟了进来，丫头沏了茶送来。

"三桂，你也坐下。"祖夫人指了身边的椅子，三桂无声坐下，他知道，母亲又要数落他了。

果然，祖夫人道："三桂，你要像你子安表兄，发愤苦读，精通经史。俗话说得好，万般皆下品，唯有读书高。自古至今，唯有读书上进，方才求得荣华富贵。"

子安望向三桂，微笑不语。

祖夫人不容他二人说话，又道："你父亲幼时不喜读书，以一身蛮力与祖上传下的相马密法，才得李成梁将军的赏识。自李将军死后，你父亲就再无靠山了，若不是抚顺一战劫得满洲战马三百匹，你父亲哪能有今天？"

三桂见他母亲说得动情，神情不禁专注起来。

他母亲又道："如今，朝中文人士大夫，只道天下歌舞升平，苟且偷安，哪知道边境的危机！只要是边关武将向朝廷陈述战事，便道是武将好胜斗勇、危言耸听，以夸大事实而博取功名。加上你父亲祖籍辽东，朝中权贵都不拿正眼看待他，你父亲也以官小位卑，从不与人计较，只时时谨慎，事事小心。多亏了大宗伯董其昌的扶持，皇上才提拔你父为提督京营。"

三桂忙安慰道："母亲不必在意，文人士大夫向来是把谁也不放在眼里的，自然是更轻视武将了。这位大宗伯董其昌真是慧眼识英雄，孩儿尤为敬重此人。"

祖夫人端起茶碗，呷口茶道："所以，三桂，你要收拾起你爱玩的心，跟你表兄多谈论些诗词经史文章，不要像你父亲只是一介武夫，你往后也不被人小看了。"

三桂微笑道："母亲此言差矣，如今看起来虽是太平盛世，天下却是灾难连连，边境更无宁日，朝中多数大臣，只贪图安逸，不问边防之事，一味地在皇帝面前粉饰太平，一旦战事发生，国家危难之时，这些人如何能保家卫国？母亲，请安慰父亲，不要与那些看不起他的人计较，待我今年中得武状元，我们吴家自有出头之日。"

第二章　不到园林　怎知春色浓如许

不到园林，怎知春色如许？原来姹紫嫣红开遍，似这般都付与断井颓垣。良辰美景奈何天，赏心乐事谁家院！

——明　汤显祖《牡丹亭·惊梦》

次日，子安果然邀了两位莫逆之交封阳与洛兰成，三人乘了马车，来邀三桂同去戏园。

封阳与洛兰成也是世家子弟，都二十四五岁，常以清高文人自诩，眼里何曾容得下他人！三桂虽喜骑马射箭、舞刀弄棒的，他们相识相交多年，相聚到一处，故也意气相投。

有这三人在一处，三桂便不带小厮灯心草，上了子安的马车，望戏园而来。

洛兰成中等身材，胖乎乎的脸上一双卧蚕眉，看去慈眉善目的，他叫着三桂的字，笑道："长白兄，听你表兄说，你眼界可高了，梨园之中竟找不出你看得上眼的女子。"

三桂笑道："这话从何说起！我不过是想，世上哪有十全十美的人儿？就连玉环、飞燕，也有肥与瘦之说。"

子安三人都看着他，只笑不语。三桂又道："况且，这环肥燕瘦，也正合了当时帝王的喜好。若汉成帝不喜欢女子瘦，唐玄宗不喜欢女子胖，如果这两人又恰巧不是皇帝，而是如你我一般的男人，那世间也就少了两个美人了。"

封阳奇道："咦！他这歪理也算是一条理儿，细品去，竟有几分味儿。"

三桂知道封阳向来是不轻易附和别人的，虽说他这是歪理，也是赞成了他的说法，便更来劲了："俗话说，佛要金装，人要衣装。就是我们这几位，虽都生得相貌堂堂，身材伟岸，若是破衣烂衫，神态委琐，路人也不瞧一眼。若如眼前这般衣帽鲜明，神情怡然，走在街上，谁不说咱哥几个是风流倜傥，清雅俊逸的男儿？"

见兰成笑眯眯的，三桂攀着他的肩道："兰成，你见过几个女子是素面朝天的？她们一天中有几个时辰不涂脂抹粉？再着以绫罗绸缎，戴上金钗玉环，不美得似天仙？一般良家女子都如此修饰，何况梨园中人！你道真有那'清水出芙蓉，天然去雕饰'的风流韵致？"

子安瞪眼道："你看他越说越有劲了，好像理儿都在他口袋里揣着！等会儿，我要看你如何将这番话收回！"

三桂不屑地笑笑，却听兰成嚷道："你兄弟俩不要争了，到了戏园子了。"

四人进得园子，却满眼是人。台上正哇呀呀地唱《李逵探母》，或许不是名角儿的戏，台下说话的、调情的、喝茶嗑瓜子儿的、走来走去找熟人的，总之，闹哄哄的。三桂顿时从心底涌出几分烦躁，与其看这等戏，还不如骑马到郊外去跑几圈。

正欲跟子安说要回去的话，戏园子里专给人看座儿的，必是认得这几位公子哥，满脸堆笑地跟封阳说："爷几位来了！往前面去，台前留有好座儿。"

子安问："今儿唱哪几曲？"

"今儿的戏排的齐全，有《拷红》《惊梦》《瑶台》《功宴》等，都是爷喜欢的旦角儿。"

前面也安静些，不似后面人来人往的，刚坐定，便有跑堂的送来茶水烟火、瓜子点心。

台上的李逵已退去。三桂见子安、封阳、兰成三人都安静地等着，便也安下心来。

忽所得邻座一人问："今日的《惊梦》，不知是袁雪贞唱呢？也不知是顾眉生唱？"

另一人道："我倒是喜欢顾眉生多一些，那娇俏人儿……唉！真是'秀色掩今古，荷花羞玉颜'，这品评是再也评不错的。"

子安听了这几句话，冲着三桂得意地咧嘴笑，三桂只当没看见，只望向台上，等待子安他们说的那些美人儿出来。

开锣了，先唱《西厢记》里的《拷红》，原先吵吵嚷嚷的台下顿时安静下来。

锣鼓响处，红娘碎步而出。如春柳般柔软的腰肢，灵动流转的眼波，机智诙谐的语言，或嗔或痴的做作，看得三桂惊叹不已，他目不转睛地盯着台上，手却摇着兰成的臂膀问："这俏红娘是哪个扮的？"

封阳笑道："咱们见多识广的吴公子，居然不知这曲《拷红》是谁唱的。"

洛兰成生性憨厚，见三桂着急的样儿，笑说："扮红娘的，便是你表兄品评的'清水出芙蓉，天然去雕饰'的卞玉京。"

三桂叹道："只看她一双清澈的明眸，便能感知她的十分灵慧。"

封阳与兰成相视而笑，子安只盯着台上，似未听见他说话。

一时《拷红》唱完，下一折是《惊梦》。

三桂此时的心思与来时全然不同，也不顾他三人，只专注地盯着台上。

锣声再起，门帘闪处，佳人姗姗而出，凌波微步，香风馥郁，三桂正看得痴迷，忽闻得一声娇叹："哎呀！不到园林，怎知春色如许？" 接着便听她唱："原来姹紫嫣红开遍，似这般都付与断井颓垣。良辰美景奈何天，赏心乐事谁家院！"咿呀之声直如嫩莺穿柳拂露，黄鹂啼花带香，一双水袖舞的白云流转，落花缤纷。

三桂听到忘情处，猛地立起，鼓掌喝道："好呀！"

众人皆惊愕地扭头望向他，稍后，也都喝彩鼓起掌来。

"表兄，扮杜丽娘的莫不是你品题中的第二位顾眉生？"这回三桂单问子安。

子安回道："昨日给你看册子，你只看了前三位就不看了，这是霓裳戏班的陈圆圆，十六岁，只学了一年戏，刚登台献艺便轰动一时。"

三桂犹自叹道："这个陈圆圆，在台上的说、唱、念，如玉瓶落地，似山泉出涧，真是风情万种，活色生香。比那清水出芙蓉的卞玉京更有一段天然的风流韵致。"

半天未说话的封阳饶有兴味地看着他，笑问："长白兄，你不是说，凡女子都需涂脂抹粉，再着以绫罗绸缎，饰以金钗玉环，才能称为美人，良家女子都如此，何况这梨园中人！"

三桂正喝茶，听封阳如此说，急道："这台上的女子，难道不是如此？"

"如此说来，你是不见真佛不烧香，不见佳人不动情了。"子安回道。

兰成眯眼看着三桂："过几日便是元宵佳节，我把自家园子布置妥当了，请各位热闹一番。"

"若是再邀上几位佳人，听歌唱曲、吟诗作赋猜谜语，就更热闹了。"封阳笑道。

兰成嗑着瓜子儿："只是我家的杏园粗鄙，万不及封兄的香雪园内藏丘壑，雅致新奇。"

三桂打断兰成的话："不要比谁家的园子好了，你们的园子都是上好的，只是你说的话可当真？"

子安此时已明白三桂的意思，笑道："洛大公子说的话，几时不曾兑现过？"

三桂正欲说话，忽听封阳轻声道："你们莫作声，仔细看戏，圆圆姑娘一双妙目，只盯着三桂呢！"

原来，那陈圆圆见台前一位华服少年，长身玉立，高声喝彩，便盯着他看了几眼，不料，这眼神竟被封阳捉住。

众人又向台上望去，正见柳梦梅手持柳枝，向杜丽娘款款行来，情意绵绵地唱道："则为你如花美眷，似水流年，是答儿闲寻遍。在幽闺自怜。"台上二人正转着圈儿，一个深情倾吐，一个羞人答答，只是扮杜丽娘的陈圆圆，那双会说话的凤眼，时不时地向三桂斜斜的溜来。

封阳奇道："子安，你看他二人，台上台下就这样你看我，我看你的，好似认识了几十年又久别重逢一般，真是奇了！"

三桂满心舒畅，口头犹自强辩："这台下看戏的人何其多也？你如何知道她单单是在看我？"

子安接应说："是不是在看你，我们心里都知道。只是你对我那品题又做何解释？这个陈圆圆怕也是难入品题的了？"

"如此花明雪艳，容辞娴雅的人间绝色不入品题，还有什么样的人儿值得品题呢？"三桂急的眼都红了。

众人一笑了之。

自这天起，三桂便多了桩密不可言的心事，这正应了情窦初开那句话。每天日里夜里，便把杜丽娘，或者说是把陈圆圆想上几百遍，如此一来，练武无劲，吃饭不香，只盼着早日过元宵节，能在洛兰成的杏园再见佳人。

可洛兰成真的会请陈圆圆来么？就算洛兰成请了，陈圆圆或许恰巧有事不能来，那又如何？这样翻来覆去地想着，好不煎熬人。

这日，三桂不练武，不读书，只闷声不响地躺在床上，望着帐顶发呆。

琴儿见二少爷不舞刀弄棒，也不吃饭，心里着急，一时问是不是病了，一时又问是不是练武累了，三桂闷声不响，不搭理她。

琴儿又想，要不要告诉夫人，请大夫来瞧瞧，不然怎么一个活蹦乱跳的人儿，突然就没精打采的呢？她这侍候主子的奴才可是担着干系的！

三桂似看透琴儿的心事，发狠叫她不要告诉母亲，怕又生出枝节来。

琴儿只得寸步不离地守着，唯恐出事。

三桂任琴儿坐在门边盯着他，他只管歪在床上，望着墙上的画儿出神，墙上贴的是灯心草腊月从年画摊上买来的《昭君出塞》。

画上的昭君抱着琵琶，披着红披风，只是画上的美人儿，怎及戏台上风情万种，活色生香的陈圆圆！

若不是汉元帝时有个贪财的画师毛延寿，哪有昭君出塞和亲？若陈圆圆不唱戏，苏州梨园就少个绝顶的花旦，我吴三桂如何有幸能一睹芳容？天地钟灵毓秀，造化神功，生出这样的佳人来，又偏生让我遇见，岂不是天缘巧合！若我不想方设法再见她，岂不辜负了天意？

正湖思海想，忽听灯心草在门边问："琴姐姐，二少爷怎样了？"

琴儿轻声道："还能怎样？不吃不喝躺在床上呢？"

"刚才洛公子的小厮送来了请柬，不知少爷能不能去洛府？"灯心草拿出请柬给琴儿。

三桂一听洛兰成的请柬，一个鲤鱼打挺从床上跃起，冲至门边，劈手夺过请柬，问："今日是何日？"

琴儿与灯心草被问得莫名其妙。

三桂骂道："瞧你二人一副痴相，我是问今儿是不是元宵节。"

琴儿回过神来："我们这些下人自然是蠢笨的了，再聪明也跟不上二爷的心思！二爷要么不理我们，要么装傻弄痴的，唬得我们不知如何是好。二爷若嫌弃我们蠢笨，就向夫人再要了伶俐的人来侍候，也省了我们瞎操心。"

三桂噘嘴道："哎哟哟！你看你这丫头，越发厉害了，我只说一句，倒惹出你一箩筐责备来。"

灯心草在门外道："二爷，洛公子的小厮说，请二爷元宵节去杏园观灯。明天就是元宵节。"

三桂不理灯心草，坐至桌前，拆开请柬，里面夹一页粉色纸笺，纸笺上是一串梨园女子的名字。他找到陈圆圆三个字，闭上眼睛，把这张香艳的纸笺贴在胸口，长长地舒了口气。

睁开眼睛时，觉得肚子饿了，随口唤道："琴儿，我肚子饿了，有没有吃的？"

听不见琴儿的声音，灯心草答说："二爷，我去厨房看看。"

正又盯着粉笺看，忽见眼前伸出一只托盘，上面堆满各样点心，回头见是琴儿端了托盘站在身边。

"二爷先吃点心垫垫，灯心草去厨房了。"琴儿似哭过，眼角尚有泪痕。

三桂伸手欲替她抹泪，琴儿挥手挡道："二爷休得如此！我们都是大人了，二爷不要动手动脚的！让人看了，反说我们做下人的不尊重。"

三桂抓了点心就往嘴里塞，口齿黏糊地说："我不过是玩笑，你就当真了？你知道，我向来是没有把你和灯心草当下人看待的，再说，你是我向夫人特意要了来的，如何会为了这点事要换你？若你自己真要走，我虽于心不忍，却也拦不住。"说完，眼睛盯着琴儿。

琴儿急得眼泪又出来了："我何曾要走了？"说罢，扭身跑出门去。

三桂得意地笑了。

第二天，三桂早早就起来了，在园中舞了几趟剑，好容易挨到午后，仍不见子安来邀他，又猛然想起，请柬是下到各人的，各人自去洛府就是了，还等谁来邀请？便忙唤灯心草备车，又交代琴儿，若夫人问起，就说去洛公子府上了。

到洛府门前，三桂吩咐灯心草把马车驾回去，晚间再来接。

洛府仆人将三桂引入园内，见祖子安、封阳已在雪亭喝茶，还有一些认得与不认得的文人雅士，正四下里观赏园中之景，独不见主人洛兰成。

太阳正好，照得人暖暖的，三桂一双眼睛，不寻胜探幽，只寻找日思夜想的人，也全然不顾祖子安与封阳的问话。

洛兰成的杏园，面积虽不大，得江南名匠指点，却是一步一景，变化万方。白居易在《草堂记》中说："覆篑土为台，聚拳石为山，环斗水为池"，这便是园林的特点了。园子依地势而造石阶、曲径、游廊、风雨亭。高矮错落的树上已挂上灯笼，只待天黑便点亮。

三桂未找到想见的人，怏怏走至雪亭，在子安身边坐下，神情甚是落寞。

封阳见他无精打采的，颇为关切："长白兄，你脸色不好，是身上不适？"

子安抿口茶笑道："表弟未见佳人露面，是心里不适，因情生恙。"

三桂脸红了，正待分辩，忽听亭外几声笑语，如莺声流转。

众人扭头看去，见洛兰成与两个妙龄女子，说说笑笑的，往雪亭而来。

子安与封阳忙起身，迎上前去问好。

三桂不认得她们，只远远地站着。兰成见了，忙拉他过去，向那两个女子笑道："这便是我向你们说过的吴公子，名三桂，字长白。是祖子安的表弟。"

兰成指着二女向三桂道："这两位佳人便是卞玉京与顾眉生。"

三桂忙施礼问好。

众人又返回亭中坐下，侍儿撤去子安与封阳用过的茶具与果盘，又换上新茶与点心。

子安、封阳与她们原是极熟的，喝着茶，随意地聊些事儿。

三桂冷眼瞧去，见卞玉京穿一身淡紫色衣裳，乌云般的发髻上，斜插一支淡紫色簪花，紫色玉坠随着头的摆动而摇晃，显得几分随意与俏皮。身形虽单薄，弱不禁风的模样儿显得楚楚可怜，一双似嗔非嗔的眼眸，嵌在肌理细腻骨肉匀称的脸上，有几分说不出的忧郁与迷茫，让人看了，顿生出一缕怜惜的情愫。

而顾眉生则是一袭粉红绣花衣裙，一把青丝随意挽了个髻，簪一支桃红珠钗，脸蛋娇媚如三月桃花，眼神顾盼生辉，撩人心怀。

三桂心里琢磨，前儿看戏，她们在台上是上了戏装的，今天可是真真切切的在眼前，看上去，这二人都只略施脂粉，却是花开到八分，色艳到十足。这两位的姿色已是上上等的了，不知那陈圆圆又是何等的香艳出色。

想到陈圆圆，又不见人影，一腔思绪难以排遣，欲待问兰成，当着众人的面又不好意思开口，一时，心里不免焦躁起来。

子安见他先是盯着卞玉京、顾眉生看，之后又是满脸的落寞与不耐，猜不出他心里想些什么，便试探着问："表弟，前几天你对我为她们的品题不以为然，如今戏也看了，真人亦在眼前，是不是还认为我的品题言过其实了？"

三桂慌的双手乱摆，诚惶诚恐道："表兄说哪里话！三桂今日见两位天仙似的姑娘，正在想，表兄的品题比起真人来，笔力还差十分呢！"

众人都笑起来。

封阳若有所思道："长白兄，你今儿有几分神不守舍的，心里必是在想另一位佳人。"

三桂急道："佳人就在眼前呢！三桂万万不能唐突了佳人的。"

卞玉京眼神安静，浅笑不语。

顾眉生柳眉轻扬，娇声笑道："吴公子必定是在想那位比海棠娇，比牡丹艳；以玉为骨，以月为魂，以花为情的人间绝色陈圆圆了。"

众人听了顾眉生对圆圆的描述，都夸顾眉生心思灵巧，形容得妙，独三桂神情窘迫。

正说得热闹，忽有女子清脆的声音笑道："呵呵，你们先来了，如此畅快可乐，偏了我们两个了！"

三桂回头望去，一颗不安的心陡然狂跳起来，适才说话的女子身边，倚着的一位娇柔美人儿，若不是陈圆圆，天下又有谁堪有此殊色！又想，刚才顾眉生说的真不错，圆圆真是以玉为骨，以月为魂的人间绝色。不上戏装的圆圆，更是清如浣雪，秀若朝霞。

他就这样痴痴看着陈圆圆，一颗心，十二分情，随着她柔柔的眼波、妩媚的笑脸流转、沉浮，不能自已。

洛兰成迎上前笑道："哎呀！雪贞，圆圆，你俩终于来了！"

封阳跟着打趣道："二位若再不来，有人望眼欲穿了。"

来的这两位，正是袁雪贞与陈圆圆。

雪贞一身杏黄衣裳，袅袅婷婷，玉洁晶莹。听封阳说有人望眼欲穿，笑意盈腮地应道："今儿若不是我，班主还不让圆圆出来呢！"又颇为促狭地问封阳，"封公子，是谁望眼欲穿呢？是望我？还是望圆圆？"

陈圆圆早已看到三桂痴迷的眼神，雪贞这一问，竟无端的红了面颊，她依稀觉得，这体格英武的少年，似乎在哪里见过一般？一时又想不起。

洛兰成道："圆圆姑娘，这位便是祖子安的表弟，吴三桂吴公子。"又转向三桂，"三桂，圆圆你是认得的，不用我再唠叨了吧？"

三桂梦呓一般道："圆圆姑娘，在下原是认得的。今日相见，只当是久别重逢。"

哪知陈圆圆听了这几句话，并不以为三桂说话唐突，反觉得有几分亲切，心里也便亲近了几分。

兰成拍手道："好了，佳人都到了，梦中人也见了。如此良辰美景，岂可无酒！"

洛府家人早在一边侍候着，见主子发话了，便应道："公子，天快黑了，园里风寒，还是进大堂吧。"

兰成问四位佳人意下如何，顾眉生笑道："还是进屋罢，咱们这里有人弱不禁风呢！"说罢，望望卞玉京，又看看陈圆圆。

封阳也说屋里好，观灯时再出来。

洛兰成即嚷道："小子们，快备酒菜，天一黑就点亮灯笼，喝了酒再观灯猜谜语，今夜不醉无归！"

第三章　窈窕淑女　君子好逑须有道

楼外垂杨千万缕，欲系青春，少住春还去。犹自风前飘柳絮，随春且看归何处。

绿满山川闻杜宇，便做无情，莫也愁人苦。把酒送春春不语，黄昏却下潇潇雨。

——宋　朱淑真《蝶恋花·送春》

元宵夜的杏园之宴，众人皆尽兴而归，独三桂意犹未尽。

自见了圆圆，一颗心便牢牢地系在圆圆身上了，那缕无以言表的相思更见绵密悠长。只要一闭上眼睛，圆圆柔美的身姿，清雅超尘的容貌便浮现在脑海里。

他清楚地记得，那天在杏园，圆圆从身边袅娜而过，衣袂飘忽之处，一缕非兰非麝的馥郁之气瞬间淹没了他。他惊奇极了，那是忍冬花的香味啊！他家花园的矮墙上，长年覆盖着茂密的忍冬藤，每到夏初便开成一片馥郁的香海。

他太熟悉太喜欢忍冬花的气味，每个花开的清晨与黄昏，他都在花墙之下要刀练剑，那带着露水的浓郁的芬芳气息，随着呼吸浸透于他的五脏六腑，给他百倍的精神与力气。

女人，都用自己喜欢的香草香料熏衣裳。奇的是，圆圆身上有忍冬之香，难道，她也喜欢忍冬花香？而自己偏偏又遇上了她，这岂不是天意！

他固执地认为，他与陈圆圆缘分匪浅，她一定会成为他吴三桂的女人。

此刻，他闭目遐思，陈圆圆俏丽的影子在他脑海里流转。他在那缕飘逸的忍冬之香里沉浮、迷失，不能自已。

"二少爷，夫人说老爷来信了，叫二爷去东厢暖阁。"灯心草在门边望着倚在床上的三桂。

"老爷来信了叫我去何事？大哥不在家么？"三桂不动，斜眼看着灯心草。

灯心草回道："回二爷，小的不知。是夫人房里的小蜻蜓来传信的。"

三桂懒洋洋地起身，琴儿已经拿出外面穿的长衣，替他换上。

东厢暖阁，祖夫人倚榻而坐。

三桂进门见大哥三凤也在，不免有些惊奇。

祖夫人招手，让他坐在自己身边，说："你父亲来信了。"

"母亲，父亲来信有何吩咐？"三桂心里奇怪，父亲来信，一向是大哥回信，今儿特意唤他来，难道父亲的信是专为他而来的？

心里正琢磨着，他大哥三凤道："二弟，父亲来信催你速速进京。"

"进京？"三桂愕然。

三凤老成持重，吴襄在京为官，家里所有事务均由他帮母亲打理，见三桂惊愕，缓缓道："如今，国家正是多事之秋，外有建州人不断侵扰，内有暴民举事。皇帝决意选拔武员，以备战时之需，现已下诏命大宗伯董其昌为武科主考官，各省武生已纷纷赴京。所以，父亲来信催促你早日动身进京。"

原来，朝廷之中，唯大宗伯董其昌与吴襄相处甚厚，受皇帝任命为武举考官后，便有意问吴襄："将军在边关多次参战，出生入死，以你的经验来看，什么样的人有将领之才？"

吴襄犹疑着不答。

董其昌知他谨小慎微，鼓励道："如今国家内忧外患，边境急需武将之才，将军无须顾虑，要内举不避亲，外举不避仇才好。"

吴襄嘘口气道："大宗伯为国家求贤若渴，实让吴襄感动。其他人我不敢说，但我的儿子三桂却是天生的武将之才。此子从小就爱舞刀弄棒，如今已是弓马娴熟，十八般武艺样样精通，又颇懂战术。他有个朋友叫白遇道，功夫虽比三桂略逊一筹，却也是一夫当关，万夫莫开的好汉。"

董其昌听了忙向吴襄施礼："恭喜将军！贺喜将军！将军有这样的儿子实乃国家之幸也！此次武举状元必属令郎。"

听说武状元非三桂莫属，吴襄惊得张大嘴巴，半天合不拢。董其昌见他惊恐的样子，笑道："将军，我这是为国家择才选能，并非为你吴家谋取富贵，你千万别会错了意啊！"

吴襄这才写了家书，嘱咐三桂速速进京。

三桂听完他大哥的话，周身热血喷涌，他兴奋地跳将起来，向他母亲道："母亲，这正是孩儿出人头地的时候！如今天下大乱，趁此机会求取功名，一来可为国家出力，二来可子承父业，母亲大人就等着享清福吧！"

祖夫人见他意气风发，志向远大，欢喜不已，忙吩咐丫头替三桂打点行装，明日动身进京。

三桂兴奋之余，蓦然想起刚刚认识的美貌女子陈圆圆。这一去天各一方，不知何时再见。又不知陈圆圆对自己是否有意，心里万分割舍不下。

转念又想，此次进京考武举，若得了武状元，就算她貌若天仙，在梨园身价百倍，终不过是个戏子，还怕她不中意于我！于是，便安下心来，进京赴考。

霓裳班主舞霓裳，谁也不知道他的真实姓名，据说舞霓裳是他年轻时的艺名，人老了，嗓子也坏了，不能唱戏，便娶了风尘女子月仙。二人夫唱妇随的办起霓裳戏班，专买些穷苦人家与落魄人家的女儿来调教，若有唱戏天分的，便留在霓裳戏班，若姿色天分皆无的，便卖到歌楼瓦肆做歌女。

月仙本是青楼女子，认为这样转卖女孩儿赚钱太少，还不如自己另起炉灶，开家青楼，于是，便做了风月楼的鸨儿。

自舞霓裳买了陈圆圆回来，月仙便一眼相中，想要了这女孩儿到风月楼。心里盘算着调教个一两年，保准是个色艺超群的角儿，做了风月楼的头牌姑娘，那时，还怕白花花的银子烙手？

无奈，舞霓裳执意不肯，还一再告诫月仙不要动圆圆一丝一毫的心思，他要把圆圆调教成江南最出色的花旦。由此，对圆圆的日常行踪看管得更加严厉。尤其是圆圆一曲《惊梦》轰动苏州梨园之后，不允圆圆私自外出，不允圆圆擅自与慕名者会面。若是官府，或是有头有脸的大户人家，点名要圆圆唱堂会，必得舞霓裳亲自陪同。

他的理由是，陈圆圆是他买来的，他在她身上花了大把的银子，才有圆圆如今的红火与声誉。若圆圆想离开霓裳班，那是三五年后的事了。

舞霓裳越是这样拘管得紧，月仙心里就越多存了几分要圆圆归风月楼的心思。

而圆圆犹自以为，当年卖身葬姨母，白纸黑字写得清楚明白，三年五载，赚足银子赎回自身，仍回海棠溪畔，去过那月白风清、自由自在的日子。所以，她的眼光自比其他女孩儿高出十倍百倍，任你公子王孙，财主富商，从不曾拿正眼看待，只潜心学艺，又哪里去揣摩她师父师娘心里的机关盘算？

十六七岁的花季少女，本就是四月清晨带露的蔷薇，娇艳迷人，何况被誉为"声甲天下之声，色甲天下之色"的陈圆圆！虽在学艺之中，因初次登台便唱红苏州梨园，而一发不可收拾，每天的戏排得满满的，尚不能满足观众，还得去唱堂会。

秦淮河畔，像圆圆这样色艺超绝的名优，江南的许多文人雅士，都以与其交往为荣。只是，舞霓裳把关太紧，若他不能推却的，便带圆圆赴席，有时也允许圆圆与文人骚客诗酒酬和。元宵那日，若不是洛兰成在苏州是有头有面的富商之子，若没有袁雪贞相伴，舞霓裳是断不允许圆圆去杏园的。

有些在舞霓裳面前碰了钉子的人，转头去风月楼消遣时，常在鸨儿月仙面前抱怨："你那个戏子男人，何苦把陈圆圆拘束得这样紧？又不是侯门绣阁的千金小姐，一个戏子，还让人亲近不得。"

月仙听在心里，脸上口头赔笑道："哎哟！客官有所不知，我那男人自买了陈圆圆回来，教习曲子与琴棋书画，管吃管住置行头，至今红遍秦淮河畔，也不知费了多少心血、花了多少银子。如今不是没出师么？若出师了，也就不再拘管了。"

客人笑骂道："你这刁妈妈，跟你男人一个德行！把银子看得比性命都紧要。陈圆圆如今红遍江南，一年唱下来，也不知有多少白花花的银子流进你们的口袋，还说得这样可怜见的，好像你们是天底下最慈悲的大善人。"

说归说，笑归笑，月仙心里就常琢磨着一件事儿。

三月初三上巳节，民间风行去郊外踏青。

霓裳班的姑娘们在屋子里练功唱戏，闷了一个春天，尚不知野外桃红浅了几分，柳绿深了几许。心里早就盼着这一天，舞霓裳也格外开恩，放假一天。

姑娘们三五成群，呼朋引伴，乘车的，坐轿的，专往那风光旖旎的河畔，或郊外的芳草地而去。

陈圆圆是封阳派车来接去的。封阳还接了顾眉生、卞玉京与袁雪贞三人，临上车时，舞霓裳一再交代，申时前后务必回梨香院。

姑娘们在封阳的香雪园玩了一天，尽兴而归，圆圆别过众姐妹，回到住处，小丫头画眉侍候着梳洗一番。她揉揉发酸的腿，歪在床上歇息，却见师娘月仙甩着手帕，扭进门来，圆圆忙起身迎上前去，温婉笑道："师娘来了！师娘请坐！"

月仙也不坐，只管盯着圆圆，啧嘴道："你看看，我们圆圆姑娘越发俊俏了，这脸蛋儿，这身段儿，真是天上少有，人间绝无！"

圆圆见师娘无故的夸她，一时揣摩不出是何意，只含羞低眉浅笑。

"圆圆啊！师娘与你师父无儿无女的，就当圆圆是女儿了。"月仙说着话，拿手帕子捂着嘴脸，伤心欲绝的样子。

圆圆忙安慰道："师娘，有道是，一日为师，终身为父，圆圆自然把师父师娘当父母一般孝敬。"

月仙顿时甩着手帕笑道："我就知道圆圆是孝敬师父师娘的。这不，师娘今儿生日，特叫蓉妈做了几样你爱吃的菜肴，你待会就过去陪师父师娘喝两盅如何？"

圆圆惊道："哎呀！圆圆不知师娘寿辰，罪过！"忙向月仙磕头，"祝师娘福如东海，寿比南山！"

月仙笑得合不拢嘴，边嘱咐圆圆一会儿就过去，边扭出门去。

既是师娘的生日，就不能空着两只手进门，天色已晚，一时又买不到称心的礼物，圆圆有些发愁。

画眉笑道："买什么礼物？师娘年年要过生日的，姑娘们也不知送了多少好东西给她了。这个时候，天也黑了，金银店铺都已打烊，不如快点去街上的点心铺子买几样精致点心，也是姐姐的心意。"

圆圆看着窗外渐渐弥漫而来的夜色，心想，只能如此了，便拿了银子给画眉，嘱咐她快去快回。

圆圆换了身粉色衣裙，师娘的生日，要喜庆些才好，又梳了发髻，斜簪一支桃花簪子，看上去又清雅，又妩媚。

画眉提了点心，扶着圆圆一步三摇的过去。

月仙早在门前踮足盼望了，见她二人姗姗而来，忙不迭地迎上去，扶住圆圆，对画眉道："你去厨下跟蓉妈她们一起吃了，早些儿回去歇息，你姑娘自有我来侍候，吃过饭就送她过你们那边去。"

画眉巴不得这一声，乐得自在，答应着就往厨房去了。

圆圆见师娘如此盛情殷切，心里暗自感动，脚步也轻快了许多，与月仙说说笑笑的，穿庭过户来到一所院落。

院里已挂上红灯笼，两株西府海棠开得花团锦簇，嫣红的花朵儿在氤氲的暮色与微红的灯光下，飞香流韵，摇曳生姿。

圆圆正打量这座小巧精致而又显几分神秘的楼阁，冷不防从海棠花影里转出个人来，躬身作揖道："妈妈，小生在此恭候多时了。"

这突如其来的声音，把圆圆唬得后退几步，险些跌倒。

月仙迎上去笑道："哎哟哟！原来是方公子！"

回头见圆圆满脸诧异，又干笑几声，拊掌道："这真是天缘巧合！来来来，圆圆，师娘给你介绍个人儿。"于是，拉了圆圆的手，走近那人，"这位公子爷是绍兴方翰林之后，人称方舟子。"

圆圆冷眼瞧去，此人大约二十四五岁的样子，身形标挺，神清气爽，风流书生的模样。碍着师娘的面子，便微微弯腰施礼。

月仙拉两人进屋坐下，对方舟子说："公子来的可巧了，今日是老身生日。这不，正邀了圆圆过来吃酒呢！"说到此，又猛然拍手道，"你看，我老糊涂了不是？这位姑娘，便是公子仰慕已久的霓裳班的花旦陈圆圆了。"

方舟子啊的一声站起，施礼道："啊呀！小生失礼！原来姑娘便是陈圆圆！"又抬眼细细地打量，半晌还痴痴地，"世人都说陈姑娘貌美，我只不信，只道是台上唱戏的女子，无非是借衣饰行头，胭脂水粉装扮得华丽，不是真实面目。谁知今日一见，姑娘不施脂粉，竟让海棠失色，姑娘身上一缕幽香，非兰非麝，实比海棠又胜一筹。真乃国色天香，国色天香也！"口中犹自说着，眼睛片刻未曾离开过圆圆。

圆圆被他看得浑身不自在，对他的赞美并不领情。心里恼道：这厮好生无理！岂有如此盯着人看的！今夜若不是她师娘生日，以她的品性，早拂袖而去了。

月仙见圆圆面有恼色，又不好相劝，又不好叫方舟子不看陈圆圆，心里好笑，口中却忙忙地唤丫头小子们快快上酒菜。

酒菜上齐，月仙请二位落座。

"师娘，我师父呢？怎不见他老人家？"圆圆问。

她师娘摆手道："唉！快别提了！傍晚原本在家等你，谁知被吴员外拉走了。"

圆圆起身斟酒。

月仙盛碗汤端给她："你今儿出门也累了，先喝碗鸡汤润润喉咙，待会儿再喝酒。"

白天在封阳的香雪园，只顾玩了，就未认真吃过。此时见一桌美味佳肴，圆圆早已饥肠辘辘，接过月仙递来的汤，尝了两口，觉得汤味鲜美，鸡肉嫩滑。

又想，今儿是师娘生日，应该先敬酒才对，便放下汤碗，举杯敬师娘，祝福师娘永葆青春，年年有今日，岁岁有今朝。

方舟子也敬了月仙，又举杯敬陈圆圆，圆圆只得喝了。

几杯酒下肚，圆圆便觉头有些昏涨，眼睛也模糊起来，屋里的灯与物什似乎都在旋转。

她摇了摇头，心想，今儿怎么了？往日也喝酒，从未像今天这样不堪。眼前还有陌生人呢，千万别让人家看了笑话。

圆圆停杯对月仙道："师娘，圆圆今儿不胜酒力，不能陪师娘喝了。"话未说完，便扑倒在桌上，不能动弹。

月仙不慌不忙地干了杯中酒，笑吟吟地向方舟子亮了亮杯底。

方舟子见圆圆醉倒，又怜惜，又着急，向月仙恳请道："妈妈，快吩咐厨房烧解酒汤来！"

月仙嘴一撇，左手叉腰，右手尖着食指，戳着他的脑门，咬牙道："你这傻秀才！不是成天说仰慕陈圆圆的天姿国色么？说什么有缘死在她石榴裙下，做鬼也风流。今夜，老娘趁她师傅不在家，费了心思把她弄了来，你倒起了怜香惜玉之心！"

见方舟子还痴痴地看着圆圆，月仙冷笑道："今日圆圆可是处子之身，我见你是世家子弟，又生得风流倜傥、一表人才，才给她汤里、酒里放了蒙汗药。不然，以她这般花容月貌，又清高自诩、目下无尘的个性，哪里能看上你？哪里还轮得到你开苞！"

方舟子见月仙轻松说出她在汤酒里放了蒙汗药，惊得跳起来，责道："妈妈，你怎能做出如此下三滥之事？我方舟子逛青楼、游花巷，挥金如土，求个片时欢娱，却也讲究两相情愿，而不是一味地强求索取。有道是'关关雎鸠，在河之洲；窈窕淑女，君子好逑'，我虽爱慕圆圆，也不能强人所难，乘人之危。你用药把她蒙翻了，我乘机为她梳弄开苞，此事传扬出去，我方舟子成了什么人了？日后，我如何再上秦淮河的画舫？"

月仙见秀才动了怒，并不惧怕他，竟指着他的鼻子骂道："我说你个蠢秀才，读书读迂腐了！老娘我就是吃这碗饭的，卖的就是年轻女子的青春与身体。你若是正人君子，此时此刻，该在你绍兴的家里念四书五经，而不是在我这风月楼里跟我传经说道。我这里是风月之地，烟花之所，是倚门卖笑的。你是来买醉寻欢的，说什么'关关雎鸠，在河之洲；窈窕淑女，君子好逑'？

说什么你情我愿？我这里没有淑女，你也不是君子，大家都是没有贞操的，你见哪朝哪代，有谁在青楼里讲贞操、立贞节牌坊的？"

方舟子颓然坐下。

月仙暗窥他脸色，又道："你若不愿意为圆圆开苞，我也不强求。门外有的是愿意的人，只要我到大堂一叫，也不知有多少阔佬商贾一掷千金，踊跃而上。"说罢，作势要出去。

方舟子忙止道："妈妈且慢！"他爱慕陈圆圆，虽不愿意在她受害无知觉时得到她，却也不愿她在无知的状态下任他人糟蹋。

月仙立即换一副笑脸道："方公子，这就对了！你看你，家道殷实，又生得相貌堂堂，哪一点儿对不住陈圆圆？若是叫她落在一个又老又惜金如命的老财主手里，那才是对不住她呢！妈妈我是有良心之人，她迟早是要过这一关的，还不如成全了你方公子。"

见方舟子看着熟睡的陈圆圆发呆，月仙催促道："还不快将她抱上楼去？楼上的房间都收拾好了。若她师傅回来，你就是想走，也说不清、道不明了，还想迈出这个门槛？"

方舟子无奈，只得抱起圆圆上楼去。

第四章　君子何在　方舟一去无踪迹

清晓妆成寒食天，柳球斜裹间花钿，卷帘直出画堂前。

指点牡丹初绽朵，日高犹自凭朱栏，含颦不语恨春残。

——五代　韦庄《浣溪沙》

陈圆圆跟顾眉生、卞玉京、袁雪贞几个，白天在封阳的香雪园闹了一整天，夜间又喝了她师娘的蒙汗汤酒，这一夜真是好睡，直沉沉的睡到天亮。

她悠悠醒转，睡眼蒙眬的见一顶粉红绣花的软罗纱帐，身上盖的同色绣花软被，全不是她在梨香院住所里的模样，心里万分诧异：我这是在哪儿？莫不是在梦中？正待唤画眉，回头一眼瞥见身边竟躺着一个男人，她尖叫着扯起被子盖住自己，蜷缩到床边。

那男人被惊醒，见圆圆受惊吓的样子，忙安慰道："陈姑娘别怕！在下方舟子，对姑娘并无越礼之处。"

圆圆记起，此人正是昨夜与师娘一起喝酒时认识的方舟子。

师娘？

"师娘！师娘！"圆圆大声呼叫。

方舟子摆手道："你就别叫了，昨夜的晚宴，你师娘在你喝的汤里、酒里下了蒙汗药。"

"师父师娘待我恩重如山，怎会做出此等下流之事？"

"你不信？那你如何躺在这儿？这儿可是你师娘的地盘——风月楼！"

圆圆呆了片刻，疯一样地扑到方舟子身上，两只手在那秀才脸上、身上乱抓。

方舟子并不还手，任凭圆圆厮打，直到累了倦了，倒在一边嘤嘤哭泣。

秀才摸着身上的痛处，轻声道："圆圆姑娘，方舟子虽是个眠花宿柳的浪子，也爱慕姑娘天姿国色，昨夜与姑娘同床共枕，对姑娘并无越礼之处啊！"

圆圆听说同床共枕并无越礼之处，顿时止住哭泣，也顾不得害羞，忙看自己的身体。

果然，身子如往日一般干净，还是完好的处子之身。

这真是奇事一桩，天底下竟有这样的男人！真有坐怀不乱的柳下惠？可这里是青楼，逛窑子的男人中有柳下惠？说出去有谁会相信！是他没有男人的阳刚之气？还是我陈圆圆没有成熟的女人味？这样想着，心里又莫名地生出几分失落，几分忧怨，至于为何忧，为何怨，又为何失落，她也说不清。

陈圆圆蜷缩在床角，衣衫零乱，乌发披垂，因激动而双颊绯红，一双泪眼直视着方舟子。

方舟子见她时而沉思，时而盯着自己，那模样儿如窗外的海棠，在细雨微风中娇艳欲滴，又柔弱得楚楚可怜，心里又是爱慕，又是怜惜，又不知所措。

他是个血气方刚的男人，从昨夜起，他的身体就时刻提醒他，他渴望眼前这个最完美、最诱人情欲的青春胴体。但他的理智更希望这个完美的女人在清醒的时候，与他一起共同沉醉于夜的黑暗与欢娱之中。

此刻，他极想把她拥在怀里，给她一分温暖、一分安慰、一分怜惜，告诉她他的心事，他对她的爱慕。他向她身边挪了挪，仍然不敢碰她，却向她微微张开双臂。

圆圆看他俊朗的面孔上，一双真诚而溢满柔情的眼睛，不由自主地倒在他怀里，想自己从小就没了亲娘，后得姨娘疼爱，却又失了姨娘，常抱怨自己何以命苦至于此？如今得方舟子这般爱护与尊重，心里便当他亲人一般，滚烫的泪水顺着脸颊无声地滑落。

方舟子喜出望外，紧紧抱着圆圆柔弱无骨的身躯，抹去她眼角的泪水，嗅着她发际那缕忍冬花的清香，沉醉而满足。

圆圆在他怀里悄声问："你是爱惜于我，还是圆圆生得不够美貌？"在戏班子里，她听多了男人强暴女人的故事，眼前这个坐怀不乱的男人，世间绝无仅有。而且，她自信天生丽质，足以倾倒天下众生，可眼前这个男子的行为却让她不自信起来。

方舟子捧起她如海棠般娇嫩的脸，眼里满是爱怜："你如何说你不够美貌？你比那窗外的海棠还娇艳百倍，海棠美艳却无味，你身上一股忍冬花的芳香，让人迷惑、沉醉而不知归路。"

"我有这么多好处，你与我同床而眠，却为何丝毫不动心，不曾侵犯于我？"

"我是读书人，极羡慕苏东坡有朝云，辛弃疾有燕燕，陆游有玉笛，王羲之有桃叶桃根。这些人都名垂千古，他们的故事都浪漫迷人。我浪迹江湖，也想找位红颜知己，两情相悦，携手终生。姑娘国色天香，冰清玉洁，小生爱慕不已。可你师娘给你下药，你处在无知觉之中，我岂能乘人之危，做如此下三滥之事？"

圆圆无语，只是泪水更加汹涌如流。

方舟子正欲说话，却听得房门被推开，月仙的声音随即响起："哎哟！你二人真是恩爱啊！都日上三竿了，还不起身！"

圆圆听月仙来了，挣出方舟子的怀抱，掀开罗帐就要下床。

方舟子一手拉住她，一手虚按在嘴上，朝她轻轻摇头，意思是，找她论理也论不出个子丑寅卯来。

圆圆低头见自己凌乱不堪的模样，又颓然坐下，一股怒气只憋得心痛。

方舟子起身挂起罗帐，扶圆圆下床，走至梳妆台前坐下。

月仙见她长发披垂，衣衫零乱，娇慵美艳的模样儿，本欲取笑一番，见她脸上有泪痕，又满脸堆笑地道："妈妈找的这位方公子可如姑娘的意？"

圆圆面沉如水，只当没看见她师娘一样，只对着镜子，梳理那一头长发。

方舟子不理会月仙，径自走至窗前，见昨日在枝头娇艳欲滴的海棠，竟是一地落英，心里不免叹息，花草之凋零，受天地风霜雨雪之侵扰；人之苦难，有时竟来自人类的相互摧残。

月仙自觉无趣，又笑着走至圆圆身后："妈妈来帮你梳妆。"

正说着，却见画眉一头闯进来，急道："姑娘叫我好找！师傅不见你练早功，到处找不着你，正着急呢！"

圆圆梳罢头，又整了衣衫，离开妆台，款款走近方舟子，盈盈下拜，含泪道："公子对圆圆高情厚义，圆圆没齿难忘！圆圆当公子如兄长一般，他日若有缘相遇，再图报答。此刻师命难违，圆圆就此别过！"说罢，扶了画眉，低头而去，自始至终也未曾看月仙一眼。

方舟子望着圆圆瘦弱的背影，似有千言万语，只无法说出口。

月仙见他二人不似男女偷情后的故作羞人答答，倒像亲人生离死别一般，惊得目瞪口呆。正待问个中原委，哪知方舟子一甩袖子，翩然而去。

圆圆随画眉回到住处，正欲换了衣裳去练功，进门却见师傅舞霓裳铁青着脸，端坐在屋中。

圆圆忙上前请安。

舞霓裳一下跳将起来，骂道："当初买你进戏班，是看你卖身葬姨母，小小年纪，孝心可嘉，又着实可怜。后来见你生得端庄秀雅，于唱曲上又有些天分，是可造之才，才花大价钱请名师，教你唱曲，教你琴棋书画。"

圆圆不知师傅为何大发脾气，又见他数落往事，忙跪下，不敢回嘴。

"你如今唱出名了，身价也高了，霓裳班的花旦陈圆圆，红遍秦淮河畔。谁料想你却自甘堕落，去青楼卖身！"

她惊愕地望着师傅，想对师傅说不是这回事，是师娘在酒里下蒙汗药，那方公子是人中君子，她陈圆圆仍是处子之身。可她只张大了嘴，却说不出一句话来。

舞霓裳也不容她辩解，骂完之后，摔门而去，丢下圆圆气竭在地。

待她醒来，见顾眉生、卞玉京与袁雪贞三人坐在床边。

三人见陈圆圆失神的眼睛，蜡黄的脸儿，不觉心惊。

顾眉生皱眉问："圆圆，一夜之间，你何以如此憔悴？"

一向少言寡语的卞玉京怜惜道："姐姐往日神采飞扬的一双眸子，怎么就没了生气？脸颊也凹陷了许多。"

袁雪贞从画眉手上接过茶碗，一手扶住圆圆，一手端茶碗喂她喝了几口。

圆圆未曾开口说话，便已泪流满面。

雪贞见状，知有难言之隐，又见她毫无生气的模样儿，便吩咐她的侍儿豆苗："你带画眉过去，把前儿徐三爷送我的洋冰糖与白木耳各拿一半来，清蒸了给圆圆喝。"

画眉与豆苗一起去了。

圆圆流着泪，把昨儿从封阳的香雪园游玩回家后，师娘如何来请她去吃生日酒，如何遇到方舟子，如何在不知觉中吃了师娘的蒙汗药，如何睡在风月楼里。原来，师娘有意用药蒙翻她，是让方舟子给她开苞的。又说方舟子虽是个眠花宿柳的浪子，却也讲个两相情愿，虽是个文质彬彬的秀才，倒有惊天动地的江湖义气，和衣与她同床共枕睡了一夜，却秋毫无犯，保全了她清白的女儿之身。

众人听了，惊愕不已。

顾眉生气的柳眉倒竖，咬牙道："天底下竟这样缺德的师娘！听说过逼良为娼的，却从未听说给女弟子下蒙汗药的。圆圆，起来，咱去找师傅说清楚，也为你自己讨回清白，不然，师傅还骂你下贱呢！"

袁雪贞按了按顾眉生的肩膀，轻轻摇头道："眉生，你又性急了不是？师傅师娘是一家人，一个是戏班班主，一个是青楼鸨儿，他二人谁不了解谁？师娘会在师傅面前承认她下药么？昨夜的事，除了那个方舟子，谁还能为圆圆作证？如今方舟子也不知在何处，就是找了来，他也说不清，因为师娘原本就是为了他，才给圆圆下药的。"

"难道就没有天理王法了？就这样便宜了这缺德的师娘？"顾眉生仍然气愤难平。

"唉！我们这样的戏子，与青楼女子也无多大差别，也是任人宰割，供人消遣的。你指望谁能替我们说句公道？这是我们的命。"雪贞神色黯然。

说到命，顾眉生也闭嘴不语，唯有长叹。

陈圆圆反而安慰道："姐妹们不必为我揪心，清者自清，浊者自浊，只要我自己清白，就问心无愧。这世道，我们就是有天大的理，也无处可说。路遥知马力，日久见人心，总有一天，师傅会明白事情的缘由。"

豆苗与画眉拿了冰糖白木耳转来，又去了厨下。

卞玉京幽幽叹道："天底下竟有方舟子这样的男人，其做派有君子风范，真不枉读了圣贤书。"

顾眉生天生一副冰壶秋月般清绝无尘的容貌，却也是天生洒脱豪放的性情，想哭时就哭，想骂人时，谁也挡不住，刚才还杏眼圆睁、气愤难平的，这会子又眼波流转，娇语巧笑道："哎哟！卞赛妹妹是情窦初开了，或是仙女思凡了，倒仰慕方舟子这样的浪子来。"

卞玉京红了脸，伸出纤纤如春笋般的手，作势要揪顾眉生的脸颊："你这没羞没臊的女孩儿，话到你嘴上就变了味了。"

袁雪贞极认真地向圆圆道："方舟子这样坐怀不乱的男人，世间还真是少有！我们这样的女子，能找个这样爱惜体贴自己的男人，便是一辈子的福分。圆圆，你应该明白，梨园弟子唱戏靠的是青春美貌，终有一日，我们人老珠黄了，唱不了了，谁还会在乎我们呢？你何不去找找这个方舟子，说不准你与他有缘，日后也好有个依靠。"

卞玉京点头道："雪贞姐姐说的是。"

顾眉生轻笑道："圆圆，她们两个就如《西厢记》里的红娘，你就是那崔莺莺啊！还不起来谢红娘？"

说得众人都笑起来。

雪贞扭头看窗外的日影，起身笑道："我们来了大半天了，也该走了，圆圆这几日就不要登台唱戏了，好生的将身体养好，才是最要紧的。画眉去拿来的冰糖与白木耳，清蒸了喝，说是最养颜提神的，师傅面前，我去解释。"

圆圆将三人送出院门，回来坐在床沿发呆，刚才雪贞说的话很在理，她后悔早晨只顾了哭，没问明方舟子的住所，偌大一座城，一个女孩儿家上哪儿去找一个书生？

一连几日，圆圆病恹恹的，虽不是大病，总是提不起精神来。

舞霓裳听雪贞说了原委，便不再责怪圆圆，只是他老婆做出这等事来，这官司去哪儿打？何况他那个老婆像个母夜叉似的，跟她论理，还不如把嘴巴向墙壁上去擦几下。从此，他长了个心眼，暗地里注视着月仙，防着她不要旧事重演才好。他戏班里的女孩儿，个个都如花骨朵儿一般娇美，个个都是红遍秦淮河畔的名角儿。万一月仙又故技重施，不是人人都如陈圆圆这般幸运，毕竟像方舟子这样的男人是绝无仅有的。

这天，舞霓裳去街上买一堆补品，亲自送到圆圆房中，嘱咐她好生调养，不要惦记着登台唱戏。

圆圆见师父不提旧事，反送来补品，知道是雪贞她们跟师傅说明了原委，也不再记恨师傅，那夜虽喝了蒙汗药，毕竟尚未失身，也不记恨师娘了。

只是，陈圆圆长到这般年龄，心里第一次萌生了一种她自己也说不清道不明的情愫。或许，是应了青春少女情窦初开那句话，她几次暗地里托人去找方舟子，都杳无音讯，这人似乎从来就不曾在这座城里出现过。

若说陈圆圆对方舟子有几许深情，倒也没有，没有千般牵挂，没有万缕柔情，只是经过此番波折，看他的为人行径，心里便认定此人是个君子，他说出的那番话，更认定他是个知己了。

又接连托人找了几天，仍未找到方舟子，陈圆圆心里虽有几分惆怅，却也无可奈何，暗自神伤了几回，也就放到一边了。

这日，霓裳班是四包堂会，角色分派得紧紧地，舞霓裳排了圆圆的戏。

圆圆也大好了，不唱戏待在屋子里，倒憋闷得慌，还不如登台唱几曲。雪贞一早过来，二人一同往戏园子里去。

"圆圆，不知你打探过没有？"在后台忙着的雪贞突然问。

"打探什么？"圆圆正上妆，第一场扮《西厢记》里的崔莺莺。

"还不是那个方舟子！"

圆圆听雪贞话里有话，忙停了手望向她："姐姐听说了什么？"

雪贞对着镜子边描眉边道："昨儿徐三爷无意中说起，他有个朋友叫方舟子的，前些时在一起喝酒时发酒疯，胡言乱语的，第二天便回绍兴老家了。也不知是要出家做和尚呢，也不知是要闭门苦读考功名。总之，是离开苏州了。"

圆圆叹息一声，看着镜子里自己那张如花般娇嫩的脸，呆了片刻，总算是知道他的下落了，走了也好，省了一分牵挂。如此想去，也就把方舟子从此丢开了，彻底静下心来。

一连几天，圆圆每天都要唱三堂，累的人都瘦了一圈，这日清晨，正睡的不想动，画眉慌慌张张的进来叫道："姑娘快起来！师傅死了！"

圆圆唬地一下坐起来，惊道："你胡说什么！"

画眉走至床边，边挽罗帐边道："这种事儿可不敢胡说，师娘在哭呢！说昨儿夜里还喝酒吃肉的，今儿早晨叫他时，人已经死冷了。"

"师傅虽年过花甲，平日里看去，身板倒还健硕，怎么说去就去了？什么病这样快？"圆圆忙梳头穿衣。

又问画眉，雪贞她们知道不知道。

画眉正端洗脸水进来："袁姑娘早来了，只不知顾姑娘与卞姑娘此刻有没有来。"

圆圆梳洗了，就要出门。

画眉拦住，笑道："姑娘糊涂了，今儿该穿素净些的衣裙才是。"

圆圆低头看身上一袭粉色衣衫，呀的一声："可不是急糊涂了！"

忙叫画眉取出一件月白色衣衫换了，二人出门往师傅那边去。

远远的，便见师傅家门楼下新搭了帐篷，走至近前，见师傅已穿了寿衣，躺在门板上，脸上蒙了黄纸。

月仙正呜呜咽咽地哭泣，斜眼见圆圆来了，又哭大了声音，数落道："你个死鬼啊，丢下我一个妇道人家怎么办呀？还有你霓裳班一个烂摊子，可怜我无儿无女的，将来叫我靠哪一个去？"

圆圆见昨日还忙进忙出的师傅，今日就撒手人寰，阴阳两隔了，又想起母亲与姨娘，不觉悲从中来，跪倒在师傅的床前，失声痛哭。

月仙见圆圆哭得伤心伤肺，梨花带雨的，便停了无泪的干号，反倒去拉起圆圆，劝她止了哭。

画眉拉过一条长凳，二人坐了。

"师娘，我师父得的什么病？昨日还好好的，如何说走就走了？"圆圆抹着眼泪问。

月仙道："谁知道呢？昨儿晚上还喝了几盅酒，这几个月来，戏园子里生意好，还挺高兴的，说些不相干的话，一个好端端的人，说没就没了。"说毕，又掏帕子揩泪。

雪贞从屋里出来，倒盏茶送给月仙，婉言安慰道："师娘节哀！人死不能复生，师娘要保重身体才好，师父走了，这一大摊子还得师娘支撑着呢！"

谁料月仙听了这话，真伤心起来，边哭边骂："你这死鬼哟！你活着时就闷声不响的，临死也不交代一言半语，苦挣了一辈子，也不见你一个子。外头人欠你多少，后街那几处房屋一年租金多少，从来都瞒着我。如今倒好，你撒手就走，一钱银子也不见，就这寿衣棺木，人来客往，要多少银子用度？天啊！我一个妇道人家，如何是好？"

听月仙如此数落，雪贞与圆圆二人对望着，心里明镜似的，知道师娘有意哭穷。

顾眉生与卞玉京不知何时站在圆圆身后，眉生给雪贞使个眼色，雪贞会意，二人转至帐篷后。

雪贞悄声道："你都听见了？"

眉生撇嘴道："她那是说给圆圆听的，你我与卞赛都不与她相干。我们是华堂班过来的，随时可以一走了之。只有圆圆才是师傅的正经徒弟，是他们家买来，写了契约的。"

"这师娘也太可恨了，家里有一个戏班，一座青楼，还有几处出租的房子，竟哭没银子使！无儿无女的，日后死了，能把银子带进棺材里去？"雪贞咬牙道。

眉生望向远处，一时无语。

雪贞道："班主刚咽气，我们哪能就一走了之？班主在世时，对我们很关照体贴，我们少不得也要拿点银子出来，既帮了圆圆，也随了份子，对班主也尽了一份情。"

眉生点头："只好如此。"

二人过来，趁月仙跟其他客人说话时，把这意思跟圆圆与卞玉京说了，卞玉京无话，随她二人就是。

圆圆流泪道："多谢姐妹们的深情厚谊！一日为师，终身为父。师傅过世，料理后事原本是我个人的事，如今拖累姐妹们了！"

眉生道："说哪里的话？咱们姐妹一场，还分什么里外！"

"你登台唱戏还不到两年，能有多少钱？就我们唱了几年的，也不过是客人兴之所至，才赏点银子或一些零星玩意儿，平时自己也有用度，哪里就有许多钱了？你师娘分明是诓你。"雪贞轻轻道，"我们三人每人拿出十两，你若有呢，就多出点，若没有呢，就跟我们一样。"

眉生挑眉道："四十两银子，也对得住师傅了，他在我们身上也不知赚了多少呢！"

卞玉京忽然悄声道："好了，别说了，师娘过来了。"

当天，圆圆把自己所有的积蓄都拿出来，大大小小的银锭子，约三十五六两，用手帕包了，送到月仙手中，道："师娘，平时客人赏我的零星银子，积攒起来也就这么多，今日给师娘做个零用罢。"

月仙接过银子，拿在手中掂着，心里哼道，老娘如何看得上你这点银子钱？但若不把你这点银子弄出来，我又心有不甘。你是我家买来的，连人都是我的，现时我就是要了你的小命，你也无话可说。

她心里骂着，脸上却堆笑道："还是我们圆圆懂事！你师傅不在了，今后，你若肯听师娘的，何愁无银子使？保管叫你吃香的、喝辣的，享尽人间风花雪月。"

圆圆笑不出来，她觉得月仙的话里有无数根银针，针针刺向心头。

第五章　桃风杏雨　世相迷幻皆渺茫

未开常探花开未，又恐开时风雨至。花开风雨不相妨，说甚不来花下醉。
百年枉作千年计，今日不知明日事。春风欲劝座中人，一片落红当眼坠。

——元　刘因《玉楼春》

此际的大明朝，已是多事之秋，边境战事不断，境内饥民造反。而流水清泠的姑苏之夜，仍然温润如玉，歌楼酒肆，河中画舫，清歌檀板，人语纤浓。

舞霓裳死后，霓裳戏班解散，袁雪贞、顾眉生与卞玉京自回华堂班，唯独陈圆圆无处可去。

这日，是舞霓裳的三七忌日。上午，圆圆随师娘去师傅的坟头烧化了纸钱，回家后，百无聊赖地倚着窗儿，看两只鸟儿叽叽喳喳地在海棠枝上跳来跳去，抖落一地花瓣，正惋惜不已，回头一眼瞥见月仙扭着水桶腰，一步三摇地进门来。

圆圆起身迎上去："师娘来了！师娘请坐！"

"圆圆，你师傅走了，丢下我们娘儿俩，这可怎么办呢？"月仙边说边揩泪，"戏班子散了，风月楼我得支撑着。不然，往后的日子可怎么过呢？"

圆圆本来就六神无主，月仙突然上门说出的这番话，她揣摩到几分意思，心里更是惶恐。

月仙拉圆圆坐下，搓揉着她柔嫩的双手，叹道："师娘真羡慕你这般年轻，又这样美貌，你看你这双小手，如纤纤春笋，柔若无骨，不知爱煞多少男人呢！"

圆圆红了脸，轻轻抽回手。

"圆圆，师娘的风月楼虽有不少美貌女子，却没有你这般美艳绝伦的，你戏唱得好，又生得超凡脱俗，那些文人士子不都称你为'声甲天下之声，色甲天下之色'的'风月娘子'么？你到风月楼来，师娘独树一帜，以'风月娘子'的名号标榜你，你的名气比在戏班子里更大更响，你道如何？"月仙两眼发光地盯着圆圆。

圆圆惶惑道："师娘，师傅当初买我时，说是在戏班子唱戏，等我挣够了卖身钱，再赎回自身，并未说去青楼卖笑。"

月仙脸一沉，转瞬又堆满笑道："哎哟！圆圆你说的对极了，卖笑，就是卖艺不卖身。"

圆圆低了头，不理会月仙的话。

月仙见她不理会，冷脸道："想赎回自身？那好呀！你拿赎身的银子来，立马走人！"

圆圆抬起泪眼，望着月仙："师娘，我无亲无故，孤苦伶仃的，哪里去拿赎身的银子？"

月仙从怀里抽出帕子，替圆圆拭泪，柔声道："圆圆，可怜的孩子！你不知道师娘有多疼你。你刚来时，是师娘求你师傅请名师，教你唱曲，教你琴棋书画，教你练习大家闺秀的各种礼仪。你学了这些，才有了这通身优雅的气派。这一身技艺，不用来赚回银子，岂不是太可惜了！"

圆圆仍低了头，不语。

月仙耐着性子道："本来呢，你是我家买来的，也无须跟你说上这一大堆好话，只需叫两个汉子拖你上风月楼，交给一个愿意出银子的男人就了事。我今儿也不多说了，你夜里躺在床上，把枕头枕高点儿，好好地想一想，卖艺不卖身，也强于戏子，又轻松，又自在，若想通了，明儿就上风月楼找我去！"说毕，鼻子里哼了两声，甩着帕子，摇摇地走了。

圆圆的心如同掉进了冰窖，往日遇事，还有雪贞与眉生几个可商量，如今各自散去，心里的愁闷无处可说。害怕、焦急之余，唯有伤心落泪。

画眉从床头抽了帕子，替她揩泪，悄声道："不知姑娘有没有发觉？"

这话问的奇怪。

圆圆止住了悲泣，泪眼蒙眬地看着画眉。

画眉贴着圆圆的耳朵悄声道："你不见我们院门前老是有个男人盯着？前儿我就奇怪，院门外老是有个男人晃来晃去的，我以为是偷儿想进屋偷东西。可一连几天，不是在门口晃，就是在窗下，要不就在对街屋檐下远远地看着我们这边。今儿，我突然想，这人莫不是师娘派来守着你的？是不是怕你偷偷地跑了？"

圆圆更加绝望，连眼泪都干了，只呆呆地坐着。

"姐姐，我说你不如应了师娘，"画眉蹲在她面前轻言细语道，"就上风月楼，过上一年半载的，留心找一个可靠的男人，把自己嫁了，不就有了依靠了？你若决绝不去，动起狠来，吃亏的仍然是姐姐。"

次日，圆圆吩咐画眉收拾了衣裳及日常用具，上了风月楼。

圆圆一到风月楼，月仙果真打出"风月娘子"的标牌，引得秦淮两岸的公子王孙，文人骚客，名流雅士，还有往来于江南江北的客商巨贾，纷沓而来。那喜欢武文弄墨的骚客雅士，以诗词相赠的，不胜枚举，风月楼从此门庭若市。

月仙把圆圆当摇钱树一般，听一首曲子，观一支舞，要价不在千金之下。这些来青楼歌馆寻欢买醉的人们，也愿掷千金一睹圆圆芳容，听她唱一曲人间仙乐。

日子如河水般哗然流走，时光在歌舞宴乐中悄悄飞逝，圆圆出落得更见成熟，更见端庄雅丽。慕名而来者越来越多，"风月娘子"的名气也越来越大，圆圆的心却越来越沉寂。

红尘中事，总是剪不断，理还乱。

这些慕名而来的男人，没有不想一亲芳泽的，但圆圆始终不曾打开心扉。她穿梭于男人丛中，巧笑嫣然，落落大方，那眉宇间隐隐的一股冷傲清泠之气，让几多男人思慕，又让几多男人却步。

几年来，从戏班到青楼，她看多了百花丛中的莺莺燕燕，也见多了倏忽来去的狂蜂浪蝶，男人风流潇洒、温文儒雅的外表下，大都有一颗琢磨不透的心，既猜不透，圆圆也懒得去猜。

这日，圆圆身子不适，月仙很是体贴，准她歇几日，送几包雪莲燕窝人参来，软语叮嘱她好生调养。

黄昏，月上柳梢，圆圆倚着窗台，看着柳枝在朦胧月色中飘忽的影子，想自己秉绝世容貌，却身世飘零，沦落在此，心中那份无奈与愁怨无法排遣。

忽然，一阵风过，月光下，那一树杏花竟舞起漫天花雨，簌簌而落。

圆圆戚然，杏花娇媚，终抵不过风雨侵袭，风华绝代的女子，又经得起岁月的几度消磨？

她不禁暗自嘲笑：陈圆圆，任你千娇百媚，才华出众，也不过是风月楼上的一名歌女，用自己如花的容颜，如火的青春，任人使唤，供人消遣。

她又有些不甘地想，难道我陈圆圆今生就在这红尘浊浪中，把岁月空掷，把韶华虚度？

想得柔肠百转之时，心陡然针刺般痛起来。

画眉在隔壁煮好参汤，正端了来，见圆圆伏在窗台上呻吟，忙放下托盘，扶起她问："姐姐怎么了？"

"忽然间心痛。"圆圆面颊苍白，娇弱无力。

画眉半抱半扶地送她至床边坐下，褪去外面的长衣，脱掉鞋袜，拉过被子枕头放置身后，让她半靠半躺着。

"方才还好好的，怎么就这样了？"画眉急的满头是汗。

圆圆喘过气来，轻声道："看把你急的！不妨事的。"

画眉见她开口说话，擦把汗笑了，忙把参汤端过来，喂她喝了两口。

"姐姐，我去告诉妈妈，让她派人去请郎中。"

"不必。我只是一口气未曾接上，过会子就好了，这些日子这样痛过几次了。"

画眉道："有句话我原不该说，姐姐就是太聪明了，凡事总要想出个子丑寅卯来。姐姐天天侍候客人，说是唱曲弹琴跳舞的，看起来轻松雅气，也是要精气神的。连日来又吃不香，睡不稳，你如此娇弱的身子骨，如何受得了？"

圆圆喝了小半碗参汤，脸色红润了些，见画眉说话的认真样儿，笑道："说是不该说，又偏说了一大堆。"

画眉笑道："明儿我就跟妈妈说，请城里最好的郎中来瞧瞧，万一是大病，也好先拿脉对症下药。"

"明儿是什么日子？"

画眉起身去看皇历："明日初一。"顺手关了窗，拉拢窗帘，把烛台移向床边。又去拿了做针线活的箩儿，就近灯前，绣一双鞋面，鞋尖上一朵桃红色的牡丹已快绣成。

圆圆看她针下怒放的牡丹，抬眉道："你手儿真巧，这牡丹绣地跟真的一样。"又觉身子疲乏，"我先睡了，你也早些歇息，绣花的活儿留在白天做为好，夜间灯光于眼睛不便。"

画眉放下针线，侍候她睡下，笑道："姐姐先睡，我晚些睡也无妨，若姐姐身子不适，我好照应些。"

圆圆听了，心里一热，自姨娘死后，还未遇见对自己这么好的人。她从未问过画眉的身世，只听说六七岁时就被舞霓裳买了来，在戏班打杂。后来，圆圆来了，又唱出了名，舞霓裳便叫她专门侍候圆圆，如今又跟圆圆到了风月楼。

这女孩儿有个痴念，自跟了圆圆，便认定圆圆是她的亲人，也就尽心尽意地侍候。

或许这就是前世的缘分，也或许是上天对圆圆的垂怜，她从画眉身上尝到人世间的几许温情。

圆圆抬头道："画眉，你早些睡了，明儿咱姐妹去寒山寺进香如何？"

画眉眼里一抹惊喜："好啊！姐姐原该出门走走，透透气的。整天在这楼里陪那些可厌的臭男人，不累也闷坏了。"

次日一早，画眉侍候圆圆梳了头，在发髻上斜斜地簪一支碧玉玲珑簪，取一套湖水蓝的衣裳换了，看去清雅端丽，赏心悦目。

圆圆对着镜子，满意地笑道："你这丫头，倒是很会穿衣配色的。"

画眉一脸的正经："姐姐，我六七岁就在师傅的戏班里打杂，那些青衣花旦、武生小丑在后台描眉画脸穿戏装，他们哪儿好看，哪儿不好看，我都能看出来呢！"

圆圆含笑点头："是了，我们画眉对色彩的调配与欣赏，是天生的！"

二人说笑着下楼，从侧门出来，画眉到街口叫了车，扶圆圆上车坐好，径往寒山寺而来。

寒山寺庙宇巍峨，法相森严；钟磬徐徐，梵唱悠悠；信徒众多，香火旺盛。

唐人张继回归故里，夜泊枫桥，一首"月落乌啼霜满天，江枫渔火对愁眠。姑苏城外寒山寺，夜半钟声到客船"的诗句，脍炙人口，寒山寺的钟声由此响遍天下。

圆圆、画眉二人拜了佛祖，捐了香油钱。

画眉拉了圆圆来到千手千眼观音菩萨面前，悄声道："姐姐，求观音菩萨保佑你得份好姻缘，求个好夫婿吧！"

圆圆抬眼望向高大庄严、慈眉善目的菩萨，俯下身去虔诚地三叩首，双手合十，双目微闭，心里默道：菩萨，若圆圆前世有罪，今生才流落在烟花巷中，那么，我将如何赎罪？既然天生我绝代容颜，又如何让我任人恣意践踏？难道我真的就要在这风月楼中了此一生？菩萨啊，请给小女子一盏引路的明灯！

心中默念着，正欲伸手抽签，忽然一眼瞥见供桌边端坐一位老和尚，殿门外阳光明媚，殿堂里光线幽暗，和尚又身穿褐色僧衣，圆圆乍见之下，心里不免吃了一惊。

那和尚似乎觉察到圆圆的惊慌，双手合十，口宣：“阿弥陀佛！”

圆圆也双手合十回礼。

画眉在一边催道：“姐姐，快抽签吧！”

圆圆迟疑着，轻声道：“不抽也罢！世事虽难料，却是前生所定。抽与不抽，都在定数之中。抽了，若不解，心里反而不得安生，不如不抽，糊涂着过，倒落得眼前的自在。”说毕，又向菩萨拜了三拜，起身欲离去。

不想，那和尚沉声道：“阿弥陀佛！女施主慧根深厚，不抽是明智。人生在世，变幻无常，原本就不知道等待着你的是什么。许多人努力地改变自己的选择，以为可以改变人生，可是转来转去，依旧改变不了命定的结局。”

圆圆听了，惊呆在原地。

和尚又道：“女施主容貌娟妍，气质高雅，非久居人下之人。只是命中注定，必得经过几番磨难，才有日后的大富大贵。”

画眉喜道：“师父说的可当真？”

老和尚一手持佛珠，一手单掌立在胸前，双目微闭：“女施主若肯抛弃浮华幻相，出家为尼，参禅悟道，青灯绣佛，方可得善终，亦可改变众生之命运啊！”

圆圆更加惊诧不已，想离开，却迈不动脚步。

画眉前来扶了她，盯了老和尚一眼，转而悄声道：“姐姐，我们回去吧！这老和尚怕是念经念糊涂了。”

圆圆轻声斥道：“不得无理！”又向老和尚合掌施礼，便随画眉步出殿堂，身后犹自传来老和尚空灵的声音：“阿弥陀佛！善哉善哉！”

二人出了山门，画眉四处张望着找车，只见熙攘往来的游人，不见空车。

圆圆好久未出门，想一路慢步，看看街景，散散心。

画眉兴奋不已：“姐姐，已近午饭时分了，你不饿么？我可是饿得肚子咕咕叫呢，咱们就在这街边饭馆吃点东西，再慢慢地逛回去，可好？”

圆圆微笑点头，依了画眉。

二人一路行来，见前面一家叫“昨夜东风”的小酒楼，觉得名字风雅有趣，便走了进去。

老板娘是位年轻貌美的女子，端坐在店堂柜台内，见圆圆二人进来，忙迎上来笑道：“二位姑娘若是来吃饭的，就请上二楼罢，楼上又清净，又可观街景。”

画眉笑道："吃饭的时辰进饭馆，自然是吃饭了。"说毕，扶了圆圆上楼，拣了间靠窗的座。

小二哥送茶上来，给她二人斟了茶，像唱曲似的介绍店里的菜名。

画眉敲着茶碗，打断他的话："你说得再多再好，我二人也吃不了许多。你赶快把你们店里最拿手的荤菜、最清淡可口的素菜各做一份来，外加一个三鲜汤。"

小二答应着，又问："二位姑娘要酒么？"

"姑娘今日不饮酒。"画眉冷眉冷眼的，"你赶快把饭菜送来便是。"

小二把抹布搭到肩头上，唱声诺，快步下楼去。

圆圆、画眉边说话，边看楼下行人、边等饭菜。

一盏茶功夫，小二端了托盘上来，两菜一汤，外加两碗白饭。

画眉添了小碗汤给圆圆："姐姐，先喝点汤，润润喉。"

二人吃毕下楼来，画眉去柜台付银子，那老板娘笑吟吟的："有位公子为你们付了银子了。"

圆圆惊道："为我们付了饭钱了？请问老板娘，是哪位公子？"

老板娘指着门外一位男子的背影道："就是那位公子。"

圆圆快步到门边望去，一位锦衣绣服的公子正走向街口。

画眉挺纳闷："姐姐，这位公子付了钱，却不吭声，这是为何？"

店老板奇道："原来你们并不相识？那是贡太守的公子贡若甫啊！"

圆圆跟画眉出了饭馆，心里满是疑惑，贡若甫是何许人也？为何平白无故的请人吃饭，又不留姓名？

画眉终究孩子气，早把吃饭的事儿抛向一边，一路上东张西望，叽叽喳喳的，没有片刻的消停。

忽然，又听她惊叫道："姐姐快看，那卖画儿的，原来还会画画呢！"

街边一男子正挥毫作画，边上围了一堆人，有看画画的，也有买画的。

"傻丫头，这有什么大惊小怪的！"口中说着，脚步不由自主地移过去。

圆圆看那人画完一幅墨荷图，抬头发现观画的人们不观画，竟都盯着自己看，不禁红了脸，心里恼道，世间哪有如此之多的无聊之人？在大街上直瞪着眼睛看女人，难道他们家里是没有女人的！即拉了画眉，敛眉垂首，匆匆离去。

午后，圆圆与画眉伏在窗台上，对着那树桃花描花样。

画眉手巧，在圆圆用的每一块丝帕的四个角上，都绣了一朵嫣红的桃花，今儿要描个新花样，把桃花绣在圆圆那条粉色的裙边。

二人正琢磨着桃花开到哪个姿态最好看，冷不防身后一个声音响起："你们做什么呢？"

圆圆回头见是月仙。

"画眉在画桃花呢！妈妈何事？"圆圆问，她知道，月仙是不轻易来的。

"自然是好事儿。圆圆，刚才台州贡太守的公子贡若甫来了。"月仙甩着帕子笑道。

贡太守的公子贡若甫？圆圆心中一凛，怎么又是这个人？

她随即问："妈妈，这人来做什么？"

听说是贡若甫，画眉也转过身来，圆圆怕她说出前天寒山寺进香吃饭的事，忙递了个眼色，画眉会意，又伏在窗台上画桃花去了。

月仙喜滋滋的："新上任的台州府贡大人，今夜在府上宴请宾客，他的公子贡若甫，慕你'声甲天下之声，色甲天下之色''风月娘子'的艺名，又闻你琴棋书画样样皆精，请你今夜过府赴宴助兴。"

圆圆低头不语。

月仙见夸她也提不起她的兴趣，又不敢强硬，只看着圆圆，轻声道："贡大人可是位学识渊博，见多识广，专为百姓办事的清官。圆圆，好孩子，你不可不去啊！"

"妈妈如何知道他是清官？"圆圆轻舒柳眉，笑问。

"这可是百姓在街头巷尾，茶余饭后说的啊！清官、贪官，咱老百姓的眼睛可是雪亮的。"月仙忙解释。

"妈妈，我答应就是，几时去贡府？"

月仙亲热地拉起圆圆的手，轻轻地拍着，笑道："这才是好孩子！黄昏时分，贡府自有车来接你。"

第六章　邂逅佳人　贡若甫强买陈圆

正是看花天气，为春一醉。醉来却不带花归。诮不解看花意。

试问此花明媚，将花谁比？只应花好似年年，花不似人憔悴。

——宋　舒亶《一落索》

画眉收起描好的桃花样子，转身见圆圆呆坐在桌边，玉手托香腮，也不知想些什么。

"姐姐，你当真要去贡府侍宴？"画眉走近来，轻声问。

"不去又如何？我命中注定了，生来就是做这事的。"圆圆淡淡一笑，那笑容里含一抹说不出的无奈与苍凉。

画眉有几分忧虑："也不知那贡公子是怎样的人。前日在寒山寺门前请我们吃饭不留名，今日又请你去府上侍宴，不知安的什么心，打的什么算盘。"

圆圆竟出奇的平静："凭他打什么算盘！我只是风月楼的一名歌女，左右不过是唱曲弹琴赔笑而已。我与他素昧平生、素无瓜葛，量他也不会为难于我。"

西天的晚霞渐渐隐去，暮归的鸟儿在林中聒噪。窗外，那几树桃花在晚风中悄然飘落。

暮色渐浓时，街头巷尾亮起的红灯笼，给这座古城平添了几分氤氲而迷幻的色彩。正是骑马倚斜桥，满楼红袖招的时刻，风月楼前，车马辚辚，人来人往，这人间天堂里的温柔富贵乡，好不热闹繁华。

画眉正侍候圆圆梳妆。

圆圆看着菱花镜里娇妍的人儿，轻轻叹道："人常道，士为知己者死，女为悦己者容。我今夜这番打扮，也不知给谁看。"

画眉在她身后对着镜子笑道："姐姐的美貌，就是花儿见了也要羞的，世人管他谁看谁不看？寒山寺的和尚说了，姐姐是大富大贵之命，月老是睁着眼睛的，早把红绳子拴住你跟姐夫的脚了。"

圆圆啐道："死丫头，几时学会贫嘴了！"

贡府楼前，灯笼高挂，暗红色的灯光下，门口的两只石狮子更显威武而沉稳。楼内灯火通明，后花厅里正高朋满座，八仙桌上已摆满美酒佳肴。

众宾客中，有的笑语吟吟，低声交谈，有的东张西望，满脸不耐。

贡若甫端坐主席，面上虽平静如常，内心也有些不安。今夜并非他父亲贡太守宴请同僚与朋友，而是他请姑苏名流、文人雅士来做客。他早就听闻陈圆圆的艳名，却无缘得见。也是他父亲拘管得严紧，再加上他也不相信传言，直到前天在寒山寺门前的"昨夜东风"饭馆偶遇，听朋友说那坐在窗下的便是陈圆圆，这才相信人间有此绝色。

几天来，他日不食，夜不眠，闭上眼睛，陈圆圆绝美的容颜，袅娜的身姿就在他脑子里飘来晃去，身边的妻妾与侍女便如同草芥一般了。听说这位"风月娘子"卖艺不卖身，孤高自许，目无下尘。这正对了他的胃口，他喜欢这种个性，他厌恶那些见男人体面、有钱就讨好献媚的女人。再者，他也不愿上风月楼被陈圆圆当普通客人看待。

他请示父亲，今夜，他要宴请姑苏名流与文人雅士，要请风月楼的歌女侍酒助兴。

请歌女侑酒是一种时尚，也是文人的风雅，贡太守欣然答应，只是他不出席儿子的宴会，这正中贡若甫的心怀。

"公子，圆圆姑娘来了。"仆人的话打断他的沉思，他起身，抬眼向垂花门望去。

陈圆圆在画眉的搀扶下，向厅中走来。她一袭浅紫色衣裙，莲步婀娜，摇曳生姿。光洁如玉的脸上，淡抹脂粉，秀眉如柳叶裁就，双眸似明月含烟。云鬓高耸，碧玉玲珑簪的玉坠随着步子而轻轻摇晃，显得分外轻灵而俏皮。

贡若甫看得呆似木鸡，前天见过，已惊为天人，今夜再见，更觉陈圆圆妩媚不失端庄，明艳不失典雅。

他心中叹道：风月烟花之地，红尘浊世之中，怎有如此洁净、清灵、高贵、典雅的人儿！

贡府侍女领圆圆走至贡若甫身边，圆圆请安："公子万福！"

贡若甫如梦初醒，直觉得这声音如黄鹂娇啭，雏莺啼鸣，忙请圆圆坐在自己座椅的右侧后方，又招呼宾客："诸位早就想欣赏圆圆姑娘的仙乐，今夜尽兴，不醉无归！"

众宾客犹自陶醉、惊讶于圆圆的美貌，竟无人吱声。

圆圆接过画眉抱着的琵琶，素手轻挥，一阵珠落玉盘之声纷洒而来，觉得音质尚佳，又拊掌收住。抬眉望向贡若甫，清浅而笑，朱唇微启："公子欲听何曲？请点曲名。"

贡若甫此刻哪有心思点曲，那颗零乱的心早已在圆圆的浅笑与缕缕幽香中不知所以。

坐在贡若甫左手边的王公子见贡若甫痴痴地，便偷偷扯了下他的衣衫。

贡若甫忙笑道："姑娘的歌喉婉转清泠，随意弹唱便是仙乐。"

圆圆见无人点曲，便低眉敛首，信手弹来，曼声唱一首《杨柳枝》：

宜春苑外最长条，闲袅春风伴舞腰。正是玉人肠绝处，一渠春水赤栏桥。

一曲终了，余音未绝，众人尽皆陶醉，宴席中竟如无人一般，半响后，不知谁高声喝道："好啊！"这才掌声雷起。

座中有人道："今夜幸逢贡公子宴请，我等有幸一睹姑娘风采，趁此良宵，姑娘何不再唱几曲，让我等尽兴？"

圆圆唱了几曲古人的《如梦令》与《蝶恋花》，最后唱一阕舒亶的《一落索》：

正是看花天气，为春一醉。醉来却不带花归，诮不解看花意。

试问此花明媚，将花谁比？只应花好似年年，花不似人憔悴。

歌声幽婉直至凄迷，浅声絮语、忧伤缠绵地道出，花儿虽会凋谢但年年重开，而人生却青春难驻。

众宾客的赞叹声、嬉笑声与酒盏碰撞声，不绝于耳，圆圆微微蹙起的眉头，有一缕挥之不去的愁绪。

贡若甫是酒不醉人人自醉，看圆圆唱曲时，一会儿巧笑嫣然，一会儿又忧愁满面，他眯着一双醉眼，禁不住神魂摇荡。

一边的王公子揣摩着贡若甫的心事，借着几分酒意，在他耳边悄声笑道："如此千娇百媚的佳人，公子何不造金屋而藏之？"

贡若甫听了，正中心怀，口中犹自说道："听说这圆圆姑娘卖艺不卖身，一向孤高自许，目无下尘，就是这般傲气，慕名者依旧络绎不绝，是风月楼的摇钱树，那鸨儿怎肯放手？"

王公子冷笑一声："俗话说：姐儿爱俏，鸨儿爱钞。不过是多给几两银子的事儿，你见有哪个鸨儿眼见了白花花的银子而嫌烫手的？"

贡若甫点头称是。

王公子又道："这样绝色的美人儿，在青楼是待不长的，也不知有多少人在起念头，公子若不趁早下手，怕是要遗憾终生了。"

"我已有三房妻妾，不知父亲大人是否同意。"贡若甫有些迟疑。

王公子心里笑道，你不是怕父亲大人，是怕老婆大人。

原来，贡若甫的夫人善妒是出了名的。那女人出自名门，自恃娘家官高位尊，专横跋扈，从未把婆家人放在眼里。贡若甫娶的两房姬妾，她一生气，贡若甫便不敢沾边，他怕打翻了醋坛子，一大家子不得安生。

有道是色胆包天。心里明明是怕大老婆的，却偏偏放不下眼前的佳人。王公子的一番话，让他急躁起来，他怕真有人比他下手早，把陈圆圆抢了去，那才真是终生的憾事。

第二天，贡若甫便邀王公子一起来到风月楼。

王公子对月仙说，贡公子如何爱慕圆圆姑娘，如何朝思暮想，如何食不甘味，夜不能寐，如今想金屋藏娇。

月仙脸上的笑容倏地收起，冷声道："要其他姑娘可以，独圆圆不卖！"

王公子拿出钱袋重重地放在桌上，月仙斜了一眼，心里把钱袋子暗暗掂了掂分量，你这袋子能装几个钱？老娘能看上这几两银子？圆圆可是我风月楼的摇钱树。

贡若甫见月仙不为所动，向王公子使个眼色。

王公子掏出一张银票，放在钱袋子上。

月仙一眼瞥见是两千两的票面，面上仍不动声色，她确实舍不得卖了圆圆。

贡若甫起身悠闲地看墙上的字画。

王公子收了笑容，低声道："妈妈要看远些，贡公子虽是太守的公子，想要佳人，也是凭银子买。若有一天突然来了个大官，点着要陈圆圆，妈妈还不得赔了嫁妆巴巴地送去？还指望收到银子？"

月仙时常担心这事儿，只怪那圆圆生得太妖冶了些。如今听了王公子的话，眼神未免有几分飘忽不定。

王公子见她有所动，又道："如今世道也不太平，妈妈这风月楼，什么人没有？南来的北往的，难道就没听说过，东北建州满蛮子时不时地攻打边境？还有那些绿林中人，也结帮闹事。这年头光景，除了姑苏城的文人雅士，谁还大老远地跑来听曲观舞？"

月仙想，老娘我这儿生意日益清淡，还用得着你说！我就是卖了圆圆，也不能便宜了贡若甫，让他这样轻易地就得了美人。

于是笑道："妈妈我哪里不知道这些？只是我那死鬼舞霓裳买圆圆时就花了大价钱，后来又请师傅教习青衣花旦，又请专人教她琴棋书画，她才有今天这般多才多艺，你道这要花多少银子？"又抹泪道，"圆圆跟了我这么些年，我们情同母女一般，突然生生地离开，实在是舍不得。若不是世道不太平，谁舍得卖儿女！"

王公子见月仙说得可怜，心里只冷笑，这几年也不知圆圆给你赚了多少银子了，还见人就哭穷："妈妈，这钱袋里装的是一千两白花花的纹银，这是两千两的银票，这个价钱怕是最高的了，你若再买女孩儿，也能买一大堆来。"

"看你说的！王公子，我又不是专贩卖人口的！你三千两银子上哪儿去买像圆圆这样的美人儿！若不是看在贡太守的份上，你三万两我也不肯的。日后，若有个鸡毛蒜皮的事儿，也得请太守公子照应照应。"

贡若甫在一边装着欣赏字画，耳朵一直竖着听这边的谈话，见生意谈成，接口道："只要妈妈开口，什么照应不照应的，都是小事儿。"

王公子站起身道："妈妈，择日不如撞日，我们今天带人回去如何？"

月仙脸一沉，一甩帕子："哪有这样的理？今天来说了，今天就带走？你这不是抢人了？"

贡若甫见状，怕惹恼了月仙，忙问："妈妈，明日如何？"

"圆圆还不知道这事儿，你总得让我先跟她说了，看她如何打算，若她不愿意呢？你们也就死了这份心思。"月仙说着就要出门。

"妈妈慢着！圆圆面前还得妈妈多多劝导！"贡若甫打躬作揖。

圆圆面向窗外，背对着月仙。

月仙只看她一个孤傲清绝的背影，也不见她开口，摸不透她的意思，也不好把话说绝了，只软声道："这贡太守是众所周知的清官，他儿子贡若甫生得相貌堂堂，想来人品也是极好的，你进府虽是做姨太太，总强过青楼倚门卖笑。"

圆圆始终不曾转身，也不答话。

月仙只好吩咐画眉，尽心侍候姑娘，收拾好姑娘的随身用品，明日一早，贡府就来轿子抬人。

窗外的海棠早已凋谢，剩一树光秃的枝丫，只有那两株桃树，依旧桃花灼灼，只不知明天后天，一阵狂风乱雨之后，还能有几朵可以笑傲春光。被雨淋落也好，在枝头枯萎也罢，那风雨泥土便是归宿，是极干净的，虽处在尘世之中，却不带半点尘世的污垢。

青楼卖笑的女子，又有几个有好的归宿？纵是风华绝代，也不过是男人消遣的玩物。

圆圆胡思乱想着，心里又突然恨起方舟子来，自那夜之后，便如孤鸿断羽，杳无音信。

暮色渐浓，桃树无语，只那一地的落瓣，随风凌乱。

"姐姐，你一天水米未沾牙，还是吃点吧。"画眉端了莲籽红豆桂圆八宝粥来，"明儿一早就要去贡府了，若脸儿黄黄的，倒叫人家小瞧了。"

圆圆也觉有些饿，便接过碗，慢慢吃着。

画眉见她终是闷闷不乐的，半劝化、半安慰道："姐姐，你见过几个青楼的妈妈是有情的？她们都是见钱眼开的主儿，听说妈妈收了贡家三千两银子。"

圆圆冷笑道："都说我陈圆圆是'声甲天下之声，色甲天下之色'的'风月娘子'，在人们眼里也就值三千两银子。"

"妈妈平日就势利，如今见贡府的人找上门来，岂有不巴结的？不过，她说过的千千万万的话都不可信，唯有今儿一句话说得在理。"

圆圆吃完粥，见画眉说得一本正经的，抬眼问："她今儿哪一句话说得在理？"

"她说你嫁入贡府做姨太太，总强过在青楼倚门卖笑。"画眉边收拾碗盘边说，"这话是不错的。听说贡公子的夫人是个醋坛子，贡公子很是不满她，说不定日后把你扶正了呢！"

圆圆拧眉道："你胡说什么！什么扶正不扶正的？还不知日后什么样呢！贡夫人可是官宦之家的女儿，贡若甫岂能平白无故的休了她？他还有两房姬妾，都不是省油的灯。"

画眉见她恼了，也觉自己刚才说话造次，便立在她身边，一时无语。

圆圆见画眉低眉垂首的，知道刚才的话说重了些，便声轻道："像贡若甫这样的男人，能好到哪儿去？他老婆这样专横，他还能再娶两房姬妾，可见是个好色之徒。如今又买了我，更见他贪得无厌，色心不足。这样的男人，哪里还能指望他相守一辈子！"

她拉起画眉的手："你侍候了我几年，如同亲人一般，明日一走，也不知今生还能否相见。女人天生的菜子命，随风飘撒，你趁年轻，又不曾卖笑卖身，赶快找个合意的老实人嫁了。"

画眉流泪道："我是妈妈买来的，哪能由自己做主！"

"女人就如这窗外的桃花，春天过了，也就谢了。那枯萎的花儿还有谁欣赏呢？人原本就不如桃花，今年花谢明年会开，而女人的青春就好比苏州河水，一去不回头，再不会有十八岁的今夜了。"圆圆望着窗外朦胧的夜色，轻轻言道。

当贡太守贡修龄知道儿子又纳了一房姬妾，是圆圆进贡府的第二天。

这天，贡修龄从衙门回来，还未坐稳，贡若甫的正妻马氏便泪眼婆娑地跪倒在公爹跟前。

贡修龄惊问："这是为何？"

马氏哭诉道："都道我不贤淑，这前街后巷的，也没见有几家男人两年之内娶了两房小老婆的。像我这般能容人的，怕是再也找不出第二个了，还四处咒我是醋坛子。如今又从青楼买个狐狸精回来，这不是明摆着让世人笑话！妻也好，妾也罢，总是良家女子才好，弄个青楼的歌儿舞女当珍宝，没的辱没了门风，带坏了子弟！这从今往后，谁还承望有太平的日子过啊！"

马氏一把鼻涕一把眼泪，絮絮叨叨的，听得贡修龄一头雾水，他让夫人好言相劝媳妇回去，唤管家前来。

管家不敢隐瞒，把贡若甫去风月楼买陈圆圆的事，细细说了一遍。

"叫若甫把那女子带来。"贡修龄吩咐管家。

他时常告诫儿子不要沉溺于女色，无奈儿子听不进，男人娶妾，原也无可厚非。他想看看这女子究竟是何等样人，居然让儿子如此急切的买回家，又让儿媳妇如此不安。

贡修龄虽居太守之职，却通读《易经》，钻研周易八卦，酷爱麻衣风水，同僚好友称之为官中"道士"。

贡若甫带了圆圆姗姗而来。

"父亲。"贡若甫请安。

圆圆没有称呼贡修龄，只随贡若甫施礼。

贡若甫听管家说父亲要见圆圆，便知是马氏来哭闹了，他看父亲威严的神色，小心翼翼地说："父亲，这便是陈圆圆。"

圆圆却想，风月楼的妈妈说贡修龄是清官，这清官是什么样儿的？便抬眼望向贡修龄。

贡修龄正呷一口茶，当圆圆抬头，他惊得差点摔了茶碗。这是怎样的一双眼睛？这一双碧漆似的瞳仁里，有纯真、有好奇、有倔强、有拒人千里的孤傲，有令人不可捉摸的游离。

就这一眼，他在心里已经理解儿子了，这女子足以令天下男人着迷，他为官几十年，从未见过如此绝色。只是，以他钻研周易八卦的眼光来看，陈圆圆不是平常人所能拥有的人间尤物，他不动声色，嘱咐一边侍候着的侍女送圆圆回房，让儿子留下。

贡若甫见父亲和颜悦色，心中窃喜，禁不住眉飞色舞，他给父亲的茶碗续上水，双手恭敬地递过去。

贡修龄不接茶碗，起身离开座椅，背起双手，在大堂里踱着方步。

贡若甫只好把茶碗放在桌上，跟在父亲身后，揣度着父亲的心思，轻轻唤道："父亲。"

"你今天就把此女送回去。"贡修龄头也不回地说，声音虽轻，却说得斩钉截铁。

贡若甫惊问："父亲让孩儿把她送回到哪儿？"

"你从哪儿把她接来，就送回到哪儿去。"

"父亲，孩儿花了三千两银子才把她买到手的。"

"花了三万两也要送走。"

"父亲，这是为何？"贡若甫带几分绝望地问。

"此女美艳不可方物尚在其次，她额头上的那份高贵与孤傲，绝非凡人可比。此女子虽沦落烟花巷中，也不是你消受得起的，你若不听为父的话，必招致灾祸，给贡家带来灭顶之灾！"

"父亲……"

"休得多言！我意已决，赶快送走，一刻都不能迟缓！而且，不得要回那三千两银子！"贡修龄打断儿子的话，他心里清楚，越是快点送走，越是能剪了儿子的情丝，断了儿子的痴念。

　　贡若甫知道父亲一向善用周易八卦，麻衣风水来看待世人与世事，对父亲的话将信将疑，又不敢违抗，心里恨恨的。虽万分舍不下圆圆，也只得从命。吩咐侍儿帮圆圆收拾了衣物，恋恋不舍地送她上了轿子。

第七章　一见钟情　才子佳人约赏桂

绣幕芙蓉一笑开，斜偎宝鸭衬香腮。眼波才动被人猜。

一面风情深有韵，半笺娇恨寄幽怀。月移花影约重来。

——宋　李清照《浣溪沙》

却说崇祯皇帝命董其昌典录武科，董其昌不辱使命，为国家择才选能，从数千武生考员中，择优录取优秀者，位居榜首的正是吴襄之子吴三桂，第二名便是吴三桂的好友白遇道。

放榜后，京中那些知道吴襄与董其昌交好的人，放出谣言，说董其昌与吴襄相处甚厚，不计武艺高下便录其儿子为第一名。

也有人说，吴三桂武艺不高，又无谋略，吴襄贿赂董其昌，才录吴三桂为第一名。

一时，朝中武官之间，落第举子之间，议论纷纷。吴襄早听在耳里，只不便对儿子说。

吴三桂中了第一名，心中甚为畅快，又惦记着姑苏城里的陈圆圆，便想辞别父亲回苏州。

这天，吴三桂去见父亲，想提回家的事。

吴襄见儿子来了，眉开眼笑："你来得正好，我正要着人去找你。"

"父亲找孩儿何事？"三桂问。

吴襄让他坐在身边："在朝廷典录武科之前，大宗伯董其昌便要为父推荐武将人才，为父内举不避亲，向宗伯极力推荐你。如今，你果然高中榜首，这虽跟我的举荐有关，但是你的各般武艺，原也不在他人之下。只是外人议论纷纷，说是我的巴结，大宗伯才录你为第一名。今后，你必须发愤努力，上报国家，下光门户，才能争回这口气。"

谁知三桂并不把人们的议论当回事，他反而安慰道："父亲，如今国家正是多事之秋，只要孩儿有真实本领，何愁不出人头地！古人说得好'锥处囊中，其颖立露'，如果有机会，我倒要让那些传谣言的人看看，我的功夫谋略到底如何。"

吴襄摸着胡须点头笑道："我儿有此高远的志向，为父自然喜欢。"

第二天，吴襄带三桂前往董府，拜访大宗伯董其昌，认了师生之谊。

董其昌知道吴襄为提督京营，按官制，应有个袭荫，便在皇帝面前保奏，封吴三桂为都督指挥使。

此时，东北边境事态日益紧张，满洲女真人的铁骑，正伺机待发。自经略大臣杨镐败于抚顺之后，朝廷命孙承宗为经略。孙承宗能力平平，边境事态也不见有起色，女真人越发嚣张。朝廷又罢了孙承宗，封高第代为蓟辽经略，封毛文龙为平辽总兵，警备边关。

董其昌与毛文龙是亲戚，这日，听朝廷命毛文龙领兵前往边境，便邀请毛文龙到府中，设宴为其钱行。

酒过三巡，董其昌颇为忧虑："国家正是多难之时，边境危机重重，朝中文武大臣，大多只知趋炎附势，挖空心思加官晋爵，拿朝廷的俸禄，欺上瞒下。我担心的是，满鞑子快打进来了，这些奸佞小人还在皇帝面前粉饰太平。"

毛文龙由衷道："朝廷之中，像大宗伯这样忠诚耿直之人实在少之又少，我到边关之后，唯有加固要塞，紧防勤守，大败之后，不宜出战。兄台若有认识的武将之才，尽可以推荐给我。"

"我还真有一人，可以推荐给你。"董其昌放下酒盏笑道。

毛文龙忙问："谁？"

"提督京营吴襄之子吴三桂。此人武功过人，也懂谋略，若奏给皇帝，让他随你出关，必能助你一臂之力。"

毛文龙喜道："我也听说过吴三桂，此人如今是都督指挥使。如果他肯来，我必定重用。"

第二天，吴襄便接到毛文龙派部下送来的书信，请吴三桂出关相助。

吴襄深感人言可畏，正愁儿子英雄无用武之地，受人嘲笑，见毛文龙如此看重儿子，心中欣喜，忙令三桂带上自己的亲笔书信，去拜见毛文龙。

吴三桂也听到一些谣言冷语，因为父亲的人情，自己才录为武科头名，又承袭父荫得都督指挥使。口头上虽安慰父亲，心中却极为不忿，日夜寻思，若有机会，一定雪此奇耻大辱。谁料毛文龙亲自致信父亲，邀自己出关，喜悦之情溢于言表，便揣了父亲的亲笔书信，往毛府而来。

路上，吴三桂想象着毛文龙的样子，虽被朝廷封为镇边将军，也不知是否有真本领。若是碌碌无为之人，便弃他而去。他的愿望是投奔有帅才大略的人，才能一展身手。

毛府。

毛文龙听家人说有个叫吴三桂的青年求见，忙不迭地说快请。

吴三桂大步穿过门廊，跨进厅内，见一中年汉子立在大厅之中。此人中等身材，面泛红光，魁梧而壮硕；一双睿智的眼睛，不怒而威；如刀尖般锐利的目光，直看到人的心坎里去，吴三桂乍见之下，不免心胆俱震，冷汗涔涔。

二人落座，毛文龙接过吴三桂递来的书信，拆开读后，抬眼见吴三桂体格英武，目光如鹰般桀骜不驯，而脸上、额头上却汗水淋淋，不免有点奇怪，问："阁下怎么汗流满面？本帅以诚相待，你何以如此惶恐不安？"

吴三桂如实回答："三桂自幼习武，结识不少武林中人，后来进京应试，也认识不少同道中人。在卑职眼里，皆为夸夸其谈，碌碌无为之辈，卑职全未放在眼里。今日见将军，虽不在战场，却自有一股震慑千军的威严气象。所以，卑职不胜惶恐，才至心神紧张，汗流满面。"

毛文龙笑道："如此看来，阁下除本将军外，目无他人。你的心气实在是非同一般人可比，此次随本帅去镇守边关，必能立功，离飞黄腾达之日也就不远了。"心中暗想，此人看去，神情倨傲，目无下尘，却唯独畏慑于我。看来，今后不用担心他不听我的话了。

正思忖间，忽听吴三桂恭谦地说："将军看家父的情面，选中在下随将军一同出关，不嫌在下陋质愚脑，三桂十分感激，只是三桂是一匹劣马，不值得将军驱使。"

毛文龙摆手道："阁下不必过谦，本帅早听过你的大名，只是未曾见面。昨日，承蒙大宗伯董其昌提起，并极力推荐阁下，所以本帅才写信给令尊，请你前往边关相助。"

吴三桂恍然大悟，原来是恩师所荐！心中对大宗伯董其昌万分感激，只不能言表。

毛文龙已把三桂当心腹，问："不知阁下是否有武艺相当的好友？可以荐来一同镇守边关，为国家出力。"

吴三桂喜道："在下正有两位好友，他们都有一身武艺，满腹谋略，一个叫曹变蛟，一个叫白遇道。"

毛文龙大喜，立即吩咐三桂速速派人邀请二人前来。

几天后，白遇道、曹变蛟果然来到毛府。

毛文龙见二人真如吴三桂说的一般无二，心中欣喜，奏明皇帝后，率兵出关。

贡若甫买了陈圆圆，又把她送回风月楼，是鸨儿月仙做梦都不曾料到的。她更没料到，贡修龄不允儿子向她索回那三千两白花花的银子，心中自是欢喜不尽，白得了银子，又重新得了圆圆这棵摇钱树，怎不欢天喜地？此后，对圆圆的看顾更加殷勤了，仍然命画眉侍候圆圆。

江南的春天，是极妩媚多姿的，江南的雨，更是柔和缥缈。当你泛舟湖上，或倚窗而望，那三分桃红，七分柳绿，在烟雨飘忽中，更显淡雅，那种迷蒙的柔媚，美得让人战栗。

如皋公子冒襄，字辟疆，其父在衡岳任上。今日，他陪母亲乘船南下，去看望父亲，好友许直也随舟同行。

一连下了几天雨，春雨细如牛毛，绵绵密密的，许直觉得沉闷无聊，躺在舱中闭目养神。

冒辟疆则负手挺立船头，任细雨淋湿衣衫。他望着空灵的天幕，岸边缠绵的烟柳，远处朦胧的山峦，笑道："许兄，你躺在舱中，怎么体会得到东坡先生'山色空蒙雨亦奇'的韵味？"

许直不动，懒懒地说："我没有你这种闲情逸致，酸掉牙的文人秉性！天天落雨，倒落出你的诗兴来了，淋湿了衣衫，回头病了，那诗兴可就大发了。"

冒母唤道："疆儿，许直说得不错，这春寒料峭的，我们又在水面行走，淋病了可不好。"

冒辟疆听他母亲的话，钻进舱来。

冒母疼爱道："快换了湿衣。"

冒辟疆从藤箱中取出衣衫换了，坐在许直身边，笑道："若是外地人游江南，不看江南的雨，是体会不到江南的美的。你可别怨天天落雨，这绵绵春雨，可是有灵性的。"

许直一下坐起来，瞪眼道："雨也有灵性？你酸溜溜的，我牙都快掉了。"说毕，向窗外望去，"快到姑苏了，伯母，我们上岸歇一日再行船如何？"

冒母深知路途遥远，又连日阴雨，在船上也潮湿寒冷，便点头应允。

冒辟疆道："上去逛逛也未尝不可。"

许直突然兴奋道："你只知去逛名胜古迹，姑苏城里原先最妙的去处便是戏园子，有名叫陈圆圆的优伶，生得天姿国色不说，那一曲《牡丹亭》唱出来可真是如云出岫，如珠落玉盘，怕天上的念奴也自愧不如。"

"你以为我是从未听过戏、从未见过佳人的？那天姿巧慧，容貌娟妍的董小宛，我也见过，难道你说的这个陈圆圆比董小宛还美艳不成？"冒辟疆冷笑道。

许直起身整理衣箱，摇头道："我不跟你争，这陈圆圆从十五岁便登台唱戏，一唱便红遍秦淮河畔，被人称为'声甲天下之声，色甲天下之色'。你若亲眼见了，只怕还觉得这样的称号也未必能说尽她的妙处来。"

冒辟疆思索道："这女子的名号，我倒是听说过，只道是那些无聊文人雅士杜撰出来的，不信真有其人。如今你又如此这般地说，我倒要看看是否真如你说的一样。"

许直笑道："你是不见佳人不动情，到时可别真的动了情了。据说这圆圆姑娘傲气得很，一般人她是瞧不上眼的。"

冒辟疆问："你才说原先在姑苏戏园子里，那现在她不在戏园了么？"

"听说她是舞霓裳班主买来的，班主死了，班主的老婆是风月楼的鸨儿，能让她这棵摇钱树流落到别处？"

冒辟疆看船渐渐靠岸，不再言语。

许直半是安慰，半是解释："以圆圆姑娘的秉性，如何肯倚门卖笑？定是鸨儿要挟了，在风月楼，她是卖艺不卖身的。"

冒辟疆又想到花容月貌的董小宛，心里一阵难受，喃喃而语："老天生出如此绝色红颜，为何又让她们沦落风尘，供人消遣？说是卖艺不卖身，但终究逃不脱以色事人的结局。"

许直定睛看着他，疑惑道："怎么？你这酸溜溜的文人，又变成菩萨心肠了？"

午后，圆圆倚着窗子，看外面空蒙的天空飘忽的雨。

雨丝儿绵绵柔柔的，像是带着几许惆怅，几许彷徨，如烟如雾如梦如幻。那一树娇艳的桃花，嫣红的花瓣，已洗得粉白，如病妇苍白的面容。只有那几株垂柳，如眉的叶片，在细雨中更显得翠绿而娟秀。

从贡府又回到风月楼，圆圆就没有笑过，除了给客人唱曲，她就没有离开过这扇窗。

她喜欢下雨。这连绵的细雨，潮湿了空气，潮湿了景致，也潮湿了心情。她的目光飘过楼下的园子，看小巷青石板上的行人，有撑了油纸伞慢慢走的，有不带雨伞在青石板上跑的，那向前跑的人，脚步践踏起地面的雨水，湿了撑伞人的衣衫。

这一带青石板铺成的小巷，两边是粉墙黛瓦，楼台亭阁，在这烟雨迷蒙中，不知上演了多少风花雪月的故事。

圆圆正胡思乱想，画眉过来轻轻道："姐姐，妈妈上楼来了。"

圆圆不动，那双忧郁的眼睛，依然看着窗外随风飘洒的雨丝。

月仙一进门，板着的面孔立刻堆满微笑。

画眉上前请安："妈妈来了！"忙去沏茶。

月仙扭着丰腴的身腰，甩着帕子，走至圆圆身后，抚着她的肩膀柔声道："圆圆，好孩子，你天天倚着窗儿看雨，老天下雨有什么可瞧的？这早春的天气还是寒冷的，你该保重身子才好。"

圆圆伏在窗台上，头也不抬，只慵懒地问："妈妈何事？"她知道月仙没事是不会亲自上楼的，必是哪个有钱有势的客人来了，点她唱曲。

果然，月仙笑道："如皋公子冒辟疆，与许直大人来了，想听我们圆圆唱两曲。"

冒辟疆？圆圆心里一动，但依旧懒懒地回道："妈妈，我今儿身子不大自在，让别的姑娘侍候着罢。"

画眉送茶过来："妈妈请用茶。"月仙离开窗台，一屁股坐在椅上，强按不耐，皱眉喝茶。

画眉又走至圆圆身边，轻声道："姐姐看雨看了老半天了，这样也怪累的，我刚炖好了桂圆银耳莲子羹，姐姐趁热吃点。"说毕，便扶她离开窗台至桌边，坐在月仙对面。

月仙心想，这画眉丫头看上去，还真懂我的心事。又向圆圆笑道："你知道冒辟疆此人么？"

圆圆低头吃莲子羹，随声应道："不知。"

"江苏如皋人，姓冒名襄，字辟疆。自小就有才子之名，与方以智、陈贞慧、侯方域并称复社'四公子'。"

圆圆听了，放下调羹，并不抬眼看月仙，却似等着她说下去。

月仙见这招对她果然有效，又挥着帕子道："听说冒公子最大的妙处是他的书法，从小就学董其昌的字，如今写得比董其昌还好。"

月仙知道的这些，也是东一句，西一句听来的，冒辟疆的书法好过董其昌，也是没有的事，只是风格各异罢了。

画眉笑问："妈妈如何知道这些事儿？"

月仙一挥帕子打向画眉，笑骂道："你个死蹄子！老娘我这一生可以说阅人无数。上我们这风月楼的，什么人没有？南来的，北往的，文人也好，武将也罢，上至朝官，下至贫民，这些客人，见了我月仙，什么不说？"

画眉笑着躲闪。

圆圆一双碧漆似的瞳仁里，闪过一抹亮晶晶的光："妈妈，你是说这个冒公子如今就在楼下？"

"可不是么？他与许直大人正等着听姑娘唱曲呢！"

"烦请妈妈先下去招呼着，我换身衣裳，随后就到。"

楼下客厅，冒辟疆等得颇不耐烦，许直悠闲地喝着茶，哼着曲儿，观赏墙上的字画。

听许直啧啧称赞墙上的字画，冒辟疆也走上前去，他自幼习书法，见过的字画自然比许直多，正待细看，却听得许直笑道："陈姑娘来了！真是'千呼万唤始出来，犹抱琵琶半遮面'啊！"

冒辟疆回头看时，见许直称呼为圆圆的女子，一身桃红色衣裙，外罩一件玄狐耳绒坎肩，正亭亭玉立于门边。

春天连绵的阴雨，颇有几分寒冷，冒辟疆见她肌肤如雪，蜂腰削肩，虽不胜娇弱，却仪态万方，莲步动时，衣袂飘逸之处，一缕香气，清幽馥郁。

冒辟疆待在原地，费劲的思索，这非兰非麝的馥郁之气来自哪儿？

圆圆碎步上前，给许直请安。

许直忙请起，笑道："姑娘，我今儿带来一位才子，"手指冒辟疆，"便是这位冒襄公子。"

"小女子陈圆圆，见过冒公子！"圆圆转身向冒辟疆深深一福，抬眉看时，见冒辟疆长身玉立，丰神俊朗，气宇轩昂，一颗如潭水般沉寂的心，竟莫名的狂跳起来，不禁羞怯难当。

冒辟疆正痴痴地看着她那双妩媚而含几分忧郁的眼眸，忽见她脸上红霞流转，娇羞不已的模样，更是情不能自禁，拉起她的双手，只觉滑腻如脂，柔若无骨，忘情道："在下如皋人，姓冒，名襄，字辟疆。"两人就这般手拉手，你看着我，我看着你，如在无人之境。

圆圆心中惊奇，这位冒辟疆莫不是那《牡丹亭》中的柳梦梅？

冒辟疆暗想，人人都说陈圆圆"色甲天下之色"，实在是没有形容出圆圆本色的十分之一。

许直见他二人如醉如痴的，深感诧异，他们如此光景，哪像是第一次见面？倒像是生离死别今日重逢一般。想毕，便顺手拨了两下琴台上的琴弦。

果然，两人如梦初醒，倏地分开，圆圆粉面低垂，转过身子，走至琴台坐下。

冒辟疆的目光片刻不曾离开圆圆，那一双俊目里，有相见恨晚的惊与喜，有一见钟情的爱慕与怜惜，还有几分迷茫与疑惑。他恍如梦中，不知今夕是何夕，不知是在天上，还是在人间，不知圆圆是人间的女子，还是广寒宫的嫦娥。忽然瞥见许直在一旁促狭地笑着，桌上的茶碗正茶烟袅袅，这才回过神来，他是在风月楼中。

圆圆端坐于琴台，轻拂衣袖，素手挥处，琴弦叮咚。一曲清音，似白云悠悠，清泉泠泠。

他暗自惊奇，这青楼中的女子，竟无半点风尘中的虚华脂粉之气！

许直在一边轻声问："在船上，我说过的话，你可曾记得？"

"你在船上说了一船的话，我怎知你指的是哪一句？"冒辟疆回头瞪了他一眼，又转过去柔情款款地看着圆圆。

许直见他痴迷的样儿，无奈地摇摇头："我在船上说，你是不见佳人不动情。你此刻的模样，动情二字不足以形容你的状态，你是失了魂魄了！"

夜已深沉，屋外依旧细雨微风。

圆圆唱了几支词曲，又以弋阳腔唱完《红梅》中的一段，冒辟疆在袅袅余音中如痴如醉。

许直扯了他衣衫，悄声道："已过三更天了，你犹自陶醉，圆圆姑娘玉体娇弱，也该歇息了。"

冒辟疆只得起身，告别时，欲语还休，圆圆亭亭而立，一双明亮的眼眸，满含热切的期待。

"今儿叨扰了姑娘的清静，不知何时有缘再见姑娘，聆听姑娘仙曲？"冒辟疆还是说了心中的愿望。

圆圆盈盈笑道："公子若有闲暇，待天晴去香雪海赏梅如何？那一园春梅正开得烂漫，似沧海波涛，冷云万顷。"

许直在一边笑道："这雨怕是十天半月也晴不了。"

冒辟疆瞪了他一眼，转向圆圆，语气温雅："在下遵母命去湖南看望父亲，实不能在此耽搁。待我从衡山归来，应是八月了，到时再来探望姑娘。"

圆圆一双深潭似的眼眸里，有一抹失落，随即又清浅笑道："公子此去，路途遥远，一路保重！圆圆在此候公子归来，同去虎丘赏桂。"

许直见二人缠绵缱绻，难舍难分，便咳嗽两声。

冒辟疆这才随许直一步三回头地离开风月楼。

第七章 一见钟情 才子佳人约赏桂

第八章　鸿雁传书　有人犹写断肠词

华筵回首记当时，别后萧郎尚寄诗；人说拈花宜并蒂，我偏种树不连枝。
鸳衾好梦应怀旧，鲛帕新题合赠谁？料忆秋风寒塞外，有人犹写断肠词。

——明清　吴三桂

二人回到客栈，见冒母已经睡下了，便不打扰，各自睡了。

次日，在舟中，冒辟疆向母亲说起陈圆圆，生得如海棠般娇艳无比，眉目天然，偏偏这人间绝色又唱得一曲好戏。

冒母微笑不语，她深信儿子的眼光，此女定如儿子说的一般无二。

许直笑问：“昨儿在船上，你如何说的？”便学着冒辟疆的口吻，“‘你以为我是从未听过戏、从未见过佳人的？那天姿巧慧，容貌娟妍的董小宛，我也见过，难道你说的这个陈圆圆比董小宛还好？’这可是你说的？现在感觉如何？”

冒辟疆不理他，凭窗望着岸边慢慢向后退去的烟柳，自语道：“天地钟灵尽此矣，我竟如夏虫不可语冰。”又漫吟，“其人淡而韵，盈盈冉冉，衣椒茧时背顾湘裙，真如孤鸾之在云雾。咿呀啁折之调乃出自圆圆之口，如云出岫，如玉在盘，真令人欲仙欲死啊！”

崇祯十四年，边境虽危机重重，朝廷为皇帝选秀却不能耽搁。

自古苏州出美女。

人们常说，女儿是水做的骨肉。苏州是水乡，气候宜人，水泽丰富，苏州女子得其滋润，如池中青莲，“清水出芙蓉，天然去雕饰”，她们的骨子里根植着恬静、秀美、温柔。

苏州，又是雨的故乡，绵绵细雨中的粉墙黛瓦，石板小巷，碧绿苔藓，如烟杨柳，又让女子水灵中带儿缕轻愁，清澈中染几分粉嫩。一口吴侬软语，说者如莺歌燕语，听者如沐春风。

选秀，首选在苏州。

太监曹化淳来到苏州，带一批名门闺秀回京。

国丈周奎，来苏州转了一圈，凡姿色姣好的民间女子，都入了他的花名簿。

至田贵妃的父亲田弘遇到姑苏时，民间已无美貌女子可选，便向青楼歌馆索人。

田弘遇认为，青楼歌榭，花街柳巷，往往多藏知书达理、善琴棋书画的绝色佳人。皇帝日夜为国事操劳，他要选一批能歌善舞的名姬名优，充实后宫，为皇帝排忧解愁。

果然，袁雪贞、卞玉京、陈圆圆等国色天香之辈，皆被田弘遇带回京城。

同年八月，正是丹桂飘香、橘黄橙绿的季节，冒辟疆侍奉母亲从衡山探父归来。一路上牵挂着圆圆的虎丘赏桂之约，心驰神往，途经苏州，停舟靠岸，安顿好母亲，径往风月楼而来。

上次来是春天，是黄昏，正雨打芭蕉，桃花落瓣。这次虽又是黄昏，却是夕阳西下，晚霞满天。冒辟疆心情分外愉悦，想此良辰美景，与佳人共处，弹琴听曲，饮酒观舞，锦瑟和鸣，实乃人生一大快事。

在风月楼大堂中，冒辟疆对一位侍女温和地笑道："快去告诉你们的妈妈，就说如皋公子冒辟疆前来探望圆圆姑娘。"

侍女望着他，不动。

冒辟疆以为她未听清他的话，又说了一遍。

侍女道："公子请回吧，陈圆圆被朝廷选秀选中，此时已在宫中侍候皇上了。"

冒辟疆听了，惊愕得魂魄出窍，呆在原地，半天动弹不得。

几个月来，他一程山水，几重相思，千里迢迢地赶来，等待他的，竟是这样一个晴天霹雳。

"哎哟哟！这不是冒公子么？"不知何时，鸨儿月仙笑吟吟地立在他身边。

他表情木然，似不认识这位妈妈。

侍女道："妈妈，这位公子爷来找圆圆姑娘，我说圆圆姑娘已经进宫侍候皇上了，他就这般模样了。"

月仙听了，拉了冒辟疆就走。

冒辟疆出门被风一吹，清醒了几许："妈妈，你要拉我去哪里？"

在巷口，月仙轻声道："你不是来找圆圆的么？"便附在他耳边说了几句话。

冒辟疆顿时眉开眼笑，对着月仙连连作揖，掉头就走，走了几步又折转来，掏出一锭银子塞在月仙手里，连声说："多谢妈妈！"

黄昏的横塘，碧水涟漪，荷叶田田；鱼戏水波，蜻蜓点蕊。岸边，修竹垂杨，杂花满树。牧童在那边横笛，采菱女在这厢轻讴。好一片田园风光，令人尽洗污垢，心胸为之清爽。

莲池畔的翠竹林中，一幢小楼掩映其间。

小楼轩窗洞开，翠竹幽幽，清风拂拂，给这燥热的初秋添几许绿意清凉。

圆圆倚窗而坐，手捧经书，在檀香袅袅中轻声诵读。

画眉正在厨下忙着煮荷叶粥，从帘内瞥见一男子在院门张望，吃惊之下，掩了口。细看时，依稀认出此人正是跟小姐有约的如皋公子冒辟疆。

画眉没有惊动冒辟疆，而是先上楼禀告了圆圆。

圆圆听说冒辟疆寻觅而来，欣喜之情难以言表，她手捧经书按住胸口，抬起蒙眬的泪眼，望向竹林上空的云天，轻轻念了声："阿弥陀佛！"

冒辟疆上楼来，见圆圆倚窗而立，星眸含泪，似嗔还嗔。

"你来了！"话未出口，两行热泪便夺眶而出。

冒辟疆一把将她拥进怀里，无限怜惜道："几个月前，你是天姿国色，丰腴娇艳；如今却似落瓣无语，人淡如菊了。"

圆圆在他怀里听了，嘤嘤哭泣，说不出话来，只泪眼婆娑地仰面看着冒辟疆。

冒辟疆看这张泪脸，如蔷薇濯露，芍药笼烟，忍不住心旌飘摇，低头深深吻住圆圆柔嫩丰润的唇。

夜间，月亮透过竹枝，在窗前洒下一地斑驳的影子，蕉风荷香，穿帘夺户而来。

听着圆圆的娇喘之声，冒辟疆爱怜地抚摸着她光滑柔嫩的肌肤："你清减了许多，只是比以前更有韵味，直如空谷幽兰。"又道，"有什么想不开的？瘦这许多？你何苦作践自己的身子。"

圆圆将身子更贴紧了冒辟疆，在他温暖宽厚的怀里喃喃而语："我以为今生今世，再无缘见你。不曾想，与你有今夜之缠绵。真想这一刻停顿，这一夜至永远。"

冒辟疆支撑起身子，靠在枕头上，轻声问："我离开之后，姑苏城里究竟发生了什么事？我一到风月楼，就听说你被选进宫中，正万分绝望之时，是你们的妈妈悄悄告诉我你隐居在此。"

圆圆便把太监、国丈来苏州选秀的事说了，又说妈妈如何将另一相貌相似的女子代替她，被带回京城。而自己，则住进了妈妈这幢小楼。

冒辟疆听了把圆圆搂得更紧，心里暗自叫道：侥幸！

圆圆被他紧紧拥住，心中宽慰，抬起头，透过窗前朦胧的月光，轻抚冒辟疆俊朗的眉眼，在他耳边轻轻道："如公子不弃，圆圆愿终身相随，侍候公子于堂前。"

冒辟疆爱她芳姿绰约，举止娴雅，此时，温香软玉抱满怀，见她真情意切，心中感动，一把抓住圆圆的手按在胸口，深情款款地在她耳边说："遇见你，已是上天的恩赐，若能与你终生相携，花前月下，浅斟低唱，怕是要妒煞天下才子佳人了。"

圆圆含泪而笑。

"只是，"冒辟疆迟疑着，欲言又止。

圆圆惊问："如何？"

冒辟疆轻轻抚摸她的手臂："只是，家父身陷战火之中，为人子者，不能只顾自己享乐，我须先解救父亲于危难之中，再接你回家。"

圆圆虽有几分失落，却暗自赞叹冒辟疆的孝心，更偎紧了他，轻轻道："我等你！"

清晨，圆圆醒来，不见身边的冒辟疆，忙撩开纱帐，从床头的衣架上扯件衣衫披了，下床至窗边，见冒辟疆在楼后的竹林间散步。

圆圆坐至梳妆台前，唤画眉上楼为她梳妆，见妆台上一纸粉笺，墨迹未干，知是冒辟疆所作，便一行行的看去：

本是莲花国里人，为怜并蒂谪风尘。长斋绣佛心如水，真色难空明镜身。

圆圆捧着诗笺，喜极而泣。冒辟疆赞她清雅、素洁、恬淡的天然气质如同莲花一般，同情她受尽磨难的不幸遭遇，让她再度坚信自己果然没有看错人。

冒辟疆出身官宦之家，生得如玉树临风，是风流倜傥的江南才子，更是复社中坚。其文章气节，映日耀月。有多少侯门闺秀想做他的妻子，又有多少名媛佳丽欲与他结为知己。

圆圆一时柔肠百转，回想昨夜，冒辟疆的千般呵护，万种怜爱，那眼角眉梢的每一分柔情蜜意，都让她回味，让她不舍，让她倍加珍惜。

她感谢上天让她与冒辟疆相遇，红尘浊世中，不是每个人在蓦然回首时，都能看到在灯火阑珊处等待你的那个人。

若真的能与他结一世香火姻缘，做一生的花月知己，这一生，她陈圆圆夫复何求？她要用她的全部柔情与贤淑来守住这段尘缘。

欣喜之余，一缕莫名的忧虑又袭上心头。常言道，红颜女子多薄命，她怕这太美满的幸福会被老天收走，她要去做一件事。

"画眉，快给我梳妆！"

"姐姐，我在这儿呢！"画眉在她身后应道。

对着镜子，圆圆看着自己如乌云般的秀发，如荷花般洁净的面容，心里又多了几分自信。

冒辟疆上楼来，见了圆圆，叹道："每次见你，都恍如梦中，若不是画眉刚刚下楼，我真以为是荷花仙子下凡到人间。"

圆圆展眉笑道："就你会夸人。"对冒辟疆的赞美，口中虽嗔怪，心里却是十二分的熨帖。

"这可不是故意奉承，我最欣赏的，就是你身上这份'清水出芙蓉，天然去雕饰'的自然气派。"冒辟疆见她半娇半嗔的模样儿，恨不得把她溶在心坎里。

圆圆走至他身边，挽起他的手臂，仰面看着他，温婉地笑道："冒郎无须解释，圆圆懂你的心。下楼吃了早餐，我随你去船上看望伯母，可好？"那双清澈的眼眸里满是期待与柔情。

冒辟疆喜道："这有何不可？上次听了你的戏，回去对母亲说起，母亲甚是喜欢，今儿你去了，说不定有多高兴呢！"

河边渡头，冒辟疆的船就停靠在古柳树下。

云淡风轻，杨柳轻拂，浪花拍打着河堤，摇晃着船身。

冒母凭窗而望，儿子一夜未归，清晨，命家仆在城里四下寻找，竟不见踪影。正焦急间，远远地见一对男女往河边款款而来。

那男子身穿湖水蓝的长衫，俊美儒雅，冒母一眼认出是儿子冒襄，他身边的女子是谁呢？见他们边走边说话的亲热幼儿，不像一般的熟人。

冒辟疆扶圆圆上船，牵着她的手钻进船舱。

冒母见有陌生人，没有呵斥儿子，只略为责怪道："襄儿，你一夜未归，为娘好生着急。"

冒辟疆上前请安，自责道："母亲，孩儿不孝，让母亲整夜不安。"

"你回来就好，不必自责。这位姑娘是谁？"冒母向儿子身后看去。

圆圆上前向冒母深深一福，微笑请安。

冒辟疆笑道："母亲还记得，春天我们去衡阳途经姑苏，上岸看戏的事么？"

冒母点头。

"这便是孩儿说的那位唱戏的陈姑娘。"

圆圆嫣然笑道："伯母，小女子便是陈圆圆，伯母唤我圆圆便好。"

冒母仔细地打量着圆圆，见她脸如满月，肌肤白皙水嫩，乌黑的发髻上，簪一支碧玉玲珑簪，身上一袭浅绿色衣裙，越发衬得她清新明丽，飘逸出尘，骨子里透着一股与生俱来的优雅气质。

冒母欣喜地拉着圆圆的手，温和地笑道："好一个整齐可心的女孩儿！难怪襄儿赞不绝口。"又问圆圆还唱戏么？

圆圆倚在她身边，低眉笑道："早不唱了，如今长斋绣佛，净心诵经。"

谁知冒母最是信奉我佛如来，长年念经打坐。圆圆这几句话说得她眉开眼笑："哎呀！女孩儿年纪轻轻的，就有这般不凡的见识，净心侍奉佛祖，真是难得啊！"

冒辟疆见母亲心情尚佳，俯下身子，在她耳边轻轻道："母亲，孩儿把圆圆带回去，天天陪你老人家打坐诵经，可好？"

冒母拍手笑道："有何不可？圆圆姑娘天生丽质，身上隐隐一团富贵之气，为娘还怕你辱没了她呢！"

圆圆忙道："伯母，圆圆此生愿随公子左右，孝敬于伯母跟前。"说毕，娇羞不已。

冒母叹道："多懂事的女孩儿！唉，若是世道太平，没有那漫天纷飞的战火；若你父亲在家乡为官，原该是十全十美的。"

冒辟疆忙安慰道："母亲切莫着急，孩儿定能救父亲出战火之灾。"

"可圆圆呢？"他母亲显出为难之色。

"母亲放心，待孩儿救出父亲之后，再来迎娶圆圆回如皋。"

圆圆丰润的额头飘过一缕愁云，随即温婉地笑着安慰道："伯母，圆圆将天天诵经念佛，求佛祖保佑公子早日救出伯父，再侍候于伯母跟前。"

冒母听了，拉着她的手，一迭声地赞道："好孩子！好孩子！"

圆圆辞别冒家母子，回到横塘的小楼，坐在窗前，若有所思。她忧郁的目光，不知落何处。夕阳下，那粉红碧绿的莲池，那清音泠泠袅袅的竹林，今儿都无法勾起她的兴致。

画眉见她忧愁的模样，也不敢大声说话，把新沏的香茗放在她身边的茶几上，轻轻地唤道："姐姐。"

圆圆回头看她一眼，展眉笑问："画眉，你怎么了？一副忧愁的模样儿。"

画眉也觉得好笑："见姐姐发愁，画眉心里也不顺畅。"

"我是在想，我一个风尘中的女子，承冒公子厚爱，真是天大的福分。公子说，待他救出父亲，再来迎我至如皋家中。"

画眉喜道："那姐姐还有什么可愁的？"

"他对父母的孝心，我亲眼所见，真是可感天地。"

"姐姐，有句话，不知该不该说？"画眉突然问。

"我们姐妹之间，有什么不可以说的？"

画眉迟疑道："看上去，冒公子家境好，人有才华，也很正派，最难得的是对姐姐一往情深。他家里定是有夫人的，娶姐姐回去，自然是做妾。"说毕，小心地看圆圆的脸色。

圆圆不以为意，点头称是。

"若是娶妾，便是很简单的事儿，姐姐不是虚华讲排场的人，为何非要等他救出父亲？他父亲为官在任上，虽有危难，是他能救得了的么？"画眉见圆圆不语，又道，"若他救不出父亲，是不是就不来迎娶姐姐了呢？"

西天，散尽了最后一缕余晖，圆圆望着渐渐幽暗的竹林，叹息道："谁知道呢？世事难料啊！"

见圆圆满脸忧虑，画眉很后悔说了这番话，忽又想起一件事儿来，忙打开梳妆台的抽屉，拿出一封信递给她。

圆圆接过，心想，如今隐居在这儿，谁会记起给我写信呢？

画眉见她面呈疑惑，笑道："今儿送你去看冒公子的母亲后，我往风月楼寻姐妹玩了会儿，这信是妈妈给我的，说是一个当兵的送来，特意嘱咐，一定要交到你手上。"

拆开看时，是一段问候信，与一首七言诗。

信里不过是说些别后思念的话儿，只是那诗读来是极好的，落款处写着吴三桂三个字。

"姐姐，我长了这么大，还从未见过人写信的，你念给我听听，好么？"画眉笑着摇摇她的肩膀。

"瞧你，傻丫头一个。"圆圆笑骂一声，念道：

华筵回首记当时，别后萧郎尚寄诗；人说拈花宜并蒂，我偏种树不连枝。
鸳衾好梦应怀旧，鲛帕新题合赠谁？料忆秋风寒塞外，有人犹写断肠词。

"姐姐，我虽不懂诗，却听出这诗里诗外的十分情深，十分惦记，还有十分心痛。"

"你这丫头，原是十分的懂诗啊！今后，我可不敢小瞧了你。"圆圆见她一本正经的样儿，故作惊诧道。

画眉犹自道："这份深情比起冒公子来，别有一样的情致。"

"那是一种怎样的情致呢？"圆圆戏谑地问。

画眉被她问红了脸，羞怯道："我也说不清，只是一种感觉罢了，姐姐休要取笑于我。"

圆圆敛了笑容，沉思道："你的感觉不错，此人与冒公子是两种截然不同的人。"

画眉惊问："你何时认识此人的？要写信给你，难道他不在姑苏城里么？"

"此人叫吴三桂，信中说他中了武举头名后，就赴边关了，如今是毛文龙将军手下的干将。原是姑苏名流洛兰成的好友，前年元宵节，应洛兰成之邀，在洛府的杏园聚过一次。"圆圆回忆道。

"噢！看来，那个时候，这个吴三桂就喜欢上姐姐了。"画眉恍然大悟似的。

圆圆也点头："或许他在戏园子多次看过我的戏，也未可知。当时，我感觉他看我时，神情痴痴地，只道是少年男子对同年女子的好奇，也未从别处去想。今儿读他的来信，才知那时他就喜欢我，直到现在还念念不忘，此人倒是痴情得很。"

画眉悠然笑道："嘿！深情也好，厚意也罢，他这信是来迟了，冒公子比他有福。"

圆圆无语，小心地折叠起信笺，放进牛皮纸套内，依旧搁在梳妆台的抽屉中。

第九章　明月明月　清寂无言照宫阙

　　堤柳堤柳，不系东行马首，空余千缕秋霜，凝泪思君断肠。

　　肠断肠断，又听催归声唤。

——明清　陈圆圆《转运曲》

　　崇祯皇帝即位以来，禁歌舞，拒游乐，宵衣旰食，勤于政事。无奈，他接到手中的大明朝是一副烂摊子，任他如何辛苦勤劳，都无法阻止一些事态的发生。

　　近来，崇祯更是焦躁不安，向来宠爱的田贵妃病体不支，建州人骚扰边境与境内乱民之事，朝中大臣竟无一人可托。

　　皇宫内苑的夜，静谧而神秘。宫墙院壁，飞檐画阁，在清冷的月光中，投下长长的阴影，偶尔一只鸟儿从树枝间惊叫着飞起，给这巍峨凝重的宫城，平添了几分阴森与诡异。

　　崇祯皇帝在灯前批阅奏章，内侍太监王承恩近前轻声奏道："皇上该歇了。"

　　皇帝头也不抬地问："几更了。"

　　"回皇上，已近三更。"

　　"田妃今日如何？晚上是否进食？"

　　"皇上，田贵妃今日气色尚好，晚餐吃了一碗碧玉粳米粥。"

　　"起驾！去田贵妃宫中！"

　　田贵妃是崇祯帝做信王时的妃子，祖籍虽是陕西，却生长在扬州。江南的清风秀水滋润得她如丁香花般清纯靓丽、含蓄典雅。除琴棋书画、刺绣烹饪，一个纤妍女子，竟擅长骑射，马上挽弓，百步穿杨，箭不虚发。

　　周皇后也是崇祯帝做信王时的妃子，虽贤淑，却生性严谨，册封皇后以后，统摄六宫，治以礼法，更是目光森然，不苟言笑。

　　如今国事繁多，形势日益危艰，皇帝每日处理政事，批阅奏章，累了、倦了，多与田贵妃相伴，并不去周皇后宫中，他不喜欢周皇后的严谨与木讷。觉得只有与田贵妃在一起，才能暂时抛开纷繁恼人的国事，才能真正体会出生活中，原来有这么多的乐趣。

田贵妃话语不多，举止娴静，每次皇帝来宫中，她从不叨唠琐事，也不撒娇献媚取宠。她心里明白，这个宠爱她的男人，作为皇帝的难处。她要用她之所能，为皇帝解忧，或操琴，或抚笛，或与皇帝黑白对弈，有时也会挥毫画一幅江南水乡图或采莲图。这时的田贵妃，能让崇祯为国事烦躁的心生出几许宁静。

月上中天，碧空如海。禁宫内的一切似被涂抹了一层清浅的银色。唯有那些高大的廊柱，与一重重紧闭的朱漆宫门，似在阴影中漠然地看着这深宫内苑白天黑夜所发生的一切。

田贵妃宫中值夜的宫女，正倚在烛前打瞌睡，见皇帝寅夜驾临，吓得魂不附体，伏在地上战栗地叩头。崇祯没有责难她们，稳健的步子无视地从她们头顶迈过。

贴身侍女已伺候田贵妃在寝宫门内伏地接驾。

崇祯见爱妃楚楚可怜地跪在那儿，一步跨上前去，搀起她，怜惜地说："爱妃快快请起！你尚在病中，身体虚弱，在这宫闱之内，不必行此大礼。"

田贵妃抬眉温婉笑道："不知皇上驾临，臣妾有罪！"

"爱妃近来身体有恙，应当静心调养。朕深夜来此扰了清静，是朕太莽撞了，爱妃何罪之有！"

田贵妃又跪下，泣道："皇上日理万机，为国事操劳，仍然牵挂臣妾。臣妾纵是肝脑涂地，也难报答万一！"

崇祯拉她起来，取过烛台，向她脸上仔细端详，笑道："气色果真好了些，只是清减了许多。明日吩咐御医再开几副滋补的药，爱妃好生调养，不可再生病了！"

田贵妃舒眉笑道："谢陛下恩典！臣妾谨记君命，不再生病了！"

两人说笑着走向挂着粉色帷幔的大床。

崇祯搂着田贵妃坐在床沿，田贵妃乘势倚在他怀里，仰面看着他的眼睛，轻声道："臣妾想奏请陛下，准许臣妾的父亲去南海普陀山进香，为陛下祈福，给臣妾消灾。"

崇祯欣然应允。

田贵妃的父亲田弘遇，单名畹，奉旨上南海普陀山为女儿田贵妃进香祈福返回，路过苏州，言谈之中神情不悦。跟随而来的幕僚揣摩着他的心事，试探着说："上次选秀时，姑苏名姬陈圆圆是个假货，真的自然还在姑苏城中。老爷何不二进姑苏，找衙门，或者找那风月楼的鸨儿，索要此女？"

田弘遇捋着下颌稀疏花白的胡须，发黄的眼珠闪过一抹亮光，肥腻的脸上随即溢满笑容，一声令下："去苏州！"

这种打家劫舍、欺男霸女之事，向来都是怂恿者出头露面。

田弘遇的幕僚与管家先找到衙门，亮出身份，说明来意，抖着二郎腿等待回复。

知府几时见过这种阵势？早吓得屁滚尿流，忙责成风月楼的鸨儿献出陈圆圆。

月仙何等样人？知道胳膊扭不过大腿，这次再也躲不过了。但是，仅凭你一句话，我就把真人给你带走？

田府管家掏出八百两一张的银票扔在桌上。

月仙撇嘴冷笑道："八百两？如此寒碜，打发叫花子呢！我养她这么些年，也不知花了多少个八百两。"

田弘遇是奉旨进香的，不想在此多耽搁，更不愿节外生枝。找到了真陈圆圆，心情愉悦畅快，要银子给银子，三千两银子扔下，那些如狼似虎的家丁，闯进横塘竹林里的小楼，一轿子抬了陈圆圆，打马回京。

周皇后的父亲周奎，早听说苏州名姬陈圆圆如何貌美如花，又如何聪慧过人，只恨上次漏选了。近日闻说陈圆圆被田贵妃的父亲田弘遇弄到了府上，不忿之余，便动起了心思。

最让周奎伤神的是，女儿虽贵为皇后，统领六宫，却无法得皇帝欢心。那田贵妃凭借一副好模样，媚惑皇帝，聚三千宠爱于一身。女儿在宫中恃宠而骄，父亲在宫外不可一世。周奎每每想到田弘遇那得意的模样儿，便恨得牙根痒痒的。

若寻一绝色女子以女儿的名义进献给皇帝，或许尚可取悦天子之心，若女儿得不到好处，也要让田贵妃尝尝失宠的滋味。

主意打定，便行动起来。

都说，天上神仙府，人间宰相家。田弘遇的国丈府在京城比宰相府更为奢华，而田府的美妙女子，竟比皇帝的后宫佳丽还多。

从江南回到京城，田弘遇急不可耐地想观赏陈圆圆飘逸的舞姿，美妙的歌喉。无奈，陈圆圆称因路途劳顿，偶感风寒，尚须调养，拒绝唱曲跳舞。他心中很是不悦，却也只得压抑着性子，托人捎信给田贵妃，派宫中御医前来为圆圆诊治。

好色成性的田弘遇自见了陈圆圆，便觉得府上的歌女一个个如山野村姑一般。这日正无精打采地观赏歌舞，家奴上前禀告，国丈周奎求见。

田弘遇一双鱼泡似的眼睛眯成一条缝，脑子飞快地转动，周奎？这老东西找我何事？该不是因他女儿失宠而有求于老夫吧？

你女儿失宠怨谁？你女儿贵为皇后又怎样？你女儿若不失宠，我的女儿又如何得宠！

田弘遇心里想着，竟得意地笑出声来，家奴有些吃惊地看着他。他挥手退去歌儿舞女，大声道："有请国丈！"

两人见面含笑问候，心里却各打算盘。

周奎已十分确定，陈圆圆就在田府，他不能给老色鬼有延缓的机会而让他把人藏匿起来。

周奎哈哈笑道："爵爷此次去普陀山进香，得到名满秦淮的歌女陈圆圆，可喜可贺啊！"

田弘遇心里骂道，老东西的耳朵还真管事儿，这么快就知道了？贺喜？朝廷大臣之中，有哪家没有几个歌女的？他今儿上门，不会是专门来道喜的吧？于是笑道："多谢国丈！不过一个歌女而已，实在是不敢言喜言贺啊！"

周奎靠近田弘遇，眼里带几分神秘道："早闻此女国色天香，气度不凡，眉宇间隐隐一股高贵之气，只怕不是你我这等凡人消受得了的。"

田弘遇暗想，陈圆圆的气度还真像周奎所说，只是他从未见过陈圆圆本人，又是如何得知？心里不免疑惑。

周奎不等他开口，又道："日前国事繁复，皇上宵衣旰食，每谈及国事，便忧心忡忡。此女擅笙歌，工诗画，又是人间绝色。爵爷何不将她献给皇上？一来，让她侍奉皇上，为皇上排遣烦忧；二来，可成全爵爷之名，美贵妃之德，岂不是三全其美，怎不可喜可贺？"

田弘遇倒吸一口冷气，心里恨恨地骂道：好歹毒的计谋！若把此女献给皇上，皇上认为是周皇后与她父亲周奎的功劳，女儿田贵妃必定失宠。若不献此女，皇上怪罪下来，女儿同样失宠，而我田弘遇还能过这般逍遥自在、快活似神仙的日子？

女人，我田弘遇向来是不乏女人的。我府中的舞儿歌女，其美貌、其技艺，闻名于京师，只是无人比得上陈圆圆的十分之一。可恨周奎老贼，用尽心机算计于我！此仇暂且记下，日后定当奉还！

田弘遇死鱼似的眼睛紧盯着周奎，心里却飞快地盘算着，两害相权取其轻，他决定送陈圆圆进宫。

圆圆坐在廊下的软椅上发呆，画眉在廊外煎药，一缕药香飘忽而来。

在姑苏横塘，衙门里的差役带田府奴仆闯入小楼时，圆圆知道此次在劫难逃，反而平静下来。她要带画眉一起走，她深知鸨儿月仙心狠手辣，见利忘义，画眉若留在此地，必无好结果。

当时，田府管家不屑地一笑："偌大的田府，多一个人就如一片树林子多一只麻雀。"

田弘遇见陈圆圆果然如人们所说的，美艳不可方物！心中喜极，叹为旷世无比的天人。一连几日，每见了圆圆，心神飘摇，竟不敢强其所难，叫画眉仍旧好生侍候她的圆圆姐姐。

前日，田弘遇至圆圆房中，本想叫她去大堂唱一曲，见她无精打采的，画眉说是受了风寒。当即便捎信至宫中，让女儿田贵妃派御医来替圆圆诊治。

圆圆望着廊外花影婆娑，心中叹息，人的命运真是瞬息万变。她从卖身葬姨母，学唱戏，做歌女，进贡府，又回风月楼，几多曲折与辛酸。后来与江南才子冒辟疆两情相悦，以为终身有靠。没想到，冒辟疆的花轿没来抬她，却等来了田弘遇。如今竟进了富贵已极的国丈府，真是离奇已极。她不知道等待她的还有什么，自己私自做主，带了画眉来此地，也不知日后画眉的命运将如何。

她站起来，想走近画眉，抬头却见田弘遇站在海棠花荫下，两只发黄的眼珠子在她身上滴溜溜地转。她心里厌恶之极，但人在屋檐下，不得不低头。

圆圆走上前，清浅笑道："奴婢给老爷请安！"

自进府来，田弘遇第一次见她笑，那妩媚的笑容，那慵懒的神态，那酥糯的吴侬软语，让他魂飞九天，不知身在何处。

此时，画眉端了一碗汤药过来，见田弘遇也在，便先向他请安。

田弘遇似从梦中惊醒，忙叫圆圆先把药汤喝了，有话说。

圆圆见他郑重其事的，并不去想他要说什么，反正人已经在此处，不如安下心来，应对即将到来的事端，便喝了汤药。

画眉收起药碗离去。

田弘遇看着圆圆亮晶晶的眼眸，心里是十二分的爱恋，口头温和地问："圆圆姑娘，你身体可好些了？"

"多谢老爷关照！奴婢已经好转。"

"那就好，明日是黄道吉日，老夫送姑娘进宫侍奉皇上。"

这一惊非同小可，她手中的丝帕滑落在地，瞪大眼睛问："老爷是说，要把奴婢送进皇宫，侍奉皇帝？"

田弘遇看着她那双明媚无邪，又满含惊恐的眼睛，心中醋意横生，口中却说："姑娘乃瑶池仙品，人间绝色，老夫不敢私自留你，故特进献给皇上。"

圆圆一时呆住了，田弘遇心里骂道：这小女人，听说要进宫侍奉皇上，竟高兴得痴了。脸上的笑容却更加柔和："宫中的田贵妃是老夫的女儿，她会照应姑娘的。当然了，凭姑娘的美貌聪慧，必得皇上欢心。到那时，可别忘了在皇上面前替老夫多说几句好话啊！"

黄昏，圆圆被一顶轿子抬进皇宫。

两个低眉顺眼的宫女侍候她用膳，她略为吃了一点。

她不饿，或者说是这几日的风云变幻，让她惊诧得忘了饥饿的滋味。她不知道她所在的这间屋子叫什么宫，两名宫女除了轻言细语地请她吃饭，便不再开口。

刚被抬进来时，她在轿子里凭着窄小的窗口，悄悄向外张望，只见有看不完的浅红色的宫墙，和夹在两墙之间悠长而空无一人的深巷。

放下茶碗，她缓缓步出宫门。院子里，只有参天的古木，与精心培育的花草，高高的院墙外面，除了更高大的宫墙，与飞檐画栋上的祥云走兽，则什么也看不见。

夕阳，给巍峨凝重的宫城涂上金碧辉煌的色彩，层层楼台亭阁又在夕阳中投下重重叠叠的阴影。风儿轻拂，花儿开放，馥郁的芳香给这威严沉寂的皇城添了几分清幽与欢愉。

只是，禁宫内苑太安静，偶尔一只鸟儿从宫墙之间飞过，也飞得悄无声息，似怕惊动了岁月深处、沉睡得年深日久的灵魂。

她沉思着，不觉径直走向院门，忽听宫女在身后轻声道："娘娘请留步！"

圆圆回头看她，清澈如水的目光透着几许温柔，也有几许询问。

宫女依然低眉敛首，表情木然地说："娘娘初来乍到，不识宫中路径，奴婢怕娘娘迷路。"

圆圆温婉笑道："多谢姐姐提醒！"

那宫女受宠若惊，抬头看圆圆一眼，又倏地垂下，惶恐道："奴婢不敢！奴婢名唤烟霞，娘娘叫奴婢名字就好。"

圆圆轻声道："烟霞？好一个轻柔、飘逸的名字！只是烟霞乃易散之物，风儿一吹，便了无踪影。可名字叫得好又怎样？我的名字叫圆圆，这圆字，就能带给我天长地久，圆圆满满的结局么？"

回眸见烟霞仍在她身边，神情甚是恭敬而木讷，不免沮丧地想：我这是进了一个只能进，不准出的地方了。我何止不识宫中路径，我还不识宫中规矩，不知宫中险恶呢！

圆圆回到屋里，刚刚坐下，便听门外太监尖细的嗓音响起："皇后娘娘驾到！"

圆圆慌的一下站起来，不知如何是好。

烟霞快步走来，在她耳边悄声道："娘娘莫怕！"便扶了她至门边跪下，低头恭候皇后。

一会儿，只听得裙袂拖在地面上的窸窣声走过，一个清冷的声音响起："起来罢！"

烟霞搀扶她起来，走至堂前。

刚点燃的宫灯，明亮而温暖，烟霞悄声道："跪下给皇后请安。"

圆圆跪下叩首："民女陈圆圆叩见皇后娘娘！"

周皇后也是天生丽质的女子，听了陈圆圆的声音，竟不由得在心里赞道："这女子的声音怎的如此轻柔悦耳！听得人如沐春风，如丝柳拂面。"

"平身！"皇后的声音依然清冷。

"谢皇后娘娘！"圆圆起身，不敢抬头去看这位母仪天下的周皇后。

"把头抬起来。"

圆圆缓缓抬头向上看去，座上的皇后，戴珍珠镶嵌的头冠，着明黄色宫装，雍容华贵，端庄典雅。她忍不住在心里叹道，这才是一个聚美貌、富贵于一身的女人！日后，真的就要与她共同侍候一个男人么？而且，是君临天下的男人！那时，我陈圆圆将会是怎样的情形呢？也如这位高高在上的女子一般富贵之极？然而，天下事从来都是难料的，任何事情都无法至极，乐极则生悲。

想到乐极生悲这四个字，她心里不由得一惊，我这是怎么了？今天，我的境遇是多么幸运而荣耀，侍奉至高无上的皇帝，天底下有多少女子正梦寐以求！

圆圆胡思乱想，一双柔媚的眼眸似看着皇后，思绪却游离物外，不知飘向何处。

周皇后正仔细地打量着她，饶是贵为皇后，统领六宫，几曾见过如此美艳的女子！后宫失宠嫔妃皆以为，田贵妃得皇上宠爱，是因为美貌与才情。若与这女子比起来，田妃又怎么称得上美艳！

老天！你如何生出此等尤物！又如何能让她飘进宫中、常伴君王之侧？父亲欲以此女对付田妃，我贵为后宫之尊，我的地位将何在？今天，我这种做法将是否被后世所唾弃？这绝世红颜，是祸水？还是……

可是，开弓哪有回头箭？事已至此，只能走一步看一步了。

锦屏后似有一缕阴冷的风悄悄掠过，周皇后感觉烛光飘摇，背脊发凉，禁不住打个寒战。又见陈圆圆目光游离，神思缥缈，不免有几分不快。

圆圆见皇后变了脸色，忙收敛起心神，低眉垂首，恭听皇后发落。

跪在脚下的女人，虽然低眉顺眼，虽然态度恭谦，却有一种超然出尘的泰然自若。她那一低头的妩媚秀雅里，透出一股端庄高贵而不容侵犯之气。

周皇后忽然一阵锥心的疼痛，胃里翻涌着一股酸水，她竭力隐忍着，不让那恶心的酸水涌上喉头。同时，她感觉，她这位后宫之尊，母仪天下的皇后，此刻所有的尊严与权力，连同这身尊贵之极的凤冠霞帔，在脚下女人那一低头的瞬间，灰飞烟灭。

她冷眼看着陈圆圆那高耸的发髻，与那一截雪白柔润的后颈，暗暗将一口气压至丹田，缓缓道："你的美貌与气质，实在是旷世难寻。只是在后宫，切不可以美色迷惑君王。"

周皇后听自己说话的声音，是那样缥缈而空洞，她在嘱咐这个世上身份最低贱而又最美貌的歌女，用她年轻诱人的胴体去侍奉自己的丈夫，却又道貌岸然地告诫她不要以色事人，真是滑天下之大稽！她想哭，想大声骂娘，但她不能，她生在帝王之家，最先学会的是隐忍，是矜持有度。她迷茫了，

第九章 明月明月 清寂无言照宫阙

她心里的那份感觉是嫉妒？还是为了天下事？

她又嘲笑自己，美色？自己年轻时，何曾不美！这皇宫后苑的美貌女子还少么？嫉妒，吃醋，都不必。一个男人拥有如此之多的女人，你能嫉妒得过来么？皇帝注定不是哪一个人的皇帝，是天下人的皇帝。

以美色迷惑君王？圆圆听见这词儿，吓得脸儿都黄了，忙低声道："回皇后娘娘，奴婢不敢。"

周皇后点头道："你出自梨园，精于才艺，也必懂得一些经史诗书。如今国事日益危艰，皇帝每日勤于国事，身心疲惫，望你尽心侍奉，为皇上排忧解烦，切不可耽于淫乐，给后世留下唾骂之名！"

圆圆诚惶诚恐："奴婢谨记皇后娘娘的教诲！"

送走皇后，圆圆已是香汗淋漓，湿透罗衣。

她望着窗外那方窄小的天空，望向那重重叠叠的楼台亭阁，在渐渐升起的月光中巨大而沉重的黑影，她感到窒息。

蓦然，她想起姑苏，想起江南的山水！

那是多么旖旎的风光！如水墨画一般。黛色的山峦，清亮的湖水，飘逸的柳丝。春雨，夏蝉，秋月，冬雪，所有的一切都绮丽纤浓而韵味悠长。

那红桃绿柳，碧荷白莲；那飘飞的柳絮，娇啭的黄鹂；那横笛的牧童，采莲的女子；还有那些吟诗作赋的文人，自诩风雅的名士，此时在她的记忆里，是那样的鲜活，又是那样的亲切。

她为什么要来这个人情冷漠、钩心斗角的皇宫？她有如意郎君，她在等待冒辟疆的花轿。她会与他携手风前月下，踏着花瓣飘落的声音，临水而舞，逐云而歌，她为什么要到这深宫之中与一群女人争宠？

想到冒辟疆，两行清泪滴落衣衫。她从衣袖里掏出一纸粉笺，这是那日目送冒辟疆的船扬帆远去之后，回到横塘的小楼写的一阕小令：

> 堤柳堤柳，不系东行马首，空余千缕秋霜，凝泪思君断肠。
>
> 肠断肠断，又听催归声唤。

这阕小令只怕永远也送不到冒郎手中了，她泪眼蒙眬地读着词，想冒辟疆俊朗的眉眼，想他温暖宽厚的怀抱，一任泪水横流，湿透诗笺。

第十章　忧愤难平　乱世之中谁识金

一轮秋影转金波，飞镜又重磨。把酒问姮娥：被白发欺人奈何？

乘风好去，长空万里，直下看山河。斫去桂婆娑，人道是清光更多。

——宋　辛弃疾《太常引》

陈圆圆痛洒了一番眼泪，周皇后的话又让她心气不平起来。为什么一再告诫我不要以美色迷惑君王？莫非我脸上写了"狐媚"二字？莫非爹娘生我这般容貌也有错？莫非你已经看出我就是那祸国殃民、遭后世唾弃的红颜祸水？宫中美貌女子何其多也，独我陈圆圆就是红颜祸水？

既如此，何必千方百计、山遥水远的把我弄进宫？把我弄来，不就是为了迷惑皇上，让田贵妃失宠！周皇后贵为六宫之尊，周奎作为国丈，富贵已极，为何还心有不甘？真是人心叵测。

圆圆望着窗外如水般碧蓝的夜空，悲哀地想，老天爷，你生我稀世的容貌，超凡的才情，却让我流落青楼倚门卖笑，饱受尘世的风雨与磨难，就是为了让我成为别人手中的一粒棋子？

柔肠百转千回之后，她又同情起周皇后来。从今夜的谈话来看，周皇后是很看重她的美貌与才情的，似有十分胜算的感觉。皇后在深宫养尊处优，听她父亲的安排，却不知这世上也有美貌所不能到达的境界。

若我陈圆圆能博得皇帝欢心，最多只能让田贵妃失宠，对你周皇后又有何好处？难道皇帝会因为我是周奎进献的，再回头垂怜于你而梅开二度？

在这金碧辉煌，而又冷漠无情的皇苑后宫的上空，在每个月黑风高之夜，游荡着多少心高气傲而又怨气冲天的女子魂灵？

"请娘娘沐浴更衣。"烟霞的呼唤打断了圆圆的沉思。

崇祯皇帝在御书房批阅奏章，听着灯芯轻微的噼啪声，一阵从未有过的疲惫之感侵袭而来，他揉揉发胀的眼睛，站起来活动一下腰身，问一边侍候着的王承恩："几更了。"

"回陛下，已近三更。"王承恩看一眼窗下的沙漏。

"朕有些饿了，有没有吃的？"

王承恩一迭声地应道："有有有！陛下，奴才这就传人去拿。"

一会儿，一个小太监提了食盒进来，王承恩接过，从食盒里取出一碗藕粉勾芡小汤圆，一碟香油酥饼，一碟冰糖桂花软糕，放在书案左侧的茶几上："皇上，请用！这些都是极好消化的。"

崇祯吃了一块桂花软糕，一只酥饼，喝光了藕粉小汤圆，挥手叫王承恩："你也吃块糕饼，站了大半夜，能不饿？"

王承恩忙跪下谢恩："谢陛下恩典！"

崇祯又坐至书案前，拿起奏章。

王承恩见状，轻轻走至他身侧。

崇祯斜眼见他欲言又止，问："何事？"

王承恩小心奏道："陛下，皇后娘娘给陛下挑选的江南女子陈圆圆在储秀宫候旨。"

江南女子陈圆圆？崇祯想起来了，周皇后昨日说她父亲周奎，为皇帝选一名绝色的江南女子，人称"声甲天下之声，色甲天下之色"，莫非就是此女？

朕未宠幸的后宫嫔妃，也不知有多少，这会子又特意选一个来，周皇后看似严谨木讷，实则贤淑可嘉。

虽勤于国事，无暇顾及女色，但是，作为男人，崇祯心里还是有十分的好奇与遐想。他想，都说江南出美女，以前选的秀女一个个的貌若天仙，难道这个陈圆圆更为出色？能比得过田贵妃？朕倒要看看。

崇祯放下奏折，对王承恩说："回寝宫！"

圆圆不是赤身裸体裹在锦被里被太监们扛进来的，她是坐轿子来的。

步入崇祯的寝宫，她身后的宫女已悄悄离去，一重重的黄缎锦幔在她眼前掀起，又在她身后悄然落下，不带一丝声息。

圆圆袅娜着杨柳腰肢，莲步款款，似乎不是在皇帝的寝宫，而是在秦淮河畔沐浴着春风，踏青草而行。

这座高大的宫殿，虽富丽堂皇，却沉寂冷清，圆圆好奇的眼眸里含几许疑惑。她想，今夜可能会下雨，殿中的空气异常沉闷，背上已经有了微微汗意，绸衣也粘在身上。

自圆圆进门，崇祯就一眼不眨地盯着她，见她高昂着头，腰肢柔软，莲步轻盈，衣袂翩飞，乌黑如云的发髻上斜簪着的碧玉玲珑簪，随着脚下的步子轻轻摇晃，风流灵动之极。崇祯心里喊道：好风骚的女子！

女人的风骚，男人最为迷恋。

让他不快的，是她脸上迷人的浅笑与一种神情。

那是一种什么样的表情？崇祯思索着用一个词来表达，那是一种才高貌美的女子，目无下尘、自恃清高的神情，是一种什么也不放在眼里的泰然自若。

圆圆身上这种泰然自若，深深刺痛了崇祯。

他愤愤地想，后宫三千佳丽，谁不巴望着进这座寝宫！能走进这儿的女人，哪一个不是低眉顺眼，战战兢兢？又哪一个不满心巴结，愿做朕驱使的奴仆？

你一个风尘女子，进朕的寝宫，竟如此托大，满脸不屑的浅笑，浑身洋溢的风情，你以为你是在秦淮河的画舫上？还是以为你就是这座宫殿的主人？

崇祯心里恼怒，禁不住轻轻哼一声。

圆圆正打量着四周，听这声音，心里一惊，循声望去，见一个中年男人，深陷在一张金碧辉煌的椅中。刚才宫女说这是皇帝的寝宫，这个目光冷漠，面颊瘦削的男人不是崇祯皇帝，还能是谁？

圆圆忙敛了眉眼，低头碎步上前，跪倒在他脚下："民女陈圆圆叩见皇上！"

崇祯不动，只懒懒地说："起来罢！"

圆圆抬头望向崇祯，她眼前的皇帝，丝毫没有君临天下，唯我独尊的威严，更无一个帝王将要宠幸女人的意气风发。她看到的是一个疑虑重重，目光警惕，神情略带焦灼的男人。

她心里吃惊不小，皇帝不是正值壮年么？看他稀疏的头发与额头、眼角的皱纹，怎的如此苍老？

崇祯见她目光流转，顾盼生辉，微微上翘的嘴角，欲笑还嗔，薄罗纱衣下高挺的双乳，隐约可见，一缕馥郁的香味绕鼻而来，他迷惑了，那颗在女人面前波澜不惊的心狂跳起来。

他贵为天子，他的三宫六院，他众多的嫔妃，在他怀里，在他的龙床之上，都如木偶一般呆滞而蠢笨。她们大概以为，在皇帝面前表现出来的呆板便是女人最珍贵的节操了，而他却索然无味。

眼前的陈圆圆，竟是这样的清灵、妩媚、妖娆，她俏生生地立在眼前，宛如含露的海棠。

崇祯突然伸出右手，一把揽过她的纤腰，搂在怀里，低头向她柔嫩的朱唇吻去。

圆圆猝不及防，跌倒在他怀里。心想，皇帝也不过如此，脱掉帝王的外衣，与天下男人一般无二。

崇祯伸手摸索着去解她的衣带，抬头见她似笑非笑，长长的睫毛下，一双碧漆似的瞳仁里，在烛光下跳动着的两团火苗，是那样的骄傲自信，又充满着神秘的野性与几分迎合，心中猝然一惊：好妖媚的女子！

突然，一道亮光从窗前倏地闪过，几声闷雷在头顶炸开，又连连轰动着滚向远处。他猛然推开怀里的女子，神情惶恐地环顾他的宫殿，那沉闷的雷声恰似女真人战马的铁蹄踏上他的国土。密集的雨点在树叶上、墙壁上与窗棂上噼噼啪啪地响起来。狂风带着泥土的腥味从窗口涌进，仿佛边境急促的战鼓之声，挟着守关将士的鲜血，在黄沙中飞溅。

他颓然倒进他的龙椅，近似绝望地喊："不祥之人！不祥之兆！"

圆圆突然被推倒在地，摔痛了胳膊。她莫名其妙而又惊恐万状地看着崇祯皇帝，这是怎样的一个男人？他看我的目光为何如此憎恶？我怎么成了不祥之人？打雷下雨乃天然之道，又如何是不祥之兆？

崇祯见倒在地上的圆圆看他的目光，如野猫般狂野而怨尤，又喊道："来人！把这女人送回储秀宫！"

王承恩急急忙忙地让几个小太监扶了陈圆圆出去，自己倒了茶递给崇祯。

崇祯像是渴极了，一口饮尽，神情疲惫地说："去田贵妃宫！"

田贵妃未曾入睡，上半夜沉闷燥热，下半夜电闪雷鸣、雨横风狂，是天气异常让她无眠？不是，是皇帝今夜宠幸新人让她寝食难安。

一直以来，她以貌美贤淑、寡言少语而宠冠后宫，引来多少嫔妃的嫉妒与不满！周皇后虽统领六宫，对她也无可奈何。

然而，后宫，是一个集绮丽与诱惑，温柔与冷酷，血腥与脂粉的战场。后宫嫔妃为争宠明争暗斗，由来已久，她不能掉以轻心，却又防不胜防。昨天收到父亲托人捎来的书信，得知周奎把陈圆圆进献给皇上，欲陷她于不利之地，危机陡起，却无计可施。

皇帝，有着至高无上的权力，操纵着天下人的生死存亡，何况他后宫里的嫔妃？宠幸一个女人，冷落一个女人，如家常便饭一般平淡无奇。

她不无悲哀地想，许多年来，我独享皇帝的宠幸，而无视他人的存在，如今报应来了，好日子过完了。

田贵妃在床上辗转反侧，不能入眠，她抚摸自己丰腴的身躯，竟汗黏黏的，她讶异不安，这是怎么了？

蓦然，几声沉闷的雷声响起，似从遥远的地方滚来，在她窗前作片刻停留，又向远方滚去。

她骇然坐起，蜷缩到床角，睁大眼睛，盯着烛光中的重重帘幕，似乎那后面有两只黑手，正欲撩开她豪华的罗帐，摄取她的肉体与灵魂，她颤声叫道："小翠！"

宫女小翠应声而来，见她满头满脸的汗水，双眉紧蹙，忙问："娘娘怎么了？哪儿不舒服？奴婢差人去唤太医。"

她紧紧拉住小翠的手，摇头道："不必。"

小翠见她神志清醒，心想，娘娘或许是做了噩梦，便去倒碗安神茶来，田贵妃接过，一气喝干。

小翠见她渐渐平静，侍候她躺下，轻声道："外面在下雨，凉快了些。娘娘安心睡罢，奴婢在这儿守着呢！"

她感激地看了小翠一眼，便闭上眼睛，心想，皇帝今夜宠幸新人，我孤独的日子或许就从今夜开始了，往后，漫漫长夜或许只有小翠陪自己度过。

田贵妃迷糊之间，忽听小翠轻轻唤道："娘娘！娘娘睡着了么？皇上来了！"

崇祯已至床前，示意小翠不要叫醒田贵妃，小翠悄声退出寝宫，拉上帘幕，关上门。

田贵妃已经醒来，但依然侧身面向床里，不动。皇帝这个时候来，那新来的美人呢？莫非？她心里蓦然生出几分喜悦。

窗下的小圆桌上，一只锃亮的、镂花铜炉中，正袅绕着若有若无的青烟，崇祯嗅着这熟悉的龙涎香味，心绪平和。撩开罗帐，侧身躺在田贵妃身边，一只手轻轻抚摸着她丰腴的身体。

田贵妃翻过身来，口齿黏糊地说："皇上，皇上今夜不是临幸新美人么？"

崇祯在朦胧的烛光中，见她慵懒而娇柔的模样儿，忍不住在她脸上亲一口，笑道："新美人？新美人不如我的旧美人儿好。"

田贵妃半睁半闭着一双媚眼，浅笑道："新美人不美么？"

崇祯似在回味："谁说不美？皇后说她在江南人称'声甲天下之声，色甲天下之色'。"

田贵妃支撑起上半身，心里很是紧张，脸上却巧笑嫣然："真有这等美人？恭喜皇上，贺喜皇上得此佳丽，臣妾又多一个好姐妹了。"

崇祯见她如云的黑发披垂在胸前，圆月般的脸儿更加丰盈而白皙，目光中满是爱怜，他轻抚着她的长发道："不瞒你说，此女还真是瑶池仙品，人间绝色。"

田贵妃的心凉了半截，她重新躺下，试探道："既是人间绝色，皇上如何忍心丢下她，来臣妾这儿？"

崇祯并不去想田贵妃是在吃醋，还是在担心她自己的地位，在她耳边悄声道："此女虽是绝色，却太过妖冶。朕自登基以来，自守清廉，勤于政事，何况目下国事危艰，哪有心思去享受这奢靡之乐！"

田贵妃听了，心宽了一大半。然而，这陈圆圆在宫一日，她便一日不得安宁，乘势道："皇上既不喜欢，何不打发了？若将她置于冷宫，无端的惹她怨恨。"

崇祯想，此女虽妖冶，朕不喜欢便罢了，倒不至于将其治罪打入冷宫，再说，她也没有犯罪。听说此女是田弘遇从江南买来的，不如做个人情，赐给他。便道："此女会琴棋书画，吹拉弹唱，你父年事已高，将此女赐给你父做伴，消磨时光，岂不好！"

田贵妃连忙爬起来，跪在床上向崇祯叩首："谢皇上恩典！臣妾代父再三谢皇上隆恩！"

崇祯与朝中大臣尚在温柔乡中，边境的战火已熊熊燃起。

吴三桂与好友曹变蛟、白遇道随毛文龙出关至辽东。

毛文龙帐下原本就有孔有德、耿仲明、尚之信三位总兵，再加上吴三桂、曹变蛟、白遇道三人，六员虎将使毛文龙部如虎添翼，骁勇难挡。

一到辽东，毛文龙率精兵勘察双岛地形后，与各部将领商议："此地乃女真人往来的要道，我部若在此处筑城设障，派重兵把守，纵使对方有十万精兵，也不能攻破。"

众人静听毛帅剖析："古人说得好，能守而后才能战。杨镐自恃兵多将广，轻举妄动，以二十万大军，惨败于抚顺，令人痛惜。以我看来，此地的险要之处，全在双岛，前面可以阻止建州人水上来犯，后面可以阻止他们陆地偷袭。希望大家与我一道，同筑此险要，驻守此地，养精蓄锐，必能打败建州人。"

吴三桂等人见了，心中钦佩：毛文龙谋略过人，神机妙算，世人难及，是大明朝的栋梁之材，也是大明朝的福气。

自此，毛文龙率将士大兴土木，设立险要，半年后，只见双岛：

面衔大海，背枕高山。虎瞰龙盘，皆成形势；羊肠鸟道，尽属崎岖。处之则粮道皆通，面之有水源不断。转输既便，固无受困之虞；战守皆宜，复无可窥之隙。兵房炮垒，皆分布夫东西；砦角阵图，更折冲夫南北。似若地势，实属天雄。真是一夫守关，可信万人莫敌。

毛文龙把一座双岛经营得如铜墙铁壁一般，再骁勇的建州人，也无法来犯，偶有骚扰，也被轻易平定。

建州人攻不了双岛，便用起了计谋，一边派人送信给崇祯皇帝，称愿与明朝修好；一面暗中使银子买通明朝重臣，在皇帝面前弹劾毛文龙在双岛的种种劣迹。

崇祯想，自从经略大臣杨镐率领的二十万大军惨败于抚顺后，边境便无宁日。今毛文龙率部守关，几年来，辽东无烽烟之忧，毛文龙实在是不可多得的将才。若罢免了毛文龙，满朝之中又有谁能如毛文龙一样镇守边关，而使国家安宁？

可是，不动毛文龙，弹劾毛文龙的奏章天天不断，又不能不问。思忖再三，崇祯下旨，责令蓟辽总督经略王之臣核查毛文龙的言行举止。谁料，王之臣正恨毛文龙身为下属，却无视他这个总督，认为他居功自傲，目中无人。此次皇帝的旨意正合了他的心意，便欲参毛文龙一本。

他的幕僚水佳允劝道："毛文龙虽有些缺点，但罪不至死。从现今边境的状况来看，若除了毛文龙，大明朝必亡。千军易得，一将难求，眼下正是用人之际，希望总督放宽胸怀，为国家保全毛文龙。"

王之臣听他对毛文龙的赞美之辞溢于言表，心里更加恼怒，毅然决然奏了毛文龙一本。

一石激起千层浪，朝臣每上朝之时，便奏毛文龙久拥边兵，好强斗胜，专横跋扈，恃功而骄。若不尽早除之，有朝一日，毛文龙在边境擅权起事，朝廷便是养虎为患，悔之晚矣。

崇祯皇帝见建州人以示和好，以为今后边境无忧，又听朝臣日日奏请，虽半信半疑，也不得不在心里权衡利弊。可是，派谁去蓟辽做督师呢？满朝的文武大臣，今日奏请，明日弹劾，竟无一人愿往辽东边关任命。

想来不禁悲哀，崇祯皇帝每于上朝之时，看殿中群臣，衣冠鲜明，神色自若，这些食君之禄的大臣，有几个能替他分忧？有几个能助他安邦治国、济世扶民？这些人只知粉饰太平，苟且偷安，过着灯红酒绿、纸醉金迷的日子。唯有毛文龙文才武略，守得边关如铜墙壁铁一般稳固，谁料在这难得的宁静中，又生出事端来。

如今，派谁去辽东呢？崇祯焦虑地敲着额头，猛然间，他想到了因得罪魏忠贤而落职，久未重用之人袁崇焕。

袁崇焕领了圣旨，暗想，被魏忠贤陷害一直不得朝廷器重，此次虽是圣上钦点，那毛文龙镇守边关，骁勇异常，文韬武略，不是平庸之辈。此事若无法交旨，又被罢免倒无妨，唯恐他人耻笑，不如不去。

便向皇帝奏道："臣只是一介书生，手无缚鸡之力，在朝中向来为武臣所不齿。又生性愚笨，不擅交际。此去，唯恐边关将士不听臣的使唤，还请陛下另选贤能之才担当此任。"

崇祯安慰道："此次边境事端，其利弊有关国家存亡，朕既派爱卿担此重任，绝非听信谗言。爱卿若担心边关将士不听指挥，朕赐予你尚方宝剑，若有不服者，便可以剑诛之。"

遗憾的是，饱读诗书的袁崇焕，误解了崇祯这句话的意思。

崇祯派袁崇焕前往蓟辽，以尚方宝剑震慑于毛文龙，令其忠心不贰，镇守边关，并无诛杀毛文龙之意。

临行之时，朝中大臣为袁崇焕长亭饯行，大多数人皆诋毁毛文龙，说皇帝既赐了尚方宝剑，力请袁督师将其正法。

只有董其昌面有忧戚，对袁崇焕道："我不避嫌疑，跟督师说几句心里话，凡事得考虑周全，才能制敌于胜。毛文龙虽有些毛病，也不至于死。他镇守边关，于国家大有益处，不到万不得已，请督师手下留情！日后，以备国家战时之需。督师才德兼备，唯恐不能得权贵之欢心，除了毛文龙之后，你的督师之职，怕也不能长久，若你与毛文龙两败俱伤，我大明王朝气数将尽矣。"说罢，两行热泪，潸然而下。

袁崇焕见他掩面而去的背影，心里惶惑不安。又有朝臣道，董其昌与毛文龙乃姻亲，所以包庇毛文龙。

袁崇焕一时不知听谁的，惶恐不安地辞别众人出关。

第十一章　一意孤行　崇焕边塞诛文龙

纵横海外称骄悍，镇慑辽边号将才。

功过未明头已断，只留公论付将来。

——佚名

袁崇焕抱着尚方宝剑，风雨兼程来到辽东。

蓟辽所有下属官员齐来迎接，嘘寒问暖，治酒设宴，为袁督师接风洗尘，无一不巴结讨好。唯有毛文龙不见人影，下属皆道毛帅尚在双岛，今日来不及赶到蓟辽迎候督师。然而，袁崇焕心里很是不快，毛文龙是关键人物，他袁崇焕就是为他而来，此人如此托大，竟然不露面，心里便有了毛文龙妄自尊大、无视上司的先见。

内中一人，见袁督师为此闷闷不乐，便凑至督师耳边道："卑职想单独求见督师。"此人正是建州人安插在王之臣身边的副将贾仁恩，正欲以他三寸不烂之舌离间大明朝臣。

袁崇焕挥手让左右护兵退出，贾仁恩道："督师大人，卑职多次经历总督经略的更迭退换，对宁远、榆关、双岛等地的军情甚为了解。今天卑职有一事，不知当讲不当讲？"

袁崇焕笑道："有什么话，将军尽管倾言相告，本帅洗耳恭听。"

贾仁恩便将孙承宗任辽东总督经略时，毛文龙执意调兵遣将讨伐金国而战败，继而导致局部兵变（这兵变之事，实属贾仁恩暗中所为），当朝廷派钦差勘查此事时，毛文龙把一切责任都推给孙承宗，次年，孙承宗被罢免。

袁崇焕听了，很是反感，男人大丈夫敢作敢当，责任当头，何以推卸？便在心里深深打了个结：毛文龙品行不端。

次日，袁崇焕招集幕僚商议，欲听取诸位下属意见，其实就是向众人收聚毛文龙在双岛的所作所为。

有道是，墙倒众人推。毛文龙性情粗暴，镇守边防要塞，统领千军万马，对属下粗声大气，恶语相向，也是有的。那些受过毛文龙呵斥的人，此时见朝廷派大员来查实，未免添盐加醋、添枝加叶地说了毛文龙诸多不是。

座中唯有一位叫徐允英的道："毛文龙身上虽有些毛病，但镇守双岛功不可没。只是，此时正是国家用人之际，实在不是诛杀将才的时候。"

说毕，徐允英出了督师府，对跟随在左右的人说："此次毛帅必死无疑！"

众人惊道："将军何不尽力劝阻？"

徐允英摇头道："据我看来，目下的形势对毛帅非常不利。袁督师昔日任辽省巡府时，便人心所向。今以兵部尚书总督蓟辽军事，毛帅本应谦恭有礼，陪伴左右。可他昨天不来迎接不说，到今日还不见人影。这就让人觉得他恃功而骄，威福自恣了。而又有一些落井下石的小人，察言观色，讨好献媚，在督师面前说了毛帅诸多恶行，毛帅只怕难逃此劫。"

听了众人的述说，袁崇焕尚在犹疑之中，但对毛文龙的成见已隐然于心。决定登双岛阅兵，再探毛文龙虚实。

次日早餐后，袁崇焕内着战袍，外罩文官官服，佩戴尚方宝剑，率领众将士登舟，望双岛而来。

船正行驶在途中，宽阔无边的海上，霎时狂风陡起，卷起一层层巨浪，船只无法行驶。袁崇焕忙命将船驶向避风港暂时停靠，与众人商议如何调查毛文龙。

徐允英想，若这样突然而至，毛文龙必措手不及，何不想办法帮他一把？便对督师道："属下等人，没有不听从督师指挥的。但督师要审查毛文龙，就不能这样突然而至。毛文龙经营双岛数年，拥十几万精兵，如果知道督师偷偷而来，是为了劾察他，给他治罪，他必然反感，督师反而会受他辖制。"

袁崇焕道："本督自有妙计，无须你等多虑。"

待海风微微减弱后，袁崇焕派人驾轻舟先去告知毛文龙，明日在双岛商议军政要事。

第二天，风平浪静，袁崇焕扬帆驶向双岛，途中所经岛屿，都一一登临察看，见设置完善，守备严密，心里颇为赞赏：毛文龙经营双岛边防有条有理，若他恪守职责，精忠报国，实在是难得的将才。只可惜他性情骄奢，蔑视纪纲，蹂躏辽人，死罪难免。杀了他，实在是有些可惜。

毛文龙不知大祸降临，一面探听督师的行程，一面准备恭迎。

袁崇焕船到登州，忽有登州海防左营游击尹继珂来见，说海上风狂浪大，奉毛帅之命，特调四十八只帆船前来迎接护航。

船至旅顺，又有旅顺游击毛永义在岸边恭候。

袁崇焕上岸与毛永义同去拜谒龙王庙。督师道："开国之初，中山王、开平王先战于鄱阳湖，后战于北平，水陆兼顾才能制胜，打败胡人。今天看毛帅的水营，沿岸只有船泊防守，恐怕不能全力防卫。"

毛永义拱手回道："回督师，毛帅以为，建州人生于北方，只擅长在陆地上骑马射箭，不习惯在水上作战，所以只着重陆地防备。再说，朝廷拨给边防的银两太少，也顾不了水上的防备措施。多年来，建州人还没有从水上来犯，督师大人尽可放心。"

袁崇焕见他夸耀毛文龙，心里不自在，脱口道："你是姓毛，所以才这样为毛文龙说话的吧！"毛永义听了，心中大为惶恐，这督师来者不善啊！正想再说什么，却见袁崇焕挥手命开船。

毛文龙早已在双岛岸边恭候，袁崇焕却派人说，明日与毛帅相会。

次日，毛文龙至袁崇焕住处拜见后，二人又同去毛文龙营帐，袁崇焕道："辽东海防，只有本督与毛帅，你我二人唯有同心协力，同舟共济，才能守住大明朝的海岸防线。今天本督有良方妙计，不知毛帅是否愿意用？"

毛文龙诚恳道："属下镇守边防，多年来未有敌人敢大肆侵犯，也算有几分功劳。但有些小人爱进谗言陷害，使得粮草匹马短缺，有些事做起来，未免缩手缩脚。值得庆幸的是，打了多次小仗，从未受过挫折，敌人不敢藐视大明王朝。如果督师有锦囊妙计，属下怎敢不用！"

毛文龙的话出自肺腑，很是坦诚，而袁崇焕听在耳里，竟认为他恃功而骄、目无上司，心里便定他桀骜不驯、抗上不羁之罪。表面上仍然谈笑自如，毛文龙心里丝毫不疑其他。

袁崇焕带亲兵视察双岛，所到之处，见堡垒坚固，粮道畅通，岛上险要之处，可防可守，而且军纪严明，心里十分赞许。只是每问起兵士姓名，大多数说姓毛。原来，毛文龙唯恐兵士守岛不安心出力，把那些比较勇敢的将校，都叫他们改姓毛，收为自己的子侄。袁崇焕只看表面，不问缘由，认为毛文龙是在招集党羽，只这一条，毛文龙已是死罪难逃。袁崇焕心想，可以动手了。

这夜，袁崇焕作了周密的布置。

第二天一早，袁崇焕提议去岛上打猎，毛文龙毫无防备，欣然同往。袁崇焕令参将谢允光密传号令，将毛文龙的百余名随从将校，连同营帐包围得滴水不漏。

营帐中，袁崇焕居中而坐，森然道："双岛远离陆地，本督见岛上兵多粮少，欲从宁远运钱粮来此，途中设道员之职，专查核钱粮，你为什么不同意？"

毛文龙见要去打猎的袁崇焕突然问这种话，心里委屈，脸上便有些挂不住，直冲冲道："我镇守双岛多年，都是自筹粮饷，就是这样，尚且还有许多难处。如今若从宁远转运而来，路多险阻，属下怕节外生枝。"

毛文龙还不知道已成瓮中之鳖，犹自说道："督师能接济双岛，是守备将士的福分。只是数年来，蓟辽总督换了几任，孙承宗经营不善，高第管理失误，每到关键之时，就压扣粮饷，妨碍岛上的军机大事。那王之臣也不知为什么，跟我有仇似的，每每都要克扣饷项。如果现在改道从宁远转运，中间再设道员，我这双岛的粮饷怕是更难得到了。"

袁崇焕待他说完，冷笑道："你说来说去，都是别人的错了？讨伐金国而战败，导致兵变，把责任推卸给孙承宗，以掩饰自己的私心与劣迹，你这是蔑视纪纲。我可以不与你计较，但天子神威，却容你不得。"说罢，便亮出尚方宝剑。

毛文龙万没料到袁崇焕有此举动，无丝毫防备，他那些护卫将校见袁崇焕严厉的言谈与尚方宝剑，以为是皇帝命他来杀毛文龙的，谁也不敢多嘴。

毛文龙毕竟久经沙场，此刻虽心中惊骇，仍平静道："本人历来建有功勋，所以，才被推荐守此重镇，还未曾受过皇上的半点责罚。现在有小人诉陷于我，我只不过是得罪了上司，何罪之有？若我目无法令，粮饷困难之时，军心涣散，我毛文龙早就带这十万守备之军反了。难道督师就因为我不同意设粮饷道员，就治我死罪？"

袁崇焕厉声道："毛文龙，你欺君罔上，屠杀辽民，残破高丽，推卸责任，改变将士姓名，这些罪还少么？"

毛文龙脾气本来就急躁，此时再也忍耐不住了，怒道："我哪一件是欺君罔上？辽民通敌危害边境，我杀了也有罪？高丽国帮助建州人来犯边境，我打他们也有罪？"

袁崇焕杀心早起，见毛文龙动怒，更加忍无可忍："你犹自狡辩，弹劾你的奏章也不知有多少了，难道都是陷害你的？"

毛文龙道："既如此，督师可押我回京对质便了。"

袁崇焕怒道："你以为你能欺上瞒下，与我对抗么？左右拿下！"

毛永义急道："督师请息雷霆之怒！昔日楚国杀功臣而晋文公欢喜，秦国留了孟明而齐襄王恐惧，败军之将尚且如此，今天若杀了毛帅，建州人不知有多高兴，此后这重镇边陲的守卫，有谁来担任呢？"

袁崇焕脸色铁青，眼中怒气更盛："本督今日杀了毛文龙，若不能恢复辽东面貌，就替他偿命！砍了！"

吴三桂挺立在城堡之上，从城垛之间眺望大海，汹涌的海浪一波又一波地扑向城堡的基石，带有咸腥味的海风，撩起他的战袍。

他抹去溅在脸上的水珠，无端的，眼前竟现出一条烟柳依依，画舫流连的河流，那是他梦里的苏州河。黄昏，清泠的河水中，桨声汨汨，歌声悠悠，隔岸灯火闪烁，画舫人语纤浓。

那一年的那一天，陈圆圆光洁、白皙的容貌，和着那一声"姹紫嫣红开遍"的唱腔，如春波摇漾在他的心湖，让他朝思暮想直至如今。去年夏天，他特请毛帅的幕僚代写一首相思情浓的七言诗，派兵卒送至姑苏，得知圆圆已流落在风月楼做歌女，痛惜难忍，却又无可奈何。两月前又派属下带重金前去聘娶，至今尚未归来，心里不免焦急万分。

"将军！"派去姑苏的使者站在他身后，风尘仆仆。

吴三桂大喜："你回来了，差事办得如何？"

"将军，属下一到姑苏，便听人说，陈姑娘已被田贵妃的父亲田弘遇掳去京师。"

吴三桂两眼冒火，紧抓士兵的臂膀："此事当真？"

"将军，此事千真万确！"士兵抚摸着被他抓痛的手臂，"起初，属下也怕是误传，特地去风月楼找老鸨问了个清楚明白。本来陈姑娘第一次躲过了周国丈为皇帝选秀。田弘遇二下江南，上普陀山进香，回程途中，逼衙门出面，这才抢走了陈姑娘。"

吴三桂两只拳头咔咔地捏出水来，心里恨恨地骂道：田弘遇，老不死的东西！

那士兵有点迟疑地问："将军，今儿双岛有大事发生么？"

吴三桂回过神来，挥手道："有什么大事？近几天，朝廷派来的督师袁崇焕巡察边防要塞，今日一早，毛帅陪督师去狩猎了。你且去歇息，我去毛帅帐中看看。"

"将军竟然不知？"士兵惊讶道。

吴三桂颇为诧异："不知何事？"

"属下刚才听说毛帅已被朝廷派来的督师所杀。"

吴三桂惊道："胡说！毛帅镇守边关数年，保得一方平安，于国于民都功不可没。而且，目下正是用人之际，毛帅又未获罪，朝廷怎会无故杀他？"

正惊愕不已，却见尚之信、白遇道匆匆寻来。

三桂见二人惶恐不安的神色，已是心惊肉跳。

果然，尚之信带来的消息证实了士兵刚才的话。

吴三桂急道："去我帐中，这儿不是说话的地方。"

途中又遇耿仲明、曹变蛟，五人会合，望三桂帐中而来。

五人进吴三桂帐中，尚未坐定，耿仲明道："我等是毛帅手下得力干将，各守边防要塞。如今主将被袁崇焕所杀，我们兄弟几个恐怕在劫难逃。"

尚之信道："耿兄所虑极是，咱兄弟要想个万全之策才好。"

白遇道心思缜密，思索着说："蓟辽总督经略王之臣，向来不喜欢毛帅，把我们这些下属更不放在眼里。此次袁崇焕一来，便杀了毛帅，此事与王之臣必定有千丝万缕的干系。督师下令说，只杀毛文龙一人，其余不予追究。"

吴三桂道："毛帅镇守边关多年，立下多少汗马功劳！若不是他经营得双岛如铜墙壁铁一般，岂有大明朝的安宁？这样的主将说杀便杀，何况我们这些人？"

众人惶恐不安。

吴三桂又道："袁督师说不追究其他人，不过是缓兵之计，稳定军心，又因我们这几员骁将手下都是精兵，他暂且不敢动手。待他日后慢慢瓦解、削弱我们的兵权，便是我们的死期到了。"

曹变蛟急道："那还等什么？我们不如反了双岛，投奔建州人去。"

尚之信道："吴兄分析得极是！曹兄的主意更好。不如反了，杀了袁崇焕，为毛帅报仇雪恨，以报知遇之恩！"

众人去意已定，当下各自回帐，静观袁崇焕如何处置后事。

次日一早，吴三桂等将领接到袁崇焕命令，说双岛与陆地隔绝，管制不便，今后岛上不部署兵力，只留下少许哨兵。

白遇道等人又聚在吴三桂的帐篷，尚之信急切道："你们都听到命令了？"

吴三桂道："袁督师的举动，是要解散毛帅的亲信。当初毛帅为团结兵士，同心协力守岛，令下属改姓毛，认作子侄，这也成了毛帅的罪名。如今，袁督师令改回原姓，不动声色地撤销双岛兵力，是怕毛帅手下兵士暴动，若再不逃，我们几个恐怕性命难保。"

正踟蹰间，兵士送来一封信，原来是大宗伯董其昌的亲笔书函。

吴三桂拆开念毕，众人面面相觑，却更加心惊肉跳：原来，皇帝并未下令杀毛帅！

尚之信激愤道："先杀了袁崇焕，为毛帅报仇，再反出双岛！"

吴三桂道："袁崇焕乃一介书生，杀他轻而易举，只是这会引来更大的麻烦。"

正说着，忽报孔有德到。

孔有德更为迫切："锦州总兵祖大寿已逃往建州去了。大寿无罪，只是毛帅的亲信，见主帅已杀，恐自身难保，便先逃走。我也有此意，兄弟们不走，我可是要走了。"说毕，转身便走。

白遇道拦住："孔兄且慢！兄弟们也有此意，只是建州与大明朝是敌对之国，若投奔而去，谁知道他们如何对待我们？此事需从长计议。"

尚之信说："建州人此时正收买人心，必定不杀我们这些投奔之人。我们此去，不过是暂时避祸，他日若有机会，再飞马归来，有何不可？"

吴三桂沉思道："祖大寿是我的亲舅舅，若兄弟们主意已定，为慎重起见，可先去投靠他。只是，我得先写书信给京城的父亲与大宗伯董其昌，说明此次逃离的缘由。"

吴三桂派亲兵将书信送出双岛，与尚之信、白遇道等人丢弃兵符，乘月黑风高之夜，奔建州而去。至此，毛文龙精心营建的大明朝辽东边防，已撤销殆尽。

袁崇焕闻报吴三桂等人逃往建州，肝胆俱骇，不敢有丝毫隐瞒，连夜上疏，六百里加急送往京城，报吴三桂等叛逃，辽东边防岌岌可危。

吴襄与大宗伯董其昌接到吴三桂快马送来的书信，惊得目瞪口呆。同时，朝廷也收到袁崇焕的奏报。

一时，从崇祯皇帝到满朝文武，无不惊恐万状，如临大敌。原先一致诋毁毛文龙的朝臣，又掉头一致谴责袁崇焕意气用事，引起变故，力求皇帝治袁崇焕激变酿祸之罪。

龙椅上的崇祯皇帝坐立不安，又无计可施，望着群臣激愤变形的面孔，气急败坏地想，这是一群于国家、于百姓，文而无治、武而无功，只享高官厚禄的酒囊饭袋！当初一心要杀毛文龙，如今酿成大祸，又要杀袁崇焕，除了杀人，你们还能做什么？

唯有兵部尚书洪承畴、礼部尚书董其昌头脑清晰，思维缜密，两人齐奏道："袁崇焕此次行为过激，已错杀毛文龙，若再杀袁崇焕，大明王朝无异于自折翅膀。袁崇焕实乃有将才之能，能守一方安定，切不可杀之！奏请皇上下诏谴责袁崇焕，使其谨慎从事，严守边关。再向建州人致以国书，索回祖大寿等诸将，整顿边防。"

建州大营。

国主皇太极早闻吴三桂等人骁勇的名声，今见他们来投，心中暗喜，有了这几员骁将，何愁不得天下！

正高兴之时，却收到大明王朝索还祖大寿等人的书函。

皇太极思忖良久，招群臣商议，众人都道：祖大寿、吴三桂等人素有骁勇之名，如今既然投奔而来，若重用，他们必全力以报。但蓟辽督师袁崇焕，是大明朝文韬武略、德才兼备之帅才，若我方不还他诸将，必然引发战争。

此时，我方恐怕不是他们的对手。吴三桂等人虽在建州大营，是为避祸而来，不是真心归附。人都有念旧之情，故土难离，若明朝以恩惠接纳，这些人反为内应，我们倒处于不利之地。

皇太极点头认同。

众人又道：先放了吴三桂等人，只留祖大寿。并致书函告知明朝，放回吴三桂等人后，明朝不得杀了诸将。若杀了吴三桂等，就不放还祖大寿。祖大寿必死心塌地为我方出力，与明朝开战。

皇太极问："若明朝不杀吴三桂等人，又如何？"

诸臣道：主上对吴三桂等明言，已致书函于明朝，求崇祯不杀他们，他们自会感激涕零。主上留了后路，日后自有用处。

皇太极觉得此法极好，便依计而行，放了吴三桂等人，致书函给崇祯皇帝，说诸将皆有万夫莫挡之勇，明朝宜加重用，以保国家，切不可诛杀。

吴三桂等人保全性命，重归故里，对皇太极感恩不尽。

众将归来，朝廷上下一片欢喜，称道建州人一片好心，送还诸将的同时，还向朝廷举荐人才。崇祯皇帝命翰林院修书，向皇太极致谢。

董其昌上奏，吴三桂等人，不过是因为袁崇焕滥杀镇关大将，而惧走敌国，实在是出于不得已。当今边关急需将才，吴三桂等人，都可独当一面。

崇祯准奏，任命吴三桂为宁远总兵，镇守宁远。白遇道、尚之信等也各驻重镇。

第十二章　风雨飘摇　凭栏犹忆断肠诗

一叶落，寒珠箔，此时景物正萧索。画楼月影寒，西风吹罗幕。吹罗幕，往事思量着。

——后唐　李存勖《一叶落》

吴三桂自做了宁远总兵，对崇祯感激不尽。感激皇帝的不杀之恩，感激皇帝不计较他的叛敌之过，仍委以重任。这日，他呈书恩师董其昌，欲求见皇上。崇祯正日日念及辽东之事，见吴三桂拜表入朝，欣喜之余，即下旨着吴三桂进京面圣。

京城，依旧天高云淡，喧嚣繁华。长街上的车水马龙、人群熙攘且不必说，单是那天桥底下的吆喝杂耍，茶坊酒肆里的京弦评唱，人声鼎沸中显现出一片其乐融融的太平景象。

最热闹的还是田弘遇的府邸，今儿是田弘遇六十四岁生日。

六十四岁虽不是整生，平日里找乐子都愁找不到缘由的田弘遇，何况自己的生日？田府张灯结彩，喜气盈门。女儿田贵妃宠冠后宫，田弘遇在京城的地位显赫，趋炎附势的、巴结讨好的都赶着来送礼。从早晨一直到傍晚，也不知摆了多少桌酒席。一桌又一桌的客人吃完走了，剩下的满桌美酒佳肴，随即倒进水沟，鱼肉的香味，和着酒味，还有厨房的油烟味混合成一股厚重的油腻味，随风飘向长街。

落日的余晖尚未散尽，田府已是明灯高悬，花厅里最后两桌，是田弘遇能看上眼的朝中大臣，周奎居然也夹在其中。

田弘遇今儿穿一身黑底红团圆寿字锦缎长袍，系一条同色镶玉腰带，与其说是腰带，还不如说是装饰，那隆起的肚子就像女子身怀六甲，即将临盆，怎能系住腰带？

他热情地招呼宾客喝酒吃菜，自己也痛饮了几盏，有些晕眩，觉得这座金碧辉煌的屋子在眼前旋转。忙借口退出酒席，来到自己的卧室，命侍女取出田贵妃赏赐的雪莲玉露醒酒丸，服了一粒，闭目躺下。

片刻后，果然不再头晕目眩、眼花缭乱。他得意地想，还是女儿有孝心。传说这雪莲玉露醒酒丸，是西藏高僧采高山雪莲与露水秘制而成，一年也只能制成几粒，太少了，要让皇上下圣旨，每年多多制一些。边想边出卧室，往花厅而来。

花厅的酒桌上，周奎对左右笑道："听说田大人府上，最令天下人瞩目的，并不是他这满室生辉的奇珍异宝与古董字画。"

翰林院学士赵之悦有些不解地问："不是这些？那是什么？"

见一桌人都倾耳细听，周奎笑道："是众多的美人儿。"

大家明知周奎因周皇后失宠，而与田弘遇不和。众人不得罪田弘遇，却也不敢得罪周奎，便哈哈一笑了之。

周奎见挑不起众人的兴致，又颇为神秘地问："诸位大人，你们看见田大人的脸色了么？"

座中一人道："田大人鹤发童颜，精神矍铄，气色好得很啊！"

周奎笑道："这你就不懂了，田大人的脸色黑里泛红，并非气血旺盛，而是服了道家练的九阳强精丸。"

"服这种药丸有何用处？"书呆子赵之悦问。

周奎笑答："田大人若不服九阳强精丸，如何应付府上的众多美人儿！"

正说得起劲，座中一人咳嗽一声，周奎抬眼望去，见田弘遇正笑微微地朝这边走来。

田弘遇走至厅中，抬起双手拍三下，掌声刚落，从屏风后面轻盈地飘出十位妙龄女子，她们身着薄如蝉翼的纱裙，袒露酥胸玉臂，随着乐曲声，翩然而舞。

宾客们看得津津有味，有随着乐曲节奏点头拍大腿的，有两眼瞪得眼珠子快要掉出来的，种种神态不一而足。

唯有翰林院学士赵之悦，应邀来田府，面上不敢说什么，心里叹息：关外女真部落的铁蹄已经响起，境内李闯的兵马所向披靡。田国舅，身份显赫的皇亲国戚，花晨月夕，日夜笙歌，真是"商女不知亡国恨，隔江犹唱后庭花。"想来想去，心里不是滋味，起身告辞而去。

夜深，曲终人散。

看着空落落的屋子，田弘遇心里也空落落的。他要的不是他一个人孤独地拥有财富与欢乐，他要的是所有人都看着他、羡慕他快乐而富有。

他吩咐管家拿来皇上御赐的美酒，又重新上了一桌菜，一名紫衣女子怀抱琵琶从屏风后袅娜而出，轻声问："老爷想听何曲？"

田弘遇自斟自饮，一双肿眼泡微眯着，死盯着紫衣女子，笑道："紫儿唱什么，老爷我就听什么。"

紫衣女子低眉敛首，玉指拨弦，朱唇微启，幽幽唱道："南园满地堆轻絮，愁闻一霎清明雨。雨后却斜阳，杏花零落香……"

田弘遇抿一口酒，就一口菜，摇头晃脑地跟着哼哼，当听到"无言匀睡脸，枕上屏山掩。时节欲黄昏，无聊独倚门"时，他伸出又肥又短的左手捏着紫衣女子的脸颊，嬉笑道："心肝儿，何苦独倚门？不是有老爷么？"

紫衣女子轻轻扭开脸，叫声老爷，便站起身子，后退一步，垂首侍立在一边。

管家忙走近田弘遇，弯腰赔笑道："老爷，贵妃娘娘交代过，此酒性烈，老爷不宜多饮。"一只手在身后乱摇，示意紫衣女子赶快下去。

田弘遇放下酒樽："听娘娘的，今夜只饮此一盅。"

抬头一眼瞥见紫衣女子转过屏风，旋起的紫色衣袂，如柔软的夜风拂过他的肌肤。正欲唤住，又万分沮丧起来，花了大把的银子换来的九阳强精丸，却没有一点效果。眼看着这些嫩如花蕊的女子，身体竟无丝毫反应。他禁不住暗自叹息：老了！老了！世上没有返老还童，长生不老的灵丹妙药，要这许多银子又有何用？

醉眼蒙眬中，满堂的奇珍异宝与古董字画，在摇曳的烛光中熠熠生辉，这些宝贝都是我田弘遇的，是我一生的至爱与心血。但这些宝贝又有何用？它们今天是我的，明天呢？后天呢？

崇祯皇帝在金銮殿上，也是食不香、睡不稳。边境，建州人的铁骑正扬起铁蹄；境内，闯贼作乱。而朝中党派之争不断，疆场上将懒兵惰，大明王朝已是风雨飘摇，危在旦夕。这满屋的奇珍异宝，与这些美妙的女子将来也不知落入何人之手？我田弘遇地位显赫，富甲一方，到头来，还是替人作嫁衣裳。想毕，禁不住号啕大哭。

月光如水，花园里的花草树木，像披了一层轻柔绵软的乳纱。圆圆慢慢走在甬道上，如同走在清浅的水里。花间草梢的虫鸣，给这幽深的园子，更添了几分静谧。她很喜欢这种感觉，这感觉让她内心无比的清泠幽洁。

从田府到皇宫，又从皇宫回到田府，她经历了一种从未有过的羞辱，仿佛被剥得一丝不挂地放在菜市场上被人品评、鉴赏。评头论足一番后，又原封不动地退回到原处，再打上妖冶、轻佻、放荡、倾城误国的烙印。

不错，她是秦淮河畔的歌女，可她不是自甘堕落，她原本也是好人家的女孩儿，命运遗弃了她，让她误入风尘，她倚门卖笑养活自己，错在哪儿？

圆圆在月光下漫无目的地走着，思绪如墙角的蔓草一般缭乱。

白天，在田弘遇的生日宴会上，圆圆一曲《高山流水》，令满座倾倒。她那出尘的容颜，精湛的琴技，让客人赞不绝口。田弘遇得意的飘飘欲仙。所有的宾客，没有不啧啧称赞陈圆圆为天下第一美人的，也没有不在心里咒骂田弘遇这老色鬼糟蹋佳人的。

晚间，田弘遇见周奎来了，原想叫圆圆再出来弹一曲，让周奎知道，他周国丈使心眼儿送给皇帝的绝色女子，又回到了他田弘遇手中，他要给周奎点颜色看看，往后的日子要小心一点。

无奈，圆圆推脱身子不舒服，任田弘遇千般赔笑、百般哀求，就是不去。

除了崇祯的后宫，田府拥有京城最多最美的女子。自来了陈圆圆，那些美女便如明月周围的星星，黯然失色。田弘遇更是视她们如尘土，把陈圆圆宠得如同珍宝一般，捧在手上怕化了，含在嘴里怕溶了，哪里还敢强迫她出去唱曲跳舞。

花园里，曲径通幽，如九连环般错综复杂的幽径，连接起所有的楼台亭阁。

圆圆随意踏上一条小路，小路的尽头，是一条通向湖面的九曲桥，桥正中，有座玲珑剔透的水榭。

一直跟在她身后不声不响的画眉忽然说："姐姐，就在这亭子里歇歇吧！"

水榭四周的雕栏下是朱红色长椅，圆圆也觉得有些累了，便依了画眉，扶着栏杆坐下，望着一池碧水发呆。

"姐姐，夜间乍一看去，这儿倒有点像咱们姑苏的横塘。"画眉扒在栏杆上笑道。

圆圆幽幽叹道："谁说不是呢！只是这里，哪里比得上咱们姑苏横塘！这个季节，该是采莲的时候了，可这里竟无一朵荷花。"

画眉见她一腔浓愁，便不敢再挑起话题，只无言地陪她干坐。

亭外，一阵风掠过水面，径往身上拂来，圆圆陡然感到几分寒怯，她不禁紧了紧身上凉薄的绸衣。

画眉见了，起身道："姐姐，咱回吧！宴会也该散了，老爷找不到你，会发火的。"

不提田弘遇倒也罢了，一想到他那张臭烘烘的嘴在身上乱拱，圆圆忍不住想吐。还有那双短肥而潮湿的手，摸在肌肤上黏糊糊的感觉，她身上不由得起了一层鸡皮疙瘩。她坐着不动，又耐不住画眉细劝，只得随画眉往回走。

"姐姐，听管家说，天下不太平了，皇帝怕李闯打进北京城，下诏要吴三桂回京守城呢！"

吴三桂？圆圆心里一动，她想起在洛兰成的杏园里，那个见了她一脸痴迷的体格英武的少年，还有他派人从塞外送到姑苏的那首七言诗，难道他真的要回京城？她清楚地记得那几句诗：

华筵回首记当时，别后萧郎尚寄诗；人说拈花宜并蒂，我偏种树不连枝。

鸳衾好梦应怀旧，鲛帕新题合赠谁？料忆秋风寒塞外，有人犹写断肠词。

朦胧的月光下，画眉看不清她脸上的表情，扶着她的手臂，在她耳边轻轻道："姐姐，去年在横塘时，这个吴三桂千里迢迢的派人送几句诗给你，不就是说爱慕姐姐么？我还道他不如冒公子有福呢！"

圆圆凄然长叹："那已经是过去了的事情，如今谁还记得谁呢？"

"那也不一定！山不转水转，路不转人转。当初他是为了考武状元离开了姑苏。鬼使神差地，我们也到了北京了，谁知道吴公子也要回北京？说不定姐姐的缘分就在此处呢！"

"画眉，你还小，你总是把事情想得那样好。就算吴公子对我有旧情，可这是田府，侯门深似海，是说进就进，说出就能出的么？"

画眉道："我脑子蠢笨，凡事不如姐姐想得周全，但是我相信缘分是上天注定的。不然，天底下哪有这般巧的事儿？况且，那吴将军在关外数年，打了数场胜仗，立了数次功勋，就是皇帝都要看重他几分的。"

见圆圆怔怔地，画眉又道："你不要再去想那个冒辟疆了，他是个负心的男人！"

"怎见得他负心呢？"圆圆看着脚下的小径，漫不经心地问道。

"若他对姐姐真有嘴上说的那样深情，早就一轿子把姐姐抬进家门，再去救他父亲。再不然，也应找到北京来了。"

圆圆无语。

两人说着话儿，已回到圆圆的住处。

"姐姐走累了，先坐会儿，待我煮壶茶来。"说毕，画眉径自去了。

圆圆倚在廊下的睡榻上，望向夜空中的明月。心想，忘不了冒辟疆又怎样？听说他早已把董小宛娶回家了。吴三桂回京觐见皇帝，与我陈圆圆又有何干系？满朝文武，谁又敢得罪田弘遇！一想到田弘遇那双浑浊的眼睛，和他那一身臃肿的肥肉，禁不住作呕，一颗心竟如死灰般寂然。

画眉捧了一只白底蓝花的小陶罐，小心翼翼地放在圆圆睡榻边的小圆桌上，点亮一盏"气死风"的灯，又去拿了一把锃亮的铜壶来，这才坐到廊下的一小泥炉边，升了木炭火，把铜壶架在火上。

圆圆看那火烧得旺旺的，一会儿，铜壶里的水也吱吱地响起来，画眉抱了她的宝贝陶罐，倒出一些干花瓣。

"你那是什么阿物儿？跟宝贝似的？"圆圆笑问。

画眉见圆圆问得奇怪，停了手，撇嘴冷笑道："姐姐好记性！这不就是我常给你煮花瓣粥的干花瓣！"

"你这会子又不煮粥，谁知道你弄些什么花儿草儿的。"圆圆见她使性儿的样子，好笑道。

画眉低头边清理花瓣，边道："平日里都煮粥了，只剩了这些，今儿煮茶给你喝，也只能喝三四回了，再也没有了的。"

圆圆无语，她知道画眉说"再也没有了"的意思。

画眉却如数家珍："姐姐你看，这是香雪海的红梅白梅，这是虎丘的桂花，这是梨香院戏园子后院墙上的忍冬花，这是横塘的荷花，还有茉莉、丁香、蔷薇、野菊。"见铜壶里的水烧沸了，又取了紫砂壶来洗净，搁在茶几上。

片刻后，在这北方月明的初秋之夜，在这侯门深宅的大院里，一壶茶，便溢开了江南四季的花香。

"好香！"一个苍老的声音在廊外响起。

圆圆听出田弘遇的声音，起身相迎，微笑着问好。

画眉请安："老爷来了！"便给他也冲了花茶。

田弘遇拉过圆圆的手，轻轻抚摸道："快坐下，一家子人，又是夜间，不必行此大礼。"

圆圆坐下笑道："即便夜间，礼还是要的，不然，何以称为大家？"

田弘遇心里得意地想，到底是名满江南的名媛佳丽，一点也不恃宠而骄。一双眼睛盯她看，拉着她的手也不放下。

圆圆被他一双潮湿的手握着，湿漉漉，黏糊糊的，似挨着一堆泥鳅，心里极不舒服。她轻轻抽回手，端过画眉泡的茶，笑道："这是画眉煮的江南花茶，请老爷品尝！"

田弘遇没料到圆圆今夜兴致如此之好。自圆圆进府以来，就不曾见她似今夜这般殷勤有礼。此刻，有些受宠若惊，他接过茶碗呷一口，咂咂嘴道："香是香，就是味儿太淡。到底是江南，什么都是淡淡的，远不如福建安溪的铁观音香浓。"

画眉悄无声息地侍立在一边。

圆圆面上温柔如水，心底冷笑：你这种俗中又俗之人，也配谈江南！若不是你女儿得皇帝宠爱，谁知你是什么阿物儿！她心里早已拿定了主意，正欲说话，却见田弘遇放下茶碗，仰面长叹。

圆圆吃了一惊，忙问："老爷为何叹息？"

田弘遇两只手一下拍在大腿上，像是要支撑起沉重的上半身，又垂下那颗肥硕的脑袋，悲哀道："老爷我今天的生日宴会，欢乐到了极致。"

圆圆不解道："那老爷应该高兴才对啊，又为何不开心？"

"有道是，泰极否来，乐极生悲。"田弘遇神色黯然，"这好日子，怕是一天比一天少了。"

圆圆冷眼看去，田弘遇似有排遣不尽的忧愁。

"大明王朝两百多年的根基，已飘摇不定，危在旦夕了。"

"老爷何出此言？"圆圆一双眼眸，在晕黄的灯光下，更显深邃。

田弘遇望着她那双眼睛，有点出神，但满腹的忧虑又爬上他的额头："眼下的大明朝内忧外患、烽烟四起。皇帝在金銮殿上，已是寝食难安。满朝的文武，竟无人能为圣上解忧，我这把年纪的人，又能为朝廷做什么呢？"

圆圆心里暗笑，口中却道："皇帝在朝中的得力臣子，本来就少而又少，更何况朝中党派纷争激烈？作为朝臣，不能同心协力，拧成一股绳，如何能一致对外？无能的人用金钱贿赂权贵，一路高官厚禄。有的人又贪生怕死，在皇帝面前只会粉饰太平，挑唆皇帝杀了能守卫边关的良将，这些大臣都不是带兵打仗、救国救民的料。"

"谁说不是呢！"田弘遇奇怪，这女人倒分析得头头是道。

圆圆又道："想老爷富贵已极，又上了岁数，是该享清福的时候。有道是：覆巢之下，安有完卵！若国家有难，老爷又怎能自保？"

一席话说得田弘遇心服口服，又胆战心惊，似乎满人的铁骑已踏破他田府大门，又似李闯抢了他万贯家财及女人。他瞪着两只浑浊无神的眼睛，无助而可怜巴巴地看着圆圆。

圆圆轻轻握住他的手，田弘遇心头一热，眼前这个女人似给了他无限的安慰，又似乎对他有百般的依赖。为了这个绝世的女人，他更要保住身家性命。有了这万贯家私，才能让这个女人活得更滋润、更妖娆。正欲说几句心里话，却见圆圆盈盈笑道："老爷，妾身有句话，不知当讲不当讲？"

自圆圆被崇祯退回到田府，田弘遇见她第一次笑得这样妩媚，第一次说这样多的话，身子早酥软了半边，魂儿也不知在何处飘荡，岂有不让她说的？忙道："当讲！当讲！爱妾有话只管道来！"

圆圆抬手拢一下因风吹乱的鬓发，浅笑道："妾身想，以老爷显赫的身份与地位，应该结交一些手握兵权、能征善战的将军，他日若有危难，这些人会出手相助。"

田弘遇点头赞道："爱妾此言极是！只是，往日尚未笼络这样的武将。今日，纵使排遍朝中群臣，也找不出这样的人来啊！"说毕，连连叹息。

圆圆睁大眼睛道："怎么没有？只是老爷平日没有留心罢了。"

田弘遇一把抓住圆圆的手，急切地问："依你看来，朝廷之上，还有这样的人可以结交？"

圆圆抽出双手，不着痕迹地拾起身边的丝帕，抓在手中，她厌恶田弘遇湿漉漉、黏糊糊的手掌。眼睛斜他一眼，嗔笑道："怎么没有？老爷可以结交的大有其人，或者说，是老爷必须笼络的人。"

"爱妾快说，是哪位将军？"

"江南有史可法、左良玉；辽东有洪承畴、吴三桂。这些人都是大明的将才，只可惜，他们都不在京师。"圆圆边说边起身倒茶。

画眉忙上前接过铜壶，见水凉了，又去烧水。

田弘遇面露喜色，肥短的手指捋着花白的胡须沉吟道："南边的史可法、左良玉太远了；洪承畴总督蓟辽，一时半会儿也回不了京。倒是那个宁远总兵吴三桂，历经多次征战，手下有数万彪悍的勇士，上至朝廷，下至民间，没有不称他为英雄的，日前正在回京师的路上，皇上将召见于他。"

圆圆心中暗喜，看来吴三桂进京是千真万确的了。她倚桌子坐下，以手托腮，像是自言自语道："妾身听说，这吴三桂自幼习武，谋略过人，是当年的武科头名状元。又在边关历练多年，所经历的战事，不下百场。如今他麾下有几万铁骑精兵，建州人都畏惧他几分，这样的帅才，正是大明王朝的栋梁，老爷何不将他笼络在身边？"

　　田弘遇犹豫道："皇帝很是器重他，他未必肯亲近于我。"

　　圆圆一挥帕子笑道："老爷不试试，如何知道他不肯亲近老爷？老爷府上什么没有？金银珠宝，古玩美人，只尽他所爱罢了。他要什么，老爷就给什么，投其所好，他自然会感恩于老爷。"

　　田弘遇拊掌笑道："想不到爱妾一介女流，其见识、气度竟比男人强十倍！老爷就依你所说，宴请吴将军！"

第十三章　琵琶声切　丝丝弦弦诉心曲

桃花流水漾纵横，春昼彩霞明。刘郎去，阮郎行，惆怅恨难平。

愁坐对云屏，算归程。何时携手洞边迎，诉衷情。

——唐　毛文锡《诉衷情》

吴三桂一路风雨兼程，随从的护卫亲兵都以为他是因为皇帝的召见而兴奋得日夜赶路。谁也不知道，他心里有一个更为迫切的愿望，那就是，他要趁这次回京的机会，找到陈圆圆。

陈圆圆，如江南水般温柔澄澈，而又风情万种的女子，在戏台上移莲步、舒水袖、颦蛾眉，一曲清越的"姹紫嫣红开遍，似这般都付与断井颓垣。良辰美景奈何天，赏心乐事谁家院"，唱出的曼妙婉约与忧伤情怀，是他在边关多年来的梦魇。

在黄沙与鲜血交织成雾的战场，在人仰马翻，割断敌人咽喉的瞬间，他都会快意地想起圆圆。

圆圆在戏台上水袖曼舞的千般娇媚，万种风情，像酒精一样刺激着他血液里的野性。多少个因思念而不眠的深夜，他发誓要用手中的宝剑与座下的烈马，洞穿敌人的胸膛，踏烂他们的肉体，去寻找他的梦。那个梦里，有圆圆相伴。

自担任宁远总兵，镇守山海关，吴三桂以他独特的个性与铁的纪律，针对建州人的特长，训练出一支能骑善射的精兵队伍。又从中挑选出武功高强，不怕死的忠诚勇士，作为自己的亲兵护卫。

这四万铁骑精兵，勇敢善战，驰骋疆场，所向披靡，让建州人胆寒，被称为关宁铁骑。

这次回京，他只带亲兵随从，其他人马依然镇守山海关。

回京途中，他策马狂奔。风，从脸旁削过，山冈与树丛，急速地闪向身后。依稀仿佛，圆圆衣袂间飘忽的那缕忍冬之香，越来越近，越来越浓郁，越来越让他沉醉。他在马背上不停地想，田弘遇，你把圆圆还给我，她从来就是我吴三桂的！

吴三桂率亲兵护卫抵达京师之时，早有朝中诸位大臣在城门迎候。

田弘遇也夹在迎候的群臣之间，诸大臣中，属田弘遇的地位最为尊贵，众人都惊奇不已。朝中大臣，没有谁能够享受得到田弘遇这样的厚待。

吴三桂见田弘遇也在迎接的人群之中，心中更为诧异。忽然，他脑子里灵光一闪，或许，这是一个好的兆头。

崇祯皇帝坐在金銮殿上，见吴三桂高大伟岸，仪表不凡，心里便生出十分的好感，似乎这跪在坍陛之下的年轻人，他那英武神勇的体格，就是他大明王朝的支柱，他笑吟吟地起身离开龙椅，抬手道："爱卿请起！爱卿一路辛苦！"

吴三桂见皇帝步下丹陛问候，受宠若惊，垂首抱拳，语无伦次地说："皇上辛苦！末将不辛苦！"

崇祯听了，心里更为舒坦，年轻人屡建奇功，还如此谦逊有礼，矜持有度，真是不可多得的栋梁之材。

他跟吴三桂倾心而谈："境外有建州人侵扰，境内有李闯攻城略地。李闯已拥有四十万的乌合之众，在西京称王，自称大顺。若京师不保，关外又如何保全？所以，这次召见爱卿，是告诉于你，一旦京师有难，爱卿就得率你的关宁铁骑，救京都于危难之中。"

吴三桂沉声答道："末将谨遵王命！"他从崇祯故作轻松的额头上，看到了一抹挥之不去的焦虑与潜在的危机。

吴三桂出了皇宫，一路上，他不停地想，见过皇帝了，回京的事也就完成，再过几天，便要返回山海关，可他的大事尚无着落。他将如何去田弘遇的府上呢？想来想去，也想不出一个好主意，心里不免焦躁。

灯心草正在门前观望，见吴三桂闷闷不乐的在马上摇晃，心里奇怪：二爷不是去面见圣上的么？怎的不高兴？难道皇上训斥他了？

灯心草当年跟吴三桂来京考武举，便留在了吴襄的府上，再也没有回苏州。

"二爷，田大人派人来找你。"待三桂跃下马背，灯心草牵过他乌黑的神驹马，向马棚走去。

"田大人？哪个田大人？"吴三桂的心莫名地跳起来，紧抓住灯心草的手臂。

灯心草痛得龇牙咧嘴："二爷，是国丈田弘遇田大人。"

"啊！人呢？"吴三桂眼睛瞪得溜圆。

"在门房里呢！"

田弘遇的管家正在门房喝茶，听吴三桂跟灯心草一问一答的，赶忙出来，向吴三桂施礼道："小人见过吴大将军！"

吴三桂忙道："免礼！免礼！"

"吴大将军，我家老爷今夜特备水酒，为将军接风洗尘，请将军务必赏光！"

吴三桂高兴得心就要跳出胸腔，却故意沉着脸说："本将军无功不受禄！只是，田大人乃当朝国丈，既然邀请三桂去府上，三桂不便推辞。若推辞，倒显得无礼了。"

灯心草在一边给马喂草，听了他这几句酸溜溜、文绉绉的话，捂着嘴偷笑。心想，从小不爱读书的二爷，几时学会了像读书人一样说话？

田府管家先听三桂说无功不受禄，以为他不去赴宴，担心自己回去挨骂。紧接着又听他说不便推辞，便点头哈腰的谢一番，回去报喜。

灯心草见三桂痴望着田府管家远去的背影，走至他跟前，笑道："二爷，看什么呢？田府的管家又不是女人，有什么好看的！"

吴三桂笑骂道："你傻小子这几年在家里不长个儿，倒长了胆子了，敢跟二爷这样说话！"说毕，作势要打他。

灯心草忙赔笑道："二爷息怒！小的嘴臭，着实该打。"说着便轻轻打了自己一个嘴巴。又道，"二爷哪里知道，这田府虽说富贵之极，可最令京师人羡慕的，竟不是他家的金银宝贝。"

吴三桂见灯心草话里有话，正听得认真，见他卖关子不说了，便又举起手来，瞪眼道："快说！不是金银宝贝，是什么？"

灯心草忙用手护了脑袋，嬉笑道："满京师都知道，天下女人最多最美的，除了皇帝，便是田弘遇了。而且，咱们姑苏城那位'声甲天下之声，色甲天下之色'的陈圆圆，也在他府上。"

吴三桂听了，一巴掌拍在他脑袋上，骂道："你这奴才，知道的还不少呀！是不是整日不干活，专偷懒打听这些事儿？"

"二爷，奴才哪里敢偷懒？"灯心草忙道，"小的跟田府的小厮混得挺熟的，是他说的。"

第十三章 琵琶声切 丝丝弦弦诉心曲

吴三桂心想，这消息是再可靠不过了。圆圆，你等着，我一定要把你带出田府！

他招手叫灯心草过来，在他耳边轻轻说了几句话，便返身跨进大门，留下灯心草独自在那儿目瞪口呆。

好容易挨到黄昏，吴三桂换了一身银色战袍，带了两个随从，骑上他的宝马神驹，往田府飞奔而来。

田弘遇已在门前满面堆笑地迎候。

吴三桂从马背上一跃而下，随手将缰绳扔给身后的亲兵护卫，那洒脱、威武的英雄气概，让田弘遇羡慕不已。

花厅里灯火辉煌，博古架上的古玩，墙上的名人字画，窗前屋角的盆景根雕，让吴三桂眼花缭乱，叹为观止。

吴三桂不懂古玩字画，也不想装模作样地欣赏，他今天是为陈圆圆而来的，唯一的愿望就是尽快见到朝思暮想的人儿。

丰盛的宴席，只有田弘遇与吴三桂一主一宾。席间，田弘遇询问辽东的形势与战事，吴三桂一一作答。

田弘遇又叹一回国事日渐危急，便令歌儿舞女给吴将军助兴。一时，琴声悠扬，歌声缭绕，水袖长裙旋转得灯光失了颜色。

吴三桂冷眼瞧去，弹琴的、唱曲的、在厅中如蝴蝶穿花般跳舞的女子，个个生得貌美如花，唯独不见陈圆圆。心中暗想，难道田弘遇知道我是为圆圆而来？所以，他才故意藏起圆圆，不让她见我？

田弘遇见吴三桂神情恍惚，以为他是被眼前歌舞的女子所迷惑，心中冷笑：说你是英雄，不过一介武夫而已，只懂骑马打仗，哪里懂得歌舞娱乐、怀抱美人的妙处？你这样的粗人，只配去镇守边疆。若是天下太平，我田弘遇何曾把你吴三桂放在眼里！心里想着，口中却百般殷勤地劝酒。

吴三桂心里不快，又不便发作，正好借酒浇愁，见田弘遇劝得起劲，便与他连干三盏，二人都醉意微微。

田弘遇借着酒意道："眼下的大明王朝正是多事之秋，可是，将才稀少，像将军这般英武神勇，谋略兼备的帅才，是朝廷的中流砥柱。此后，国家就依赖将军竭尽全力保卫了，老夫感恩不尽。"心里却想，看你见女人神魂颠倒、心不在焉的样子，我府上多的是女人，送你十个二十个也不在话下。

吴三桂抱拳答道："田大人过奖！大丈夫生于乱世，正是建功立业的时候。

三桂承蒙皇上信任，自必忠心耿耿，守卫边疆，决战沙场，在所不辞！"

听了吴三桂的豪言壮语，田弘遇也莫名地激动起来，他斟满两人的酒，举杯道："将军的英雄气概，真是气吞山河，足令敌人胆寒。"又叹口气，"唉！老夫老喽！不中用了！若是年轻，也愿追随将军左右，为国家出一份绵薄之力。"说毕，一口吞下杯中酒，朝三桂亮出杯底，"国难之时，将军若愿意以你的神威照顾老夫，老夫世世代代对将军感恩戴德。"

吴三桂道："食君之禄，忠君之事。为国家效力，是我们做臣子的责任。可叹三桂一介武夫，守备边关数年来，竟没有片刻的空闲，哪能像田大人这样悠闲自在？府上娇娥成群，环肥燕瘦，各尽其美。大人好福气呀！整日里依红偎翠，左拥右抱，三桂这辈子也不知哪一天能享此艳福。"

田弘遇脸一沉，随即又笑容满面道："将军取笑了！老夫羞愧！田贵妃在宫中惦记老夫，专赐一些通晓琴棋书画、歌舞词曲的女子，以解老夫暮年之寂寞。"

吴三桂心里骂道，哼！好孝顺的女儿！把人家的好女儿送给你这老头子糟蹋，也不怕遭天谴！口中却说："大人休怪！三桂只是羡慕大人艳福，并不敢取笑大人。三桂酒后无德，出言不逊，请大人原宥！"

田弘遇暗想，自古英雄难过美人关，你不过凡俗夫子而已，见了女人岂有不动心的？即斜着眼笑道："将军少年时便担起边防重任，无暇顾及男女之事，实在是可敬可佩！老夫府上众多的女子，虽算不上天香国色，却也个个貌美如花，将军若不嫌弃，请任意挑选。"

至此，吴三桂才明白，身份显赫的田弘遇宴请自己，不过是看中了自己手中的兵权和皇帝给予的威望，他是想给自己找个强有力的靠山。

吴三桂心里颇为得意，你要依赖于我，料你也不敢拒绝我，于是，便乘着几分酒意道："末将虽长年在塞外苦寒之地，不近女色，但这满屋子的女人还不曾入得末将的眼。听说有个叫陈圆圆的姑苏歌女，在大人府上，大人何不唤来一见？"

田弘遇骇然一惊，瞪着一双浑浊的眼睛问："将军长年在关外，如何知道此女？"

"末将当年在姑苏，曾有幸听过圆圆姑娘唱的《牡丹亭》《西厢记》，那可真是如云出岫，如珠落玉盘，令人欲仙欲死啊！"吴三桂眯着一双醉眼，望着厅中的某一处，似乎圆圆正在灯光烛影中，轻摇水袖，慢拧纤腰，期期艾艾地唱"良辰美景奈何天"。

田弘遇沉声道："圆圆如今是老夫最宠爱的姬妾，我府中三千脂粉，无一人比得过她！"

吴三桂失声道："哎呀！三桂本想再睹圆圆天香国色，谁料'佳人已属沙咤利，义士今无古押衙'，末将终不及田大人有福啊！"

田弘遇怒火中烧，这厮好生无礼！便欲发作，转念又想，我千方百计地巴结此人，何必为此事得罪于他？便按下心头怒火，挤出几丝笑意，道："将军醉了！"

吴三桂似醉非醉，挥舞着手："末将怎会喝醉？大人不知末将的酒量，在关外，我吴三桂是有名的'酒无量'。今夜若叫圆圆为我唱一曲，我与大人再同饮三杯！"

田弘遇见吴三桂一副无赖的模样，心中恨极。不让圆圆出来，怕得罪于他；若叫圆圆出来见了，又怕吴三桂酒醉无礼，伤了圆圆。心里七上八下的拿不定主意，思来想去，觉得还是与圆圆商量了再做定夺。便强颜笑道："圆圆身体有些不适，所以，今夜才未出来陪将军饮宴。再说，将军今夜已酒醉七分，即便有霓裳羽衣曲，也听不出个滋味来，请将军明夜再来，老夫必叫圆圆为将军献技，以助酒兴，将军以为如何？"

吴三桂借着酒意胡搅蛮缠，其实心里清醒得很，见田弘遇叫他明夜再来，便就此收住。这事儿不能逼得太紧，人尚未见到，逼紧了反而坏事，便拱手谢道："田大人的深情厚谊，三桂铭记在心，此情容日后再报！明夜，三桂再来贵府叨扰，希望大人不要失信啊！"

田弘遇心里哼道：你当老爷我是什么人？当朝国丈！这点小事还失信？不就是听圆圆弹个琵琶、唱支曲子？口中却说："将军能光临寒舍，足让寒舍蓬荜生辉，哪里能说叨扰？况且，饮酒听曲本是件风雅之事，老夫岂能因此而失信于你？"

送走吴三桂，田弘遇穿过花厅，顺着游廊来至圆圆的馨绣阁。

圆圆手捧经书，眼睛却看着窗外。窗外的月色清凉如水，墙边树下，草丛藤蔓深处，一片虫鸣。

夜，是这样的恬静柔美，她的内心却五味杂陈。想起在霓裳戏班的日子，学戏虽然辛苦，日子却快乐而充实。在戏台上，流着自己的眼泪，演绎着别人的故事。三分演戏，用的却是七分真情，把个青春韶华，唱得神采飞扬，风情万种。回头看去，那一切，竟如绚丽缤纷的烟火，瞬间湮灭，而自己则几度沉沦。

当年那个在戏台下高声喝彩的锦衣公子，那个在洛兰成的杏园里，目光痴迷地看着自己的青涩少年，此时此刻就在田府花厅里饮酒听曲，而歌者却不是自己。

田弘遇每逢宴请朝中大臣、京师名流，都要叫她陪酒侍宴，以炫耀他拥有天下第一美人的殊荣。而今夜宴请吴三桂，又为何不让她出面？圆圆正胡乱猜测，耳边却听得画眉的声音："老爷来了！"

圆圆一惊，她不能让田弘遇看出她的心思，忙敛了心神，在摇曳的烛光下，细读经书。

"爱姬！"田弘遇人未进门，口中乱叫。

圆圆放下手中的经书，起身迎至门边，展眉笑道："老爷来了！"忙扶他迈进门槛，至软榻坐下。

田弘遇靠在软榻上，眉头紧锁，一把拉过圆圆的双手，紧紧抱在胸前，似怕她被人抢去。

圆圆不知个中缘由，忐忑地问："老爷因何烦恼？今夜不是宴请吴将军么？难道他不答应看顾老爷？"

田弘遇嘴里喷着酒气，在圆圆耳边磨蹭，那股难闻的恶臭，让圆圆的胃翻腾起来，她扭过头，轻轻道："老爷喝多了，我去煮醒酒汤来。"

"那吴三桂还真是一副英勇神武的模样，老爷我，若有他这般雄健的体格，该多好！"田弘遇拉着圆圆，不让她离开半步。

圆圆试探着说："老爷能结交这样的英雄，该高兴才是。"

田弘遇皱眉道："他倒是一口答应，愿意在危难之时照顾于我。可恨的是，这厮竟然点名要你给他唱曲弹琴，陪他饮宴。"

圆圆心里涌起几分喜悦：吴三桂果然有情有义！他并不曾忘了我！脸上却沉静如水，倚在田弘遇身边，轻声道："老爷，这有什么可恨的？今夜我不是没有去花厅给他唱曲么？"

"我看他年轻，又受皇上恩宠，若他见色起意，怕你吃亏，所以才未叫你去花厅唱曲。可他见了其他女子，竟毫不动心，开口就要见你，要你为他唱曲儿。"田弘遇生气地挥舞着手，却挥不去额头上的愁云。

圆圆心里暖暖地想：吴三桂，我果然未看错你！口中却道："老爷，妾以前是唱戏的，后来做了歌女，在秦淮河畔也有些名气。当时的名流雅士，都愿以千金请我度曲。或许吴将军听过我的戏，也或许他听人说起过妾的名声也未可知，所以才点名要听我唱曲。"

"我若答应他，怕他醉后对你无礼；不答应他，又怕得罪于他。便叫他明夜再来，原是推脱他，谁料想，那厮竟然满口答应明夜必来，毫无推辞之意，老爷我这才与爱姬商量。"

圆圆满怀欣喜，却故意柳眉紧锁："看来吴三桂很是狂妄！也难怪，如今他手握重兵，年轻有胆魄，是久经战场的常胜将军，皇上都依赖于他。老爷无论是为朝廷，还是为自己，万不可得罪了此人！他既然想听妾唱曲，妾就为他唱一曲，就如唱给其他文人名士听一般无二。再说，老爷对妾百般宠爱，为老爷做这点小事，是妾应尽的本分。今夜，老爷既答应了他，就不要反悔，免得被人笑话了。"

田弘遇搓揉着圆圆的手，心不在焉地点头。

第二天傍晚，吴三桂又换了一套枣红战袍，骑了他的神驹，带了两名护卫，飞一般地来到田府。

依旧是妙龄女子，莺莺燕燕地在厅前歌舞，吴三桂不见圆圆，只管饮酒不语。

田弘遇见他兴致不高，早已猜到他的心事，颇有点讨好地说："将军请吃菜！昨夜，老夫已告知圆圆，大将军在边境清寒寂寥，现在京都，想听佳人一曲清歌。圆圆也感念将军守边有功，答应为将军抚琴。"

吴三桂笑道："多谢大人美意！末将昨夜不过是酒后戏言，大人竟当真起来！什么有功不有功的？守备边疆，是男人大丈夫的职责。圆圆姑娘蕙质兰心，如此说来，末将倒有愧于心了。"

此刻，圆圆已在屏风后面等候，听见吴三桂的声音，那颗如一潭死水般寂静的心，狂跳不止。

她按住胸口，偷眼看去，昔日那目光痴迷、多情的青涩少年，历经了风沙与战火的洗礼，如今已是成熟壮硕的汉子。只是，边疆的烽烟还不曾在他脸上留下痕迹，他依然是白净面孔，头上的紫金冠，身上的枣红色战袍，越发衬出他体格英武，眉目俊朗。

再看一眼他身边的田弘遇，那臃肿的身体，满脸的横肉，还有那双浑浊的黄眼球里露出的好色贪婪，圆圆心里一阵厌恶，几分忧虑又陡然袭上心头。

正幽怨不已，忽听田弘遇击掌召唤，圆圆忙收敛起心神，抚一下鬓发，缓缓走出屏风。

吴三桂心里焦急难耐，又不好发作，举杯正欲往口中倒酒。抬头一眼瞥见屏风后面转出一位丽人，定睛细看，这不是那一年，那一月，那一天，在姑苏河畔一句"梦回莺转"便勾了他魂魄的女子陈圆圆，还能是谁！

几年了？吴三桂忘了几年不曾再见圆圆，此刻，他见了这个让他魂牵梦绕的女人，竟忘了放下手中的酒杯，一任酒杯倾斜，酒水流了一桌，也顾不了身边田弘遇略带恼怒的目光。

他心里暗自怜惜，他梦中的人儿，虽减了往日少女的纯真，纤浓适度的体态，却多了几分成熟女子的韵味。那清灵的眉宇，优雅的举止，尤其是那份天然的高贵气质，依然如玉壶秋月，清绝无尘。她的完美，是天地钟灵毓秀之德。

三桂正心神飘摇之际，听田弘遇几声干咳，不由得在心里大骂：田弘遇，你这个老贼，也配拥有如此佳人！

圆圆款款行至吴三桂身边，盈盈一福，低眉含笑道："将军万福！贱妾这厢有礼了！"

吴三桂看了她柔媚的笑眼，听了她又甜又糯的吴侬软语，整个人都酥了、溶化了，似乎从硝烟弥漫的战场，从肃杀的边塞，回到了绛桃碧柳、绿水青山的江南，回到桨声汩汩，清歌檀板，人语纤浓的姑苏。

圆圆见他痴痴地，一如多年前在洛兰成杏园里的模样，脸上不禁红霞流转，心如鹿撞。抬头见田弘遇瞪着两只金鱼眼，死死地盯着自己，便转身向窗下的琴台走去。

圆圆莲步未动，香风已起，衣袂飘忽间，一缕馥郁的忍冬之香，绕鼻而来。吴三桂嗅着这熟悉的味道，那颗在黄沙与鲜血中浸得比生铁还硬的心，瞬间溶化成春天的溪水，柔柔地淌过圆圆的周身。

田弘遇奇怪圆圆今儿不弹琵琶，径自去操琴，正想发问，却见她已坐在琴台前，轻拂薄如蝉翼的衣袖，纤纤素手，刚落到弦上，耳畔便似清泉流淌，淙淙泠泠，一曲《高山流水》似江河，似山溪，流向大厅。

这支曲子,志在山水，韵在心间，吴三桂听得惊心动魄。看圆圆此刻的神情，是那样的风致天然。她弹得灵巧飘逸，挥洒自如，难道？莫非？吴三桂似听懂了圆圆的心声。

一曲终了，吴三桂击掌道："此曲只应天上有，人间哪得几回闻！想来，当年唐明皇与杨贵妃的《霓裳羽衣曲》也不过如此。"转头又向田弘遇，"田大人，能否请圆圆姑娘再为末将唱一曲？"

田弘遇笑道："既然将军喜欢听，爱姬又愿意唱，又有何不可？"便向圆圆挥手，"爱姬，再唱一曲，给吴将军助助酒兴。"顺手斟满吴三桂面前的酒杯。

吴三桂举杯饮酒，见侍女抱只琵琶出来递给圆圆，圆圆接了，袅袅娜娜地来至酒桌边，坐在两个心怀鬼胎的男人之间，怀抱琵琶，花面半遮，朝吴三桂浅浅一笑，便低眉敛首，纤指慢挑，朱唇轻启，边弹边唱道：

自悔当初辜情愿，经年离别成幽怨。随梦入辽西，奈关山隔越难逢面。我独自慵抬眼，怅望暮云似天远，感离愁倍加肠断。今咫尺天涯，莫言心曲空回看，今日徒相见。

第十四章　如愿以偿　英雄抱得美人归

牡丹含露真珠颗，美人折向帘前过。含笑问檀郎：花强妾貌强？

檀郎故相恼，须道花枝好。一向发娇嗔，碎挼花打人。

——唐　无名氏

圆圆唱得忘情，流丽处，似莺穿柳浪，蝶戏春光；凄楚处，似杜鹃啼血，如诉如泣。

吴三桂目醉神驰，情不能自已，他认定圆圆是在暗示自己，越发觉得重来田府是他今生最重要的决策，他要带她走，带她离开田府。

圆圆玉指一划，收了琵琶，余韵不绝。

吴三桂将酒杯重重一顿，脱口道："唉！末将与姑娘相见恨晚呐！"圆圆则羞怯地低下头。

"爱姬，给吴将军斟酒！"田弘遇见他二人神色，竟是两心相悦，情意绵绵的模样。心里妒火一窜一窜的，又不敢发作，只得隐忍着。

吴三桂向田弘遇道："末将不敢烦劳姑娘侍候，请姑娘回房歇息！"

不等田弘遇发话，圆圆朝吴三桂微微欠了欠身子，抬起如潭水般深邃清澈的眸子看了吴三桂一眼，似颦含怨，欲语还休。

吴三桂吃惊地看着她，以为她要说什么，却见她一拂裙袂，袅娜着纤腰，摇曳生姿地飘然而去。留下一缕忍冬花的芳香，在他心头缭乱。

田弘遇见吴三桂色眯眯的双眼，直盯着圆圆转入屏风，取笑道："陈圆圆不过一歌女，不值得将军如此眷顾！"

吴三桂收回目光，叹道："虽是歌女，却是世间少有的美色！真是天地造化之功，钟灵毓秀之德。可这天地也奇，生出这么个绝代佳人来，却又让她命运如此不济！"

田弘遇听了，心里不乐，略带恼怒地说："什么叫命运不济？她随了老夫，有享不尽的荣华富贵。这京师，除了皇上，还有谁比得过田某人！在老夫府中，衣来伸手，饭来张口。吃香的，喝辣的，穿的绫罗绸缎，有丫头小子侍候，那神仙过的日子，也不过如此！"

吴三桂笑笑，夹块鹿肉塞进嘴里，边嚼边道："田大人府上，锦衣玉食，自然不会亏待她。末将听说，田大人曾把陈圆圆献给皇上，这样的绝色美人儿，大人如何舍得？"

田弘遇双手抱拳，举向脑袋一侧，道："老夫的荣华富贵，都是皇上所赐，献一美人儿有何可惜！老夫原本是想把陈圆圆献给皇上，为皇上排解烦忧，不曾想，皇上为国事操劳，无暇顾及女色，又退还给老夫了。"他不说是周奎要把陈圆圆献给皇上，吴三桂心里明镜似的，也不说破。

"田大人贵为国丈，位尊至极，富贵至极，既是皇亲国戚，更该与皇上同甘苦、共患难。如今国事危艰，皇上都不肯消受这样的美人，大人竟敢收留。况且，大人姬妾成群，一旦田贵妃失宠，或有个三长两短，田大人的福也就享尽了。"

田弘遇何尝不懂？他日夜操心的正是这些事儿，吴三桂说的话糙，理不糙，只得默默点头。

吴三桂给自己满斟一杯酒，仰面灌下，重重地放下空杯："大人，末将有句话，不知当讲不当讲？"

田弘遇以为吴三桂要给他出什么好主意，忙向他靠近道："将军有话，请直言不讳！"

吴三桂郑重其事道："几年前，三桂自从在姑苏见过圆圆，一直难以忘怀。在清寒的孤岛，在浴血的战场，日里，夜里，都是圆圆陪伴末将守备边疆、沙场杀敌。大人府上，歌儿舞女多得不计其数，也不差一个陈圆圆。况且，大人年事已高，实在是有负美人的青春岁月，何不将她送给在下？"

田弘遇万万料不到他说出此番话来，气得眼睛直瞪瞪地盯着吴三桂，像是不认识此人。

吴三桂并不回避他，一双阴冷的眼睛盯着他问："大人明白三桂的意思么？"

田弘遇本欲拒绝，见吴三桂咄咄逼人的目光，又把到嘴边的话咽了回去，言不由衷道："老夫岂有听不明白的？不是老夫不肯割爱，只怕圆圆自己不愿意。所以，老夫也不敢贸然答应将军。"

吴三桂挥手道："只要大人答应，圆圆没有不肯的。"

田弘遇见他的话已无收回的余地，强压心头怒火道："老夫可以应允将军，但还得与圆圆商量。"

　　吴三桂笑道："多谢田大人的恩德！日后，凡大人之事，三桂自当亡命效劳！今儿告退，明日三桂备花轿来接圆圆！"说毕告辞出来，跃上神驹，带了护卫亲兵，踏着月色，绝尘而去。

　　圆圆在房里，正忐忑不安地期待着什么。此刻，她零乱的心理不出头绪。只觉得，今夜，花厅里两个男人的宴席，决定了她的命运。画眉也跟着干着急，要她自己拿主意。

　　她能拿什么主意？有生以来，她的命都不由她自己做主，她虽貌若天仙，却命如草芥。上天付与她绝世容颜，似乎就是为了让她承受尘世间的屈辱。所以，她是戏子，是歌女，是被买来抢去的东西，是供男人消遣的玩物。男人消遣之余，又赋予她美丽、妖冶、轻佻、放荡的罪名。似乎，她的存在，就是一种罪孽。

　　她能拿什么主意？她只能听天由命。

　　风，绕帘而来，挟着月光清凉的气息，让她昏涨的头脑清醒了几许，她虽然不能决定自己的命运，但是，她至少可以努力改变自己的命运。

　　烛光摇曳，她光洁如玉的脸上，露出几许久违的从内心发出的笑意。

　　正欲叫画眉去花厅看宴席是否还在继续，却见田弘遇怒气冲冲地摔帘进来。

　　她的心提到了嗓子眼，忙起身唤道："老爷！"

　　田弘遇一撩衣袍，把肥胖的身躯重重地甩进座椅，脱口骂道："吴三桂这个天杀的狗杂种！竟敢夺老夫所爱！老夫断不肯依从！"

　　圆圆听他的话，心里已明白了几分，仍有些惊恐地问："老爷，出什么事了？"

　　田弘遇一把揽过圆圆的纤腰，紧紧地搂在怀里，心肝儿肉地乱叫："心肝儿别怕！吴三桂刚才向老爷要你，老爷我尚未答应。纵使他吴三桂手握重兵，也奈何我不得！"

　　圆圆心里凉了半截。是啊，她陈圆圆不过一个歌女，田弘遇是一人之下，万人之上的国丈。他要不放手，吴三桂又奈何得了他？她脑子飞快地转着，如果这次错过吴三桂，普天之下，再也无人能救她出田府了。

　　她倚在田弘遇怀里嘤嘤哭道："老爷，妾身真命苦啊！原以为，妾进了田府，有享不尽的荣华，受不了的富贵。哪曾想，半路杀出个程咬金，吴三桂那粗鲁的武夫，横刀夺爱，活生生的要拆开妾与老爷啊！"

田弘遇见她哭得泪雨滂沱，肝肠寸断，不由得搂紧了她，轻轻拍着她的肩背，温柔地安慰道："心肝儿别哭了，吴三桂那杀千刀的，他明儿再来，只要你不愿意随他，老爷不答应他就是了。"

圆圆哭道："依贱妾看来，这事难办啊！吴三桂年轻有为，手握重兵。听说李自成拥兵四十万，攻城略地，谁也料不到他哪一天会打到京都。皇上都依赖吴三桂做勤王之师，若他向皇上开口索要，皇上命老爷将妾送与那武夫，难道老爷敢抗旨么？再者，老爷不也依仗他保护田府么？老爷就是不答应，也不成啊！"

田弘遇觉得圆圆分析得入木三分，半天作声不得，却又心有不甘，愤然道："爱姬所言极是，只是老夫不忍你这娇柔的美人儿，被那鲁莽的武夫所糟蹋，老夫要竭尽全力保护你！"

圆圆哽咽道："老爷难道不知？昔日，唐太宗为了边境百姓免遭涂炭、士兵血流成河，以文成公主和亲西域。文成公主贵为公主，都能下嫁藩邦，妾身不过青楼歌女，又有哪儿值得惋惜的？目下，大明朝处于危急之时，又缺少将才，皇上与天下百姓，都依赖于吴三桂。于国，于家，老爷都不能为了妾身而得罪吴三桂啊！"

田弘遇叹道："爱姬真是知晓大义之女子也！这些道理，老夫又何尝不知？只恨那吴三桂要挟老夫，索要爱姬。当初把你献给皇上，是想讨皇上欢心。他吴三桂算什么东西？也配要爱姬？"

半晌，田弘遇又骂道："老夫冷眼瞧去，那吴三桂也不是什么英雄好汉，只不过是酒色之徒而已！他一旦得到你，便会翻脸不认人，老夫岂敢图他厚报？"

圆圆道："吴三桂今夜向老爷开口索要贱妾，无论如何，留下妾身，于老爷府上不安。若将贱妾送与那武夫，老爷可保田府一门安定。古人说得好，儿女情长，则英雄气短，老爷万不可因小失大，为了贱妾一人，而误了田家满门。"

田弘遇听了这话，心里倒吸口冷气，说了半天，原来你这贱女人是想跟那武夫啊！当即破口大骂："如此说来，你这贱人是想跟吴三桂走啊！你是嫌弃老夫老了？看上他年轻、孔武有力？不然，老夫舍不得你，你却如何舍得下老夫？"一使劲，便将圆圆推倒在地，恨声不已。

圆圆扑倒在地，哭得梨花带雨，海棠着露。

田弘遇见她哭得凄切，又想，这女人或许真的不想离开田府？或许真是为了我田府满门着想？一时，又不免气竭，就算陈圆圆爱慕吴三桂少年英雄，也情有可原。我田弘遇虽富贵至极，却似霜打秋草，朽木枯槁，纵使能与她长相厮守，还能守得住几年？不如做个顺水人情，送给吴三桂算了。有道是，红颜祸水。皇上都不要的女子，我留着，谁能料到会出什么事儿？这不，吴三桂那厮不就来要她了？谁又说这不是一桩好事呢？这样想着，一颗郁闷之心，又渐渐开朗起来。

次日一早，田弘遇刚喝完一碗参汤，管家来说吴三桂的花轿已到了门前。

田弘遇心里骂道：狗杂种，还真抬花轿来了！

吴三桂在前厅等候。

田弘遇拖着沉重的步子来到前厅，见吴三桂穿一身银色战袍，比前两日更显得伟岸挺拔，神采飞扬。那张白净面孔上满不在乎的笑容，仿佛在告诉他：我吴三桂非得到陈圆圆不可！

吴三桂的阳刚之气，已让田弘遇泄气，他笑容可掬地上前夸道："将军好英武的体魄！老夫真是羡慕不已啊！"

田弘遇的夸奖还真是出于真心，可吴三桂不想跟他扯淡，劈头就问："田大人昨日答应过，把圆圆姑娘赠与末将，不知是否当真？"

田弘遇心想，瞧你这模样，老夫不当真，你会善罢甘休？罢罢罢！一个女人，就送给你这小子，也算份人情。

此刻，陈圆圆不在眼前，田弘遇倒不觉得对她还有留恋，一迭声地应道："当真当真！老夫说过的话岂有不当真的？"忙命侍女去唤圆圆出来。又向吴三桂笑道："将军少年英雄，又对圆圆如此深情厚谊，她能跟随将军，胜过在老夫身边百倍。只是，希望将军善待于她。"

吴三桂感动不已，向田弘遇一揖到地："大人的恩德，三桂没齿难忘！日后，若有差遣，三桂随时听凭大人吩咐！"想了想，又道，"大人放心，三桂一定善待圆圆姑娘！"

圆圆正忧心忡忡，见侍女来唤，也不知何事，便道："你先去吧，我换身衣裳，随后就到。"

画眉上来要为她梳妆，她却抬手止道："今日不必打扮了，就此模样罢，你随我一同去前厅。"

吴三桂正等得心焦，忽见圆圆扶着丫环姗姗而来，不禁喜出望外。

田弘遇见圆圆不梳妆，不打扮，满面忧伤，眼眸似含有泪水，一副不胜娇柔、依依不舍的模样儿，又让他万分不舍。心想，瞧她这神态，不像是爱慕吴三桂少年英雄，倒像是舍不得离开我。这女子不独是容貌娇美、会弹唱词曲，更难得的是，还精通经史诗书，闲暇之时，与他对弈，与他谈经论典，其趣味不是一般姬妾所能比的，他突然后悔答应吴三桂了。

回头正想跟吴三桂说，却见吴三桂的目光中露出的一抹寒气，又把话咽进肚子里，只是无限留恋地看着圆圆，言不由衷道："爱姬，吴将军来接你了，你就随将军去罢！"

圆圆按捺住内心的狂喜，面上仍是忧伤不已，走至田弘遇跟前，盈盈拜下。

田弘遇忙扶她起来，心里万分不舍，却又无法挽留，只道："吴将军少年英雄，又受皇上器重，爱姬好好地侍候将军，将军必定善待于你。"

圆圆哽咽道："妾在田府过的锦衣玉食的日子，多谢老爷厚爱！贱妾去了，老爷多保重！"

田弘遇动情道："日后若过得不好，爱姬还是回来，老爷我一如前番待爱姬。"这一刻，他不怕得罪吴三桂了。

圆圆谢了，又道："老爷，画眉是妾从江南带来的丫头，妾习惯了她在身边侍候，还请老爷允许贱妾把她带在身边。"

田弘遇道："爱姬我都舍得送给吴将军，何况你的丫头？爱姬想带的东西，只管带去。"

吴三桂在一边催道："圆圆姑娘，末将的花轿，已等候多时！"

圆圆即扶了画眉的手，回房换了一袭荷色衣裙，出来时，又向田弘遇道了万福，这才上了吴三桂的花轿。

田弘遇目送吴三桂骑在高头大马上，扶着花轿冉冉而去，心里叹息不已。

夜，是这样的宁静，那挂在树梢的月牙，似怕羞了这对新人，悄悄躲进了云层。风儿，掠过屋檐，又转身离去，不敢撩起他们的窗帘。

吴三桂从亢奋、心悸而又快活的云端跌落下来，仰面躺在床上，喘息未定，又一把搂过柔弱无骨的圆圆，紧紧拥在胸前。

橘黄的烛光中，圆圆双目微闭，倚在三桂怀里，娇喘吁吁。

吴三桂嗅着她发际那缕忍冬花的芳香，抚摸着她瓷实、光洁的肌肤，无限爱怜地说："多年来，无论是清寒的边境，还是在浴血的战场，我都会情不自禁地想起你。你让我想得好苦啊！今儿我终于得到你，终于拥有你了！我不再让你受苦，不再让你颠沛流离、无枝可依，从今儿起，你就是我吴三桂的女人，一生一世。"

圆圆听他出自肺腑的话语，禁不住热泪长流。至今，她才真正懂得什么是爱，什么是真情。

她枕着吴三桂结实的手臂，偎依在他温暖的怀里，听着他年轻的心在胸腔里怦怦跳动，一种从未有过的安稳与从容、幸福与满足，充盈在她柔弱的胸间。

他让她有了做人的尊严，她不再是遭人唾弃而又被人垂涎的青楼女子，不再是被买来又让去的宠物，她正被一个年轻英武、强壮有力的男人深爱着，这种爱是她梦寐以求的，是她少女时缤纷的梦。

她抬起头，泪眼婆娑地看着吴三桂，哽咽道："妾败柳残花之身，蒙将军错爱，是妾几世修来的福分！妾唯有以今生今世的柔情，报答将军的厚爱。"

吴三桂见她梨花带雨的娇柔模样，又一阵心醉神迷，他双手捧起她的脸，温柔地吻干她脸上的泪水，叹息道："这些年来，你受苦了！从今日起，我吴三桂不再让你受苦，不再让你被人买来送去！"

圆圆在他怀里点头，她相信他说的话，他就是她此生唯一可信赖、可依靠的男人。

夜，不再漫长，不再难熬，不再有噩梦。

圆圆的缠绵柔情，溶化了吴三桂在战场上练就的铁石心肠，他在心里默默发誓，今后，他要用自己的性命来保护这个让他魂牵梦绕、如痴如醉的女人，绝不让她受一丁点儿苦！绝不！

一连三天，吴三桂不上朝，不会友，只与圆圆腻在一起，有说不完的爱恋，道不尽的柔情，他的眼睛一刻都不曾离开过圆圆，圆圆也百般温顺地迎合他。这不，他正沉醉在圆圆婉转如黄鹂的歌声里：

牡丹含露真珠颗，美人折向帘前过。含笑问檀郎：花强妾貌强？

檀郎故相恼，刚道花枝好。花若胜如奴，花还解语否？

——北宋　张先《菩萨蛮》

他们住的是一所简便的院落，是吴三桂第一次去田府赴宴时，交代灯心草租赁的。

他不敢把圆圆带回吴府，那里有结发妻子张氏，那是一个老实巴交的女子，他虽不爱她，镇守边疆几年未归，他似乎已经忘了她的容颜，甚至忘了她的存在。尽管如此，却也不忍伤害她。

他也怕父亲知道了，虽然男人纳妾很平常，但圆圆不是一般人家的女子。说圆圆是他硬从国丈田弘遇手中抢过来的，丝毫不为过。父亲胆小怕事，说不定会逼他把圆圆还给田弘遇。

吴三桂用花轿从田府抬出陈圆圆，已轰动京师。在朝臣的聚会上，在京城的街头巷尾，都是茶余饭后闲谈的话题。他不去管这些，他向来是个不管不顾的人，也是敢做敢当的人，他现在唯一要做的，就是给圆圆造一座楼。

几天来，他一直在想，圆圆虽出身青楼，被人买来送去，过的却也是居绣楼、着绫罗、吃美味的日子。他疯狂地爱着这个让他少年时就神魂颠倒的女人。如今，这女人就在他身边，跟他如胶似漆、缱绻缠绵。他不能让她受苦，他没有珍贵的东西送给她，但他不能让她有居无定所的感觉，他要给她造一座楼，让她的笑容更加娇艳而从容。

第十五章　战鼓声催　春恋红颜欲抗旨

欲别无言倚画屏，含恨暗伤情。谢家庭树锦鸡鸣，残月落边城。

人欲别，马频嘶，绿槐千里长堤。出门芳草路萋萋，云雨别来易东西。不忍别君后，却入旧香闺。

——五代　韦庄《望远行》

称病在家休养的董其昌，听管家说吴三桂抢了国丈田弘遇的爱姬陈圆圆，惊骇不已。

这日，董其昌等候在朝门之外，见田弘遇退朝出来，顾不得许多，上前道："国丈有礼了！借一步说话。"

田弘遇颇为奇怪，你我向无瓜葛，今日找我何事？便也笑微微地回礼。

二人避开退朝的官员，站在一边。董其昌面沉如水，语气里带几分谴责道："大人贵为国丈，年逾花甲，在家里享受女乐歌舞，原无可厚非，可大人为何把陈圆圆送给吴三桂？吴三桂正值壮年，又在边疆清苦多年，这一来，岂不是要乱他的心神？削他的意志？况且，眼下正是国家危难之时，皇上交给他重兵之权，对他寄予厚望，但他毕竟年轻，若一味地沉溺于美色，将如何担此重任？"

田弘遇失了美人，又被众人耻笑，满肚子委屈，正不知向何人倾诉，他申辩道："老夫岂愿把爱姬送与他人？是吴将军强索硬要，老夫无法拒绝，只得听任他带走圆圆。"

董其昌怒气未消，回到家中，给吴三桂写了封措辞严厉的长信，又给吴襄写了信，派人送至吴府。

吴襄见董其昌在信中谴责三桂不该向田弘遇索要陈圆圆，要他告诫儿子以国事为重，不可沉溺于美色，要他劝儿子把陈圆圆退还给田弘遇。

他也听说儿子娶了一房姬妾，儿媳张氏也哭闹过。私下里虽然认为儿子太年轻，不宜娶太多的女人，却也未认真过问此事。今见董其昌书信措辞严厉，心里万分惶恐，忙命人找回三桂。

吴三桂不知何事，兴冲冲地来见父亲。

吴襄不语，只递给他一纸信笺，三桂愕然接过，心想，谁会给我写信？

打开看时，竟是恩师董其昌的亲笔书信，信中写道：

"听说将军新近纳了一房姬妾，本该祝贺将军。但是，老夫认为将军不该这么做。当年，将军夺得武科第一名，朝廷庆幸发现了武将人才，对你非常器重，交给你兵权，全权委托你镇守边陲重镇。而你在辽东这几年，不负圣望，干得也非常出色，震慑了敌人，守备了边疆，若长此下去，或许能挽狂澜于危急之中，使国家安于磐石。

可将军不知自爱，竟向田畹强求一个歌女。你想一想，眼下是我们这些做臣子的去歌舞娱乐、贪恋美色的时候么？古时，周厉王因博褒姒一笑而亡国，项羽因宠虞姬而死于垓下，这些儿女情长，英雄气短的历史史实，将军不能不再三思索。

而且，陈圆圆不过是姑苏的一名歌女，把这种路柳墙花收在你门下，实在是将军的耻辱。田畹曾将她献给皇上，皇上尚且因为国事危艰，而不肯耽于美色，将她退还给田畹。何况将军受朝廷重托，承担着保卫国家的重大使命！将军也应体会皇帝在朝廷之上处理国事而废寝忘食，要筹措保国安邦的谋略，如此才能载入史册，而流芳千古。否则，堂堂男子汉大丈夫，日渐销蚀在男女情欲之中，项羽便是前车之鉴，这虽说是将军个人的不幸，也是大明王朝的隐忧啊！

速速把陈圆圆退回田府，迷途知返，只在今日，请将军三思！"

吴三桂读后，背脊冷汗涔涔，半天作声不得。

吴襄厉声斥道："你得皇上器重，受朝廷重托，正国难当头之时，竟贪恋美奴，纵情声色。京师上下，无不议论纷纷，说你强抢国丈的爱姬，你的恩师董其昌为此忧心忡忡，你有何面目去对大宗伯？"

吴三桂嗫嚅道："父亲，孩儿并非强抢圆圆，是田国丈把她赠送给孩儿的，孩儿却之不恭。本想送她回田府，无奈圆圆誓死不肯，她说，早慕孩儿少年英雄，既然遇到孩儿，便是天赐的缘分，绝不肯错过。她要效仿梁红玉，助孩儿成就一番事业而扬名后世。所以，孩儿不忍心弃她于不顾。"

吴襄听了，惊疑不已，他看着儿子的眼睛道："听说这女子不过是秦淮河畔的一名歌女，老夫断不信她有如此高远的志向。你快把她带来，让老夫瞧瞧，你如此迷恋的女子，究竟是何方神圣！她若离开你，再好不过。若不肯，待我晓以大义，看她如何！"

吴三桂不敢违背父命，回到住处，又不知如何对圆圆启齿。

圆圆见他去见父亲回来，欲言又止的模样，心里疑惑，一缕担忧袭上心头，她幽幽地问："将军如此忧心，可是为了妾身？"

三桂见她凄凄惶惶的，心里痛惜，恨不能替了她忧愁，忙掏出大宗伯的书信给她。

圆圆犹疑地接过信笺，展开细读，末了，泪眼盈盈地问："将军这就要送妾走么？"

三桂一把搂过她，抹去她腮边的泪水，在她耳边轻轻道："三桂自从在姑苏看你唱戏时，就爱上你。多年来的朝思暮想，如今才得所愿，本想与你生死与共。谁料国难当头，恩师担心三桂儿女情长，英雄气短，如项羽一般抱恨终生。所以，三桂想送你回田府，你可愿意么？"语气里半是试探，半是不舍，又半是犹豫。

圆圆听说要送她回田府，方寸已乱，哽咽道："我虽沦落青楼，并不是自甘堕落，后又被田畹抢进田府，实在是身不由己。今日随了将军，也是天意，怎么就会连累将军呢？圆圆一介女流，虽资质愚钝，不能帮助将军建功立业，却也不至于毁了将军的前程。我刚进将军家门，板凳尚未坐热，也并没有辱没门风、有失妇德，将军却要弃我于不顾。圆圆有何面目再回田府？不如一死了之！"说毕，挣脱三桂的怀抱，撞向墙壁。

吴三桂惊得脸色发白，一把将她拉住，紧紧搂在怀里。听她说的话句句在理，又见她伤心欲绝的模样儿，心痛莫名。于是更加温柔地安慰道："圆圆，你不要伤心了！我不过是跟你玩笑而已，怎么忍心抛弃你？但是，大宗伯的话是恳切的，他是真心爱护我的，我不知如何给他回信，正犯愁呢！"

圆圆抹把眼泪笑道："将军的深情厚谊，妾铭记在心。给大宗伯回信好办呀！圆圆替你写就是了。"

吴三桂惊喜道："早就听说你能歌善舞，又通诗词歌赋，我是急糊涂了，怎么就没有想到我的爱妾是位女才子呢？"急忙忙的找来笔墨纸砚。

圆圆脸上泪痕未干，挽起罗袖，一双葱管般白嫩的小手，熟练地磨墨、铺纸。也不见她思索，只见她握笔蘸了墨汁，在纸上随意挥洒。

吴三桂守在桌边，一双眼睛跟着笔尖移动，口中念道：

"恩师殷切的话语，是为学生着想，这是大宗伯以君子的仁爱与大德来关怀、要求学生，学生万分感激。但是，学生认为，一个有远大志向的人，若以常人之情来约束他，那么，任是畅通平坦的大道，也会布满陷阱，是防不胜防的。自古建功立业者，大多都有贤内助的帮助。比如，太王与太姜携手，共同奠定了周朝的基础；晋文公宠幸叔隗、齐姜，也丝毫没有妨碍他成就后来的千秋霸业。

圆圆虽出身青楼，或许不能与那些高贵的后妃夫人相提并论，但是韩世忠身边的梁红玉，出身卑贱，却丝毫不影响她在战场上击鼓助威，帮韩世忠打胜仗、立功勋。或许圆圆也不能与梁红玉比，若有她侍候学生的日常起居，也可红袖添香夜读书啊！

一介武夫，哪有不喜欢美貌女子的？这只是小节。无情未必真豪杰，多情才是英雄本色，这件事不值得大宗伯大惊小怪。况且，风花雪月并不会迷惑人，是酒不醉人人自醉罢了。一味地沉溺于男女情欲，而不顾朝廷的重托，这不是学生的所作所为。学生在辽东多年，肩负重任，为国家守备边境，不敢有丝毫的懈怠。

学生自幼习武，不喜读书，能得到大宗伯的举荐与提携，是何等的荣幸！如今又劳恩师挂念，学生羞愧难当。此后，学生要时刻勉励自己，谨记恩师的教诲，不负朝廷重托。"

圆圆洋洋洒洒写完，刚搁下笔，吴三桂一下抱起她，在房中旋转。

圆圆抡起一双粉拳，捶打三桂的肩膀，娇嗔道："哎哟！你把我转晕了。"

吴三桂轻轻放下她，捧着她的脸，无比喜悦地说："你可真是个秀外慧中的美人儿！得到你，可以弥补我的不足。"

他二人在房里卿卿我我，灯心草在外面等得心急。

灯心草暗想，这次瞒着合府上下，帮二少爷在外面租赁房舍娶新姨奶奶，老爷没有责罚，已是天大的恩典。可每逢看到二少奶奶那张愁苦的脸，他心里老大的过意不去，可他又能怎样呢？他不过是一个奴才，只能听命于主人。刚才老爷吩咐了，一定要二少爷把这位新姨奶奶带过府去，不知二少奶奶又怎样的伤心。

灯心草正欲去敲三桂的房门，见画眉端茶盘过来，喜道："姐姐来得正好，快帮我唤二爷，老爷早吩咐了的，要见新姨奶奶。"

灯心草在府中丫头小子们中，是个一流的刁人，做事麻利，应变机灵，能说会道，油嘴滑舌的。也不知何故，自见了画眉，他就像变了一个人，手脚仍然勤快，这小院里的粗活细活，他都抢着干，不等画眉伸手。只是那张嘴突然间笨了许多，竟不会说话了。时时地偷看画眉一眼，见画眉水灵灵、俏生生的模样儿，又不免脸红心跳。

画眉却大方得体，不去想其他，因都是苏州人，在这异地他乡相遇，把灯心草当作兄弟一般，相处时，自然比其他人更亲热一些。

画眉惊道："姨奶奶？你家二爷先前娶了正房奶奶的？你家老爷不知道你二爷娶我家姐姐么？老爷要见我家姐姐却是为何？"

灯心草不知是否听清了画眉这一连串的问题，只盯着她那双如溪水般清亮的眼睛傻笑。

画眉被他看得羞红了脸，轻轻啐道："灯心草你发什么痴！敢是疯了？"说毕，掀开门帘送茶进去，留下灯心草独自在门外发呆。

吴三桂正搂着圆圆情意绵绵的，见画眉进来，问："灯心草在外面么？叫他把这封信送到大宗伯府上去。"

"在呢！他才说老爷命姑爷带姐姐过府去呢！"画眉回道。

吴三桂一拍脑门道："哎呀！刚才只顾给大宗伯写信，把这事给忘了！"回头见圆圆睁一双惊奇的眼睛，解释一番后，又极小心道，"父亲想见你，也不为过。你若不愿去，就不去。"

圆圆猜度三桂既不敢违抗父亲，又怕委屈自己，心里很是感激，盈盈笑道："天底下哪有公婆不见媳妇的？况且，丑媳妇总要见公婆！画眉，快替我梳妆。"

吴襄端坐堂上，见圆圆袅袅婷婷地步入门来。那模样儿虽娇柔却不失清雅，妩媚却不失端庄。清灵的眉宇之间，如汉白玉般光洁的额头，妖娆之中隐含几分冷静、智慧之气。

吴襄不看则罢，这一看，心里倒吸一口冷气：此女子非同一般，难怪皇上都不敢将她留在宫中。昔日，楚庄王曾说过，这种绝世的美人，不宜置于身边。陈圆圆如此风流婉转，三桂如何舍得送她回田府！当下也不再说送她走的话了，只把三桂肩负国家重任，贤媳妇如何助他成就功名，光耀吴氏门楣的话郑重地说了几遍。

圆圆低眉敛首，庄重地回道："老爷只管放心！媳妇虽不能效仿梁红玉，在战场上击鼓助威，帮韩世忠建立勋绩，却绝不会狐媚二爷沉溺于男女闺房之事。媳妇略通经史，反而会劝二爷趁年轻建功立业，流芳千古。"

吴襄听了这番话，心里颇为诧异，万料不到这名满秦淮的青楼女子，还真有如此高远的见识，心里对儿子的担忧反而更加沉重起来。

三桂的结发妻子张氏，是他中武举状元后，随毛文龙赴关外之前，由父亲做主娶回的。这时，张氏听说丈夫带了新纳的姬妾来见公公，便躲在屏风后，偷眼看去，陈圆圆的绝代风姿，风流韵致，让她一颗悲痛欲绝的心更加沉寂。

董其昌读了吴三桂的回信，不觉大失所望，但心里又存有几分侥幸，便揣了信来到吴府。

他掏出信给吴襄："看看你儿子的信。"

吴襄急忙拆开细读。

董其昌道："三桂向来敬畏老夫，断不敢以此语气跟老夫写信。"

吴襄读完信，回道："三桂自幼不喜读书，说不出这些圣人哲理来，这信确实不是他所写，定是出自陈圆圆手笔，跟她刚刚说的话一模一样。"

董其昌喟然长叹："话虽然说得动听，只怕事实并非如此。老夫由此断定，日后，三桂必定被陈圆圆所误！"

"大宗伯，这将如何是好？"吴襄忧心忡忡地问。

吴襄行武出身，胆小怕事，又言辞木讷。在朝中，一直被文臣看不起，又被武将排斥。只有董其昌不嫌弃他，对他真诚有加，所以，董其昌说的任何话，他都毋庸置疑，绝对相信。

董其昌沉吟不语。

吴襄急道："大宗伯，这小子太不识事体了，眼下这关口，做出此等事来，我一定要拆散他们，把陈圆圆赶走！"

董其昌抬手制止："不能如此武断！新婚三天的年轻人，正如胶似漆，恩爱缠绵。若将他们硬生生地拆散开来，不但于事无补，反而会更坏事。"

吴襄顿足道："唉！这逆子！"

"不如这样，你让他们搬回府中居住，待陈圆圆如媳妇一般，让他们安下心来。"董其昌说着又加重语气，"一旦边境危急，三桂必赴辽东。你一定得让圆圆留下，不准他带至军中，切记！"

吴襄虽久经沙场，但是，官场上的浅沟深壑，他走得小心谨慎，深知这其中的厉害，更能体会到董其昌的良苦用心，便郑重地点头应允。

当天，吴襄命吴三桂与圆圆回府居住。

次日，三桂与圆圆在花园的亭子里，一个操琴，一个聆听。

突然，灯心草火急火燎地跑来说，皇上的圣旨到了。

三桂顾不得圆圆，忙随灯心草来到前厅。

建州人入侵宁远，崇祯皇帝命吴三桂速回山海关御敌。

吴三桂读着圣旨，心里却叫道：老天！我与圆圆在一起才几天？这就要活生生拆开我们？

吴襄在一边督促道："你快快做好准备，明日上朝谢恩起程！"

"父亲，不急，孩儿自会安排行程。"三桂心里烦躁，口中轻描淡写地应付父亲。

吴襄见他目光游离，魂不守舍的，骂道："你不是小孩子了，是肩负国家重任的将领！边境事关国家安危，岂可当儿戏！你敢抗旨，是不是不想活了？"

三桂看一眼骂得唾液四溅的父亲，扔下圣旨，扭头出了前厅。

圆圆见说圣旨来了，早扔了琴，在垂花门外等候，见三桂闷闷不乐的出来，那颗忐忑不安的心，陡然提到了嗓子眼。

三桂牵了圆圆的手，回到房中，轻声道："边关战事渐紧，皇上命我火速出关。"

圆圆一时呆住，两眼痴痴地望着他。

三桂见她一副可怜的模样儿，心早就软成一摊泥，将她搂在怀里，安慰道："圆圆你别着急，我不去就是了。我辞了这将军之职，与你回姑苏，寻一处你喜欢的僻静之所，在海棠树下看日升月落，观花谢花开，听黄鹂婉转。不去管什么国事危艰，也不去管建州人、李自成了。"

圆圆从他怀里挣扎出来，含泪问道："你这样做，是为了我么？"

三桂郑重点头道："是为了你。"

圆圆哽咽着摇头："我知道你是为了我，也感激你对我的一片情意。可你知道么？你这样做更让我担了恶名。你把我从田府接出来，朝野已是议论纷纷。这次你若再抗旨辞官，人们岂不骂我陈圆圆到底是歌女出身，硬生生地把个镇守边关的英雄将军狐媚得没了骨气？"

三桂急道："我与你好不容易聚到一起，这才几天？就要分离。"

圆圆抹干眼泪道："我跟了你，是爱慕你英雄豪杰，爱慕你守备边境受人尊敬。不是为了一时的卿卿我我，儿女情长。若没有了国，哪能有家？若没有了国家安危，哪有你我的长相厮守？"

三桂心里实在是舍不下她，拉着她的手道："武将在任上，是不准带家眷的，我偷偷带你出关，再找借口向朝廷辞官，与你回江南，终老林泉，岂不好？"

圆圆冷笑道："你这就让我瞧不起了！如今正是国家用人之时，你为了我一人，却坐视国家的危难而不顾，年纪轻轻的，却说什么终老林泉，岂不让天下人耻笑？"

"可我实在是舍不得离开你啊！"

圆圆握着他的手，温婉地安慰道："你何必为这点小事苦恼？你去辽东任上，也只是暂时的，又不是没有再见面的日子。"

三桂苦着脸："你说的都在理，可我俩新婚才几日啊？我心里实在是难受。"

圆圆心底也是万分不舍，口中却是好言相劝。她知道她不能把心事流露出来，若她再表现出一点点留恋，吴三桂就真的不会出关。

画眉在一边轻轻唤道："姐姐，灯心草在门外等二爷，说老爷有事嘱咐。"

三桂出来，问灯心草何事？

"老爷嘱咐二少爷上表朝廷，报告出京日期。"灯心草见他黑着脸，小心地回道。

三桂不理，仍旧回房，坐在圆圆身边，目不转睛地看着她，生怕一眨眼，圆圆就不见了。

圆圆深知三桂对她的眷恋，她的一颦一笑，一嗔一忧，都能牵动他的每根神经。她起身走向屏风前的琴台，对三桂舒眉笑道："我为将军唱支曲子如何？"

三桂凝神看着她，点头不语。

圆圆轻挽罗袖，玉指只轻柔地一挑，清冷的空气中，似有满园的杏花迎风而落，只见她敛娥眉，启朱唇，曼声唱道：

欲别无言倚画屏，含恨暗伤情。谢家庭树锦鸡鸣，残月落边城。

人欲别，马频嘶，绿槐千里长堤。出门芳草路萋萋，云雨别来易东西。不忍别君后，却入旧香闺。

——五代　韦庄《望远行》

歌声清润婉转，似芳草落英，残红满地。

吴三桂听出几分痴情，几分幽怨，几分不舍，更不去想几时出京了。

夜间，吴三桂拥着圆圆，望着帐顶出神。

圆圆坐起身子，扳过他的肩膀，问道："你上报朝廷说几时出京？"

三桂抚弄她一头披垂的长发，慢慢道："我想多陪你几天。"

圆圆道："有道是，军令如山。你为了我，朝中大臣早就有了闲言碎语，若再延误出京，不知会怎样。"

三桂却道："若我去了边境，圆圆，你要时常想着我，千万不要想其他心事，也不要离开吴府。"

圆圆紧锁眉头，略带愠色道："将军把我看成什么人了？难道我这青楼出来的人，真的就像人们所说的那样下贱？自随了将军，我的心愿已经满足，这颗心唯有天知！"

三桂见她当真动了气，忙又好言哄道："圆圆莫生气，三桂是个武夫，既怕失去你，又不会说话。"

第二天，吴襄见三桂无出京之意，急得跺脚骂道："你这个忤逆之子！你凡事不动脑子，你抢了陈圆圆，知道朝廷对你的议论么？你知道皇上的脾气么？皇上要杀谁还不容易？你死不足惜，不要连累老夫这一家老小！"

吴三桂听了，心中骤然一惊，脑袋也清醒了许多。他如何不知道崇祯的性格？皇上虽不喜游乐，却多疑猜忌，信任宦官，滥杀守边大臣而不计后果。

当天，吴三桂便上表朝廷，明日出京。

第十六章　松山兵败　三桂孤守山海关

塞下秋来风景异，衡阳雁去无留意。四面边声连角起。千嶂里，长烟落日孤城闭。

浊酒一杯家万里，燕然未勒归无计。羌管悠悠霜满地。人不寐，将军白发征夫泪。

——宋　范仲淹《渔家傲》

辽东边塞，既杀了毛文龙，双岛又不设重兵镇守，只有少许哨防，守卫薄弱，如门户洞开，建州人便趁势侵扰。

当时，朝廷银库空虚，无暇顾及边防军饷粮项，崇祯便令各省每年增缴税银，以供辽东边防的军需用度，只是每年征敛数百万的税收，天底下哪有许多钱粮供给？

于是，辽边粮饷短缺，军心涣散，闲言细语便漫天而来。都说：毛帅在时，沿海一带，开辟了海上贸易，东至旅顺，西至登莱，商船往来，货物丰盈，互为利市。毛帅以收商税而作军饷，所以，边境兵强马壮，敌人不敢来犯。那时的边防兵士比现在多出数倍，都不愁粮饷，如今防兵寥寥无几，仍无粮饷供给。所有兵士将校，联名请袁督师仍旧按毛文龙利用海上贸易的方法而行。

谁知袁崇焕大怒："毛文龙搜刮商贾，恃强夺弱，擅自勒捐作饷，此大逆不道之事，本督如何效仿！"并对联名将士严加指责，将士们无不怨声载道。

那建州人的奸细贾仁恩见此情景，心中欢喜：是该搬倒袁崇焕的时候了。便在军中散布谣言蛊惑士心，又暗自派心腹进京，告知朝中内应弹劾袁崇焕。

果然，崇祯皇帝又中了建州人的离间之计，以袁崇焕性情凌厉为边防士兵所憎恨，又与阉党魏忠贤交往甚密的罪名打入死牢。

朝中大臣平时也厌恶袁崇焕为人清高不合群，竟无人出面向皇帝讨保，唯有董其昌与洪承畴为袁崇焕求情，无奈，崇祯不允。

也是大明王朝气数已尽，董其昌忧愤成疾，这次是真的生病在家休养。

杀了袁崇焕，有义之士无不心寒，一时竟无人愿意出使边关。

恰巧，洪承畴平定楚乱，捷报传来，满朝文武大喜，都赞洪承畴奇谋大智，是保家卫国的栋梁之材，可任蓟辽总督。

崇祯责令洪承畴接替袁崇焕，为蓟辽总督。

洪承畴心里一万个不愿意，但又不敢抗旨，只得闷闷不乐地赴蓟辽上任。

崇祯还真是位苦难皇帝，自他即位以来，边境就无安宁之日。而且天公也不作美，连年灾荒，朝廷为边境筹军饷粮项，对天下百姓重征敛税，民生日益艰难，怨声载道。

荒年无收成也好，天下百姓怨恨也罢，苛捐杂税一样不能减免。地方官吏对下层层盘剥，中饱私囊，对上报喜不报忧。以致百姓流离失所，饿殍遍野。更有饥寒交迫者，或三五成群，以盗窃为生计；或几十人一伙占山为王，以劫富济贫为名，打家劫舍，滥杀无辜。

崇祯皇帝为防患边境，已呕心沥血。然而，他与他的满朝文武，哪里知道，在他们日日笙歌，夜夜买醉之时，一支以李自成为首的流民结集而成的军队，已逐渐壮大起来。

没有星星月亮的夜空，像一口漆黑的倒扣着的巨大铁锅，沉沉地罩着蓟辽大地，洪承畴的总督营帐灯火通明。

傍晚，他接到朝廷六百里加急送来的圣旨，便连夜召集白广恩、吴三桂、李辅明等各路总兵议事。

洪承畴坐在正中，总兵们在他面前分两排相向而坐。闪烁的烛光，映得他清瘦的面颊阴晴不定。商议军政大事，无须繁文缛节，他操着略为沙哑的嗓音说："建州人多尔衮率部围困锦州，皇上下旨命我部即刻进兵，以解锦州之围。本督以为，若解锦州之围，必先攻克松山及乳峰山，不知各位总兵意下如何？"

白广恩道："松山城外地势险要，城里粮草充足，建州人又善骑马射箭，实在是易守难攻。"

其他总兵点头赞同。

唯吴三桂嘿嘿笑道："白将军说的极是，松山城地势险要，被称为锦州门户，但以卑职看来，要夺取松山，易如反掌。"

敦实的李明辅提醒道："吴将军，正因为松山是锦州门户，多尔衮才派几万铁骑兵把守，如铜墙壁铁一般，咱们切不可低估了。"

吴三桂望着李明辅笑道："明辅兄，他多尔衮有铁骑兵，我吴三桂手下也有几万骑术、刀术精湛，而且箭不虚发的铁骑兵啊！"

其中一个满脸络腮胡须的汉子心里冷笑道，你吴三桂就知道自吹自擂，建州人天生就是骑射的种，打娘胎出来就会骑马射箭，你竟敢跟他比！

洪承畴不理其他人，热切的目光只专注地看着吴三桂。

吴三桂转向洪承畴："总督大人，今儿一早，卑职带手下铁骑兵去松山城外，名为挑战，实则是试探建州人的虚实。"

洪承畴饶有兴味地看着他，鼓励他说下去。

"松山、乳峰山与锦州成掎角之势，松山虽地势险要，但多尔衮用兵如撒豆，已无力顾及松山，唯以锦州与乳峰山为依据。以末将看来，松山是一座外紧内松的城池。"

洪承畴手捋胡须问："吴将军的分析颇有道理，但你能否一举拿下松山？"

吴三桂挺起胸膛，朗声答道："回大人，末将定能拿下松山！"

洪承畴以手击案道："好！本督就等将军的捷报！"

夜，更深沉，更黑暗。

吴三桂在帐篷里无法入眠。以前，每逢战前之夜，他都会情不自禁地想起流水清泠的姑苏，想那柔软得如丝绸般光滑的夜。圆圆的水袖舞起漫天的杏花香雨，那一声"梦回莺转"至今还在他心里余韵袅袅，缠绵不息。

今夜，他又想起圆圆，想她清灵的眉眼，想她小鸟依人般在他怀里的娇柔模样。他的心怦然而跳，身子也燥热起来，他索性披衣起床，跨出帐篷。

东方已现出鱼肚白，崭新一天已经来临。今天的松山之战，将是一场恶战。

松山城外。

吴三桂根据昨天早晨摸得的情况，把重兵部署在南门。

一阵炮轰之后，在一片乌黑浓密的硝烟之中，几十架云梯突然齐刷刷地靠在城墙之上，一批勇士腰插寒光闪闪的钢刀，如深山老林中的猿猴，顺着云梯敏捷地攀上城墙。然而，转眼间，他们便被城楼上的敌人砍了头颅，头颈断裂处喷涌着热血，掉下城来。云梯，也相继被推开，倒在地上，石头与滚木如密集的蝗虫，从城楼上飞舞而下。

吴三桂骑在高大的神驹上，苍白的面孔，不知因何而泛起一层浅浅的红晕，一双阴冷的眼睛里，射出鹰鹫般锐利的寒光，紧盯着从城楼上扔下来的尸体。

神驹不安地喷着响鼻，时而四蹄刨地，时而仰天长啸。吴三桂一手按着剑柄，一手紧勒缰绳，冷漠的脸上毫无表情。

一阵挟带着火药味与血腥气的风沙扑面而来，他微张着嘴巴，鼻翼轻轻扇动，贪婪地呼吸着，如同饮了甘露一般。他喜欢这种野性与嗜杀、血雨与皮肉横飞的生活，这场景令他兴奋，令他周身血脉偾张，令他感到一种身心愉悦的快感。

吴三桂身后的关宁铁骑，以及跟随在左右的护卫亲兵，早已按捺不住，但不见统帅的命令，他们也只得按兵不动。

第一批勇士无一幸存，城墙脚下已摆满他们的尸体，浓烟滚滚，随着风儿飘来衣物与尸体烧焦的糊臭气息。

紧紧盯着吴三桂的传令兵，终于看见他们的统帅轻轻地点头，这是吴三桂下令攻击前的习惯。

果然，吴三桂那比刀锋还冰冷的声音说："传令兵，命东、西、北门开始攻城！"

三名传令兵跃上马背，朝东、西、北三个不同的方向飞奔而去。

片刻后，呐喊声，刀剑碰撞声，惨叫声铺天而来。

吴三桂又轻轻道："是时候了，南门再次攻击开始！"

传令兵手中的杏黄旗一摇，无数的云梯仿佛从地底冒出来，如古藤缠树般搭上城墙，比第一次更多的勇士爬上去，动作更迅捷、更凶猛。几乎不见他们动手，钢刀已穿透敌人的胸膛。

城楼上，刀光剑影，硝烟弥漫，杀声震天，乌云遮住日光，大地为之震颤。

吴三桂见坚实厚重的南门缓缓打开，唰地抽出宝剑，寒光指处，他身后的关宁铁骑，如离弦的利箭，从南门射进松山城。

不到半日的功夫，吴三桂轻松拿下松山城，总督洪承畴率各路总兵及大队人马进驻松山。

松山的夜，在死亡的诡异与胜利的喜悦中，显得格外沉闷。满城的尸体尚未收拾干净，洪承畴便摆宴犒劳三军。

夺了松山城，还得再夺了乳峰山，才能解锦州之围。

松山的胜利，给洪承畴瘦弱的躯体注入了几分蓬勃的活力，他命吴三桂与杨国柱分头包抄，一举夺取乳峰山。

然而，建州人派重兵坚守乳峰山，不似松山城外强中干。杨国柱一上场就被炮火炸得血肉横飞，一时，局势险象环生。

关宁铁骑虽锐不可当，但是，满洲人的铁骑兵也丝毫不弱，双方势均力敌。

吴三桂心想，这样耗下去只会败阵，擒贼先擒王，便走马挺剑，迎着建州人的指挥官直逼过去，几经肉搏，一剑贯穿对方咽喉。

敌人主帅被斩，顿时军心涣散，阵脚大乱。吴三桂的关宁铁骑豪气冲天，一鼓作气，夺了西边敌兵大营。

紧接着，吴三桂率领关宁铁骑又一路向东，会合了杨国柱的部下，夺了敌兵东边大营。

夺了乳峰山，锦州门户大开，而且敌人尚未缓过气来，如果洪承畴乘势出兵，还有可能解锦州之围。然而，洪承畴见轻而易举就夺回了松山和乳峰山，认为解锦州之围也易如反掌，不听吴三桂等总兵的建议，执意坚守乳峰山，按兵不动。

建州人连失两座城池，重新部署所有兵力，进行反攻，不到半日功夫，乳峰山又落入多尔衮手中，洪承畴被迫又退回松山城。

松山城，多尔衮的军队已兵临城下。

洪承畴的临时总督府，各路总兵默默无语，他们身上布满血迹与灰尘的战袍，与总督身上干净整洁的官服成鲜明的对比。血红的眼睛紧盯着总督，疲惫的脸上仍然是请战的欲望。

饱读诗书的洪承畴，早已没有了那股文人雅士的清高傲慢之气。此刻，他并不去看他身边这些把脑袋拴在裤腰带上，浴血奋战的勇士将领。他瘦削的面颊蒙了一层青灰色，游离的目光，无神地盯着自己两只苍白而瘦骨嶙峋的手。这是一双写诗作文的手，是弹琴对弈的手，是举杯邀明月的手，更是花前月下携手佳人的手，他的锦绣前程就凭这双手而来。

总兵们要求突围的建议，他置若罔闻。他下意识地抬手摸了摸自己的脖子，想象着冰冷的刀剑割断咽喉时的疼痛，想象着喉管断裂时的热血喷涌，这情景让他不寒而栗。

连夺两座城池，胜算在握，却因主帅的固执而坐失良机。吴三桂耐不住了，他挺身而出，朗声道："总督大人，建州人已兵临城下，经过两场恶战，我方已精疲力竭，而敌人兵强马壮，志在必得。我方除了突围，再别无选择。"

洪承畴抬起无力的脑袋，嘶哑的嗓音更加难听，他面无表情地说："本督尊重诸位总兵的意见，今夜突围！"

吴三桂喜道："总督大人，三桂杀开一条血路，随同大人一起，突围至宁远。休养生息之后，会合宁远大军，再与建州人决一死战！"

洪承畴抬起苍白的毫无血色的手，制止道："不！吴将军，本督不随你们突围。本督将镇守松山城，你们突围后，至宁远集结大军，再来解救松山。"

吴三桂一愣，这是哪门子谋略？却也不好反驳，只得与其他总兵商量如何突围。

傍晚，吴三桂与各路总兵登上城楼观望，城外，建州人的兵营一座连一座，如一道铁链，把松山城箍得铁桶一般，连只鸟儿都飞不出去。

暮霭蒙眬中，通向城外的大路，隐约旌旗飞扬，人声嘈杂。而山间的荒野小路，则笼罩在一片淡紫色的雾气之中，显得幽深而宁静。

吴三桂苍白的面孔上，剑眉紧锁，他不停地在脑子里自问：如果我是多尔衮，会如何安排兵力？他决定从大路突围。

李明辅与白广恩等几位总兵，一致认为应从小路突围，而拒绝跟吴三桂一起走大路。

吴三桂无奈，他只能命令自己的关宁铁骑，而指挥不了其他总兵，总督洪承畴也听之任之。

各路总兵分头准备突围。

夜，伸手不见五指，抬头不见月牙。风，似乎也怕被战火烧焦，藏匿在黑夜的某一处，不动一丝一缕。

吴三桂率领他的关宁铁骑，打开城门，冲向大路。

这一次，建州国主皇太极亲自在小路上指挥围追明军突围，见大路上彪出一支人马，心里着实一惊。他纵马跑上一个小山坡，透过路边的火把，证实了自己的猜测，这支从大路突围的人马正是吴三桂与他的关宁铁骑。

他不敢有丝毫的马虎，急忙调遣自己身边最精锐的铁骑兵，挡住吴三桂的去路。

一霎时，大路上火把齐明，杀声震天。

皇太极骑在高头大马上，冷冷地看着这一场恶战，他断定那个骑在神风一样俊逸的马上，戴银色头盔，穿银色战袍的年轻人，就是这支铁骑兵的统帅吴三桂。只见他一柄利剑舞得如风火轮一般，把挨近他的建州骑兵削得片甲不留，血肉横飞。

而他那支传说中神勇无比的关宁铁骑，一闯入建州兵阵，便如虎入羊群，左冲右突，锐不可当。

突然，吴三桂停下厮杀，把剑举过头顶，火光中，那柄高举的寒剑隐隐闪着血色的光芒。他的兵士见了，如同见到了某种特定的暗号，所有勇士都提缰纵马，齐刷刷地聚拢在他身后，组成一支奇异的箭状队形。只见吴三桂的宝剑一挥，这支队伍便如离弦的利箭，急促地向山坡上伫立的皇太极射去。

一股死亡的阴气和着利剑的寒气，逼向皇太极。皇太极悚然而惊，喟然叹道："若我得吴三桂，何愁天下不定！"

皇太极的精兵挡不住吴三桂的关宁铁骑，局势渐渐扭转，关宁铁骑用刀剑将皇太极围就的铜墙铁壁撕开一个缺口，突出重围。

从小路上突围的几路人马，黑暗中，在小路上拥挤不堪，又慌不择路，受到皇太极的重兵伏击，死伤惨重，侥幸逃出一小部分，又被迫退回松山。

松山城再次陷落。

吴三桂突出重围，率领他的关宁铁骑又掉头偷袭松山城，想救出总督洪承畴，结果被皇太极击败。

无奈，吴三桂只得带领元气大伤的铁骑兵回到宁远。而松山城里的蓟辽总督洪承畴，已经投在了皇太极的门下。至此，松山、乳峰山、锦州城已完全落入建州人手中。

吴三桂在距山海关二百里外，带着他的关宁铁骑，孤军对抗彪悍的建州兵。他无时不思念远在京师的圆圆，归家之日，遥遥无期。从松山突围后，连写两封家书向父亲询问圆圆近况。直到吴襄两次回信都说圆圆与家中一切安好，他这才安心。

然而，京中的一切并不像吴襄在信中说的那样好。

八月，正是橘黄橙绿，漫山枫叶飘红滴艳之时。

京都的秋夜，月光如水般清凉，日间喧嚣的长安街，夜间依然繁华热闹。店铺、酒馆、歌楼，灯火通明，锦绣交辉；丝竹管弦，对酒当歌，一派欢乐景象。

吉祥巷一座小小院落里，住着李姓祖孙俩，在长街的角落里以唱评书为生。这不，祖孙俩刚刚回家，李老汉拖着疲惫的身子去灶下准备做饭，孙子在院子里借月光劈柴火。

忽然，一道亮光腾空而起，劈柴的小伙子停下手中的活儿，抬眼望去，见一奇特物体从东边天际冉冉升起，他惊恐得斧头掉在脚背上，大叫道："哎呀！爷爷！爷爷！快来看！"

正在灶台上揉面的李老汉听他惊恐的叫声，忙丢下面盆跑出来，见孙子呆呆地指着东边天际。

老人顺着他的手指看去，惊得张大嘴巴，半天都合不上。

隔壁的张大爷与几位邻居都涌向他的小院，看着天上的物体越升越高，越来越大，上半截似刀，下半截似刀柄，众人无不惊骇。

王婶手中还捧着半碗棒子面糊糊，她颤声问："他李大爷，你说古论今的，见过这等奇怪的景象么？今儿这是怎么了？咱老百姓的日子本来就难熬，若再有个什么事儿，咱就甭活了。"

其中一年轻人笑道："王婶，这能有什么事儿？我昨夜就看见过。昨夜这玩意出来得晚些，后半夜我起来上茅房，见这东西就悬在那儿，半天才隐去。"

张大爷吧嗒地抽完最后几口烟，抬脚把烟嘴儿在鞋底上磕了几下，慢悠悠道："我活了这把年纪，也是头遭见这种事儿，怕不是好兆头。"

那年轻人又道："不是好兆头？咱老百姓怕什么？你看这满京师的侯门富户、公子王孙，哪一天不是吃喝玩乐、嫖赌逍遥的？"

另一中年汉子道："听说满鞑子快打到山海关了，洪承畴已经降了满人。咱大明朝的军队，恐怕也只有吴三桂在山海关孤军奋战。"

张大爷道："唉！北方的城池已陆续陷落，大明王朝的江山也岌岌可危了。听外地来的客商说，米脂人李闯，聚集了几十万饥民与绿林盗贼，已攻陷了山西，正望京师而来。"

一直盯着东边天际的李老汉幽幽道："这是蚩尤旗！百年不遇啊！若一连数日出现，则预示刀光剑影，必有战火燃起，天下将大乱！"

众人听了，惊愕不已。

第十七章　阳春三月　刀光剑影向重门

一闭昭阳春又春。夜寒宫漏永，梦君恩。卧思陈事暗消魂。罗衣湿，红袂有啼痕。歌吹隔重阍。绕庭芳草绿，倚长门。万般惆怅向谁论？凝情立，宫殿欲黄昏。

——五代　韦庄《小重山》

那位张大爷说的李闯，就是陕西米脂人李自成。

李自成，原名李鸿基，曾在米脂城里的银川驿当驿卒。那时节，朝廷对驿站的供给本来就少，从朝廷到地方，层层盘剥，加上地方官克扣，过往官员勒索，饷银到驿站驿卒手中，已所剩无几。

驿马饿死道旁，驿夫饿着肚子干活的事时有发生。李自成常常吃不饱，还要养活家中的妻子韩金儿，便时常向本村的艾举人借钱度日。尽管驿卒的差使非常劳累而工钱又少，但是，连年的灾害，比起在乡下种田，驿卒每月毕竟还有几文银子可以糊口。

李自成少年时就喜欢舞刀弄剑，做驿卒后，依然酷爱骑马挽弓射雕，也不知什么原因，在他手中，先后死了三匹驿马。

这一年，朝廷或许是为了减轻负担，也或许是别的原因，撤了银川驿站，李自成只得回乡种地。

回家后，艾举人向他讨还所欠的银子，李自成哪有银子还高利贷？艾举人便将他告到县衙，逼他还贷。官府又要他赔偿在他手中死掉的那三匹驿马。李自成哪里赔得起驿马？县令晏子宾将他捉拿归案，审都不用审，便将他披枷戴锁，命衙役敲着的铜锣，押着他在街市上游行，要砍头示众。

所幸的是，李自成的侄儿李过与几位好友凑足了银子，从刀下把他救了出来。

当初，李自成在驿站时，他的妻子韩金儿，难耐空闺寂寞，与村中无赖盖虎通奸。这次李自成被官府捉拿，以为他必死无疑。

这天夜里，韩金儿叫盖虎来家，二人正翻云覆雨，情意绵绵的。万料不到李自成会回来叫门，韩金儿吓得胆战心惊，半天挪不动脚步，李自成觉得蹊跷，一脚踹开房门，盖虎见势不妙，翻出后窗，仓皇逃走。

韩金儿披头散发，赤身裸体地瘫软在地，哆嗦着，说不出一句囫囵话来。

李自成怒从心中起，恶向胆边生，顺手操起一条长凳，朝韩金儿当头劈去。可怜韩金儿来不及说一句话，便当场毙命。

李自成一不做，二不休，取了大刀，直奔艾家，一刀砍了艾举人。连夜，他找到侄儿李过说了杀死二人的经过。

李过说连杀两人，官府必定不会放过你，这次神仙也救不了你。李自成暗想，侄儿说的何尝不是？米脂连年干旱，蝗虫满天，田地龟裂如沟，颗粒无收，百姓苦不堪言，自己就算不死，这日子又如何过活？不如投军去，还能混个温饱。

崇祯二年（1629年）二月，李自成与李过奔甘肃而来，投在甘州总兵杨肇基门下，杨肇基将他们编入参将王国的营中。很快，李自成凭着他的勇猛与胆识，被提升为军中的把总。

可悲的是，当年银川驿站克扣饷银的事，又在军中重演。参将王国与县令勾结，屡屡克扣军饷，李自成一气之下，杀了王国与县令，率部反出甘州。

崇祯二年（1629年）九月，李自成投奔了他的舅父——义军"闯王"高迎祥。在军中，李自成骁勇善战，又足智多谋，颇受高迎祥器重，被称为"闯将"，并娶表妹——高迎祥的女儿高桂英为妻。

崇祯九年（1636年），闯王高迎祥战死，李自成被推为首领继闯王之职，率部征战，被时人称为"李闯"或"闯贼"。

崇祯十六年（1643年）十一月，李自成攻破西安。

次年正月，李自成受部众推崇，在西安正式称王建国，取国号"大顺"，改西安为西京。从此，李自成的军队更是锐不可当，沿山西往北京而来，山西总兵姜瓖不战而降。

崇祯忙于抵抗辽东的建州军队，内地空虚。李自成一路打来，唱着"等贵贱，匀贫富""不当差，不纳粮"的歌谣，随处掠夺富户的钱粮作军饷，又随时招收饥民充实队伍，所拥兵卒不下四十万。

崇祯十七年（1644 年）三月十五日，京师北边门户居庸关守将唐通、杜之秩献关投降，自此，北京门户大开。

三月十七日，大顺军大兵压境。

三月十八日，李自成攻破第一道城门。

这一天，紫禁城里，那巍峨凝重的宫殿，金碧辉煌的楼阁，在三月明媚的阳光下，竟是那样的沉闷而晦涩。

金銮殿上，崇祯清瘦的身躯陷在龙椅中，他时而把屁股向前挪，时而又往后移，一双苍白瘦削的手，不安地抚摸着龙椅扶手上的龙头。额头上如刀刻的皱纹里，写满焦灼与忧愤。

殿中，满满地站着文武百官。这些口若悬河的饱学之士，这些衣冠楚楚的人前君子，这些高官厚禄的朝臣；平日里结党营私，钩心斗角，尔虞我诈，都有百般的谋略。而此刻，却噤若寒蝉，无一人有抗敌之良策。

崇祯绝望地靠向椅背，仰面望向屋顶。龙飞凤舞，祥云缭绕的殿顶，冷漠地俯视着他这位龙椅上的真命天子，那富丽堂皇的景象仿佛在无言地谴责他：大明王朝两百七十多的辉煌历史，今日就断送在你的手上了！

前些时，收到边境唐报，说洪承畴妙计收复松山，有望解锦州之围。崇祯与满朝文武百官欣喜若狂，六百里加急，派人至辽东嘉奖洪承畴。谁料想，洪承畴早已做了皇太极的座上宾。

如今外患未除，内乱更甚。李自成攻陷山西之时，群臣便要求皇帝降旨速调吴三桂进京护驾。无奈，宁远至京师，路途遥遥，关山阻隔，远水难救近火。不等吴三桂率部回京，李自成已兵临城下。

忽然，一名太监连滚带爬地进殿禀告：李自成已进入第三重城。

霎时，崇祯心里涌起一股前所未有的悲哀、惶惑与恐惧，他再一次乞求似的望向他的群臣。殿中，这一群衣冠楚楚的食君之禄的大臣，竟无一人抬眼看看他这位被他们日日挂在嘴边奉承的天子。

他自知无望，深陷的眼眶里陡然溢出两行清泪，一拂袍袖，哽咽道："散了罢！"

群臣如得了赦令一般，逃也似的出了大殿。

这一群身着官服的大明王朝的文武重臣，他们惊慌失措的步履，明白无误地泄露了他们内心的难堪、羞愧与大难临头时的极度恐惧。

看他们争先恐后地抢出殿门，一哄而散，崇祯瘫在龙椅上，无力地叹道：

"君非亡国之君，臣乃亡国之臣啊！"

偌大的议政大殿只剩下崇祯皇帝与太监王承恩，他的叹息，如同深夜荒郊野地里鬼魂的哀叹，在凄风冷雨中飘荡。这声音在高大、空旷的大殿中飘忽回旋，又幽幽飘进他的耳朵。他惊骇极了：莫非这就是亡国的哀音？大明王朝两百七十多年的根基，真的就毁在我朱由检手上？为理朝政，我宵衣旰食；为民为社稷，我鞠躬尽瘁。苍天，为什么给我这样一个结局？为什么？

重重宫殿之外，隐约传来战鼓声、人吼马嘶声，这些声音越来越大，越来越清晰。

忽然，一股豪气充盈在他羸弱的胸间：朕，是大明王朝的天子，就是死，也要死得体面，死得有尊严。他走至案前，咬破食指，滴血写遗诏。

遗诏命成国公朱纯臣统领诸军，并辅佐太子朱慈烺。

太监王承恩在一边看了，流泪劝道："皇上先逃往别处，一来可躲避闯贼的锋芒，二来待勤王之兵到来，再作长远之计。"

崇祯将遗诏藏于衣襟之内，摇头道："满朝文武百官，天下太平之时，只为自己谋官晋爵而媚惑于朕。如今危难之际，他们只顾保全自己的性命。食君之禄，本应担君之忧，大敌当前，你可曾见他们有退敌的良策？谁是勤王之兵？洪承畴早就降了满鞑子，给吴三桂的圣旨下了多日，可他至今杳无音讯。大明的江山还能指望谁？可怜太祖创业至今二百七十余年，如今毁在朕手中，朕有何面目于九泉之下见列祖列宗？"说罢，泪如雨下。

王承恩不知如何劝慰，只在一边陪着垂泪。

崇祯无声哭了一会儿，觉得头痛欲裂，便昏昏沉沉地转到后宫，见周皇后与几个儿女正惶恐不安地拥在一起。他一把拉过长公主，搂在怀中，哽咽道："你为什么生在帝王之家啊？"

两年前，崇祯宠爱的田贵妃已病亡。此刻，袁贵妃与几个嫔妃也凄凄惶惶地来到皇后宫中，见皇帝搂着公主流泪，心中最后的期望瞬间破灭，也顾不了许多禁忌，都大哭起来。

帝后正伤心之时，一名值事太监匆匆进来报道："启禀陛下，闯贼已攻进内城了。"

崇祯看着周皇后，泪眼汪汪道："如今大势已去，朕不能苟且偷生，活着受辱。为社稷而死，是朕的本分。皇后位尊国母，理应为国而死。"

周皇后含泪叩头答道："陛下为社稷而死，妾当为国尽忠。臣妾跟随陛下一十八年，十八年来，陛下从未听过臣妾的一句劝告，才会落至今日这种境地。今日陛下命臣妾死，臣妾岂有不从之理？"说罢，拥着太子朱慈烺、定王朱慈炯、永王朱慈熠三人大哭。

王承恩在一边小声催促道："娘娘，快让三位皇子走吧！闯贼已进内城，再不走，就来不及了！"

周皇后骤然一惊，忙松开儿子的手，泪眼婆娑道："皇儿啊，快快逃命去吧！"

三位皇子向皇后叩头，又向皇帝叩头，匆匆逃出宫去。

周皇后抹去眼泪，款步走向室内，至梳妆台前，缓缓坐下，立即有宫女过来，要帮她梳妆打扮。她抬手制止，宫女退至一边，垂手而立，却止不住泪流满面。

她看着铜镜里依然姣好的容颜，心里溢满悲哀，虽是皇帝的糟糠之妻，却从未得到过他真正的爱情，他的全部情感都给了那个已死去两年的田贵妃。而她这个皇后，与大明王朝，与崇祯皇帝的命运休戚相关。她一个从未出宫门的女人，一个失宠的皇后，要与大明王朝，与这个不爱她的皇帝同生死，共患难。

此刻，她感受到了她的使命、她的责任是如此的高贵、神圣、庄严而又无可替代。

是的，当年的田贵妃可以替代她，在床上与皇上缠绵恩爱，在花前月下与皇上对弈理琴。

而如今，任是谁都无法代替她皇后的职责，代替她为社稷尽忠，代替她为大明王朝殉国。

今后，再也无人跟她争宠了，再也不用去揣摩皇帝的心事了，再也不用怕皇帝因宠爱别的女人而给自己羞辱与难堪了，再也不用因皇帝的无情而忧虑而迷惘了。所有的荣与辱，所有的爱与恨，所有的愁与怨，所有的寒枕冷衾与两情相悦，所有的孤单寂寞与儿女绕膝承欢的天伦之乐，如今都走向那条必经的万劫不复的死亡之路。上苍是公平的么？上苍是公平的，至少在这死亡这件事上对待每一个人都是公平的。

她心里有几分莫名的轻松与坦然，又有几分难言的孤独与悲哀。

她轻轻摇了摇头，似要赶走脑海中的胡思乱想。对着铜镜，她梳顺长发，堆起乌云般的发髻，簪上凤凰金钗，在苍白细腻的脸颊上扑一层莹白蔷薇花粉，又抹上一层薄薄的碧桃花汁，拿起眉笔，在柳叶眉上随意添了两下。一边的宫女递过来一张用玫瑰花汁浸透的纸，她接过，衔在唇边，上下嘴唇重重地摩挲了几下，嘴唇便如树上熟透的樱桃，鲜艳欲滴。

宫女为她戴上凤冠，穿上霞帔。霎时，皇后的盛装让这沉闷而阴森的寝宫金碧辉煌起来。

她对着镜子凄然一笑，镜子里的美人回她凄然一笑。

女人的美艳与端庄，奢华与富贵，至尊而又至高的容貌与举止，让时光、让这座宫殿黯然失色。

崇祯倚着门框，第一次这么仔细地看皇后梳妆打扮。盛装的皇后，仪态万方，美艳不可方物。他心里涌起一股难以启齿的愧疚，这个他从未爱过的女人，这个被他冷落得太久的女人，竟如此美貌与娇柔。而在大明王朝即将灭亡的时刻，又如此庄严肃穆地担当起母仪天下的责任，从容地随他赴死。

他几步跨过去，动情地将她拥入怀中，哭泣道："皇后，你先走，朕随后就来。如果上苍不灭大明，天底下总有义师起来平定贼乱，而朕不能苟且偷生，再登大位。朕既已死，却不忍心丢下你们听任逆贼污辱，若如此，朕有何面目于九泉之下见列祖列宗？"

皇后泪雨纷飞，挣脱他的怀抱，向他深深一拜，葡萄于地，哽咽道："陛下无须解释，臣妾岂能不明白陛下的心事？臣妾侍奉陛下一十八年，今日随陛下为社稷而死，是臣妾身为国母的荣幸，臣妾死而无憾！"

崇祯扶她起来，她停了悲泣，惨然一笑道："请陛下至外间稍候！"

目送皇帝出门，崇祯那孤独无助、苍老佝偻的背影，让她的泪水更汹涌地涌出眼眶。她在心中自问，为什么生在帝王之家？如果是民间女子，会跟自己挚爱的丈夫白头到老。但她已没有时间去追究这个问题了，已有宫人在房梁上悬挂了白绫，她扶着宫女的肩膀，踏上叠起的凳子，把头伸进那个圆圈，想都不想，闭上泪如泉涌的双眸，一脚踹翻了凳子。

周皇后，这个失宠的女人，她一生的荣与辱、爱与恨、忧与怨，便裹在皇后金碧辉煌的凤冠霞帔里，悬挂在寝殿之中。那一缕不屈的芳魂，缥缈在高大阴森的宫墙之间，久久不绝。

后宫死般的沉寂，而前殿的人喊马嘶声越来越清晰。崇祯迟疑地推开皇后的寝宫门，宫女正小心翼翼地把皇后从房梁上取下来，平放在床上。

他有点害怕地走过去，见她眼角泪痕未干，惨白的面孔依然庄重肃穆，他伸手想抹去她眼角的泪滴，却发现她掉出来的舌头已是青紫色，嘴角隐隐含着几分冷漠的嘲笑,他悚然缩回手,喉咙里发出一阵怪叫,踉跄着逃出门去。

外间的袁贵妃与几个嫔妃,见他神色慌张地冲出来,提着宝剑傻笑,都站起身,惊恐万状地看着他。

崇祯目睹了死亡,这种平静而又不甘的死亡让他周身的血液沸腾,他瘦削苍白的面颊,像醉酒一般,泛上两团血色的红晕。

他狂笑着上前,挥剑削向袁贵妃。袁贵妃尚未明白怎么回事,脑袋便滴溜溜地滚向门边,脖颈的断裂处,热血喷出几尺高。

不待其他嫔妃回过神来,崇祯皇帝挥舞着宝剑,一剑一个,杀了所有在场的妃子。

十五岁的长公主,正是花季的年龄,此刻,被她父皇的举动吓得魂不附体,她倚着墙壁,无力地喊着:"父皇,父皇!"

送走三位皇子的王承恩,正进门来,想上前拉走长公主,却见皇上用左手衣袖遮着眼睛,右手挥剑砍向长公主。不想,一剑砍歪,只削掉长公主的左臂,长公主痛得在地上打滚。

崇祯已经疯狂,他嚎叫道:"你为什么生在帝王之家啊?为什么啊?"说着又是一剑,生生把公主从右肩至胸脯削断,他看着滴着鲜血的剑尖,喃喃道:"愿你下辈子不再生在帝王之家!"

他丢掉宝剑,环视殿内,地上,是他杀死的嫔妃和女儿。洁白的墙壁上,精美的屏风上,金黄的帐幔上,溅满的点点血迹,如嫣红的桃花,在三月的春风中零落。

静,死一般的寂静,一种前所未有的孤独寂寥袭上心头。其实,他一直都是孤独的,身为一国之君,他手中握着天下人的生死大权,后宫的嫔妃,谁能把他当作知己?她们为了自己的生存,唯有讨好你,才能依附你。

满朝臣工,为了自己的利益,除了诱使你滥杀有功之臣,谁会有治国的良策?

他取下头上的皇冠,小心、端正地放在身边的桌子上,让本来凌乱的头发披垂下来,遮了瘦削的面孔,出门向皇宫后的景山踉跄而去。

山径上,他步履蹒跚地走着,不知道此时此刻是什么日子、什么时辰。天空灰蒙蒙的,山道旁的花草树木也了无生机。没有鸟儿的鸣唱,没有花的芳香,只有风从双肩掠过,将他一夜苍白的头发拂向脑后,将他冷汗涔涔的背心吹得更加冰冷。

他登上寿皇亭，心里竟带几分惬意地想，这寿皇亭似乎是专为自己自缢而建的。他回过头去，想再看一眼巍峨的皇城，却见太监王承恩扛着一柄铁锹，向他走来。

他有些吃惊地问："你一直跟着朕？"

王承恩走至崇祯跟前跪下，叩首道："陛下，奴才一直跟着皇上。奴才见皇后以死殉国，又见皇上杀了几位娘娘与公主，料想皇上坚守国节，必为社稷而死。所以，奴才特地跟来送皇上归西，奴才再自缢而随皇上于九泉之下。"

崇祯颇为疑惑："朕是大明王朝的天子，如今国家有难，理应为国而捐躯。而你，只不过一个小太监，又为何有轻生的念头？"

王承恩答道："如果臣子听说皇上受辱，那么臣子则以死替皇上洗去耻辱。何况现在，皇上不止是受辱，而是国家即将灭亡！奴才送皇上升天之后，再自尽，生生世世跟在皇上身边。"

崇祯举头望向苍天，止不住热泪长流。他叹道："自古以来的宦官，大多祸国殃民。唯独你，一个小小的太监，却以死忠于国君。那些闻风而逃的大臣，那些投降于李贼的守城大将，你们心中有愧么？朕后悔当初没有加恩于你、重用于你！"

"奴才能随皇上一同为国捐躯，已是莫大的荣耀。"王承恩流泪答道。

崇祯感慨道："朕自登基以来，见得多的是文武百官阿谀奉承的面孔，到头来，却只有你陪伴在朕身边。朕不要你死，朕只要你做个见证，把你的所见所闻，公之于后世。"

王承恩不再理会皇上，用铁锹在寿皇亭外掘坑。待他再转身时，却见皇帝已经用腰带把自己的脖子套了，挂在一棵矮壮的树枝上，苍白凌乱的头发掩了面孔，一袭沾满血迹的黄色长衫垂垂地套在他瘦骨嶙峋的身上，山风吹来，倒有几分飘飘欲仙的感觉。

他上前想解下皇帝，又想，还是原样留给世人看看吧！又见皇上衣衫的前襟露出一页黄纸，抽出看时，见上面血迹斑斑地写道：

朕登基已有十七年，今外有建州人侵扰，内有逆贼造反，大明王朝二百七十余年的根基，毁在朕手中，这是朕德行浅薄而遭的天谴。而且，朕有今天，也是臣子所误。今日，朕虽为社稷而死，也无脸见列祖列宗于九泉之下。所以，朕摘了皇冠，披发遮面，任你们五马分尸，只是，请你们不要去伤害天下百姓。

王承恩流泪读完，把遗诏原样放回崇祯的衣襟。他边解腰带边想，人生一世，草木一秋，几度冷暖，几度浮华。皇上一代君王，荣华富贵，至尊至极，天下谁人能比？谁人能及？而他的结局竟惨不忍睹，何况我这个比蝼蚁还渺小、还卑贱的人，活着有什么意义？可叹皇上，至死都充满了对国家的愧疚，对百姓念念不忘。唉！早知这样的结局，当初何必听信奸臣的谗言？

　　王承恩哭一会，想一会，觉得这不是自己能想得通的事情，就算此刻想通了也于事无补，便不去想了。透过泪眼，见皇宫后有黑压压的兵士正往山上而来，忙扯了腰带，在崇祯皇帝身边的树枝上挽了个结，把头颈伸了进去。

第十八章　京城易主　遭抢劫又进皇宫

芳草才芽，梨花未雨，春魂已作天涯絮。晶帘宛转为谁垂？金衣飞上樱桃树。
故国茫茫，扁舟何许？夕阳一片江流去。碧云犹叠旧山河，月痕休到深深处。

——清　徐灿《踏莎行》

李自成率大顺军攻进紫禁城，如入无人之境。

崇祯皇帝在景山自缢而死，大明王朝已不复存在，原明朝大臣与权贵们
为求自保，纷纷投降了李自成的大顺军，吴三桂的父亲吴襄也不例外。

京师成了李自成的天下。李自成正暗自得意，却听军师李岩说，勤王之
师吴三桂正率领他的关宁铁骑，向北京进发。

李自成平时最忌惮的就是吴三桂与他的关宁铁骑，听了李岩的话，不免
忧于形色。

牛金星轻松笑道："这有什么可忧虑的？吴三桂最宠爱的姬妾，就在他
父亲吴襄的府上，闯王何不派人去把这女人掳来？"

"一个女人，掳来何用？"李自成皱眉道。

牛金星笑着一摆头："闯王有所不知，吴三桂这个侍妾可不是一般女子，
她就是当年名满秦淮的歌女，人称'声甲天下之声，色甲天下之色'的陈圆圆。"

李自成听了这名称，饶有兴致地问："如此绝妙的人儿，如何流落京师？"

李岩见李自成谈女人时的专注神色，心里陡然升起一股莫名的担忧，脸
上却不敢流露出来。

牛金星犹自津津有味地说："当年，明朝的国丈周奎，下江南替崇祯选妃，
被这女子逃了去。后来，又被田贵妃的父亲田弘遇花银子买了来，送进宫中，
本来是想讨好崇祯的，可崇祯这小子竟以为此女子太过妖冶，恐红颜祸水倾
了他的大明王朝，又退还给田弘遇。"

众人听了，都大笑起来。

李自成环顾四周，一双虎目流露出不可一世的豪气，笑道："红颜祸水

没能倾了他的大明王朝，是我李自成夺了他朱家的江山。"又问牛金星，"这女子又如何在吴襄府中？"

牛金星道："宁远总兵吴三桂立了战功，被崇祯召回平台引对，他听说少年时在江南就认识的陈圆圆，被田弘遇掳来养在府中，便去田府恶要了来，爱如珍宝，要带至军中。他父亲吴襄见这女子太过娇媚，恐他误事，不许他带至宁远，便留在京师的家中。"

李自成犹自不解："听说那吴三桂是武状元出身，骁勇善战，胸藏谋略，又英雄气盛，带一支关宁铁骑转战蓟辽一带，连皇太极都要怵他三分。这样的人，如何肯在一个歌女身上用情至深？看来，这女子确实非同一般，我倒要见见这个陈圆圆。"

李岩欲言又止。

刘宗敏哈哈笑道："这是多大一点的事儿？我去吴襄家中，还不是手到擒来？掳来给闯王瞧瞧，我们也长长见识。"说罢，冲着牛金星暧昧地眨着眼睛。

李岩皱眉道："刘将军千万不可造次。崇祯在世时，很是看重吴三桂的，把吴三桂与他的关宁铁骑倚为勤王之师。在此之前，曾特意派遣使臣远赴辽东，封吴三桂为平西伯。如今，虽然前明朝的旧臣与富户纷纷投靠我们大顺，那只是表面上的投降，若吴三桂率兵而来，谁又能担保他们不会倒向吴三桂？"

刘宗敏满不在乎道："不就是一个女人么？我们已经占了北京城，进了皇宫了，吴三桂远在辽东，他能怎样？"

李岩望向李自成，希望他发话制止刘宗敏，可李自成似没看见李岩的眼色。

刘宗敏见李自成的神情，知他是赞同去把陈圆圆抢来的，便起身就要出去。

李岩忙道："刘将军，你去吴襄家中，不可动粗。"

刘宗敏看都不看李岩，鼻子里哼一声，出门跨上战马，扬尘而去。

三月十五日，吴三桂接到圣旨，京师危急，崇祯皇帝命他回京勤王，便率兵向北京进发。但是，途中行军，却是极缓慢的，每天只走数十里地。

第四天，吴三桂接到父亲的信，信中说李自成已经攻占了北京，崇祯皇帝自缢而亡，大明王朝已不复存在。原来的朝臣都投靠了李自成，父亲为了保全家人，也归顺了大顺军。

吴三桂捧着家信，痛哭流涕，他率全军穿上雪白的孝服，哀悼先帝。之后，却命全军退至山海关安营扎寨，暂不前行。

傍晚，深蓝的天空，如一顶巨大的帐篷，笼罩着苍茫的旷野，遥远的天边，隐隐闪烁着几颗寒星，三月的风吹在脸上，竟如刀锋般冰冷。

将领冯鹏来到吴三桂的营帐，向他谏道："总兵大人，京师已被闯贼占领，我军应连夜行军，快马加鞭，方可早些攻打贼寇。"

吴三桂道："闯贼一路所向披靡，夺取北京城后，他们的气焰更是高涨。我军远途跋涉，兵马疲惫，恐怕不能一举取胜，与其这样，还不如暂时驻守山海关，再作打算。"

冯鹏见一向果敢的吴三桂此刻说话闪烁其词，心里很是不满，又谏道："总兵大人，先帝将兵权与国家的命运托付给大人，朝廷与天下百姓对大人都寄予了深切的期望。今日还未看见逆贼的影子，便先退却，这样做，只会让将士们松懈了斗志。我们理当一鼓作气，朝逆贼直奔而去。如果一举获胜，既可击败闯贼，又可恢复大明天下。如果不能取胜，就算是战死，也对得住死去的皇上和天下百姓。是流芳千古，还是遗臭万年，在此一举，请总兵大人三思。"

夜，已降下帷幕，亲兵点亮马灯。吴三桂冰冷的目光望向门外，马灯飘浮的光影，给他苍白的脸颊涂了一层病态的黄晕，他似乎根本就没听冯鹏在说些什么。

冯鹏见状，知趣地退出了总兵帐篷。他手下的兵士见他闷闷不乐的，便问原因。他叹息道："我们这支兵马，是先皇陛下倚重的勤王之师，现今京师沦陷，我们本该日夜兼程，去解京师之围。可总兵大人不命军队全速赶回京师，反而退至山海关，不知是何用意。"

"总兵大人命我们退至山海关，我们也只能听他的。"

"今夜，他虽然什么也没说，可我见他目光游离，心神不定，这跟以前的吴总兵判若两人。唉！大明朝想复国，怕是无望了！"

却说刘宗敏率一支亲兵包围了吴襄的府邸。

刘宗敏大刀金马地坐在堂中，命吴襄将府中所有人都唤到堂前，听候发落。

吴襄似乎在一夜之间就苍老了，一头白发更显其老态龙钟。他战战兢兢地问："将军，老朽早已归顺闯王，不知将军今日来寒舍有何吩咐？"

刘宗敏蒲扇大的手掌一拍桌子，骂道："寒舍？哼！你他妈这富丽堂皇的屋子，也敢称寒舍？老子在乡下的茅草棚子，那才叫寒舍！"

吴襄吓得跪倒在地，合府上下人等陆续来到堂前。

刘宗敏一双昏黄的眼珠子滴溜溜一转，喝问："哪一个是陈圆圆？"

众人一惊，不敢吱声。

吴襄心里叫苦不迭：坏了！这真的怕什么，就来什么，这些人果然是冲陈圆圆来的。他深知儿子对陈圆圆用情至深，若让此人掳了去，天知道那天不怕地不怕的儿子会做出什么事情来！他甚至有些懊恼地想，早知道陈圆圆留在家里是祸害，当初就该让三桂带到辽东。

见无人回答，刘宗敏那张黑漆似的面孔一沉，拖长鼻音重重地"嗯"了一声。

吴襄爬上前颤声道："将军，陈圆圆是老朽的儿媳，只是她早跟犬子去了辽东，如今不在家中。"

刘宗敏哪里肯信，冷笑道："老东西，敢骗老子？你是不是活腻味了？"

吴襄垂下苍白的脑袋，不吭声。

刘宗敏大手一挥，一个亲兵抢上前来，一脚踹翻吴襄，抡起马鞭子朝他头上身上狠狠地抽去，顿时，马鞭子溅起衣裳的碎片，与血肉一起，四下飞溅。

可怜年事已高的吴襄嚎叫了几声，便昏倒在地。

被吴襄藏在书房夹壁里的陈圆圆，虽听不见前面的动静，但觉得李自成的手下重来吴府，跟自己有直接的关系。以前的大顺军来府上，抢了贵重的东西就走。而这次，老爷又让她藏在这个夹壁里，一个时辰过去了，仍不见有人来叫她出去。

合府上下，吴襄就藏她一人，她知道这是为什么，她的美貌太招人了！那些由流民、饥民聚到一起的大顺军，他们压抑了多年的欲望，从他们饥渴而邪恶的眼神里，一览无遗。他们对有钱人似乎天生就有仇，见东西就抢，见女人就抢，稍有反抗，一刀便结果了性命。

她也明白，吴襄藏她，更确切地说，是为了他的儿子吴三桂。

陈圆圆思前想后，情知躲不过这一劫。她悄声对身边的画眉说："这些人似乎是冲着我来的，我若不出去，会害了一大家子。"

画眉急道："姐姐，老爷吩咐我看着你的，你千万别辜负了老爷的心意。"

圆圆抬手止住画眉，苦笑道："老爷的心意我明白，今天我不出去，家里会出事的。有件事，我想拜托你。"

画眉见她神色庄重，忙扶着她的肩问："姐姐，何事？"

"我出去后，不管发生什么事情，你不要管，你也管不了。你速速去找灯心草，让他带你去山海关找三桂，把家里发生的一切都告诉他。"圆圆沉声道。

画眉有些迟疑："不知灯心草会不会帮我。"

圆圆道："他会的。平日里，我见他对你有几分意思，而且，他从小就侍候三桂，你去找他，他肯定会帮你。你们逃出去找到三桂后，就不要再回京师，找个安宁的地方好好过日子去。"说毕，摘了头上的金钗与耳朵上的金环，又褪下双腕上的玉镯，从衣襟里抽出丝帕包了，塞在画眉怀中藏好，"事先毫无准备，我身上也只有这些首饰，你拿去当了，在路上用。"

画眉急得直哭："姐姐，这如何是好？"

圆圆道："这是唯一的办法，如果你不想法逃出去找三桂，大家只有眼睁睁地等死。"

画眉抹泪道："姐姐写封信给我带上，找到姑爷，也好让他相信。"

圆圆沉吟道："如果信落入贼人手中，反而不好，三桂见了你，自然会相信你说的话。"

她把画眉紧紧拥在怀中，流泪道："我一出去，贼人就会把我带走，你一定要快些去找三桂。你换身粗布衣裳，把脸涂黑，扮成农妇模样。灯心草虽年轻，但他见的世事多，人又机灵，善于应变。在路上，你不要任性，凡事要听灯心草的。"

画眉哭道："姐姐，我走了你怎么办呢？"

圆圆哽咽道："是死是活，咱们都听天由命吧！"

画眉如生离死别一般，哭得泪雨滂沱，只管抱紧了圆圆，不让她出夹壁。

圆圆急了，如果让外面的大顺兵听见了，两人一个也休想逃脱！她硬起心肠，轻斥道："画眉，你若为了我好，就不要哭了！"

画眉止住哭，从手帕里取出金钗塞进她衣襟里的口袋："姐姐，这一别，不知何时才能相见？这支忍冬花的金钗是你最喜欢的，你留在身边吧！"

"你按我说的去做，只有找到三桂，我们姐妹才有相见之日。"圆圆推开画眉，"我出去了，待贼兵走后你再出来，偷偷跟灯心草商量，就说是我的意思，他会跟你走的，这事儿最好不要让家里人都知道。"说毕，示意画眉帮忙，两人用力挪开木门，一步跨了出去。

窗外，一缕黄昏的暖阳正斜斜地照在壁橱之上，圆圆刚从黑暗中出来，一抬头，眼睛里如同飞进无数颗细沙，她眯了双眼，反身拉拢壁橱门，揉了揉生痛得流泪的眼睛往前厅而来。

大堂上，那高大、粗壮的汉子，脸盘像锅底般黑，似乎打娘胎里出来，就没有洗过脸。此刻，他正恶狠狠地骂道："老东西，还装死？若不交出陈圆圆，就给老子往死里打！"

圆圆在窗下，听了此话，吓得花容失色，心悸地想，这贼人果然是冲着我来的！

吴府上下都知道是老爷藏起了圆圆，但老爷没发话，谁也不敢吱声。可老爷挨打，谁也替代不了，三四十号人，齐刷刷地跪在堂前，一个个面容惨淡，惶恐不安。

圆圆一步跨进门去，喝道："住手！"

刘宗敏正盯着地上不能动弹的吴襄，他还真怕把老家伙打死了，找不到陈圆圆，无法向闯王交差。猛然间听有人娇滴滴喊"住手"，心里好笑，谁他妈的活腻味了？敢呵斥老子？

他拧起杂草般零乱的眉毛，抬头一眼瞥见，一个着浅绿色衣裙的女子，正袅袅婷婷，如风摆杨柳般朝自己走来。乌云般的发髻上，不插金戴银，白皙如瓷胎般的脸上，不涂脂抹粉。一双如潭水般深邃清澈的眸子，虽怒犹笑，欲怨还嗔。

刘宗敏惊得灵魂出窍，那三魂六魄，似乎从他张大的嘴巴里飘出来，一时不知向何处栖息。

他身边的亲兵见他色眯眯的样子，唯恐失了将军的体面，忙悄悄地拉拉他的衣角。

刘宗敏这才收起鸽蛋般大的眼珠子，但一双眼睛仍死死地盯着圆圆。心里骂道：他娘的！老子走南闯北这么多年，睡过的女人不计其数，可有几个像这娘们一样勾人心魂的？老子算是白活了这把年纪。

见圆圆毫无惧色地看着他，一副高贵而不可侵犯的模样，他反而咧开大嘴笑了。

他俯下身子问："你不怕我吗？"

圆圆清浅一笑，缓缓道："怎么不怕？我一个足不出户的弱女子，当然惧怕军爷。但军爷已经杀上门来，小女子怕又有何用？左右不过一死。"

刘宗敏饶有兴味地看着她，笑问："你就是大名鼎鼎的姑苏歌女陈圆圆？"

圆圆不亢不卑："奴婢正是姑苏人氏陈圆圆。大名鼎鼎可不敢当，奴婢不过一平凡女子，在姑苏唱戏时，博得人们的谬赞而已。"

刘宗敏捋着乱蓬蓬的胡须，心想，这女子当真与众不同，若是其他女子见了我，早吓瘫了，她居然面不改色，还敢回老子的话。瞧她这神气，根本没把老子放在眼里。正要发作，却听圆圆道："军爷不是要找小女子么？"

"老子今日专为找你而来。"这回轮到刘宗敏回话了。

圆圆装着不解，蹙眉问："那就请军爷放过吴老爷吧！只是，不知军爷找小女子何事？"

刘宗敏涎着脸皮，嘿嘿笑道："小娘子，你问这么多干什么？老子奉闯王之命，来接你进宫去侍候闯王，去享荣华富贵的。"

"可将军知道这是谁的府第么？"圆圆想说明点什么，吴府众人为她捏了把汗。

刘宗敏烦了，黑脸一沉，吼道："你他妈的少啰唆！老子知道这是宁远总兵吴三桂的家。吴三桂是你男人又怎样？他敢回京师么？他敢回来，老子一刀劈了他。"

话虽说得凶巴巴的，可圆圆仍听出了他的话里隐隐有几分怯懦。

圆圆朝刘宗敏嫣然笑道："军爷，既然你知道是吴三桂的家，你又不怕他，何必欺负他家老小呢？你放过吴老爷，我跟你走不就得了？"

刘宗敏见她笑靥如花，早乱了方寸，挥手道："走走走，回去回去！"

倒在地上的吴襄，把圆圆的话听了个一清二楚，他虽然打心眼里佩服圆圆临危不惧，挥洒自如，可毕竟是一个柔弱女子，落在这帮人手里，无异于羊入虎口。

突然，吴襄挣扎着撑起上半身，朝圆圆哭喊道："媳妇！你若能一死，既保了吴氏门风，也成全了你自己的清白，我儿三桂一定不会负你，一定会为你雪此大恨！"

刘宗敏气急败坏，返身一脚，把他踹翻在地。陈圆圆听了，泪流满面，悲切于心。

画眉在壁橱里焦躁不安，她索性钻出来，从窗口看见一个粗壮的黑汉子，正把圆圆横放在马背上，带着一队人马绝尘而去。

她抹了把眼泪，急急忙忙去找灯心草。

灯心草刚从前厅回到他的小屋，蜷缩在床上揉他那双跪得生痛的膝盖，他顾不得去侍候老爷夫人了。现今，府中的一切都混乱不堪，每个人都战战兢兢，提心吊胆的。因为，他们不知道哪一时哪一刻，大顺军那不长眼的刀剑会削掉自己的脑袋。

灯心草亲眼所见，街口一家钱庄和一家绸缎庄，前天傍晚闯进十几个大顺兵，他们一手持火把，一手握大刀，把两家所有的人都赶到钱庄后院一字排开。一个脸色阴沉的高个子，挥舞着大刀，唾液四溅地嚷道："你们谁是管银子的？银子放在哪儿？快快说出来！不然，我的刀可不长眼睛了。"说完，手起刀落，一刀削掉钱庄管家的脑袋。

灯心草正扒在院墙缺口处，那管家的头颅滴溜溜地滚到他眼皮底下，犹自睁一双不甘的眼睛，似乎正死死地盯着墙洞外面的灯心草。灯心草吓得手脚瘫软，肠胃翻涌，费了好大劲才回到家中，吐得一塌糊涂，两天来，一口饭都吃不下。

灯心草正心有余悸地想着，突然，窗外黑影一闪，他本能地又十分恐惧地低声喝问："谁？"

门外传来细小的声音："灯心草，是我！"

灯心草忙下床，来到门边，外面的声音又说："灯心草，快开门，我是画眉！"

画眉？灯心草心中一凛：刚才陈夫人被带走时，正奇怪怎么不见画眉，此刻，她从哪儿来？

灯心草来不及细想，打开门，把画眉拉进屋里，又飞快地闩上房门。

天，渐渐黑下来，北京城笼罩在一层厚重的雾气之下。晚风，挟带着令人作呕的血腥气横空而过。长安街上，早没有了往日的繁华与喧嚣，取而代之的是，店铺关门闭户，大街上无一行人。偌大的京师，如死一般的寂静。

吴府不见一星灯火，灯心草也不敢点灯。黑暗中，画眉小声把圆圆交代的事儿从头至尾说了一遍。

灯心草在黑暗中笑了，露出两排雪白的牙齿，他紧握着画眉的双手，轻声道："画眉，你来得正好，这京师是没法待了，我正想回苏州呢！你放心，我一定带你逃出京师，去找二少爷！"

画眉喜极而泣："可咱们将如何逃出京师呢？"

灯心草似安慰画眉，又似在给自己打气："我来想办法，我来想办法。天无绝人之路，一定会有办法的！"

第十九章　面对娇娥　马上天子情切切

遥夜亭皋闲信步，才过清明，渐觉伤春暮。数点雨声风约住，朦胧淡月云来去。

桃杏依稀香暗度，谁在秋千，笑里轻轻语？一寸相思千万绪，人间没个安排处。

——宋　李冠《蝶恋花》

李自成住进了皇宫。

紫禁城的红墙碧瓦，画栋雕梁，祥云异兽，让他如在梦里一般。那雄伟壮观，高低错落的殿宇楼台，又让他如临仙境。

他嗅着自己身上的汗臭味，还有战场上的硝烟味与血腥气，多年来，这种混合气味伴随着他转战南北。

此刻，正是这种混合的难闻的气味提醒他，他没有做梦，他是真正的胜利者，是这座巍峨凝重，金碧辉煌，赫赫皇仪里的主人，他将主宰天下众生。

他身上那件袍子早已看不出原来的底色，他行走在宫殿之间，那高大的圆柱，精美的雕刻，出自名家的字画，还有不计其数的古玩陶器，让他目不暇接。而且，所到之处，都纤尘不染，总有一股奇异的香味，缭绕在他的口鼻之间，他感到头晕目眩，一种不真实的感觉，溢满他的胸怀。

可他又豪迈地一摆头，有个声音在心中高喊：这就是真的皇宫！从今日起，这就是我"马上天子"李自成的宫殿！

忽然，他内心又万分羞愧起来，为自己身上的臭味，也为这身肮脏的衣裳。他取下头上的闯王帽，又低头看看自己一身叫花子的装束，与这皇宫的富丽堂皇、至尊至上的气派格格不入。是的，他应该有自己的皇冠与皇袍了。

他转到乾清宫，坐上那把龙椅。椅子硬邦邦的，坐在上面并不是十分的舒服。他抚摸着两边扶手上的龙头，这把多少人梦寐以求的，多少人为此付出生命的，又有多少人正在窥视的龙椅，如今就在他的屁股底下。他满足的笑容从心里绽放开来，惬意的目光望向空无一人的大殿，想象着大臣匍匐在地上向他朝拜的情景。

"大王，奴才给大王请安！"一个尖细的声音自殿下响起，他以为是幻觉，定睛看时，见殿前一溜跪着十几个太监，正向他叩头。

他故意沉着嗓门说："平身。"说完这两个字，他忽然感觉自己就是皇帝了。

太监们听了叫"平身"，都从地上爬起来，其中一个上前一步，垂首弯腰道："大王，奴才们招拢了后宫几百名嫔妃宫女，现在雨花阁里，听候大王发落。"

李自成颇感意外地"噢！"一声，转念一想，这皇宫都是我的了，宫里的女人自然也都是我的。

李自成随太监逶迤而行。正是暮春时节，御花园里，三分桃红，七分柳绿，说不尽的秀丽妩媚，微风过处，落英缤纷，芬芳馥郁。

雨花阁里，几百名女子正悄无声息地等待着。这一刻，她们不知道自己的归宿在何处，她们只能默默地等待，等待那个主宰她们命运的人的到来，像选牲口一样挑选她们。对，她们就像牲口，任人奴役，任人宰割，任人蹂躏与践踏。她们面容惨淡，那如受惊的兔子一般的眼睛，偶尔闪过一丝亮晶晶的光，随即又黯淡下来，但仍然警惕地注视着周遭的动静。

李自成一跨进雨花阁，便觉眼花缭乱，几百名女子，不同颜色的衣裙，直如王母娘娘的花园，春花烂漫，五彩斑斓，锦绣交辉。他目瞪口呆地立在那儿，有点不知所措。

领路的太监细声细气地说："大王，这些女子均由大王发落。"

李自成倏然一惊，是的，这些女人都是我的了。

多少年来，他拒绝别人送美人给他。如今，他打下了江山，坐上了龙椅，为什么还要拒绝美人呢？何况这些美人原本就在皇宫之中，皇宫里的一草一木都是他的，是上天给他这个"马上天子"准备的。

他平静下来，坦然地接受了上天的赐予。是的，江山，美人，都是上天赐给他的，他受之无愧。

接下来，他用他那双男人的炯炯有神的虎目，把雨花阁里的每一个女人都扫了一遍。

这些忐忑不安的女子，她们惨淡的面容，惊慌失措的眼神，丝毫掩盖不了她们娇美的容颜，丝毫无损她们婀娜的身姿。

李自成想，天底下的美人是不是都被崇祯这小子选到宫里来了？看来，选美还是一门学问呐！

随后，他沉声对身边的太监说："给我挑一百名上等货色留用，余下的，待明日赏给有功之臣。"

正说着，一名亲兵快步走来，附在他耳边说："闯王，刘将军带回一个女子，要见闯王。"

一个女子？莫非刘宗敏找到陈圆圆了？李自成寻思着，随亲兵出了雨花阁。

他不直接去见刘宗敏，径直到乾清宫坐定，吩咐亲兵把刘宗敏和那女人带来见他。

刘宗敏是个粗人，带兵打仗，神勇无比；杀富豪，抢银子，喝酒赌钱睡女人，这些活儿，他是从不落后的。

听亲兵说要他去乾清宫见闯王，嘀咕道："他娘的，皇宫这么大，像迷宫一样，以后要见个人，还不得有专人带路？"

他丝毫没有怀疑，李自成是在有意提高自己的地位，与那些曾经共同浴血沙场的兄弟拉开距离。

他带了陈圆圆，随亲兵一路行至乾清宫前，抬头见牛金星、宋献策与李岩三人正进殿去。

跨进殿门，牛金星三人见李自成——他们昔日的兄弟，后来的闯王，正神色庄严地端坐在龙椅之上，俨然一副皇帝的模样。

牛金星上前施礼笑道："闯王好一副明君之相啊！"心里却想：你李自成登基之后，开国宰相除了我牛金星，还能有谁？

精瘦的宋献策将着下颌的几根稀疏微黄的胡须，微笑不语。

而李岩则显得忧心忡忡。

刘宗敏从马背上拉下陈圆圆，就像扯下一件衣裳。他一进门就扯起粗大的嗓门喊道："大哥，我把陈圆圆这娘儿们带来了。"

圆圆像口袋一样被扔在马背上，一路颠来，胃里的东西早吐得一干二净，进殿时，头还是晕乎乎的。

殿内灯火通明，却静悄悄的，她奇怪刘宗敏的话无人回答，待她缓过神来，抬头看时，一个长条脸膛，皮肤呈紫铜色的男人正端坐在金碧辉煌的丹陛之上，三个男人在自己右手边，身边这个又粗又肥又黑的男人，就是把自己扔上马背上的人。殿内五个男人，十只眼睛，正齐刷刷在盯着自己。

陈圆圆低头看一眼在马背上揉皱的衣裙,然后,伸手掸了掸,又抚了下鬓发,轻移莲步,盈盈下拜,柔声道:"民女陈圆圆拜见大王!"

李自成何曾听过这又甜又糯的吴侬软语?他瞪着一双虎目呆呆地看着地下的女人,说她艳丽,又不曾见她刻意装扮的痕迹。肤如凝脂的鹅蛋脸上,泛着红晕,一双碧漆似的瞳仁,清幽如秋天的潭水。自上至下,不见她有任何首饰,她款款行来,一袭浅绿色衣裙,如风摆荷叶,莲步生香。

对了,李自成突然在心里喊道:这女人就是江南水乡一株出水的青荷!素洁清丽,不沾尘埃,淡雅天然!

他忘情地离开龙椅,快步走下丹陛,搀扶起陈圆圆,紫铜色的脸膛堆满笑意:"姑娘请起!"在他弯腰的刹那,一股奇异的香味直扑他的鼻腔,李自成有着片刻的晕眩。

刘宗敏见李自成的眼神,心里极不舒服。可事先说好了的,把这女人掳来献给闯王的。他眼巴巴地看着陈圆圆摇曳的身姿,口中却道:"闯王若喜欢,这女人就献给闯王!"

牛金星拊掌笑道:"闯王马上要登基做皇帝,这样的人间绝色做嫔妃,再合适不过了。"

刘宗敏不以为然地想:登基?没有我们这帮兄弟出生入死,你李自成登个屁基!

宋献策眯缝着一双又小又亮的眼睛微笑着。

唯独李岩,见李自成对这女人目光痴迷,媚态百出,一颗心不禁往下沉,面上也不好说什么,上前施礼道:"闯王,我等特来有要事相商,请闯王安排陈姑娘先下去歇息吧!"

李自成心情分外愉悦,大手一挥,一个亲兵从后面闪出,垂首问:"闯王有何吩咐?"

"带陈姑娘去暖阁歇息,茶水好生侍候着!"李自成口中吩咐着,眼睛不曾离开陈圆圆。又道,"去找个懂事儿的太监,看哪儿有适合陈姑娘的衣裙,金银首饰,还有胭脂水粉,都要簇新的。"

亲兵一一答应着,带陈圆圆出了乾清宫。

李岩待他们出了殿门,掏出一纸信笺道:"闯王,我们的士兵截获了吴三桂的家书。"

"噢!给我看看!"李自成急切地接过信笺,只见上面简单地写道:

父亲，儿得知京师失陷，皇帝归天，本想率兵打回京师，但又想看看情形再作打算，便退至山海关。圆圆与家中一切可好？儿很挂念！望速来信告知！

李自成沉吟道："吴三桂麾下有支精兵，人称'关宁铁骑'，连建州人都惧他几分。从信中看来，打不打京师，他尚在犹豫、徘徊之间，你们如何看待这件事？"

李岩道："吴三桂的关宁铁骑，虽只有数万兵马，却骁勇善战，能与建州人抗衡多年，堪称关外奇兵，闯王切不可小看了此人！"

刘宗敏哈哈笑道："看看你们！北京城都是我们的了，还怕一个远在关外的吴三桂？"他的笑声震得宫殿嗡嗡作响。

宋献策精瘦的脸上，此刻没有一丝笑容，他慢条斯理地说："我认为，像吴三桂这样的人，招降是唯一的选择。我大顺军不费一兵一卒，既可以得到一位将才，又可将他的部下收入大顺军，岂不两全其美？"

牛金星赞同宋献策的主张，见李自成点头，便道："既如此，我们应把吴襄拘来，表面上优待他，实际上是为人质，不怕吴三桂三心二意，有他家人在我们手中，他会投鼠忌器的。"

李岩向李自成道："闯王，鉴于目前的状况，不宜对吴三桂的女人陈圆圆有任何做法，只能好生款待。"

李自成不以为然地笑笑，不置可否。

刘宗敏嚷道："军师，你也太小心了！一个女人，有什么要紧的！"

李自成抬双手向下一压，道："好了，这个问题暂且不论，我自有主张。眼下是尽快去把吴襄拘来，让他给吴三桂写劝降信。"

刘宗敏笑道："闯王，还是我老刘去吧，熟门熟路的。"

李自成笑道："快去快回！"

李岩道："刘将军，此去只带吴襄来，切不可扰乱他家人，也不可动他家财产。"

刘宗敏朝李岩翻了翻一双黄眼球，双手一拱："知道了，军师！"

很快，吴襄被刘宗敏带到宫中。

李自成见吴襄遍体鳞伤，不问就知道是刘宗敏所为，却并没有责备刘宗敏。

李岩命亲兵找来宫中的太医，给吴襄诊治，又命人给他送去好酒好菜。

吃过晚饭，李自成带了牛金星、宋献策、李岩三人来到关押吴襄的偏殿。

吴襄见三人进来，挣扎着从床上爬起来，跪在地上叩首，颤声道："大王，我早已降了大顺军，刘将军也把我的儿媳掳进宫中，不知大王因何又掳来老朽？"

李岩上前搀扶起吴襄，和颜悦色道："吴老爷误会了！闯王今日请吴老爷来宫中，是有要事相商。"

吴襄心中惊疑，垂首轻声道："老朽已是风烛残年，恐怕帮不了大王。"

李自成接道："这个忙你帮得了！给你儿子吴三桂写信，动之以情，晓之以理，劝他归降于我大顺。"

吴襄呆若木鸡，一时不能言语。

牛金星冷笑道："你自己不是早就降了我们么？你们的皇帝都死了，连原来的文武大臣和那些手握兵权的守关将军都投降了。就剩下一个吴三桂，远在关外，还能恢复得了你的明朝？也不撒泡尿照照？"

李岩抬眼制止牛金星，对吴襄笑道："吴老爷，我们招降吴三桂，并不是我们大顺军打不过他，是不想生灵涂炭，是替天下百姓着想。而且，吴三桂归顺后，闯王必定给你们父子封侯拜相，庇荫子孙后代。"

吴襄心里明镜似的，他们说得冠冕堂皇，说是为了百姓不愿重燃战火，其实，他们内心是怕他的儿子吴三桂的。可眼下，儿子远在关外，远水救不了近火。而且，一家老小的性命都在他们的掌握中，若拒绝他们，后果不堪设想。

想到这儿，他向李岩点头应允。

牛金星拿出早已备好的笔墨，铺开信笺，吴襄拖着受伤的双腿，艰难地行至案前，拿起笔蘸了蘸墨汁，思索着如何措辞。

"慢着！我口授，你书写！"牛金星喝道。

吴襄冷不防他这一吼，吓得一哆嗦，墨汁滴在纸上，洇湿一大片。

李岩上前换了张纸，由牛金星口授，吴襄执笔，给吴三桂的劝降书顷刻之间便写好。牛金星拿了劝降书，吹干墨汁，小心折起，与李自成等离开吴襄的住处，并嘱咐门外守卫的兵士好生看管里面的老家伙。

三人行至廊外，李自成吩咐牛金星："你通知刘宗敏，叫他派出一队兵士，把吴襄的府第包围起来，不准走掉一人！"

牛金星黑暗中点头称是，眼睛闪着冷清的光。

一直未曾开口的宋献策对李自成道："依愚下之见，对待吴襄及家人，应优待抚恤，不宜用兵士看管或者关押，这样才能稳定吴三桂而招降他。"

李岩点头赞同。

李自成却道："这个我自有主张。"

李岩到嘴边的话又咽了回去，他觉得，这位跟他们称兄道弟、出生入死的闯王，自进北京城以来，像变了一个人似的，听不进一丝半点的意见。

李自成转头问牛金星："劝降书是有了，可派谁送去呢？"

牛金星想了想，回道："派降将唐通去，闯王认为如何？"

"唐通？可是镇守京师北方门户居庸关的守将唐通？"李自成思索着问。

牛金星回道："正是此人亲自打开居庸关大门，迎接大顺军入关的。"

李自成笑道："派此人送劝降信再合适不过。你吩咐下去，带上五万两白银，两万两黄金，犒赏吴三桂的兵士。"

牛金星转身自去安排。

李岩似有满肚子话要说，宋献策偷偷扯了扯他的衣袖，二人辞别闯王，各自回寝宫歇息。

李自成独自走在花廊之中，春天的花香与夜的气息，在他周身萦绕。他体内似有一股激情在蠢蠢欲动，这是他多年来从未有过的感觉，这感觉让他惊奇，让他兴奋莫名，他不想这么早就躺到床上去，他要找到这股激情的源头。

暮春的夜，应是和暖宜人的。

可禁宫的夜却显得格外阴森，那高大的宫墙与楼阁，给人沉重的压抑之感，偶尔一只叫春的野猫窜上屋顶，凄厉的叫声，让人毛骨悚然。

李自成似乎没有觉察到周遭的一切，他感到夜如软缎般温柔地包裹着他，亲昵地抚摸着他的每一寸肌肤，他周身的血液悄悄地燃烧起来，他的脚步带着他来到陈圆圆的住处。

站在陈圆圆的宫外，李自成禁不住在心里问自己：我怎么就走到这里来了？

而后，他又傲然一笑，我怎么就不能到这里来？这皇宫，这天下，如今不都是我李自成的？

他看着殿内明亮的灯光，对自己说，不仅这天下是我的，连同这灯下的美艳女人，也非我莫属。

他大步跨进殿去，守卫的亲兵见闯王来了，忙叫宫女去里间唤陈圆圆出来拜见。

李自成挥手示意他们退下，径直走向里间。

室内，黄色的缎幔在明亮的宫灯下闪耀着温暖而富贵的光芒，隔断了夜的黑暗与清冷。四扇梨花木的屏风，把寝宫分隔成两间，屏风上是一色的江南烟雨图，清灵而淡雅，这倒弥合了陈圆圆怀乡的心思。

玉炉里，檀香袅袅，圆圆坐在屏风外的梳妆台前。沐浴后，宫女帮她弄干头发，她也懒得梳理，任长发披垂，看着大铜镜里那超尘绝俗的人儿发呆。

她满以为，遇到了吴三桂，会永远脱离红尘的羁绊，与天下大多数女人一样，做一个贤妻良母，相夫课子。不料事与愿违，刚出了田弘遇的狼窝，没过上几天安宁、舒心的日子，如今又落在李自成手里。

李自成究竟是个怎样的男人？传说中，有人说他是英雄豪杰，是知晓人间大义的真汉子；也有人说他是滥杀无辜的叛贼。白天见他时，他那双虎虎生威的眼睛里，不跟其他男人见她时一样么？也是色眯眯、痴呆呆的。难道，我陈圆圆天生了一副男人见了都垂涎三尺的狐媚相？

在苏州，自从被师娘逼上风月楼，她从未用她会说话的眼睛给男人抛过媚眼，从未在男人面前搔首弄姿。

其实，陈圆圆自己不明白，她越是冷若冰霜，就越显出她出淤泥而不染的清雅，她淡雅天然的容貌，与独特的高贵气质，无形地吸引着男人们复杂的目光。

昔日，冒辟疆爱慕她，是因为她不仅容貌艳丽，还有"以燕俗之剧，咿呀啁晰之调，如云出岫，如珠在盘"的技艺。

在前明朝皇帝崇祯眼里，她陈圆圆又生得太过妖冶，唯恐她是倾国倾城的红颜祸水，把她赶出皇宫，自己却随大明王朝一起走向灭亡。

田弘遇当她是垂暮之年的取乐玩物。

唯有吴三桂，把她当作知己，当作妻子，尊重她，爱护她。可是，好景不长，她又被莫名其妙地带进皇宫。

为什么她的命运如此多舛？难道爹娘生她明媚鲜妍，为的就是要遭受如此磨难？她何时才能见到吴三桂？她绝望地闭上了眼睛，两行清泪顺着光洁柔嫩的脸颊滑落。

忽然，她听到身后有声音，开始以为是宫女，可那是男人才有的喘息声，虽然故意压抑着，可她分明听出对方的呼吸越来越重，她睁开眼睛，明亮的铜镜里，一个体魄魁梧的男人正站在自己身后，一双炯炯有神的眼睛死盯着铜镜。

她惊愕地回头，白天见过的那位传奇人物李自成，正立在自己身后，他们近得可以听得见彼此的呼吸和心跳。

李自成进门，见圆圆端坐在梳妆台前，一头乌黑的长发披在脑后，便轻轻走向她。从巨大明亮的铜镜里，见她闭着双目，却泪流满面。白天穿的浅绿色衣裙，换了一袭粉红睡衣，在暖暖的灯光下，那满是泪痕的脸，那如羊脂白玉般的脖颈，更显得粉雕玉琢。

可她为什么流泪？为什么伤心？李自成不由得紧张起来，这个在沙场上叱咤风云，在马背上夺取天下的男人，此刻，竟为一个女人莫名其妙的眼泪而手足无措。

他想问她为什么伤心，是不是有谁欺负了她；他想为她抹去眼泪，想替她承担所有的忧伤与哀愁。

这华美而高贵的宫殿，天生就是为她这样的女人而建造的，她天生就该是这宫殿的主人，脸上不该有泪痕，不该有悲伤。他要让这个女人幸福，让她欢笑，让她美丽的容颜更加亮丽，他相信他可以做到。

他站在她身后，可以嗅到她发际的香味，这种忍冬花的芳香，上午在乾清宫，曾一度让他迷惑。他奇怪，这女人身上怎会有自然的芳香？可此刻，他见她身上除了睡衣，再别无香囊、荷包之类的饰物。而且，忍冬花是开在夏秋之间的，这暮春时节，哪来的忍冬花？

莫非，老天爷给了她一副天生芳香的躯体？

李自成禁不住抬起右手，想抚摸她乌黑的头发，冷不防陈圆圆转过头来，泪眼婆娑地看着他，那哀怨凄切的眼神，那娇柔无助的模样，让他这个杀人不眨眼的铁汉子心生怜惜。他本能地一把拉过圆圆，搂在他温暖宽厚的怀里，就像父亲怀抱着受了委屈的儿女，又像久别重逢的丈夫怀抱着妻子，动作是那样的亲切而自然。

圆圆更加错愕，反而没有了眼泪，她挣扎着想离开李自成的怀抱，可这孔武有力的男人，双臂如铁箍一般，搂得她动弹不得。

由于挣扎，她的脸涨得通红，一双泪痕未干的眼睛，直瞪着李自成。

李自成一颗如铁般坚硬的心，被她哀怨的眼神溶化成了水，在这个完美的女人面前，一切赞美的词语都是多余的。此刻，他觉得，那双瞪着他的眼眸，如秋水般清澈无尘，却足以把天下男人淹死。

第二十章　血染雄关　冲冠一怒为红颜

鼎湖当日弃人间，破敌收京下玉关，

恸哭六军俱缟素，冲冠一怒为红颜。

——明清　吴梅村

吴三桂接二连三地跟家里写了信，没有回音，一想到圆圆尚在乱军之中，便忧心如焚，对父亲不免生出几分埋怨。当初，如果不是父亲执意干涉，他把圆圆带在身边，如今也少一些牵挂。

这天，他正烦躁地在营帐中走来走去，忽有亲兵进来禀告："总兵大人，李自成派原居庸关守将唐通前来送信。"

前明皇帝封吴三桂为平西伯，但他手下的兵士还是习惯地称他总兵大人。

吴三桂心中一凛，唐通？早听说唐通、杜之秩不等李自成的兵马打到居庸关，便大开关门迎降，此等叛贼，竟敢来送信！

他"啪"的一掌击在案上，喝道："带唐通进来！"

唐通为防不测，在距山海关二百里处安营扎寨，只带几个亲兵担了犒赏之物前来山海关，其他人马则原地待命。

唐通在吴三桂的营帐外等候，心里忐忑不安，面上却强作镇静。他听同僚说起过，吴三桂此人，胆大妄为，心狠手辣，喜怒无常。当年，连田弘遇都不放在眼里，国丈宠爱的侍妾他也敢抢，而且为了一个歌女，几欲抗旨出京。

此刻，唐通见唤他进营帐，手一挥，亲兵把金银抬进帐内，又退出帐外，他则毕恭毕敬地上前向吴三桂行礼，掏出劝降信，双手奉上。

吴三桂一手接过信笺，阴鸷般的目光扫了唐通一眼，微微上翘的嘴角，挂着一丝冷笑，唐通觉得后背脊凉飕飕的，禁不住打了个寒战。

他不命亲兵给唐通赐座，自己大刀金马地坐在案前展开信函细读。

信中写道：

三桂吾儿，你如今身居要职，手握重兵，并不是你以前战功显赫、守卫国家有功而朝廷对你的任命。是因为大敌当前，国家有难，皇帝才以厚恩笼络于你、激励于你。日前，你徒有一支精良的军队，在国家危难之时，却踌躇不前，徘徊观望，致使李自成的兵马长驱直入，占领京师。作为带兵的将领，你既没有避实就虚的计策，又不能扭转眼前的局势，战机已失，回天无力。况且，我大明皇帝已逝，为父虽然还在，却也危在旦夕。识时务者为俊杰，也是一种应变。

如果你现在投降了李自成，既可得到封侯之赏，又可保全孝子之名。如果你不听为父劝告，一意孤行，你与李自成兵力悬殊，纵使你有铁骑精兵与固若金汤的城池，也寡不敌众，致使为父被无辜杀戮，身败名裂，难道你不痛惜么？收到书信，便按为父所说的去做，切记！千万不要再徘徊观望！

吴三桂读罢，闭目沉思。这封劝降信，是父亲的笔迹不假，但不像父亲的口气。父亲虽是一介武夫，脾气粗暴，却从不冷言冷语挖苦或讥讽他。

假如，这封信是父亲自己的意思，那么，父亲身为提督京营，御营守城，北京失守，难道就没有责任么？李自成一路打来，势如破竹，夺取北京时，根本不费吹灰之力，所有守关将军，有几个坚守的？如果能咬牙坚守几天，等待他的援兵，北京城或许是另一番景象。

思来想去，他反而希望这封劝降信是他父亲自己的意思，若不是父亲的意思，那就是父亲已经落入李自成手中，在他们的挟制下才写这封劝降信的，那么家中其他人呢？那么圆圆呢？

一想到圆圆，他的心就如刀绞般疼痛起来，他不敢想象，圆圆落在这帮人手中，结果会如何。

吴三桂腾地站起来，一拳砸在案上。

唐通吓得后退几步，偷眼见吴三桂苍白的面颊泛起一层红晕，心想：这下完了！唐通小命在此休也！

谁料，吴三桂开口道："本帅同意归降！但要把太子朱慈烺与我的爱妾陈圆圆送至山海关！"

唐通暗叫一声：侥幸！紧握的拳头悄悄松了开来，情不自禁地抹了一把头上的冷汗，暗暗嘘了口气，抱拳施礼，口气十分殷切道："末将听从总兵大人的吩咐！回去后一定向闯王转达大人的要求。"

吴三桂命亲兵带唐通下去后，手一挥，两名贴身护卫立即上前，他低声交代几句，两人便迅捷地消失在营帐外。

这时，从屏风后闪出两人：部将冯鹏与幕僚胡守亮。

第二十章 血染雄关 冲冠一怒为红颜

胡守亮上前谏道："总兵大人，据探子报，闯贼的大顺军，军纪败坏，他们不光是拷打明朝大臣，搜取金银。而且，还强抢民财，奸淫民女。如此无道之军，岂能久踞神京？闯贼的奸淫残杀，早激起民愤，京师内已是怨声载道。如果大帅乘此时机，挥师入京，百姓必定全心拥戴，明朝大臣也会协助我军。而且，此时的大顺军，大部分兵卒贪恋京师富贵，已无心反击，他们势必瓦解。而将军竟然要投降于李贼，岂不是要遭世人耻笑？望将军三思！"

吴三桂望着门外毫无绿意的远山，目光迷离，像是自言自语地说："大顺军无道，我想，应该是少数人无视军纪。李自成虽不配做我们的君主，但毕竟是汉人。如今大明朝已不复存在，建州人垂涎我国疆土已久，若被他们所灭，到那时，我们想做中国人的臣子，也是不可能的了。而且，我家三四十条人命皆在李自成手中，如果我不投降，家人势必受害。古人说忠孝不能两全，如今崇祯皇帝已死，而我父亲尚在，我归顺李闯，是为了营救父亲与家人，你就不必劝了。"

冯鹏耐着性子听他说完，张了张嘴，又默然不语。

吴三桂见他一副欲言又止的模样，皱眉道："有话就说，没人拦着你。"

冯鹏性子刚直，有话不说，如鲠在喉，劝道："大明朝虽大厦已倾，但国土还在。将军的责任更加重大，只要有一点点微薄的力量，就应当竭尽全力，奋起反击。将军豪气干云的气概，李贼闻风丧胆，不如先杀了来使，激励军心，我们这些部下一定鞍前马后，视死如归！"

吴三桂以为，如果他答应归降，李自成必然保全他的家人，也必善待圆圆。

他心里对圆圆的百般思念，正无情地折磨着他，他回味着与圆圆在一起短暂的时光，她身上那缕忍冬花的馥郁气息，让他魂牵梦绕。时而，他又想象着，圆圆落在贼军手里，正受着百般凌辱，他的心就如刀锉般鲜血喷涌，他朝冯鹏吼道："我已决意归顺李自成！你们不必多言，违者，斩！"

当夜，吴三桂吩咐好酒好肉款待唐通。

次日，吴三桂写了回信给唐通回京复命，自己带兵马退出山海关，山海关则由唐通带来的李自成的大顺军接守。

吴三桂百无聊赖地在营帐中等待，他并不知道他要等待的人儿几时能出现在眼前。李自成会不会把太子与圆圆送来，他心里也没底。他似乎在听天由命，可内心深处又十二分不甘，他的命运岂能由他人掌握！然而，圆圆，他心爱的女人，他心尖尖上的肉在人家手里攥着，他投鼠忌器，他怕伤到那如春花嫩柳般的人儿。

"大人，我们在半路上带回两个人，他们说是你的家人。"昨天派去京师打探的贴身护卫突然出现在面前。

吴三桂大吃一惊，心提到嗓子眼上，一双布满血丝的眼睛，紧盯着护卫身后两个衣衫褴褛的男女。

那蓬头垢面的男子突然跪倒在地，哭喊道："二少爷！我是灯心草啊！"

"灯心草？"吴三桂抢步上前，蹲在地上仔细看他的脸，"灯心草，你怎么到这儿来了？家里如何？老爷呢？圆圆呢？"

"老爷被李自成抓进宫中关起来了，府第被封了，家产也被搜刮一空。"

吴三桂故作镇静道："这些，都在我的意料之中。我归顺后，李闯自然会放了老爷，也会退还所有的一切。"

灯心草身边的女子突然哭道："姑爷，姐姐被李自成的人抢走了。"

吴三桂觉得这声音有点儿耳熟，一时，又想不起是谁，便奇怪地看着这个瘦骨伶仃，满脸乌黑的女子，懵懂地问："你姐姐是谁？谁被李自成抢走了？"

画眉抹把眼泪道，跺脚道："我是画眉，我姐姐叫陈圆圆，是你的人儿！抢她的贼人叫刘宗敏，说李自成要姐姐进宫侍候他。如今，也不知是死是活。"画眉习惯了多年来对圆圆的称呼，至今未改。

吴三桂一双黑少白多的眼睛死盯着画眉，一股热血从心底汹涌而起，直冲脑门，平时白皙的面孔涨得通红，画眉吓得退向灯心草身后。

突然，他仰面狂吼："李自成！"右手挥处，长剑如一线寒光，"嗖"地刺穿帐篷，破空而出。随后，"哇"的一声，一口热血，全喷洒在灯心草身上，人却向后倒去。

两名护卫冲上前扶起吴三桂，用力掐住他的人中，半天才悠悠醒转。

此刻，吴三桂瘦削的面孔，更加惨白，一双布满血丝的眼睛，如燃烧着的红艳艳的火苗，他盯着帐篷顶一字一顿地说："李自成，吴三桂与你势不两立！"

吴军白天刚刚退出的山海关。

李自成的守兵正沉浸在不费一刀一箭就收复山海关的胜利喜悦之中，他们哪里知道，吴军的兵营里正磨刀霍霍，整装待命。

黄昏，吴三桂在他的营帐中部署完毕，部将们精神抖擞，斗志昂扬地各自回营准备。

冯鹏偷偷问胡守亮："总兵大人昨儿还恶狠狠地说，要杀我们进谏的人，今早忙不迭地退出山海关，此刻又像饿狼似的要夺回山海关，这唱的是哪一曲？"

这位幕僚捋着胡须，眼角溢满笑意："总兵大人的心事，哪是在下等人琢磨得透的？"

塞门三月犹萧索，纵有垂杨未觉春。暮春的边塞，依然肃杀，旷野不见一丝绿色。夜晚寒气蚀骨，乱风起处，黄沙飞舞。不知是思乡的征人，还是游走关外的商旅驼队，在长城下吹一曲洞箫，呜呜咽咽的，好不凄凉。

月落星沉，守关的大顺军睡梦正酣。

吴军营中，将士们严阵以待，只等主帅一声令下。

吴三桂跨上高大的黑马，手一挥，宝剑在夜空中划出一道寒光，将士们迅捷地消失在黑暗之中。他双腿一夹，座下的神驹如暗夜里的黑箭，带领一彪人马向山海关东城门射去。

守门的兵卒，在寒冷的夜风中，躲在门洞里，抱着膀子睡意绵绵。听得马蹄声起，正待喝问，黑影过处，剑光飘忽，脖颈上一片冰凉。

吴三桂手下的部将，已兵分三路，分别杀向西、北、南门。一些士兵在睡梦中身首异处，惊醒的士兵，来不及穿衣跐鞋，也做了刀下的冤魂。

不到两个时辰，李自成接管山海关的守兵片甲不留，吴三桂悄没声息地夺回了山海关。

山海关失而复得，吴军将士兴奋不已。

太阳从远处的沙丘升起，白晃晃的，感觉不到一点儿温暖，长城如一条巨龙，蜿蜒向前。天空，高远而幽蓝，冷眼看去，山海关一片宁静，而清寒的晨风中，却挟带着浓郁的令人作呕的血腥气。

吴三桂又住回自己的总兵署。

灯心草换了一身干净衣裳，显得眉清目秀，整洁利落。早饭后，去向吴三桂辞行。

他来到总兵署，见他家的二少爷正满腹心事地坐在案前，白皙瘦削的面孔冷得如同冬天早晨菜地上的寒霜，阴冷的目光不知落在何处。

他张了张嘴，却不敢说话。

正期期艾艾的，忽听吴三桂轻笑一声道："灯心草，你小子个儿长高了，人也长周正了，是块当兵的料。"

灯心草忙上前作揖打躬，赔笑道："二爷，奴才胆儿小，哪能当兵打仗啊！"

吴三桂骂道："臭小子你还胆小？你也别怕！爷不要你当兵！你那点花花肠子里转悠的心事，打量爷不知道？"

灯心草脸红了，忸怩道："看爷说的！奴才的肠子里不就是一些大粪？哪来的心事？有心事也不敢在爷面前装啊，得告诉爷不是？"

吴三桂仰面大笑道："算你小子会逗爷开心。说吧，你一大早来找爷，何事？"

灯心草忧戚道："二爷，京师，奴才是回不去了。这里也不是人待的地方，奴才想带画眉回江南老家。"

江南？吴三桂又想起圆圆，想起那温柔的河水拥抱着的宁静如处子的姑苏城。

此时，正是暮春，姑苏城，那烟雨朦胧中的粉墙黛瓦，那桃红柳绿梨花白，还有海棠铺绣杏花微雨，如梦如幻地显现在他眼前。

正是这个时节，他第一次听圆圆的戏，那缥缈如云的水袖，那咿呀啁晰之调，直如嫩莺穿柳拂露，直唱到他的心坎里。

他想着圆圆玉壶冰月、清绝无尘的面容，想着她肥瘦纤浓的腰身，他的心又剧烈地疼痛起来，冷汗顺着额头、眉梢流下。

灯心草见他扭曲的脸，惊道："爷！你怎么了？冷汗直冒的，哪儿不舒服？"

吴三桂摇摇手，低声道："不妨事！"

灯心草忙倒了碗茶，喂他喝下。

片刻后，吴三桂渐渐平息下来，他叹息道："灯心草，爷不如你啊！"

灯心草急道："爷！是不是灯心草说错话、做错事了？"

吴三桂虚脱似的靠着椅背，无力地摆手道："你没有错，你做得很好！你能保护自己心爱的女人，带她去想去的地方。而爷我，却做不到这一点！"

灯心草无语。

吴三桂此时的心，痛到麻木，他仰望着屋顶道："你带画眉回江南吧！江南老家还有片宅子，老家或许比京师安宁。只是此去江南，路途遥远，兵荒马乱的，你要多加小心，保护好画眉，不要辜负了她跟你的一番情意。"

灯心草跪下叩头："爷！奴才听爷的吩咐，舍了性命也要保护好画眉！奴才走了，爷要保重身体！老爷还在京师等候爷去搭救呢！"

吴三桂突然长身而起，一拳砸在案上，怒道："大丈夫连自己的女人都保护不了，还谈什么经邦治国？李自成，你欺男霸女，逼死我皇，毁我皇室，囚我家人，夺我家产，污我爱妾，还装模作样的写劝降书。你娘的！以为老子好欺负？如此国仇家恨，此生不报，我吴三桂枉在世间走这一遭！"

说罢，又喝道："来人！"

两名亲兵护卫应声而出："大人请吩咐！"

"你们一个去通知各路将领来此商议要事，一个去领黄金二十两，白银五十两，送灯心草与画眉出城！"

灯心草忙叩头谢道："爷！奴才替画眉谢爷的恩典！奴才不要这许多金银！兵荒马乱的，金银带在身上易招祸。"

吴三桂道："那就少带点，不要让画眉跟着你挨饿受冻！"

灯心草带着画眉走了。

吴三桂的总兵署里，各路将领到齐。

吴三桂一手叉腰，一手按着剑柄，双目炯炯地看着他们，声音有些嘶哑，但依然威慑人心："李贼欺人太甚！逼死我皇，关押我父，抢劫民财，奸淫民女，又无诚意招降于我。此际正是国破家亡之时，诸位都是随我征战多年，一起出生入死的兄弟，今天，是否愿意随本帅与李自成决一死战？上报国仇，下雪家恨！"

众将领起立，抱拳齐声道："誓与李贼决一死战！"

冯鹏朗声道："总兵大人，李贼在京师杀朝臣，奸民女，抢金银，已尽失民心。李贼不除，百姓苦难日深。国破君亡，我等身为大明臣子，为光复社稷，岂能贪生怕死！请大人发令！"

吴三桂双手一拍，大叫："好！"正欲发令摆香案祭帅字大旗。幕僚胡守亮上前道："总兵大人且慢！"

吴三桂皱眉问："何事？"

"大人，今儿早晨，据探子报，建州九王子多尔衮，因探得我大明皇帝自尽，京师失守，昨日在辽河之东屯兵二十万。"

吴三桂变色惊道："噢！"

冯鹏机警，见军情有变，对众将道："诸位将领先各自回营，人不解甲，马不卸鞍，随时待命！"众将悄声退出总兵署。

吴三桂背着双手，沉吟道："多尔衮在辽河东岸按兵不动，是何用意？

是在窥视我山海关的动静？若我率军进京，宁远至山海关，无一兵一卒，便是空虚地带。如果多尔衮率二十万大军乘虚而入，前方李贼未灭，背后又有多尔衮，那我军岂不是背腹受敌？啊呀！这可如何是好？"

冯鹏接道："末将自随大人守边以来，跟建州人打过的大小仗不计其数，建州兵能骑善射，作战勇猛，实在是我军的劲敌。"

吴三桂与胡守亮点头赞同。

正惊疑之间，护卫进来道："大人，城门卫兵带来一位客人，说是大人的舅舅派来的。"

吴三桂惊道："我舅舅？这两天还能有多少奇异、凶险的事情发生？如何都凑到一块了？带进来！"

原来，自毛文龙被杀后，祖大寿就逃往建州营。洪承畴松山兵败，也屈膝投降，二人均是明军的高级将领，既能带兵打仗，又精熟明朝军事及地理状况，所以，二人深得建州九王爷多尔衮的重用，被封为将军。

多尔衮在第一次松山之战中，就看中吴三桂在战场上临危不乱，有勇有谋的大将风度。在皇太极面前，他曾几度夸赞吴三桂的英雄气概，说：吴三桂若能为我所用，何愁不得天下？

时至今日，虽然中国内变，多尔衮仍然视吴三桂为强硬对手，曾示意祖大寿、洪承畴致书吴三桂，劝其归降建州。

祖大寿当然了解外甥吴三桂，既精通战场谋略，又骁勇善战，而且手握重兵。以前，他常想，自己本是大明朝将领，无奈之下才逃生在建州营中，已经背离了国家，何必再去劝外甥也做个叛国者？只把多尔衮的话听在耳里，并不曾写信劝三桂投降。而今，明朝灭亡，皇帝自尽，泱泱大国，只剩吴三桂一军独撑，孤掌难鸣，他一人能撑多久？何不借建州兵马之力，报自己的家仇国恨？

于是，祖大寿便与洪承畴同时写了书信，派人送至山海关。

第二十一章　命途多舛　刘宗敏再抢陈圆

花界倾颓事已迁，浩歌遥望意茫然。江山王气空千劫，桃李春风又一年。
横翠嶂，架寒烟，野花平碧怨啼鹃。不知何限人间梦，并触沉思到酒边。

——元　耶律楚材《鹧鸪天》

春雨潇潇，一洗往日尘土飞扬的浮躁。皇家花苑里，树木葱茏，花瓣上水珠滴落，久未逢雨的鸟儿，梳理着羽毛，鸣唱声格外清亮越耳，仿佛被清新的春雨浸过一般。

李自成的夫人高桂英，漫步在花径中，自住进这金碧辉煌的皇宫以来，她脸上第一次露出轻松惬意的笑容。

她依然一身戎装，在这美人如穿花蝴蝶般的后宫，显得英姿飒爽，别有一番风韵。

然而，她那颗在硝烟弥漫的战场上似曾冷却的心，依然感觉出，昔日志同道合、同甘共苦的丈夫与伙伴，在情感与生理上的变化。

不错，她是在马背上长大的女人。从小像男人一样舞刀弄棒、骑马射箭，杀人也不眨一下眼睛。然而，她爱丈夫的心，跟其他闺阁女子一样，温柔体贴，纤细敏感。

往日行军打仗，打到哪儿就住在哪儿，山坡沟边，树下草丛，穷人的茅屋，都是他们宿营的地方。她喜欢被他拥在怀里的感觉，那宽厚温暖的胸膛，那胸腔里怦然有力的心跳，还有他身上的汗味，都让她沉醉，让她情不能自已。

可如今，这一切都烟消云散。

在这偌大的皇宫里，她和丈夫都各自拥有自己的寝宫，可这富丽堂皇的寝宫与奢华的床，却没有带给她欢乐。每夜，她孤零零地躺在宽大的床上，看着空出的那一半，心里的猜忌与思念如同旷野中疯长的野草一样蔓延。

这天下是她与丈夫一同打下来的，天下是李自成的，也是她高桂英的。可她的丈夫，心里却装着别的女人。后宫有这多么美貌年轻的嫔妃，她甚至都不知道她的丈夫夜夜睡在哪个女人的床上。她看着满屋的金银器皿，看着整箱的珠宝首饰，起初的那种兴奋、喜悦与幸福的感觉荡然无存。这些冷冰冰的东西，她要来何用？她要丈夫温暖宽厚的怀抱，要丈夫对她无限深情的爱怜。

可是，她丈夫的眼睛，自进皇宫以来，就不曾在她身上停留片刻。突然间，她害怕了，觉得这高大空旷的宫殿是如此的阴森恐怖，觉得自己是世间最孤独无助，最贫穷可怜的女人。

每夜，她睁着眼睛在床上辗转反侧，忧虑彷徨，却无计可施。

昨天，侍候她的宫女见她整日忧心忡忡的，便好心地告诉她："娘娘，闯王喜欢的那个女子，原本是江南的一名歌女，是宁远总兵吴三桂的爱妾，前几日被刘宗敏将军抢来，献给了闯王。"

这一切，她早已知道。

刘宗敏？高夫人脑子里突然灵光一闪，我怎么就没有想到他呢？突然间，她在心里笑了。

中午，高夫人顾不得吃饭，策马扬鞭赶往刘宗敏的家。

刘宗敏一进北京城，就占了田弘遇的宅子。此刻，他正闷闷不乐地喝酒，几个舞女袒胸露背地跳舞，也提不起他的兴致。他愤愤地想：过几天，就是李自成登基的日子。他娘的，江山是老子帮你打下来的，天下却成了你李家世世代代的。还动不动就告诫老子不能杀前朝遗臣，不能调戏民家妇女。老子的美人没你多，金银比你少，不抢不夺，哪来女人和钱财？

他喝一口骂一句，几个搔首弄姿的女人，在一边嗲声嗲气地笑着劝着，正闹得不可开交，亲兵进来禀告："将军，高夫人来访！"

"高夫人？她来干什么？"刘宗敏正咬一口肥肉，亮晶晶的油溢满嘴角，随即把筷子一顿，"叫她进来！"

高夫人一进门就爽朗地笑道："哎呀！兄弟，你日子过得不错呀！"

刘宗敏抹着嘴角的油，回道："苦了这多年了，也合该是我们享福的时候了。"

高夫人不想浪费时间，她环顾四周，皱眉道："谁说不是呢？这屋子倒是不错，田府的财产也够兄弟用的了，只是……"

她话未说完，刘宗敏抢问道："嫂子，你说兄弟我还差什么？"

"美人!"高夫人抿嘴笑道,"嫂子知道兄弟平生最喜欢的是美人,可看看你这屋里的货色,啧啧啧,太差了。"说得身边几个女人都气鼓鼓的退下。

刘宗敏被她说到心坎儿上了,瞪眼道:"大哥把宫里最美的女人都自己留下了,下脚货才分给我们这些兄弟。"

"我说兄弟,你傻呀!那天下最美的女人不就是你亲自给你大哥送去的么?"

刘宗敏迷惑了,一双往外凸的黄眼珠直瞪着高夫人。

高夫人见他这副要吃人的模样,温婉地笑道:"你送给他的东西就不能去要回来?"

"嫂子是说陈圆圆?"刘宗敏叫道。

高夫人点点头。

刘宗敏一时猜不透高夫人的心事,但他对陈圆圆垂涎已久,按捺不住试探地问:"嫂子是说,大哥会把陈圆圆给我?"

高夫人笑容可掬:"那次在商洛山的战役中,兄弟为了顾全大局杀了一妻一妾,这次就算是你大哥给你的补偿。"

刘宗敏在高桂英面前还是有所顾忌的,他不怕顶撞李自成,却对高桂英格外尊重。无论是在战场上,还是在闲暇之时,高桂英对他与其他兄弟都有着无微不至的照顾和关怀,有着兄弟姐妹一样的情感。所以,此刻他有些迟疑道:"如今的大哥,跟以前不大一样了,他不会把陈圆圆给我的。"

高夫人依然笑得温暖:"傻兄弟,他不给,难道你不会去抢?"

刘宗敏睁大那双原本就很大的眼睛,吃惊地问:"抢?"

"对!抢!今天就去!若再等几天,这女人被封个娘娘什么的,你就抢不到了。去吧!别怕!有嫂子我呢!"高夫人边说边起身,留下一串爽朗的笑声告辞而去。

高桂英走在花径里,踢去脚边的一块碎石,惬意地回忆着与刘宗敏的谈话。她毫不怀疑,刘宗敏会来抢走那个女人,替她扫除心头的障碍。

她抬头望向灰蒙蒙的天空,春风,掠过她的双肩;春雨,落在她的面颊。这个春天真好,风调雨顺,万物生长,连鸟儿都懂得她的心事,她的心也如同枝头的鸟儿,欢快而愉悦。谋士宋献策已经选好了吉日,丈夫登基,君临天下。而自己则贵为皇后,多年的艰辛终于有了结果。

走到小径的尽头，她正要转弯回宫，突然与一名宫女撞个满怀，她揉着发痛的胸口，正要发作骂人。那宫女扑通一声跪下，叩头道："娘娘，奴婢冲撞娘娘，奴婢该死！"

高夫人见她吓得苍白的脸儿，心一软，改口道："起来罢！什么事儿慌慌张张的？走路也要有走路的样儿！"

宫女跪在地上回道："启禀娘娘，陈娘娘被人抢走了！奴婢急着去找值事的公公。"

高桂英在心里笑道：刘宗敏有种！口中却说："何方歹人如此胆大妄为？光天化日之下，竟敢进皇宫抢人？"

宫女回道："是一个又黑又壮的汉子。有宫人认识，说他是闯王手下的刘将军。"

"噢！知道了。你去吧！"

李自成醒得很早，或者说他近来一直睡不安稳。过几日便是他登基的大喜日子，天底下还有什么比这个更让人兴奋？君临天下！他将是一代天子，是大顺朝的开国皇帝。

可他的心却像被人掏了一般，空落落的。

那天，在乾清宫议事完毕，值事太监奏说，陈圆圆被刘将军带走。

刘宗敏？难怪不见他来议事，原来是去抢人了！

他第一个念头便是飞马冲去夺回陈圆圆，然而，看着殿中几十双盯着他的眼睛，这些眼睛里有幸灾乐祸，有隔岸观火，还有，一时他无法看出还有什么。他强按下心头熊熊燃起的怒火，双手紧握着龙椅两侧的龙头扶手，牙齿咬得咯咯作响，一张方脸由青转黑，由黑转红。

众人所议之事已定，便陆续离开，只留下牛金星、李岩和宋献策等人。

牛金星道："宗敏太不像话了，还把自己当作绿林好汉，动不动就出手抢。"

宋献策不到万不得已是不会开口的。

李岩道："依臣看来，刘将军抢了陈圆圆也好。"他已经自称臣子了，"自古以来，美人乃红颜祸水。夏桀毁于妹喜，商纣毁于妲己，这些掌故不必由臣来细说，愿吾王以国事为重，远女色，近明臣，心忧天下，大顺朝方能繁荣昌盛，国泰民安。"

李自成一听他说抢了陈圆圆也好，那强压的怒火又蹿起来，随即又听他称臣，便把那无名火硬生生压了下去。

然而，他心里愤愤地想，你李岩为何总是跟我过不去？从住进皇宫起，我就不再是那个草莽英雄李闯了，我是大顺朝的皇帝！哪朝哪代的帝王不是三宫六院，美女成群？为何独我有这么一个可心的美人儿，你便不能容忍？

而且，他发现，李岩越来越喜欢指责他，越来越喜欢在众人面前卖弄自己的学识。从他那张生机勃勃，阳刚正气的脸上，他似乎更看清了他的自信与内在的吸引旁人的力量，这是他李自成迄今为止最可怕的事，他从未像现在这样怕被别人取代。

是的，他最怕的是被人取而代之！这是他李自成在马背上打下的江山，是他的王朝！他不能掉以轻心，不能龙椅还未坐热，就被人赶了下去。所以，他今天忍住怒火不去找刘宗敏夺回心爱的女人，正是有这些顾忌。

李岩见他脸上的怒气渐渐消退，以为是听进了他的忠言劝谏，心里很是欣慰。忙掏出多日拟就的奏章高举过头顶，请皇上过目。

一边的太监马上接过，递给李自成。

此刻的李自成，哪有心事看这些东西。他随手翻开，心不在焉地看着，见奏章上写了四条建议：

一、扫清大内后，请主上退居公厂。待工部修葺洒扫，礼部择日率百官迎进大内。次议登极大礼，选定吉期，先命礼部领群臣演示。

二、文官追赃，除死难归降外，宜分三等。有贪污者发刑官严追，家产入官。抗命不降者，刑官追赃既完，仍定其罪。其清廉者免刑，听其自输助饷。

三、各营兵马仍令退居城外守寨，听候调遣出征。今上方登大宝，愿以尧舜之仁自爱其身，即以尧舜之德爱及天下。京师百姓竞相推举，方成帝王之治。一切军兵不宜借住民房，恐失民望。

四、国不可一日无君，今择吉日已定，官民仰望登极，若大旱之望云霓。主上对吴三桂只能招抚，不可兴师，许诺吴氏父子以封侯袭爵。仍以大国封明太子，令其奉祀宗庙，俾世世朝贡，与国同休，则一统基业可成，而干戈之乱可息。

李自成一目十行地读罢，抬头道："军师说的这些日后再议，今儿退朝！"

李岩见李自成心不在焉，双目无神，知道他此刻意不在此，只得快快而出。

自刘宗敏抢走陈圆圆后，李自成一股怒气在心里憋闷得难受，直至今日早晨，随身侍候的太监捧来金光耀眼的龙袍与皇后的凤冠霞帔，让他与高夫人试穿，他的心这才如轻柔的春风拂过湖面般舒坦、柔滑。

高夫人见李自成穿上龙袍，更显伟岸挺拔，那方正的脸盘，虎虎生威的眼睛，威武摄人，全身上下，无一不是君王之相。

她暗自庆幸刘宗敏及时抢走了陈圆圆，她既少了一个后宫强硬的对手，又笼络了刘宗敏这员勇将。后宫，那些前明朝遗留下来的嫔妃，她没放在眼里，她怕的就是这个妖娆的陈圆圆。昨天夜里，她目睹李自成失魂落魄的样子，虽然心里极度愤恨与嫉妒，但是，她把丈夫看成一个不懂事的、馋嘴的孩子。孩子见了糖，哪有不想吃的？哭着喊着要吃，只有扔了，丢了，给别人吃了，没有了，才能让他死心。

高夫人正想着自己马上就是母仪天下的皇后了，却见李自成的贴身侍卫李二急匆匆地跑来，神色慌乱地禀告："皇上，吴三桂退出山海关的当天夜里，又夺了山海关。我军接守山海关的将士，无一幸存。"

李自成一摔手中的腰带，脱口骂道："狗日的吴三桂！出尔反尔！夺我山海关，杀我农民兄弟，老子跟你誓不两立！"

不知是生气，还是焦急，李自成原本泛着红光的脸膛，一下变成了铁青色。他咬牙切齿地骂完，几把脱掉刚刚穿上的龙袍，怒道："速去通知牛金星、宋献策、李军师及各将领前来议事！"

李二领命而去。

高夫人悄悄回到自己的寝宫，慢慢脱去厚重的皇后大装，满腹的忧虑，郁结于心。她坐在梳妆台前，盯着金碧辉煌的凤冠霞帔发呆。

依然是乾清宫。

李自成高高在上地坐在龙椅上，手托下巴，似在沉思，殿下一片吵嚷之声。

自打进了北京城，李过与田见秀都拥有各自的王爷府。两人的关系一直非常要好，今天你请我喝酒，明日我请你听戏。要不，两人就呼朋唤友，八抬大轿，招摇过市的去青楼歌馆、花街柳巷听曲品茗，日子过得逍遥自在。

此刻，两人聚在一处，正低声交谈。

田见秀问："李将军，你猜猜看，对山海关，你叔叔是主张打，还是主张和？"

李过抬头看一眼龙椅上沉思的李自成，摇头道："这个么？不好猜。我叔叔已不是原来那个跟我们整天窝在一起的人了，他如今的心事，猜不透。"

"那你是主张和，还是主张打？"田见秀问。

"打？咱刚把炕头睡热，新讨的婆娘，连娃还没怀上。再说了，这好日子才刚刚开头，谁愿意去边关打仗？"李过不悦地答道。

说毕，他环顾四周，从身边各将领的言谈中听出，都不愿出兵攻打山海关。

李岩与宋献策一直主张招降吴三桂，以"和"为主，此时见李自成不语，二人也沉默着。

众人议论多时，刘宗敏才晃着膀子跨进门来。

牛金星一见他，便大声道："刘将军，家有家规，国有国法，上朝有上朝的时辰，你如何迟来半个时辰？"

众人一齐向刘宗敏看去，刘宗敏鼓起眼珠子，狠狠瞪了牛金星一眼，旁若无人地站在众人前面。

殿中，不知谁扬声道："刘将军如今有天下第一千娇百媚的美人相伴，如何能按时上朝？没听说过唐明皇得了杨贵妃，春宵苦短日高起，从此君王不早朝么？"

立即有人接道："上朝都舍不下美人，若是攻打山海关，岂不是要带着美人一起东征？"

众人大笑。

谁知那刘宗敏并不恼，反而张着一口黄牙的大嘴嘿嘿笑道："有这样的美人儿在家里，叫老子怎么舍得去打仗？"

李自成听了，心里生怒，却面沉如水。他环顾殿中众将领，这些曾经在战场上生龙活虎，一夫当关，万夫莫开的勇将，如今这是怎么了？大敌当前，竟视同儿戏一般！而且，议了半天，竟无一人愿率兵东征攻打山海关！

他忍耐着，冷眼看着刘宗敏。

李岩与宋献策默默看了对方一眼，不语。

牛金星忽然道："刘将军，你该好好地约束你手下的兵，不要让他们整天的侵扰百姓。抢劫民财，奸淫民女，这样会引起民变！"

"民变？老子怕个鸟的民变！"刘宗敏骂道，"若他娘的真敢民变，老子关门打狗，一刀一个，杀个干净。"

牛金星道："刘将军如此能耐，何不带兵东征，去山海关跟吴三桂决一雌雄？"又冷笑一声，"谁说他吴三桂不是因为你刘宗敏抢了他的爱妾，才发狠又夺了山海关！"

刘宗敏一张黑脸，涨成了酱紫色，他冲着牛金星吼道："老子抢了他女人又怎样？难道还退还给他不成？"自抢了陈圆圆，李自成对他一直不理不睬，他心里本来就有几分愧疚，毕竟是一起从刀尖上舔血过来的兄弟。此刻，牛金星的冷嘲热讽，让他索性撕了脸面，连李自成他都不放在眼里了。老子出生入死为你打天下，你得江山，老子得美人，应当本分，有什么愧疚不愧疚的！

谁料李岩接腔道："刘将军，卑职还真的认为，将军应该把陈圆圆还给吴三桂。"他又望向李自成，"不仅仅是陈圆圆，对吴三桂的家人应该厚待，对吴襄吴三桂应该许诺封侯。唯有如此，才能招降吴三桂，才能平息战火。那么，收复山海关就不用大动干戈了。"

李岩的话音刚落，殿中便响起一片附和叫好声。

宋献策也微微点头。

李自成半边屁股坐着龙椅，身子向前半倾，看着李岩自信而明朗的面容，心里有几分后悔没采纳他的方案。而且，前几日，李岩的奏疏所提出的建议，无论是从政治、军事，还是从战略、策略等方面来说，都是无可挑剔的，指出了当前最急需解决的问题。

可惜，他当时一心想着被刘宗敏抢走的陈圆圆，并没有把这些事放在心上，总以为来日方长。然而，时机往往是稍纵即逝的。以致今日，吴三桂又夺了山海关，而满朝的将领，竟无一人主动领兵出征。

可在他内心深处，他又认为李岩太自以为是，凡事自作主张，而且，总在大庭广众之下指手画脚，一而再，再而三地让他放了吴襄一家，又让他招降吴三桂，给他加官晋爵。他李岩不想打山海关，正合了众人的心意，他这不是在哗众取宠，拉拢人心么？

李自成还探听到，前明朝的遗臣，与李岩兵马驻地的老百姓，都十分爱戴他，副军师宋献策更是他的死党。

他蓦然觉得，吴三桂夺了山海关并不可怕，因为，吴三桂离他很远，远在关外。而李岩离他很近，近在咫尺，这对他不能不说是一种真正的潜在的威胁。

第二十二章　风云再起　不负红颜负汗青

片丝风雨笼烟絮，玉点香球。玉点香球，尽日东风不满楼。
暗将亡国伤心事，诉与东流。诉与东流，万里长江一带愁。

——明　夏完淳《采桑子》

吴三桂报仇心切，又恐前有李自成未灭，后有多尔衮窥视，正无计可施之时，祖大寿与洪承畴的劝降信，无异于一盏指路明灯。

他吩咐手下好生款待来使，给洪承畴写了回信，信中并没有说归降之事，一是叙别后思念之情，二是烦请他向多尔衮借兵攻打李自成，其他事情宜当面相商。

送走来使，吴三桂见冯鹏等人欲言又止，知他们想阻拦他投降多尔衮。便说："李自成一路打来，提出的口号是'迎闯王，不纳粮'，甚得民心。占据京师后，他们更是兵多粮足，又休养生息多时。纵使我关宁铁骑骁勇善战，精锐无比，也敌不过他二十万兵马。而且，我们身后还有多尔衮的二十万精兵虎视眈眈，背腹受敌，要想取胜，实非易事。"

众人点头，山海关背腹受敌是铁的事实，毋庸置疑，可投降建州人，又是大家极不情愿的。

吴三桂又道："洪承畴原是大明朝的将领，如今他在建州营内，受多尔衮重用。我想请他从中周旋，向多尔衮借兵，以此稳住多尔衮，一举歼灭李自成，报弑君之仇，复我大明社稷。事成之后，再图他计，谁说一定要归降于多尔衮麾下呢？"

众人都知吴三桂素有谋略，听他如此说来，觉得无懈可击，又深知他的决定是不容更改的，也就不再多费口舌。

唯独冯鹏所思甚深，他忧虑道："多尔衮要的是总兵大人带部下归降，打开山海关的大门。此人足智多谋，城府极深，若大人不归降只借兵，恐怕他不会答应大人的要求，那时，我们山海关将面临重重危机。"

吴三桂脸色阴冷，点头道："我也想到了这一点，如果他不肯借兵，我只好效仿申包胥在秦廷痛哭七日，也要借到兵马。因为我们除了借兵歼灭李贼，再无他法。"

说完，他不再看他的部下，在这里，他的决定就是命令。而且，他内心的痛楚，是任何人都无法洞悉或了解的。圆圆，他的女人，他心底最柔软、最敏感的那根神经，已痛到扭曲，痛到无以复加。

她是水般柔软，花般娇嫩的女子。他们相处的那几天，那短短的日子，她的柔情蜜意，她的浅颦轻笑，她身上那缕清幽的忍冬花的芬芳，都留在了他永恒的记忆里。

那几个日子虽然短暂，但是，她给他的柔情，却让他的记忆天长地久。每当想起她，就有朵忍冬花儿在他的心里，在他的眉间静静开放，那馥郁的芬芳，让这关外的萧索之地，如江南的春天般柔情似水。

他在心里泣血发誓，他一定要救回他的女人，要亲自砍下李自成、刘宗敏的脑袋，雪耻大辱，他紧握的拳头苍白得能看得见一根根突出的青筋。

这正是：且作七日秦廷哭，不负红颜负汗青。

当夜，在吴三桂的授意下，一篇反李檄文写成。这篇《讨国贼李自成檄》，如一阵黄沙狂风，从山海关直刮向北京城。

李自成的案上摆着这份檄文。餐桌上丰盛的饭菜，他食之无味。虽然，他表面上不承认，但内心不能不后悔，他没有采纳李岩的建议是个极大的错误。如今，这个错误将要用几倍甚至几十倍大的代价去拯救，而结果将如何，不得而知。

依然无人站出来主动领兵东征，这让李自成万分失望，也万分沮丧。他这个皇帝尚未登基，就不能服众，不能号令满朝文武。这些往日同甘共苦的生死兄弟，如今同坐朝堂，都华服美妾，却与他越来越生疏，越来越格格不入，失望沮丧之余，又觉万分孤独。

在众将你推我让，你骂我咒的嘈杂声中，李自成心中气血翻涌，紫铜色的脸涨成了酱红色，这哪里像个商议军机大事的朝廷？这分明是那菜市场上的贩夫走卒在讨价还价。他拍案而起，大声道："朕亲自挂帅！率二十万大军东征！"

霎时，殿中一片寂静，二十万大军东征，就意味着在座的每一位将领都要随皇帝出征。

李过与田见秀相对无语。

刘宗敏缩了缩他那原本就短得看不见的脖子，嘟嘟囔囔地骂娘。

李岩想说什么，但终究没有说出来。

宋献策出列道："此时出兵，于我大顺十分不利，请皇上三思！"

殿中，所有人都露出赞许的目光，都带着期冀望向李自成。

李自成有些恼怒，他朝宋献策冷笑道："朕意已决！宋军师就不要妖言惑众了。众位将军即刻准备出征事宜！退朝！"

陈圆圆第二次进宫，是刘宗敏把她从吴襄的府中抢来，用马驮进皇宫的。

陈圆圆第二次进田府，是刘宗敏把她从皇宫中抢来，用马驮来的。因为田弘遇的宅子，已经归刘宗敏所有。

她从昏厥中醒来，不知身在何处，也不知什么时辰。昏暗的烛光摇曳着照进罗帐，她赫然发现一个赤身裸体，奇丑无比的肥壮男人，仰面朝天地躺在身边，正鼾声如雷。

她惊恐地蜷缩到床沿，撩开罗帐，几乎滚下床来，她摸索着扯了件衣裳裹了自己赤裸的身子。就着昏暗的烛光打量着四周，觉得这屋里高大的梨花木柜子似曾相识。

她赤着双脚，轻轻拉开房门走了出去。

外间是大厅，正中挂一盏华丽的大宫灯，四面墙上各有一盏小宫灯，整个大厅灯火通明，却空无一人。

突然间，她倒吸一口凉气，这座大厅，她是那样的熟悉，那绘有松鹤的宫灯，那屏风上的梅兰竹菊，难道她又回到了田府？

"陈夫人！"一声轻唤来自身后，她吃惊地回头，见一丫鬟模样的女子正在灯影里垂首而立。

圆圆惊奇地问："你唤我陈夫人，你认识我么？"

那女子抿嘴而笑，又觉不妥，忙敛了笑容，上前两步，低眉道："是的，夫人，奴婢原是田国丈府上的粗使丫头。"

圆圆一颗心冷到了脚后跟，她喃喃而语："那么，这真是田府了！"

丫头轻声道："这就是田府啊！只是换了主人。"

"我想起来了，你叫香兰。"圆圆瞥一眼身后的房门，"新主人就是刘宗敏了。"

香兰边点头称是，边伸手扶了圆圆走向屏风后的软榻躺下，转身离去。片刻又回来，手上端了托盘，手臂上挽了一只小包袱。

圆圆见了，疑惑地看着她，慢慢坐起身。

香兰其貌不扬，身板儿结实，粗手大脚的，看上去，给人一种敦厚温和，可靠踏实的感觉。

她把托盘放在软榻边的茶几上，给圆圆倒茶，轻声道："夫人想必饿了，先吃几块点心垫垫，厨房的王妈在给夫人做吃的，一会儿就好。"

圆圆这才觉得饥肠辘辘，抓起点心就吃。

香兰见她裸露的手臂上，青一块，紫一块的伤痕，不忍看下去，扭过头解开带来的小包袱，取出两件旧衣裙，一双软底绣花鞋。

圆圆见了，睁大眼睛问："香兰，你这是给我的？"

香兰点头道："是的，夫人，你看你身上裹的是什么？"

圆圆一把抓住香兰的手："好姐姐，你送我出去吧！我不能待在这儿！那刘宗敏不是人，是畜生，是禽兽！"

香兰眼含悲悯，为难地摇摇头："夫人，香兰只能侍候你，其他的，帮不了你。"

晶莹的泪水，溢满她失望的眼眸。

香兰帮她挽起散乱的长发，温婉地劝道："夫人，不是香兰不帮你。香兰是个粗使的丫头，不识大体。但是，香兰明白，像夫人这样美貌、柔弱的女子，能去哪儿呢？如果没有比刘将军更大的官儿救你保你，夫人出去比在这府里更危险百倍。外面乱糟糟的，老百姓家的好女儿也不知被糟蹋多少。"

圆圆望着烛火出了会神，抹干眼泪，就着茶水又吃了两块点心。随后，她拍拍手上的残渣，抬头问："香兰，有热水么？我想洗个澡，身上臭烘烘的。"

香兰笑道："有啊！夫人以前用过的澡盆，至今还在呢！"

泡在澡盆里，圆圆使劲地搓洗身上的每一寸肌肤，香兰则帮她清洗那一头乌黑浓密的长发。

"夫人，你人生得好看，头发也生得好，又浓又黑又亮！"香兰由衷地赞道。

"香兰，田国丈家原来的佣人都还在这府上么？"圆圆突然问。

"女佣就剩下我跟厨房的王妈，还有洗衣的冯嫂和几个粗使的丫头。刘将军一进府，也不知把田国丈赶到哪儿去了，把年轻漂亮的姐妹都分给了他的手下，幸亏我生得貌丑，不然，也不知落何处受罪。"说到这儿，香兰觉得有些造次，便闭嘴不语。

圆圆并不在意她的话，看着对面的墙壁，冷冷地说："男人天生就这副德行，见了有点姿色的女人，连路都走不动了。而他们往往把罪过都推给女人，说女人妖媚，专勾引好男人，好像是女人把这天下弄得一团糟似的。"

香兰不知如何应答，偷偷朝她看去，见她温柔如水的眼眸里，射出几许刚强，几许冷傲的寒光，心里又不免暗暗称奇。

从此，在这座富丽堂皇的大宅子里，圆圆唯一可以说上几句话的人，便是香兰。

第二天，刘宗敏亲自去街上，把瑞祥布庄的老板用马驮了来，给圆圆量体裁衣。又拿出田弘遇家的金银首饰，还有从其他前明大臣家搜刮来的各样精美项链、手镯，都放在圆圆面前。圆圆冷眼瞧着，并没有他想象中的那种欣喜若狂。

刘宗敏摸着后脑勺想，世间有哪个女人不喜欢这些金银首饰的！这女人还真他娘的难侍候！

圆圆也不事梳洗，天天穿着香兰给她的那两套粗布衣裙，披垂着一头乌黑的长发，整天不露一丝笑容，坐在廊下的长椅上，看着园里的花草树木发呆。

她哪里知道，她越是这身简单的装束，越是不施脂粉，就越发淡雅清纯，正如那四月清晨，花架子上带露的白蔷薇。

刘宗敏在她面前毫无威风可言。

有的女人怕他手中的钢刀，对他千般温顺，万般献媚；有的女人则喜欢他的金银珠宝，挖空心思讨他欢心。

而眼前这个女人，那冰一样冷的眼神射向他时，如在三九天喝了凉水一般，激灵得全身打战。尤其是在床上，那木雕般呆板的肢体，更让他恼怒，却又让他魂不守舍。

有时，圆圆在廊下坐一个时辰，他就远远地盯着她看一个时辰。这个粗布裙钗也掩盖不了国色天香的女人，让他爱如珍宝，又无可奈何。

他有时沮丧地想，这娘们对我这般冷淡，一定是恨我把她抢了来，她一定是爱上了又要做皇帝，又生得高大威猛的李自成。

他娘的！老子就是杀了你，也绝不会把你退还给李自成！

在那些跟他一样粗鲁的汉子面前，他常说的一句话是：女人？女人算什么东西！不就是一件衣裳？破了，不喜欢了，就扔了！

可这个女人却让他平生第一次尝到了失落的滋味，让他平生第一次为女人而心生醋意。

有时，他摸着她细腻柔滑的脖颈，摸着她骨肉匀称的脸颊，而她则双目紧闭，如熟睡一般，对他不理不睬。他看着她微蹙的柳眉下，那长长的睫毛覆盖着深潭般的眼睛，他从长筒靴里拔出闪着寒光的匕首，在自己的大腿上正反擦了两下，一手握刀，一手抚着她圆润的下巴，想一刀割下这颗由上天的手雕刻得如瓷器般精致的脑袋。

他盯着这张完美的脸，忽然右手一抬，寒光一闪，锋利的匕首"当"地一声插在门框上。这个杀人不眨眼的鲁莽汉子，竟下不了手杀她。

今儿早朝，刘宗敏不敢耽搁，便早早地去了。

早饭后，圆圆依然坐在廊下的长椅上。不同的是，今天换了一身浅紫色绸裙，乌黑的长发随意挽个髻，依然不戴首饰。她静静地坐在那儿，如一朵开在墙头上的紫色牵牛花。

圆圆慵懒地倚着栏杆，看着爬满花架的绿色藤蔓，还有藤蔓上那些在风中开得正欢的紫色花朵。

她想，女人，好比这绿色的藤蔓，只有依附在墙上、树上或者花架上，才能开出鲜艳的花朵。

可是，她所依附的墙呢？树呢？谁给她扎花架？她不由得恨起那个远在关外的男人来，为什么不把她带在身边？任由她如暮春的柳絮，随风飘落，在水里泥里任人践踏。

牵牛花在风中摇曳，她又想起姑苏城来，那温柔的河水，那烟雨朦胧中汩汩的桨声。岸边人语纤浓的石板长街上，时而飘过几声柔柔的糯糯的卖花声：丁香、茉莉、白兰花。时光，在这一刻便浸染了馥郁的芳香。岁月，便蕴含着春天、蕴含着桃红柳绿、杏花飞雨镌刻在了记忆里。

然而，在她记忆的最深处，是那一墙她从未见过，却确实存在的忍冬花。

被吴三桂用花轿抬出田府的那天夜里，她蜷缩在他温暖宽厚的怀里，心里一片安宁。

吴三桂嗅着她身上浓郁的忍冬花香，不解地问："你身上哪来的忍冬花的香味呢？"

圆圆抬眉浅笑："我也不知道啊。我娘死得早，小时候就听姨娘说，我自出娘胎，身上就有忍冬花的香气。"

"难道老天爷给了你美貌，也给了你一身的芳香？你可真是国色天香啊！"吴三桂惊喜道，"这可是太巧了，我从小就喜欢忍冬花。我们吴家在姑苏城的老宅子里，有座小花园，那南面院墙上爬了一墙的忍冬藤。每年的五六月份，便开一墙的小花朵，那香味，能飘好远呢！"

圆圆见他说得眉飞色舞的，兴奋地坐起来说："那么多的忍冬花？如果夏天采集了，晒干了，收藏起来，平时可以泡茶喝，也可以熬粥吃的，画眉最喜欢做这事儿了。"

吴三桂斜躺着，用手支撑着脑袋，眼睛一眨也不眨地盯着她。圆圆被看得不好意思起来，背朝他躺下。

吴三桂扳过她的身子，见她羞红的脸颊，在烛光中更显娇媚，温柔地把她搂进怀里，轻声道："我从小就不爱读书，天天在忍冬花藤下练武，那清芬的花香伴我度过多少清晨与黄昏！"

圆圆不说话，只轻轻抚摸着他健硕的胸肌。

吴三桂看着她如秋水般清澈的明眸，回忆着说："我第一次见你，是在姑苏。你在戏台上唱杜丽娘的《惊梦》，只那一声'不到园林，怎知春色如许'从你口中摇漾出来，至今还在我耳边缭绕呢！"

圆圆笑着啐道："世上再没有你这样损人的！都几年了？那声音还能在你耳边绕？"

吴三桂不理她，继续说："真正见你，是在洛兰成的杏园。那天午后，顾眉生、卞玉京等人都到了，唯有你姗姗迟来，害得我心神不宁。及至你来了，也不看我一眼，从我身边飘然而过，你的衣袂拂起一缕香风，从鼻子眼一直钻到我心坎里。我认得那香味，那就是我家后花园南墙上的忍冬花香。从那一刻起，我便认定，你是我命中注定要娶的女人。"

圆圆呆看着他，晶莹的泪水在眼眶里打转。

"在关外，多少个清寒的早晨，多少个萧索的黄昏，多少个不眠的孤独之夜，还有那硝烟弥漫、血肉横飞的战场，你的身影，你舞动的水袖，你身上的忍冬花香，给过我多少慰藉与幻想。"吴三桂将她紧紧搂在怀里，生怕突然来一阵风，会把她吹走。"从今天起，我再也不离开你半步，再也不！今生今世，我们在一起！"

圆圆闭上眼睛，偎在他怀里，任泪水滑落。她感激上天让她终于遇到这个视她为珍宝的男人。她祈愿今夜长得没有尽头，祈愿时光从此停顿，她就这样跟他在一起，在一起。

"美人！"刘宗敏的声音打断了她的遐思。

她吃惊地回过头来，脸颊上还挂着晶莹的泪水。

刘宗敏退朝回府。因为明天就要离开北京，离开这座富丽堂皇的大宅子，去攻打山海关。本来就满肚子不高兴，见她这副模样，黑脸一沉，骂道："又哭丧着一张脸！又是谁惹你了？"

圆圆掉过头去，给他一个冰冷的背脊。

刘宗敏见她生气了，便挨她坐下，哄道："美人！我这不是看你不开心，跟你闹着玩么？"他伸手摸一下她的发髻，"那么多的首饰你不戴，你要是戴起来，保管比现在更好看。"

圆圆揩干脸上的泪水，依然看那花架上的牵牛花。

"美人，我知道你不喜欢我这样的鲁莽汉子，"刘宗敏缩了手，话里透着几分委屈，"我知道你喜欢李自成，也想念你那个在山海关的汉子吴三桂。"

圆圆不语。

刘宗敏绕过木栏杆，趴在她面前涎着脸说："美人，自从把你接进府，还从未见你笑过呢！"

圆圆只看着眼前的牵牛花，冷冷地说："将军，我是你抢来的！"

谁料刘宗敏听了并不恼，反而拍手笑道："好呀！美人终于开口说话了！"向身后一招手，"快备酒菜！老子今儿高兴，要喝几盅！"

又向圆圆道，"美人，陪我喝几口如何？"

圆圆腿坐麻了，换了个姿势，依然面朝花园，依然无语。

侍女过来低声问："老爷，酒菜摆在哪儿？"

刘宗敏吼道："没见老子与夫人都在这儿？就摆这桌上。"

片刻，圆圆身边的小圆桌上摆满了酒菜。

刘宗敏忽然长声叹息，自斟自饮，两杯酒下肚，看着圆圆的后脑勺说："明天，老子就要去打仗了。"

圆圆心里一惊，打仗？虽然不动声色，但那背脊明显僵硬了许多。

刘宗敏有滋有味地啃着一只鸡腿，啃完了，随手一扔，鸡骨头越过花架，飞到园子的另一角。

他用袖子抹一把嘴角的油腻，冷笑道："嘿嘿，你那汉子有种！不投降不说，还写他娘的讨国贼檄文！他镇守山海关，不是有世上最精锐的关宁铁骑么？他娘的总共不过五万兵马，还敢跟老子叫阵！李自成明天亲自挂帅，率二十万大军攻打山海关！"

圆圆的心狂跳起来，但她压抑着，慢慢地转过身子，冷冷地看着刘宗敏。

她这种冷傲的态度激怒了刘宗敏。

刘宗敏一仰头，喝干杯中酒，把酒杯扔在地上摔得粉碎，骂道："你他娘的再这样看着老子，老子掐死你！"

圆圆反而站起身，迎着他上前两步，昂扬着圆润白皙的脖颈，笑道："我正等着将军掐呢！"

刘宗敏暴跳如雷，一脚踹翻桌子，碗碟摔了一地，他跺脚骂道："老子杀人无数，为什么就不忍对你下手？"

他转身出了廊子，又回头恶狠狠地说："你等着瞧，老子二十万大军，明天就去把你那个镇守山海关的吴总兵踩成肉泥！"

圆圆脸上挂着冷笑，心里却忐忑不安，二十万对五万，那是怎样的阵式？又会是一场怎样的恶战？

她依然坐回原来的椅子，隔着两道门，也能听见刘宗敏在大厅里在训斥家丁奴仆："老子明日东征，你们给老子好生地看着夫人！不准夫人出门！不准陌生人进府！若有一点差池，老子的刀不是吃素的！"

第二十三章　残照当楼　血染黄沙风也愁

边庭飘飘那可度，绝域苍茫更何有！

杀气三时作阵云，寒声一夜传刁斗。

相看白刃血纷纷，死节从来岂顾勋？

——唐　高适《燕歌行》

　　这日，吴三桂正在总兵府的大堂中焦急地走来走去，跟多尔衮借兵的事，不知洪承畴谈得如何，几日过去，也不见对方有来信。

　　"报！"一名探子风尘仆仆地跨进大门。

　　吴三桂停下脚步，急问："有何军情？快说！"

　　探子接过侍卫递来的水壶，一气喝了个底朝天，喘口气道："李自成亲自率领二十万大顺军东征，出征前夕，他下令杀了我大明朝不肯投降的大学士陈演、宝国公徐台贞等六十多位遗臣。同时，他手下的将领李过，在西华门也砍杀了五十多位不肯降服的明朝官员，北京城已是一片血海。另外，李自成挟带了太子与两位王爷，还有吴老爷，正往山海关而来。"

　　吴三桂抓起案上的茶碗，朝墙壁使劲扔去，茶水与碎片四下飞溅。

　　幕僚胡守亮闻声而出，看着案上的地图，神色凝重地问："李贼的兵马现在到了何处？"

　　探子道："根据他们的速度，估计四月十六日至十七日到达永平。"

　　吴三桂奇道："噢！他们的行军速度不是很快啊！"

　　探子迟疑地说："总兵大人，卑职有种感觉。"

　　吴三桂吼道："快说！别婆婆妈妈的。"

　　"以卑职看来，这次李自成虽拥有二十万大军，但是并不可怕。"探子见吴三桂与胡守亮极专注的模样，紧接着道，"他的士兵大部分是由未经训练的农民集聚起来的。而且，自打胜仗以来，在北京城里散漫了二十多天，过上了从未想过的好日子，绝大部分士兵不愿打仗，只想弄些银子回家。而在李自成的强压下，才不得不离开热炕头。卑职以为，这样的士兵是没有战斗力的。"

吴三桂的嘴角泛起一丝不可捉摸的笑容，他大手一挥："你辛苦了，下去歇息吧！"

崇祯十七年（1644年）四月十七日，李自成的大顺军轻而易举地夺得了永平。

李自成旗开得胜，喜形于色。

刘宗敏骑在高头大马上，得意非凡，只听他嚷道："他娘的吴三桂！几个鸟兵，几匹瘦马，如此不堪一击，还吹什么宁远总兵，关宁铁骑？真是不自量力！老子明日杀进山海关，一刀就取了他的首级！"

李岩望着刚刚结束的战场，沉默不语。

一向沉稳的宋献策忍不住道："陛下，我军如此轻易夺取了永平，这恐怕是吴三桂设的奸计。"

李自成心中不悦，掉头望向远处的山峦，沉声问："何以见得？"

宋献策指着地上吴军的尸体，分析道："陛下请看，这战死的吴兵，不像吴三桂的关宁铁骑。"

"难道吴三桂会在他们脸上都写上'关宁铁骑'四字？"李自成仰面哈哈笑道。

"据属下所知，吴三桂的关宁铁骑纵横关外多年，都是久经沙场的骁将，怎会如此不堪一击？而且，按属下的八卦算来，明日午时主大凶，于我大顺军不利，陛下应收兵回京为宜。"

李自成冷冷地说："如果军师惧怕吴三桂的关宁铁骑，就请先自回京。且不要说你的八卦，不要在战场上妖言惑众，扰乱军心。"说毕，一撩白色披风，飞身上马，双腿一夹，马儿扬起四蹄，奔向不远处的山坡。

李岩忧虑的目光投向宋献策，宋献策无奈地摇摇头。

血色的残阳已沉没，远山近林都笼罩在一片灰色的暮霭之中，经过血与火洗涤的战场，死一般的寂静。只有无情的风儿，一遍又一遍地掠过，撩起死者的衣衫，挟带着死亡的影子与血腥气，飘向远方。

蓦然，号角声起，宋献策惊恐地望向小山坡上的李自成，犹如听到冤魂在荒凉的旷野里悲泣。

李岩拍拍他的肩膀："走吧！"

四月十八日，李自成的二十万大军挺进山海关。

吴三桂在永平略施一计，率当地民众扛"关宁铁骑"的大旗以抵抗刘宗敏的主力，毫无战斗经验的永平百姓不堪一击，永平失陷。

李自成毕竟有二十万兵马，足以把山海关里三层外三层围个滴水不漏。吴三桂不借外力，仅以"关宁铁骑"击败李自成的幻想已彻底打消，他焦急地等待着洪承畴的来信。

傍晚，吴三桂站在城楼上，远处黛色的山峦清晰可见，风，从天外掠来，穿过古老的城堞，掀起他身上的黑色披风，凄厉而冷峭。

他在心里喃喃而语：圆圆，如果我们少年时就在江南相遇、相识、相爱该有多好！四月，江南早已是梨花飞雪，海棠铺绣，草长莺飞。而这萧索的关外，春风依然不肯光顾，依然不肯染一丝绿色。而你，也落入贼人之手，受尽凌辱。

"总兵大人快看！"亲兵护卫的惊呼，打断了他的沉思。

吴三桂抬眼望去，城外的山坡上，两匹战马飞也似的奔东门而来，他心中一动，喝道："快快接应！"

果然如他所料，来人正是建州九王爷多尔衮的使者。

吴三桂急忙拆开书信，多尔衮在信中对借兵之事，只字不提。只说如果他投降了，一定封侯晋爵，成就一番事业，一来可报国仇家恨，二来可保身家性命，庇荫子孙后代。

他把信笺递给幕僚胡守亮，陷入沉思。

胡守亮斟酌道："大人，属下以为，无论我们是否投降，李自成始终是多尔衮的敌人。如果我们拒绝投降，他也会从山海关打进北京城，占领中原是建州人的最终目的。"

吴三桂点头赞同，眯成一条缝的眼睛里射出一道寒光："今夜我亲自赴建州营见多尔衮！"

胡守亮惊道："李自成的兵马对山海关已成合围之势，大人此行，恐怕有危险！"

吴三桂苍白的面孔更显冷峻，他轻笑一声："顾不得了！多尔衮诡计多端，从眼前的局势看来，如果我不当面求他，他是不会答应的。到那时，就算我们想投降也来不及了，只会让他坐收渔翁之利。"

胡守亮还想说什么，吴三桂抬手制止道："不必多言！我自有安排！"

月亮似乎怕冷，躲在厚厚的云层里，不肯透出一点点清影。冷峭的夜风，挟带着黄沙，吹得城楼上的旗帜猎猎作响。山海关，这座通向中原的关隘，在这月黑风高之夜，在这腥风血雨即将来临的前夕，更显得雄浑而悲壮。

吴三桂带了冯鹏、郭云龙、杨大勇等八名大将及百余名铁骑精兵，在夜色的掩护下，从山海关东门出发，沿山路向多尔衮的驻地欢喜岭奔去。

多尔衮在他的营帐中接待了飞马前来的吴三桂。

他眼前的吴三桂，高大英俊，皮肤白皙，若不是一身银甲战袍，俨然一副江南文人的模样。可那双锐利的眼睛，闪着睿智的寒光，虽然是来求救兵的，却丝毫没有身临重危的胆怯与惶恐，那份镇定自若让他暗自称赞不已。

同时，吴三桂也在打量多尔衮，短小精悍的身材，透出几分王者的霸气，一双阴鸷般的眼睛，深沉而阴冷。

吴三桂心想，此人果然名不虚传，是个不好对付的角色。

二人分宾主坐定，吴三桂开口道：“王爷，此乃非常时期，无须客套。三桂星夜驰马而来，专为借兵一事。闯贼毁我京师，逼死我主，掳我全家。无奈三桂手中兵弱，上不能报国仇，下不能解父危，实在是无脸苟活于人世。幸有王爷在此，愿王爷伸援助之手，借兵扫除逆贼，以成全三桂忠孝之名。”

多尔衮心想，若不是军情危急，你吴三桂也不会亲自出马求助于本王。口中故作沉吟道：“明朝与我建州世代为敌，多年来，在边关打得你死我活。今日，见你于国于家骨肉情深，本王是可以帮你一把。只是，打仗就得损耗兵力，事成之后，吴将军如何酬谢于我？”

吴三桂知道多尔衮是在逼他归降于他，随即回道：“若得王爷相助，以恢复大明社稷，三桂愿割蓟辽二州酬谢！”

多尔衮心想，蓟辽二州岂合我的胃口？我要的是整个中原。面上却笑道：“话虽如此，但本王素知明朝人不重信义，将军何以为证？”

吴三桂心里骂道：老奸巨猾的杂种！竟步步紧逼！当下起身抱拳道：“王爷，我大明已毁，百姓生灵涂炭。若王爷借兵为民扫除李贼，救民于水火之中，百姓岂有不感激之理？三桂哪能不讲信义？愿歃血为盟！”

多尔衮原以为，情急之下，吴三桂会答应归降。没曾想，到了这一步，对方仍然只说借兵，不谈归降之事，心里不免生出几分敬意。又恐再逼下去，会适得其反，吴三桂可是一条铁骨铮铮的汉子，与他为友，总比与他为敌好得多。况且，我借给他的兵马一旦进了山海关，难道他还能赶我出来？

正是：请神容易送神难。

当下，多尔衮与吴三桂歃血为盟，约定借兵歼灭李自成。

吴三桂正想商议兵力如何部署，多尔衮却道："吴将军务必星夜返回山海关，率部下剃发结辫，在战场上以辨敌我。"

剃发结辫？吴三桂心底怒火"噌"地燃起，瞬间又硬生生地强压下去，他不能因小失大，便点头应允。又问："那王爷的兵马，是我今晚带走，还是……"

多尔衮见他面颊变色，知他心里恼怒，只是不敢发作。不等他话说完，起身道："将军先请返回山海关，待本王调整人马，两日后到达山海关城外，待李自成攻关时，我军以合围之势，从背后袭击李自成。"

吴三桂朗声道："好！三桂谨遵王爷的安排！但三桂有个请求：王爷的兵马所到之处，不得动百姓的一草一木，不得伤害无辜百姓的性命。若有违者，斩！"

多尔衮也扬声道："好！吴将军所说的，正是本王要做的！一支军队若无严明的军纪，何以打天下？"

吴三桂带部下返回山海关时，东方天际已现鱼肚白。

胡守亮、方子青等谋士彻夜未眠，等候在总兵府的大堂上。

"大人，借兵之事如何？"胡守亮急切地问。

吴三桂取下头盔往案上一扔，骂道："多尔衮这个老滑头！要我军以剃发结辫为标志，说是以区别李自成的大顺军，这分明是以此要挟我投降于他。"

胡守亮暗自心惊。

方子青道："军情危急，我们也只能如此了，先号令全军剃发结辫，灭了李自成再作他计。"

祯十七年（1644 年）四月二十一日。

清晨，东方天际那轮太阳，终究没能钻出那厚厚的云层。天幕四角低垂，似与远处的山峰相接。近处，那刚刚发芽的树枝上，连只鸟儿都不肯停留，所有的一切，看上去安静如常。只有那从旷野掠来的长风，穿过城堞时的呜咽之声，让人顿生哀愁。

吴三桂站在城楼上，觉得头上凉飕飕的，他摸着光溜溜的前额，这才想起已经剃了头，心里不免又恶狠狠地咒骂多尔衮。

午后，吴三桂靠在椅上，几天几夜未曾合眼，一阵疲倦袭来，他闭上眼睛想休息片刻。

"报！"

吴三桂闻声而起："军情如何？"

"总兵大人，李自成已兵临城下，二十万大顺军从四面包抄，已把山海关围得水泄不通。"

吴三桂戴上头盔，整了整铠甲，扬声道："迎战！"

吴三桂带领剃发的关宁铁骑，从东门杀出，正遇上李自成的大将刘宗敏的兵马。

关宁铁骑带着按捺已久的杀性，如暴风骤雨般卷向刘宗敏阵中，刀光剑影，撩起漫天的血雨，霎时，大顺兵人仰马翻，先自乱了阵脚。

刘宗敏挥舞着大刀冲在最前面，高喊："跟我冲！跟我杀！"身后只有几骑马跟着他呐喊。

他十分惊奇，往常那些冲在他前面的部下，今天竟敢不听他的号令。扭头看时，却见他的兵士一个个从马背上跌落，有些战马也慢慢倒下。

他惊愕地发现，原来他的阵营背后竟有一支神秘的人马，正对准他的士兵，万弩齐发。

他正想策马告诉李自成，一支强弩飞来，击碎他后背的护心镜，深深刺进他的心脏，又从前胸贯出。他低头看着自己的鲜血像鲜艳的菊花瓣一般，丝丝怒放在这黄沙漫天的山海关前，慢慢从马背上跌落。

多尔衮不曾失言，从背后袭击大顺军。

李自成正在南门杀得难分难解，蓦地，从左侧杀出一彪人马，如猛虎下山，气势汹涌，大顺军被打得措手不及。

李自成惊恐地看着这支从天而降的人马，茫然不知所措。

李岩催马而来，急道："陛下，这不是吴三桂的关宁铁骑！"

随后而来的宋献策高喊："陛下，快快收兵！这是建州人的骑兵！"

李自成急忙下令，鸣金收兵。

大顺军落荒而逃，随主帅退至永平。

李自成看着残兵败将，后悔没听李岩、宋献策的劝告。

李岩到各部清点一番，向李自成禀告："大顺军伤亡惨重，二十万人马，退至永平的不足三万，刘宗敏将军中箭身亡，属下已派部将去招集失散的兵卒。"

李自成瞪着一双无神的眼睛，茫然地看着李岩，无力地问："为什么这次败得如此惨重？"

李岩看着东倒西歪的伤兵，半天没吭声。见李自成死死地盯着自己，便沉声道："主上请恕属下直言：一、我大顺军由农民与流浪的饥民组成，缺少战斗经验。在敌我双方相等的兵力下，不能取胜。二、我们这次的对手是纵横辽东数年的关宁铁骑。如果仅仅是吴三桂的五万关宁铁骑，我们取胜也非常艰难，何况又有彪悍的满洲铁骑与他们同心协力。而且，我们的农民军在京师过了二十多天王爷般的日子，心里原本就不想打仗。三、主上对吴三桂太轻视了，押其家人，夺其爱妾，使其积怨在心，冲冠一怒。第四点、万万没有料到的是，吴三桂竟然与建州人共同对付我们。"

李岩一条条道来，李自成无不心悦诚服，连连点头。

宋献策接道："常听人说，吴三桂此人诡计多端、心狠手辣，做事常出人意料之外。不曾想，为了那个女人，他竟敢冒天下之大不韪，引外敌入关！"

话音未落，哨兵报吴三桂的铁骑兵正向永平飞驰而来。

李自成气急败坏，一边命人给吴三桂写信，一边带领残部向京师溃逃。

吴三桂追至永平，只有一座空城与一堆残缺不全的兵器，和几匹奄奄一息的战马。

李自成的使者战战兢兢地被带到吴三桂跟前，双手递上书信。

这封信函无称呼，无落款，劈头就说：

将军竟敢冒天下之大不韪，引外敌杀我，胜之不武。我今天虽然败给了你，但是你能恢复明朝、一统天下么？你父亲与明朝太子，还有两位王爷都在我手上，稍有不慎，便玉石俱毁。明朝皇帝已死，若你父的命又不能保全，对于你来说，就是不忠不孝，请将军三思！

吴三桂看罢，气得把书信撕得粉碎，要杀来使。

谋士方子青上前阻道："大人，太子二王与老爷尚在李贼军中，大人须投鼠忌器，我们必须想方设法营救他们。"

吴三桂瞪着血红的眼睛，怒道："先帝已经被害，还在乎两位王爷！我既没有尽忠，也不能尽孝，家父的命，也只能听天由命了。"说罢，挥鞭策马，直追李自成。他拍着腰间的宝剑发誓：圆圆，我一定要救出你！一定要亲手杀了李自成！

崇祯十七年（1644年）四月二十六日，大顺军已逃回京师。

李自成命李过、田见秀等部将在城外，将兵马分成十二座营寨环城守卫京师，以抗拒吴三桂，自己则带领三百精兵进驻城内。

　　黄昏，从天际漫过一层浅黄色雾气，笼罩着京城上空。长街两边的店铺都门户紧闭，街上除了大顺军的兵卒，不见闲杂行人，暮春的京师，竟萧条冷落到如此境地。

　　圆圆依然坐在廊下的长椅上，不同的是，她今天穿一身大红色宫装，乌云般的发髻上，簪着那支忍冬花的金钗，衬得她越发肌肤莹白，身姿飘逸。

　　这支金钗是那天画眉塞给她的，也是她从吴府带出来的唯一的东西。

　　香兰送茶水点心过来，见她这模样儿，一个劲地夸道："夫人真好看！比田国丈的女儿田贵妃好看几百倍！"

　　圆圆展眉笑道："哪有姐姐这样夸人的？那田贵妃自然是国色天香！我虽无缘见她，却也知道她的美貌非同一般。不然，后宫佳丽三千，先帝如何独独宠爱她一人？"

　　香兰笑笑，不置可否，只道："当年，田国丈府中的美人，比皇宫还多还美，这在京师是有目共睹的。奴婢在田府多年，见过的美貌女子也不知有多少，却从未见过比夫人还好看的。"说着，抬头看看天色，"今年的天气有些奇怪，四月将过了，快到五月了，还这般寒浸浸的，夫人略坐坐就回屋罢。"说毕，径自去了。

　　暮色渐浓，圆圆看花架上几朵蔫蔫的牵牛花，在晚风中无力地摇晃，心里有种奇异的感觉。正思索间，却听廊外有人边说话边往这头走来。

　　"大力，你听说了么？大顺军昨日从山海关已败退回京师了。"

　　"谁说不是？我下午在城南，城门已关，不准行人出入了。听说京城外已设了十八座营寨抵御吴三桂。"

　　先问话的那人惊道："吴三桂果然厉害！他的五万关宁铁骑，竟能打败闯王的二十万大顺军！"

　　"嘿，唐七，你哪里知道！吴三桂是借了建州人的兵马，才打赢了李闯。"

　　唐七轻声道："嘘！大力，这可不是闹着玩儿的，可不能乱说。李闯与咱们都是汉人，那建州人可就是外族了。吴三桂怎可引外人进关内来帮忙？这岂不是引狼入室？"

　　那二人边说边走远，圆圆听在耳里，犹如头顶炸了个霹雳。她怔怔地坐在那儿，如老僧入定。

也不知过了多久，家丁将廊内的风灯点燃，照得近处的花草影影绰绰的。夜风从花架穿过，吹得藤蔓乱荡，吹得叶片哗哗作响，圆圆似惊醒似的打了个寒战，欲起身回屋。

蓦然，一道黑影横在跟前，圆圆惊恐地后退，跌倒在长椅上，手抚在胸前，按着狂跳的心，微张着嘴，却喊不出声音来。

那黑影移动几步，一个身材高大威武的男人站在她面前。

她惊魂未定地看去，昏黄的灯光下，这男人一身青色战袍，一袭白色披风拖在身后，显得英武而威严。他左手按着腰间的剑柄，右手微握，额头上写满焦灼，目光里含有几分说不出的失落与无奈。

她如梦呓般地问："是闯王陛下？"

男人点头道："正是！"

圆圆坐正身子，抬手理了理鬓角，狂跳的心已经平静。她平视的目光，正落在他那只按住剑柄的手上。

李自成的心却不由自主地狂跳起来，他奇怪自己的来意，奇怪自己在这个女人面前竟然端不起一个皇帝的架子。可他，还有架子可端么？山海关一战，正是这个女人的丈夫，折了他十几万兵马，打得他狼狈不堪，落荒而逃。

那么，他昨天退回京师，今天傍晚就撇开众位属下，撇开当前让他焦头烂额而又重于一切的大事来到这里，来到这个女人面前，究竟是为什么？是要杀了她，以泄心头之恨？还是心底那点不能言明的情愫未了？

他无声地看着眼前这个女人，她那身红色衣裙，在这个暮春的夜晚，在这盏昏黄的灯光下，竟重新燃起他心底那因战火而熄灭的情欲。

可他在夜风中嗅到自己战袍上的血腥气，又不免悲哀起来。人的一生好短，无故的去打什么江山，争什么皇位。若能牵起这个女人的手，寻一处清净之地，搭一座木屋，为她铺一条青石小路，与她晨钟暮鼓，看日出日落，听花开花谢，守住每一个花晨月夕，细水流年，那将是一种何等舒心自在的日子！

"闯王陛下来此何事？"圆圆一声冷漠的问话打断了他的冥想。是啊，他所为何来？

他忽然说："刘将军再也不会回来了。"

圆圆听了，像是说一个与她不相干的人，她望着廊外黑暗的夜空，一只鸟从树枝间惊起，扑打着翅膀，飞向暗夜的更深处。

她漫不经心地应道："是么？"

"是的，他在山海关之战中阵亡。"

"你来，就是为了告诉我这件事么？"

李自成也问自己：我是来杀她的？还是来告诉她刘宗敏阵亡的消息？刘宗敏跟她有何牵连？而我又为什么要杀了她？口中却说："我是来带你离开这儿的。"

圆圆倏地站起身来，一双在暗夜里闪着晶光的眼睛紧盯着他："你要带我去哪儿？"

李自成不敢看她那双惊恐而敌意的眼睛，他怕自己会情不自禁地揽她入怀，轻抚她，安慰她。他硬着嗓子说："我得把你带在身边。因为，吴三桂带了他的关宁铁骑，还有建州人多尔衮的二十万大军，正向京师扑来。"

圆圆冷笑道："原来闯王陛下要押我做人质！"

李自成不语，他望向廊外的花园，牵牛花架的那一边，有几株叫不上名儿的古木，微风过去，树叶沙沙，树枝摇晃，似几个阴险的人在暗夜里窃窃私语。

第二十四章　兵临城下　李自成撤离北京

襄阳古道灞陵桥，诗兴与秋高。千古风流人物，一时多少雄豪。

霜清玉塞，云飞陇首，风落江皋。梦到凤凰台上，山围故国周遭。

——金　完颜璹《朝中措》

崇祯十七年（1644年）四月二十九日。

紫禁城里一派压抑而惶恐的喜气，大顺皇帝李自成的登基大典，在牛金星、顾君恩等人的操办下，在武英殿举行。

一切吉祥的物事都布置得几近完美，明亮的宫灯与大红的灯笼，显示着皇家至高无上的尊荣与气派，而人们脸上却无半点洋洋喜气。

李自成一袭金色龙袍，高大威武，肃穆庄严，但他脸膛中透出的几许青灰，又显得十分憔悴。那闪烁不定的眸子，压抑着无以言明的焦灼与忧虑，还有几分惶恐不安。

殿中，文武百官衣冠鲜明，却心事重重，强打着精神，虚应着朝拜新皇帝。

吴三桂率关宁铁骑追至北京城外，稍事休息，会合随后赶到的多尔衮的部将，两支兵马分头攻击。环城驻守的李军，如何抵挡得住剽悍骁勇的关宁铁骑与满洲铁骑！不到两个时辰，李军降的降，逃的逃，四下溃散。

吴三桂一鼓作气，连夺李过、田见秀八座营寨，大顺军已失去抵御之力。

李自成接到消息时，正在殿中受百官朝拜，听说吴三桂已兵临城下，百官都一哄而散。而他竟茫然无措，半晌才招集李岩、宋献策、牛金星等人商议。

李岩剑眉紧锁，他屡次的建议与劝告，李自成都不予理睬，才酿成今天这种难以收拾的局面，他对李自成、对这个刚刚成立的新王朝失望已极。但他还是建议道："如今唯有议和才是上策。"

李自成惊道："议和？与吴三桂议和？"

李岩坚定地点头。

李自成疑问的目光转向宋献策，后者无语，唯有点头赞同李岩的建议。

牛金星道："陛下，留得青山在，何愁无柴烧！如今也只有议和，才能保存我军实力。"

李自成长叹道："想不到我李自成九死一生，奋斗了十五年夺得的天下竟毁在一个小小的辽东总兵手里。唉！也罢，议和！"

起初，吴三桂对李自成的议和不予理睬。此时，正是他报家仇雪国恨的最好时机。凶悍的满洲铁骑正精神抖擞地等待攻城的号令，只要他一声令下，便可攻下北京城。

然而，他转念一想，他与李自成拼个你死我活，两败俱伤，多尔衮坐收渔翁之利。从山海关一路打来，他的关宁铁骑也伤亡惨重，若再不留点儿家底，往后何以立足？何以恢复大明社稷？

胡守亮见他犹豫不决，便道："大人，若对方答应放还太子二王，可以议和。"

吴三桂此时的心事哪里在太子二王身上？要求李自成送还陈圆圆，才是他最想说的。然而，他深知，此刻提圆圆只能遭人耻笑：原来，他这一路的所作所为，全是为了一个女人！

"还我太子、二王，方可议和！"吴三桂只能这样说。

李自成接到使者的禀告，又与李岩宋献策等人商议。

李岩道："陛下之所以不杀明太子与二王，正是以他们要挟吴三桂，若今天放还了三人，吴三桂更无所顾忌，还谈什么议和？"

李自成道："若不放还太子二王，吴三桂必不肯议和，那又如何处置？"

牛金星忽然道："吴三桂一直镇守边关，想来并不认识太子二王，若以兵卒扮成三人送去，议和成功后再还他真的，若不成功，太子二王还在我们手中，陛下以为如何？"

李自成喜道："丞相妙计！"便吩咐下去，找人装扮太子二王。

吴三桂得信，立即命张成、范玉率兵马左右埋伏，伺机而动。马仁威、夏士良待太子二王一出门，便率兵夺了三人。张成、范玉见得手，便从两边杀出。李自成的兵马被打个措手不及，退入城中。

从山海关一路败下来，李自成的大顺军，人心涣散，毫无斗志可言，从将领到士兵，早生溃退之心，已无人愿意杀出城门与吴军对阵。

李自成见吴三桂无诚意议和，只得使出最后一招，命人提出吴三桂的父亲吴襄，押上城楼。

李自成命人向吴三桂喊话："吴将军，你父亲在我军中，难道将军不可怜自己的父亲？希望将军不要欺人太甚！如果将军肯退兵，定当放还将军之父。若不然，便杀了他！"

吴三桂气急败坏，跳脚骂道："昔日，西楚王项羽要杀刘太公，刘邦还要求分他一杯羹呢！我吴三桂今日岂能因徇私情而耽误国家大事？"又向他父亲喊道，"父亲，孩儿自镇守边关以来，未曾侍奉于父亲膝下。如今父亲被逆贼所掳，孩儿伤心已极！然而，男人大丈夫应以国家大事为重，岂能因家事而误国？父亲若是为逆贼所害，也是为国而死，不必为此而挂怀！父亲恕孩儿不孝！孩儿甲胄在身，不成全礼！"说毕，回头大喊，"攻城！攻城！"

李自成大惊，他未曾料到吴三桂连他父亲的性命也不顾，便以剑逼吴襄给儿子喊话。

吴襄瘦弱的身子，在暮春的风中，如一株枯萎的老柳树。他早料到自己必死无疑，他非常了解自己的儿子，他儿子一身傲骨，岂是李自成能要挟的！

望着城下吴三桂整齐的军容，他蓦然想起十年前的一件事。

十年前，吴三桂十四五岁，正是少年牛犊不畏虎的年龄。那年，他在一次作战中被建州兵马围困，连祖大寿等大将都不敢贸然相救，他唯有等死。正当他绝望之时，一彪人马仿佛从天而降，如闪电般杀入敌人阵中，撕开一道裂口。他吃惊地看着儿子狂舞着手中的宝剑，一张白皙的面孔溅满别人的鲜血。他这个不怕死的儿子来救他了！他策马挥剑，跟在儿子的身后杀出重围。

那狂乱的马蹄踏得尘土与黄沙遮蔽了日光，大地为之震动。十年后的今天，那厮杀声与惨叫声，混合着战马的嘶鸣，犹在耳边回响。他瞥一眼身边李自成手中闪着寒光的长剑，向城下喊道："三桂吾儿，你自问真的能恢复明朝社稷么？如果不能，何不投在闯王麾下？闯王终究是华夏汉人。你在险境之中，竟不能明察，引建州人入关，无异于引狼入室！此时又何必逼人太过？又为何独独不给为父留条活路？"说罢，吴襄老泪纵横。

无奈，吴三桂置父亲的话于不顾。他愤愤地想，无论我用怎样的手段，李自成已是我手下败将。既想求和，又无诚意，竟敢假冒太子与二王。如今，又拿父亲要挟于我，我岂是你能要挟的！若用圆圆来换，或许还能跟你议和！想毕，大骂道："李贼，手下败将！量你也不敢杀我家人！攻城！"

大顺军逃的逃，降的降，所剩无几，如何守得住城池？李自成手足无措，激奋之下，把吴襄推上城楼砍了，把脑袋割下，高高地悬在城楼门上。

吴三桂心中悲愤，攻城更急。

李自成见吴三桂不仅不退兵，反而攻城更猛。心想，杀一个是杀，杀一家也是杀，便把吴三桂一家三十余口统统推上城楼，杀一个，往下丢一颗人头。

吴三桂怒目圆睁，泣血大骂。

军士把三十八颗人头捡来摆在一起，吴三桂一一看去，分辨出兄弟姐妹丫头仆佣，唯独没有陈圆圆。他暗自思忖，难道圆圆被李自成带在身边不曾加害于她？心里急愤，又不便明言。只把对圆圆的牵挂与担忧藏在心里，口中骂道："弑我主，杀我父，屠我家人，吴三桂与逆贼誓不两立！定要与你血战到底！"

李自成退回皇城，与众大臣商议如何解围，大将谷大成直言："如果在吴三桂追至北京前，就把他的家人与他的那个女人放还给他，或许还不至于落到今日这种境地。如今，就是还他陈圆圆，也迟了。"

李自成问："何以见得？"

谷大成回道："陛下已杀他全家三十八人，吴三桂即使再爱恋陈圆圆，也难以开口要回她而罢兵，他怕落得天下人耻笑。如果还了陈圆圆，他更无牵挂，攻城更急，不如留下她以备危急时要挟于吴三桂。"

李岩道："陛下杀他全家，却留下那女人。军中会以为陛下因为爱美人而置国事不顾。不如一刀杀了，鼓舞士气，拼命一战。若战败，便弃城而走，也可让全军明白陛下的苦心孤诣。"

李自成沉吟着，不听李岩之谏。

谷大成起身道："陛下，吴三桂在城外叫阵，臣愿与他决一死战！"

李自成喜道："好！朕亲自为将军击鼓助威！"

谷大成一马当先，率领部下冲进吴军阵营，一时杀声震天，人仰马翻。

李自成登上城楼，亲自播鼓。

吴三桂在马上见了，抬手一箭射去，正中李自成左肋，霎时，狂风大作，黄沙漫卷，鼓息旗倒。

恰巧多尔衮带大队人马赶到，吴军更是士气大发，呐喊声、马嘶声不绝于耳。

李自成被护卫扶回宫中，对众大臣道："我大顺军连吴三桂都无法取胜，更何况多尔衮又率虎狼之师前来助阵？北京是守不住了。朕思之再三，退回陕西，休养生息，再图大计。"

崇祯十七年（1644年）四月三十日，李自成占据北京四十一天后，狼狈撤离北京。

吴三桂见皇城内火光冲天，便要率军冲进去。

多尔衮催马上前阻止道："闯贼必定逃往西安，将军若不赶尽杀绝，待他恢复元气，便祸患无穷，将军应一鼓作气，杀了李自成，才可报弑君杀父之仇，到那时再回京师料理国家大事也不迟。"

吴三桂本欲冲进皇宫寻找圆圆的下落，见多尔衮如此说来，心里早已明白他的用意，他催我西行追杀李自成，自己则入京定都。好阴险的多尔衮！但他此刻又不敢违抗多尔衮，只得马不停蹄地向西追去。

李自成携带了大明宫中的贵重细软之物，走得并不快。这日，行至绛州地界，探子飞马来报，吴三桂已率兵随后追来。

李岩提议丢掉辎重、金银器物以及侍从仆佣，轻装西行。

李自成也只能如此，只是心里不忍丢下陈圆圆。

夜幕低垂，旷野的风呼啸而来，飘忽而去，把那面"闯"字大旗刮得噼啪作响，帐篷也摇晃不安。

陈圆圆蜷缩在角落里，双手环抱着双膝，一双无神的眼睛望着帐篷被风吹开的一角。她不知道等待她的是什么，她也不去想等待她的是什么，她只能听天由命。从小到大，她经历了太多离奇曲折的故事，她早已习惯了命运对她的惩罚。是的，这是命运之神对她的惩罚，不然，她所受的这种种苦难将做何解释？

她心里有个奇怪的念头，那就是，她一个手无缚鸡之力的弱女子，能在这场战乱中活下来，是上天的旨意。上天要她活着，就是要让她继续承受苦难的，只有活着的人才能接受命运的折磨。她时刻准备着，那命运之神的刀剑落在她的头顶，给她致命的一击。她之所以没有自寻短见，是因为，她觉得上天不让她死，她就不能杀死自己。而且，她心底有个幻想，那就是，那个视她如珍宝的男人吴三桂，一定能救她，一定能！

突然，一个人掀开帘子，跨进帐篷。她不用看就知道是李自成，在这座军营里，除了李自成，无人敢进她这座小小的帐篷。

沉默。他不开口，她也无须问他进来何事。这是他的领地，她是他的人质。

他依然是威武沉稳的模样，依然是左手按着腰间的剑柄。虽然剑未出鞘，但她已经感觉到一股剑气向她逼来。她本能地往后挪了挪身子，惊恐的目光正落他的右手上。

沉默只是一瞬间，可她觉得是那样的漫长，长得忘了今夕何夕。

李自成轻声叹道："我下不了手杀你！"那声叹息竟有说不出的忧伤与无奈，还有几分莫名的悲哀。

圆圆依着床架缓缓站起，右脚有些麻木，她立在原地，惊愕地看着这个纵横捭阖，驰骋疆场的英雄豪杰，嗫嚅道："圆圆感激闯王陛下的不杀之恩！"

"吴三桂正朝这边追来，可不杀你又不能激励军心。"李自成的目光越过她，落在她身后的帐篷上，那儿正有一块污渍，似一团血迹。

圆圆忽然同情起面前这个英勇的男人来，她缓缓走近他，苍白的面颊泛起几许忧伤的浅笑："闯王陛下，圆圆不过一个弱女子，本不想参与这世事纷争。无奈，小女子命运多舛，生逢乱世。圆圆死不足惜，只是吴三桂对圆圆情有独钟，若陛下留我一命，我一定会劝他退兵，不再追杀大顺军。"

李自成犹疑道："你相信他会听你的劝告么？若真如此，朕派人送你去见他。如何？"

圆圆摇头道："万万不可！三桂有勇无谋，且又生性多疑，他见你送我去，会怀疑我移情于你，特意去为你说情，反而于事无益。"

李自成皱眉道："依你的意思如何？若真能说服他退兵，日后，朕成大事时，一定向他把你索要回来，封你为皇后。"

圆圆盈盈施礼："小女子承蒙陛下不杀之恩，已感激万分，日后岂敢妄想封后！圆圆为陛下退兵之后，愿削发为尼，不再受红尘俗世的羁绊，青灯古佛，为陛下诵经祈福！"

李自成眼里露出几分惋惜，叹道："难为你一番苦心！青灯古佛，黄经旧卷，真可惜了你这般花容月貌。"

圆圆见他这般怜惜，心里一热，又恐他动情要带自己往西安，随即敛眉低声道："陛下是有抱负的英雄，成其大事者，何必在乎一时的儿女情长？"

李自成犹豫不决："可是，朕依然不忍心把你一人丢在此处，兵荒马乱的，你如何能自保？"凝神想了想，从腰间抽出一支令箭递给她，"持此箭，朕的大顺军绝不敢伤害于你。"说罢，便出了帐篷。

圆圆拿了这枚红色令箭趋步出来，李自成回头看她一眼，那留恋之情难以言表，暮色苍茫中，只见他发狠似的一跺脚，纵身上马，绝尘而去。

这一夜，圆圆无法入睡，她蜷缩在潮湿的被子里，听旷野的风来来去去地撕扯着帐篷，似要把她这座小小帐篷连根拔起，吹到不可知的去处。

上半夜，偶尔听见马蹄声、人语声夹在风中，飘得老远，后半夜却淅淅沥沥地下起了雨。

她努力让自己睡一会儿，因为她不知道明天等待她的又将是什么，她要留点力气，留个清晰的头脑去应对面临的一切灾难。

当她一觉醒来，天已大亮，打在帐篷上的雨点稀疏零乱，她起身撩开门帘，眼前竟是一片荒芜。昨夜的帐篷马匹车辆了无踪迹。旷野中只剩了自己这顶小帐篷，和一些丢弃的断枪残戟，还有那临时用石块垒起来煮饭的灶台。

这个时节，正是麦苗抽穗，油菜开花的季节，那风中应该飘着菜花的馨香，那雨里应该有绿意盈腮的喜悦。可是，圆圆看到的却是满目凄凉，她呆呆地看着这一片狼藉，没有解脱后的惊喜，她的心跟这营地一样寂静、荒凉而零乱。

她不知道是该同情那个马上天子李自成，还是该悲悯自己的身世。她算什么呢？作为尘世间的一个女人，她太渺小，渺小得天地间刮起一阵狂风，就会把她吹得无影无踪。而那个马上天子李自成，那个刚刚建立大顺国的皇帝李自成，昨天还在北京城的大明皇宫举行登基大典，在历史的天空留下他灿烂辉煌的业绩。而今天，在仓皇出逃的途中，留下一片满目疮痍的废墟，和一个柔弱的女人为他退兵。

难道这就是宿命？英雄盖世的李自成，推翻一个王朝的领袖，他的繁华、他的辉煌竟短暂得如惊鸿一瞥，这不是宿命又是什么？可她的归宿又在哪儿呢？

她仰首向天，天空灰蒙蒙的，几滴雨点儿落在她脸上，凉飕飕的。一只布谷鸟从头顶飞过，丢下一串清脆的鸣唱"不如归去！不如归去！"

是的，是该归去了。

她茫然四顾，忽然，几声幽远的钟声飘入她的耳朵，她顺着钟声的方向望去，不远处的半山腰上，云雾缭绕，苍翠的林间，隐现着粉墙黛瓦。

雨，停了。风，吹着云儿向天边堆积。

她抹了一把脸上的雨水，提起裙裾，踏着泥泞的小路，艰难地向那钟声飘来的方向走去。

第二十五章　暮鼓晨钟　惊落尘埃断凡心

滚滚红尘古路长，不知何事走他乡。回头日望家山远，满目空云带夕阳。

——明　憨山德清

圆圆手足并用地爬上半山腰，已累得精疲力竭，却不见那隐现的粉墙黛瓦，心里不免懊恼，便寻一处干净平坦的石头坐下歇息。

待她缓过气，环顾四周，见间林有一条小路正通向拐弯处。她想，转过弯，或许就会看到那钟声的来处了。

刚才心事重重地只顾赶路，无视身边的风景，原来这山间开满了嫣红的桃花，正如古人所说：

人间四月芳菲尽，山寺桃花始盛开。长恨春归无觅处，不知转入此中来。

忽儿一阵山风吹过，花瓣如雨，簌簌而落，有几瓣飘落在她身上，她随手拾起一片，一缕淡淡的清香便萦绕在鼻端。

她看着幽径上的落红，心里生出几分惆怅，这狼烟四起的纷争乱世，山间难得有这份宁静。可是，谁会有闲情逸致来怜惜这些落桃花？即便如此，桃花仍以一种无视红尘俗世的孤傲，在枝头绚烂地开放，而后，随风起舞，落英缤纷，化为泥土。今日，有她惜花如人，有她拂袖缠香，也算是一份奇缘巧合了。

人生一世，未必有桃花这般胸襟，繁华过后，自甘沉寂。而人，往往禁不住繁华的诱惑，也忍受不了平淡的流年。

山里的风，带着幽幽绿意，从树梢掠下，又婉转至花枝。圆圆汗湿的衣衫紧贴在身上，凉津津的，忍不住一连打几个喷嚏。她低头看看沾满泥水的裙裾，暗暗叹息一声，正想起身前行。

忽然，从林中小径转出两个人来。

圆圆凝神望去，两人一老一少，老者脸颊清瘦，修眉朗目，额下五绺花白胡须，一袭玄色衣衫，掩盖不住仙风道骨。跟在他身后的年轻人，头上绾个髻，庄稼人打扮，肩上挑了一担箩筐。

圆圆忙起身施礼，轻声问道："师傅，请问面前是何去处？"

老者停下脚步，侧过身子，一手捻着念珠，一手立掌在胸前，垂目道："阿弥陀佛！女施主，前面转弯处是惠恩寺，老衲便是惠恩寺的方丈。"

圆圆忙上前两步，就地跪下，含泪道："师傅，小女子逃难至此，请师傅收留。"

老者见她虽云鬓不整，衣裙沾满泥水，但那惊世骇俗的容貌，高贵典雅的气质，举世难觅。心里不免诧异，捻着念珠道："阿弥陀佛！出家人慈悲为怀，救人一命，胜造七级浮屠。只是，女施主不同于寻常人。"

圆圆惊问："师傅何出此言？"

那挑着箩筐的年轻人，看看疲惫不堪的圆圆，又看看那老者，目光里流露出几许同情。

老者沉吟片刻，转身拉着年轻人走到一边，轻声说："六安，你去镇上的药铺，按我写的单子，把药配齐。药铺老板是熟人，药钱先欠着，就说我下次去还他。粮食是不能赊欠的，要带些粮食上山。"说着从胸前掏出一只小包，"就这么多银子，你好生收着，买好东西马上回来。"

六安答道："师傅放心，六安知道药最紧急。"说完便走。

"你回来！"

"师傅，还有何交代？"

老者想了想说："镇上如果有过往的兵马，你仔细地看看，他们是谁的兵马，打何人的旗号，从哪边来，往哪边去。"

六安摸着后脑勺笑道："师傅，六安不识字，如何认得旗号？"

老者也笑了，道一声佛："阿弥陀佛！那你就问镇上识字的人，你千万记住了，不可惹祸！"

六安大步流星地走开，回头扬声笑道："放心吧！师傅，我不会惹祸的，我娘还在寺里等着我呢！"

圆圆随方丈来到惠恩寺。

路上，方丈说，惠恩寺已经收留了不少难民。那个叫六安的小伙子，跟他母亲也是逃难来的，母子二人住了快一年了。六安的母亲眼睛看不见，庙里的粗活，或者去镇上买东西，六安都抢着做。有的人正在生病，方丈今天

第二十五章 暮鼓晨钟 惊落尘埃断凡心

是要亲自下山买药的。兵荒马乱的年月，寺庙的香火寥落，逃难来的人多了，吃的、用的都欠缺，尤其是有人生病，就更难了，方丈有时要亲自下山化缘，才能勉强度日。

圆圆隐约觉得，她的到来，给方丈带来了新的难题。

她不知道为什么这样想，她从方丈严峻的眼神里，看出她不受欢迎。她怀疑这位方丈是不是世外高人？为何一眼看出她不同于寻常人？她还真的跟这些难民不一样，难道，她会给这座幽静的寺庙带来灾难？

这是一座年久失修的庙宇，只是，那高大的柱子，庄严的佛像，雕刻精致的廊檐，在这纷争的乱世中，仍显现出往日的辉煌与香火的鼎盛。

圆圆跪在大雄宝殿的蒲团上，抬头仰望向佛，她心里问道：佛祖啊！小女子不过平凡之人，为何不能如平凡人一样安稳度日？

佛祖拈指微笑，不答。

圆圆又问：为何我生来就流离失所？四五岁就没了母亲，十二三岁又没了养父母。卖身葬姨娘后，霓裳班的师父竟在睡梦中仙逝。崇祯皇帝嫌我生得太过妖冶，怕我红颜祸水倾城倾国而把我赶出皇宫，可他的大明王朝依然灭亡。

难道只要跟我沾边的人，都不会落得好下场？刘宗敏抢了我，死于强弩之下，吴三桂一家三十八口都被李自成所杀，而李自成，前天还在大明皇宫举行隆重的登基大典，今天已是亡命天涯的流寇。

圆圆忍不住落泪：既然我是不祥之人，为何上天不收了我去？为何要留我在这红尘之中连累他人，而自己又忍受这许多折磨？

佛祖依然微笑不语。

原来，佛祖也解不开人间的许多谜团。

"施主，众生即是佛，佛亦是众生。"不知何时，方丈双手合十，站在她身后。

圆圆蓦然回首，睁大那双泪水婆娑的眼睛，吃惊地看着方丈："方丈听见了我心里的话？"

方丈不点头，也不摇头，缓缓言道："人，生来就是不自在的。老衲也不例外，你我都是红尘俗世的过客。而且，沧海桑田，变幻莫测，昨天已经过去，谁料得到明天又是怎样的一番情形呢？请施主不要执着于往事。"

圆圆仍然跪着，她向方丈叩了三个头，轻声却是非常坚定地说："方丈，小女子愿剃度在莲台下，从此青灯黄卷，长斋绣佛，了此残生。"

方丈后退几步，念声佛道："阿弥陀佛！施主快快请起！"

圆圆含泪问："师傅不肯为我剃度么？"

方丈双目微闭："阿弥陀佛！人各有缘分，施主尘缘未了，岂能妄生此念？"回头唤来一个五六岁的小沙弥，"尘心，你带这位女施主去后面僧房歇息。"

"施主有何要求与不便，就唤尘心说与老衲。"说罢，方丈玄衣飘飘，翩然而去。

那尘心才多大点人儿，上前对圆圆合起稚嫩的双手，细声细气地说："施主请随我来罢。"

圆圆跟着尘心来到后院的僧房。

僧房后面是一片竹林，映得屋里绿意幽幽。这幽静的屋子，让圆圆深信这尘封的庙宇，就是那仙风莲台，菩提圣境。但她不明白方丈为何不肯为她剃度，佛不是普度众生的么？难道也因人而异？

"施主请歇息，我这就去打水来，你梳洗一番。"尘心那清亮纯净的眸子，流露出几分笑意。

圆圆俯身温和地笑问："尘心，你多大了？"

"回施主，今年过了中秋节，尘心就满六岁了。"尘心笑了，露出缺了门牙的牙齿，"我去打水了。"说完跳出门槛，向院子那头跑去。

屋里一张床，靠窗一桌一椅，桌上一盏油灯，几本经书，墙壁上有个凹进去的方洞，供一尊观音菩萨。观音菩萨面带微笑，目光慈祥，一手持净瓶，一手拈杨柳枝。土陶的香炉上，青烟袅袅，一个清幽的所在！

圆圆见床上干净整洁的被褥床单，又看看自己身上的脏衣裙，便坐在椅上，伸手想翻桌上的经书，又见手脏，便缩了手。

忽听脚步咚咚，圆圆扭头望去，见尘心提了小木桶水，因他人小力弱，走得歪歪斜斜的，桶里的水溅他一身。

圆圆忙出门，从他手中接过水桶，提进屋来，掏出帕子替他抹去脸上的水珠，道："你这么点人儿，提这多水干什么？"

尘心笑道："施主，你脸上好多灰尘，身上的衣裳也脏了，这是师傅吩咐厨房的尘缘师兄烧的热水，你洗洗。"说完出去并带上房门。

圆圆洗了脸，擦了身子。这屋里没有镜子，她看不见自己的模样，索性摘了头上钗钿，把长发拢在脑后，用手帕系了。可这身衣裳脏得不成样子，想脱下洗了，又没衣裳换，正不知如何是好，忽听尘心在外面唤开门。

圆圆拉开房门，尘心递过一个包袱，张着没门牙的嘴笑道："这两件衣裳给你换洗。"

圆圆拉他进来，笑问："尘心，这是谁的衣裳？我能穿么？"

那孩子粲然一笑："这是我娘的衣裳。"

圆圆奇道："你娘的衣裳？你娘呢？她也在这寺里么？"

尘心脸上的笑容隐去，眼里蓄满晶莹的泪水，嗫嚅道："我娘不要我了，跟静云师太去了水月庵。"

圆圆接过衣裳，随手放在床上，拉过尘心，搂在怀里，为他抹去脸上的泪水，却不知该说什么。

倒是那孩子，破涕而笑道："施主，你的脸真干净，跟我娘一样好看！"

圆圆笑道："那你娘一定是个美人了！"

"师傅说，女人生得太好看了不一定是好事。"那小小孩儿说的话刺痛圆圆的心，"施主，女人太好看了是不是命不好？我娘总说她命不好。我想我娘，每夜做梦都梦见我娘流眼泪。"

圆圆喃喃而语："谁说不是呢？常言道，自古红颜多薄命啊！"

尘心看着圆圆突然黯淡下来的眼神，似懂非懂地点头。

傍晚，尘心送来饭菜，圆圆正饿得心慌，也不看是什么，接过碗就吃，觉得这是她一生中吃过的最香甜的饭了。

尘心在一边笑道："施主，你穿这身衣裳真像我娘。"

孩子说得天真烂漫，圆圆听了，泪水涌上眼眶。

她俯身抚着尘心瘦弱的肩膀，柔声道："尘心，往后我不用你侍候了，我自己的事儿我自己做。"

尘心惊道："施主不让尘心侍候了，是不是尘心做得不好？"

圆圆抚摸着他光光的脑袋，怜爱地笑道："不是。尘心做得很好，只是我是个大人，手足健全，应该自己做事。"

尘心迟疑道："师傅会责备尘心的。"

"我去给师傅说明白，师傅就不会责备你了。"圆圆安慰着，又笑问，"尘心，过几日，若我出去了，把你也带走如何？"

尘心挣脱她的怀抱，后退几步，神情庄严，双手合十，仿佛那方丈的模样，垂眉道："施主，尘心已剃度在莲台下，了却了尘缘，是佛门弟子。佛门弟子就该青灯黄卷，侍奉在佛前修炼自身。阿弥陀佛！"

六安挑了一担东西上山时，天已擦黑。当他看见寺门前朦胧的灯光时，方丈已等候在那棵高大的茶花树下。

方丈望向山嘴的拐弯处，心里十分担忧。这几日，李自成的散兵正四下溃逃，绛州镇无片刻安宁。若六安有个三长两短，他如何向那位瞎母亲交代？就算他已修得内心宁静，看破红尘百劫，也忍不住替六安焦灼于焚。

忽然，方丈听见黑暗的山路传来担子吱呀吱呀的声音，他紧揪着的心顿时一轻，忙迎上前去，正是六安挑了担子回来。

"六安，你总算是回来了！"方丈如释重负。

六安笑道："若再晚些，便看不见山路了。"说着，径直把箩筐挑进后院的厨房。

方丈随后跟来，吩咐厨房的尘缘再把饭菜热一热。

六安喘气道："冷的也无妨。"

"你先歇歇，喝口水，饭菜一会儿就热好。"尘缘边说边往灶膛里添柴。

六安一气喝了一大碗凉茶，抹一把嘴道："师傅，今天绛州镇不太平。"

方丈无声地看着他，等他把话说完。

六安接着说："李自成的残兵游勇，从北京逃出来的，在镇上见东西就抢。"

方丈手捻念珠，闭目道："他们是要往陕西去。"

六安奇道："师傅，你知道啊！"

尘缘端上饭菜，六安边吃边说："药铺老板说，李自成在前面逃，吴三桂在后面追。"

方丈微睁的双目露出晶亮的光。

六安吃着饭，口齿不清地说："这世道乱到如此地步，那些人竟然有闲心说长道短。都说吴三桂是为了一个女人，把李自成杀得鸡飞狗跳的。李自成也不是汉子，竟杀了吴三桂一家三十余口。吴三桂也不是英雄，把满鞑子引进北京城。咱们这大明朝两百多年的江山，如今已成了外族人的天下了。"

尘缘边收拾灶上的碗盆，边笑道："六安，你说些什么呢？杂七杂八的。"

方丈睁开眼睛道："六安说的没错。六安，你吃了快去见你娘，她正担心你呢！"

六安应道："是！师傅！"

方丈起身出了厨房，站在门外，他仰头望向黑暗中的竹林，夜风拂过，竹叶簌簌而响，如悄悄细语，是在细数季节的更迭，还是在哀叹一个王朝的没落？

第二天清晨，圆圆在一阵婉转悦耳的鸟鸣声中醒来，她推开古老的木窗，那带着鸟语、带着晨露、带着竹叶清香的晨风，扑面而来，她身心为之一爽。她对着那一窗绿意幽幽的翠竹，无所顾忌地高举双臂，舒服而惬意地伸了个懒腰。

此刻，阳光正斜斜地照进竹林，修长的翠竹又把阳光分割成一道道霞光，圆圆正看得入神，蓦然，钟声响起，那些鸟儿竟毫无惊慌之态，依然沐着晨光，衔着清露，在林间雀跃着、欢唱着。

圆圆自言自语道：这是我有生以来，第一次见到的干净得如同湖水洗涤过的早晨。

"施主，你醒了么？"尘心稚嫩的嗓音在门外响起。

圆圆忙打开门，笑道："尘心，你起的好早啊！"

尘心张开没门牙的嘴笑了，那双亮晶晶的眼睛，溢满阳光："我天不亮就起来做早课了。"

圆圆有几分羞愧："我睡过头了，刚刚起床。"

尘心见她自责，忙摆着小手说："施主不是庙里的僧人，不用做早课的。师傅叫我来看你是否醒来，这是我提来的水，你先洗脸漱口，我去把斋饭端来。"说完就走。

圆圆见门边真有小半桶水，她忙拦住尘心："尘心，你不用忙了，我洗了脸，自个儿去斋堂吃饭。"

尘心皱眉道："可是，师傅说，斋堂里人多气味杂，叫你不要去。"

圆圆见尘心为难的模样儿，笑道："好了，我不去就是了，那就麻烦尘心小师傅给我送来罢。"

尘心煞有介事地合掌施礼离去。

圆圆悲哀地想，方丈不让我去斋堂，是怕我这样的女人扰乱了众僧静修的心。我这副容貌是爹娘给的，能怨我么？可见，方丈在佛前，也未修得真身。若是潜心修行之人，何惧眼前的美色？

圆圆心不在焉地洗漱完毕，尘心正进门来。

他把竹篮里的碗——捡到桌上，单手施礼道："施主请用斋！"

圆圆看去，一碗清得照得见人影的小米粥，两只焦黄的玉米面饼子，几条咸萝卜，一小碟炒竹笋。

尘心见她看着碗发呆，以为她嫌弃斋饭不好，有点儿着急地说："施主，寺里的僧人和逃难来的人都只有咸菜和小米粥，你和生病的人才有两个玉米面饼子。这碟竹笋还是前几天我去院后的竹林里挖来的，方丈一直舍不得吃，今天叫尘缘师兄给你炒了。"嘴里说着话，眼神却流露出极大的委屈。

圆圆忙道："尘心，你误会了！我不是这个意思。我知道这兵荒马乱的，寺里的香火不旺，又收留了那么多的难民，粮食不够吃。我是怕方丈为我一人费力做好吃的啊！"

尘心看一眼玉米面饼子，抬头笑道："施主你快趁热吃吧，这玉米面饼子，尘缘师兄搁了香油煎的，可香了！"

圆圆看着瘦削的尘心，笑问："尘心，你能不能帮我个忙？"

尘心眨着眼睛天真道："能！只要我能做的，我都可以帮你。"

圆圆故作发愁地说："我肠胃不好，只能喝稀的。这玉米面饼子有点硬，吃了肚子痛，这斋饭又不能剩下，你帮忙把饼子吃了，如何？"

尘心盯着饼子咽了咽口水，犹豫道："帮你吃饼子？这或许不好！"

圆圆皱眉道："还说什么佛门弟子，红尘中人有难，你眼睁睁地不帮一把。"

"可是，你只喝小米粥，肚子会饿的。"尘心说。

"我肚子小，又不干活，不饿。"圆圆一边笑着拍拍肚子，一边把饼子塞在尘心手上，那孩子看看圆圆慈爱的眼神，又看看饼子，轻轻地咬了一小口，慢慢嚼着，那模样，似吃世上最珍贵最可口的食物。圆圆看了，心痛不已。又想，这世间也不知有多少吃不饱穿不暖的孩子，尘心能在这座寺庙里容身，或许已经很幸运了。

"施主，你快吃吧，小米粥凉了就不好喝了。"尘心催道。

圆圆背过身去，一只手端了碗，一只手悄悄抹去眼角的泪水，她掩饰地喝了口粥，轻声道："这粥好香呢！"

尘心忽然道："做早课前，我听师傅交代六安哥哥，叫他下山去打听什么人。施主，师傅是不是在帮你找家里人啊？"

圆圆听了，心里一动，难道这位方丈真的知道她的来历？

第二十六章　欲入空门　无奈尘缘未断绝

天桃红杏春将半，总被东风换。王孙芳草路微茫，只有青山依旧对斜阳。

绮罗如在无人到，明月空相照。梦中楼阁水湛湛，撇下一天星露满江南。

——明　陈子龙《虞美人》

"尘心，带我去见师傅，好么？"圆圆问。

尘心笑着点头，好像在等她说出这句话，圆圆有几分惊诧，但也未多想，便带上房门，随尘心逶迤而来。

走至方丈的禅房前，便听得木鱼声声。

忽然，木鱼声断，传来方丈的声音："尘心，请施主进来。你去前面看着，若六安回了，就叫他来我这里。"

尘心站在门外双手合十，低头轻声应诺，便转身离去。

禅房内，一床，一桌，一椅，一个蒲团，一尊佛像，一只泛着光的土陶香炉中，正青烟袅袅。

这简洁得一目了然的房间，圆圆感到十分轻松，她按方丈的指点，盘腿坐在一只蒲团上，抬眼看时，见房间里还有张矮脚茶几，茶几上的棋盘，正黑白分明地摆着棋子。她不敢细看，只奇怪地想，这是一局胜负已分的棋？还是一盘没有下完的棋？或许它就是一个残局？

"施主昨夜睡得可安稳？"方丈给她倒了碗茶。

圆圆接过，放在一边的桌上，低眉道："谢方丈收留！昨夜，是小女子这些日子以来，睡得最安稳的一夜。"

方丈坐下，单掌于胸，口中道："阿弥陀佛！"

"方丈，想必你已经猜出我的来历，但是，我还是想把我的身世与经历说给你听听，祈愿方丈能留我在莲台下，侍奉佛祖。"

方丈不置可否，双目微闭，捻着手中的佛珠。

圆圆娓娓道来，如同说别人的故事，待她说完，方丈闭目不动，如同睡着了一般。

圆圆轻声唤道："方丈，你都听到了么？"

方丈依然双目微闭，启齿答道："是的，陈施主，老衲都听到了。"

圆圆欣喜地问："方丈愿意为圆圆剃度了？"

方丈睁开眼睛，喝了口茶，道："陈施主，虽然你年纪轻轻就经历了过多的磨难，可你是否明白，每个人的一生中，有许多的事与许多的苦，是不能随意抹去的，也是外人不能替代的。"

"方丈，你是说，命中注定了我还得去过那种被人买来抢去的日子？"圆圆失望地问。

方丈见她一身粗布裙衫，一头黑发束在脑后，这装扮与山野村姑并无两样，但她绝世的容颜，高贵的气质，是她命中的劫难，也是她命中的富贵。他沉声应道："我们现世的遭遇，都是前世未尽的因缘。贫僧说的'因缘'，不是'姻缘'。苦也好，乐也罢，都是前生的约定。施主尘缘未了，或许会苦尽甘来，等你过完你命中注定的苦日子，便就有了结果了。"

圆圆惊问："请方丈明示，那会是怎样的结果呢？"

方丈舒眉笑道："俗世凡人也好，修行的僧人也罢，在他的有生之年，不都在追寻一个结果么？你是个聪慧女子，日后自会明白。"

圆圆自知再求也无益，便不再说话，心里琢磨着他刚才这几句话的意思，一时竟不能明了。正想起身告辞，却听有人在门外叫方丈。

方丈问道："是六安么？进来说话。"

六安进来，见圆圆也在，欲言又止。

方丈道："六安，说吧，无妨。"

六安道："师傅，我下山在绛州镇中盘桓了一天。听人说李自成的散兵游勇已尽往西去。今日，竟有打着吴字旗号的一小队骑兵，也往西而去。镇中人说这不是李自成的兵，怕是吴三桂的兵，可猜不透的是，吴三桂的兵怎会是剃了头的？脑后还拖着一条猪尾巴似的辫子。"

圆圆听了心惊，看来李自成说的没错，吴三桂降了建州人，自然是满鞑子的装扮，可她不能说出来回答六安。

方丈抬眼对六安道："你明日再去探听清楚。"

六安应声是，便出了禅房。

圆圆泄了气似的，坐在蒲团上流泪。

方丈劝道："施主不必如此。四季轮回，世道变更，是天意使然，不是你我这等凡人能扭转局面的。"

圆圆看着那香炉中袅袅的青烟，又看看那棋盘上的黑白棋子，轻声道："多谢方丈宽慰！话虽如此，世人只道吴三桂是为了一个女人而引满洲人入关，夺了汉人的江山。只怕我陈圆圆要遭世人唾弃，要遗臭万年了。"

方丈道："人们茶余饭后、街头巷尾，要说的话何其多也？要说也且由他，人心自有天知，功与过留与后人评说。"

"我罪孽深重，只怕今生今世都难以赎罪。"圆圆从怀里摸出一支金簪递给方丈，"明日六安下山时，烦他把这支簪子带在身上，若遇上吴三桂的兵，就说总兵大人的爱妾在此。三桂见了这支忍冬花的金簪，必定会来接我。"

方丈接过金簪，点头不语。

圆圆道："我答应过李闯王，劝说吴三桂不要追杀他，我要尽快见到吴三桂。"

方丈依然点头不语。

当吴三桂见到这支金簪时，他那张苍白的脸泛起红晕，那颗在边塞被朔风与战火浸染得如生铁般坚硬的心，此刻如水般温柔。那双在全家三十余口的头颅被一个个扔下城楼时就不曾流泪的眼睛，此刻竟蓄满晶莹的泪水。

摇曳的烛光中，他手中这支打磨得圆润考究的金簪，顶头是一朵开到一半的忍冬花，那尚未开全的花瓣上坠一粒滚圆的珍珠，如一滴晶莹的露珠一般。

看着这支金光灿灿的忍冬花，往事如在眼前，把圆圆从田弘遇的府中接出来的第二天，他说他要给圆圆买最好的首饰，他带圆圆去京城一家最大的金银器店。

店老板从眼镜底下惊艳于圆圆的美貌，半天合不拢嘴，他嗫嚅地问："夫、夫人要何种样式的首饰？鄙店是百年的老字号，款式应有尽有，有现货，也可定做。"

吴三桂满眼柔情地看着圆圆："圆圆，你随意挑。"

圆圆捡花样新颖的耳环、手镯挑了几件，问老板："我想现打一支簪子，行么？"

老板笑问："不知夫人喜爱哪种花样？"

圆圆看一眼吴三桂，俏皮地一笑，转而向老板道："我要打一支忍冬花样的簪子！"

吴三桂微笑不语，他知道她为什么要忍冬花，他俩昨夜说了一夜的忍冬花。此刻，他的鼻端依然缠绕着忍冬花馥郁的芳香。

那老板摘了眼镜，惊讶道："忍冬花？这花样子太……"说着一眼瞥见吴三桂目光灼灼的，便把后半截话咽了回去。

突然，店老板又嗅着鼻子道，"这也奇了！你一说忍冬花，小老儿便嗅到忍冬花的香味了。"

吴三桂看了圆圆一眼，朗声大笑道："休得啰唆！按夫人说的做！而且要快快做好，明儿此时，我派人来取。"

店老板见吴三桂一身银白战袍，英俊威武，弯腰恭谦道："将军放心！小老儿一定做得精致考究！这将是我有生以来，做的第一支忍冬花金簪，世上仅此一支！请问将军高姓大名？留个名儿，明日好取。"

吴三桂扶了圆圆正出门，头也不回地扬声道："宁远总兵吴三桂！"

店老板惊得眼镜掉在地上摔成碎片。

一边的账房先生瞪眼道："原来此人就是吴三桂！那么他这位如夫人就是昨日人们传说的，从田国丈家抢来的名满秦淮的烟花女子陈圆圆了？"

半晌后，又点头道："是了！除了陈圆圆，天下再无此绝色！"

灯花的噼啪声打断了吴三桂的深思，他把玩着忍冬花金簪，似有一股浓郁的忍冬花香，渗透于他的五脏六腑，他想见到圆圆的心情更加迫切。他起身走至窗边，东边天际已现出鱼肚白，远处，隐隐传来雄鸡的啼鸣。

圆圆走出轿子，抬眼便见严谨肃穆的军营前，高耸着一座五彩牌楼，牌楼上五颜六色的旗子，迎风招展。

突然，箫鼓声起，一骑黑马从楼门内彪出，在她面前骤然停下，吴三桂跃下马背，呆立在她面前。她抬眼看去，见他依然是那般英武伟岸，只是眼睛沉陷，脸颊瘦削。

吴三桂如在梦中一般，见圆圆一头青丝随意绾在脑后，一身粗布衣裙如山野村姑一般。可那如秋水般清澈的眼眸，那白嫩细腻如羊脂的肌肤，依然透着高贵典雅贤淑的神韵！

他忽然觉得自己口齿蠢笨得不能言语，只是忘情地张开双臂迎向那在梦中寻觅了千百遍、呼唤了千百遍的女人。

圆圆见他这般模样，眼泪夺眶而出，她几乎是跌进他的怀里，她懵懂地想，这个宽厚的怀抱，就是她今后的安身立命之所。

吴三桂顾不了将士们的围观与周遭百姓惊奇的目光，他紧紧地搂住圆圆，在她耳边喃喃而语："圆圆，你想得我好苦啊！我再也不离开你半步，再也不离开你半步了！"

他拥着圆圆往总兵营帐里走去，圆圆泪痕未干，仰面看着他，凄然道："这兵荒马乱的，除了惠恩寺的方丈，无人愿意收留我，还有这位六安兄弟，"她指着站在一边的六安，"是他天天下山帮我寻找将军的踪迹。如今，惠恩寺住了很多难民，饥不果腹，将军能捐些银两与粮食么？"

吴三桂招手示意六安过来。

六安有些胆怯，但见圆圆向他点头微笑，便走上前来。

吴三桂问："你叫六安？"

六安点头称是。

"你可愿意来我军中？待本帅成功之后，再给你升官。"

六安施礼道："感谢大帅眷顾！不是小人不遵大帅之命，小人有高堂老母，而且老母的眼睛已瞎，小人理应侍奉于老母跟前。"

圆圆在三桂耳边说："六安兄弟是个孝顺的人，他跟母亲住在惠恩寺，除了侍奉瞎母，还帮寺里做些粗重的活儿。"

吴三桂仰面叹道："六安兄弟，我不如你啊！我身为宁远总兵，连家人都无暇顾及，更谈不上侍奉父母了。你虽贫贱，却有此孝心，实在是可敬可佩！"

他转头招护卫亲兵过来，吩咐道："到军中领取十担粮食，三百两纹银，十匹布，派人护送六安兄弟回惠恩寺。"

又对六安说："烦你转告方丈，待时局安定，本帅必去惠恩寺进香谢恩！"

六安哪里见过这阵势，目瞪口呆地立在一边。

湛蓝的夜空，一轮朗月，那清辉无遮无拦地泼洒下来，吴军营地如浸在清澈的溪水里一般。

圆圆沐浴后，坐在灯下，看着周遭的一切，回想这些日子的经历，恍如隔世。

吴三桂见她长发披垂，神情倦怠，可那模样儿更娇柔妩媚，更惹人爱怜。

他一把将她搂进怀里，在她脸颊、脖颈留下无数个狂吻，连连叹道："圆圆，历尽磨难，你还是这般美貌妖娆，妩媚动人。你可知道，我想念你的每个日日夜夜是多么凄苦难熬？想象着你被人抢去的情形，我的心好似被利剑割得百孔千疮、鲜血淋漓。"

一种柔软细致的欢喜漫过圆圆的心扉，她双手轻柔地抚摸他的脸颊，怜惜道："将军清瘦了许多，都是圆圆不好，害你牵挂！"

吴三桂一把捉住她柔软滑腻的小手，按在自己的胸口："你摸摸我这颗心，此生，它为你而跳，为你而停。圆圆，再也不要离开我，再也不准离开我！"

圆圆抽回手，轻轻捧住他的脸，温热柔润的唇紧贴他的唇，给了他一个醇厚绵长的吻，给他一个无言而爱意深沉的回答。

吴三桂的心仿佛被火灼灼燃烧，呼吸粗重而急促，他抱起圆圆滚到床上，两个温软的肌体缠绕在一起，两个渴望的灵魂溶合在一起，一股忍冬花的馥郁之气，在屋里弥漫开来。

次日清晨，圆圆醒来，不见身边的吴三桂，却听见营帐外一片嘈杂之声，忙起身穿衣。

恰巧三桂进来，见她已经起床，笑道："见你睡得香甜，不忍心叫醒你。"

圆圆盈盈浅笑道："承蒙将军厚爱，圆圆不知几世修来的福分。"

吴三桂恼道："你我是恩爱夫妻，如何这般客气？我能怜你、爱你、宠你，也是我几世修来的福分。往后，再不许说这样的客套话了。"

圆圆像模像样地模仿他的士兵，在他面前挺直身体道："是，将军！"逗得吴三桂开怀大笑，外间的几个亲兵护卫也兴奋开心起来，因为他们好久没有听到他们的大帅如此畅快淋漓的笑声了。

笑毕，吴三桂搂着圆圆的肩膀道："从今儿起，我就带着你入陕。"

圆圆惊道："入陕？"

吴三桂面容木然地点头："我要亲手割下李自成的头颅，祭奠家父的在天之灵！"这些日子，只要他一闭上眼睛，父亲血淋淋的脑袋便在眼前晃荡。

圆圆面沉如水，犹豫道："将军要报杀父之仇，是为人子的本分，备受世人敬佩。只是，能否让圆圆多嘴问一句？"

吴三桂展颜笑道："爱妾有何话，尽管道来，怎的如此生分？"

圆圆看着吴三桂的眼睛，缓缓道："听人传闻，将军是带建州人入关才打败了李自成。如今李自成已向西逃去，那么，建州人现在何处？"

吴三桂不知她话里的意思，照实道："建州兵马已至京师，我奉九王多尔衮之命，追杀李自成，路过此地，才有幸找到你。"

"多尔衮不随将军一同前往剿灭李自成残部，却命将军独自前往，而他则留在京师，是何缘故？"

吴三桂此刻才明白圆圆问话的意图何在，心里暗惊，圆圆的心思真是比头发丝还细密，竟能看透多尔衮的意图。便思索着说："大战之后，城中空虚，而且百姓惊恐。多尔衮留下守卫，所以，他命我追踪而来。"

圆圆走至门外，见兵卒皆剃发结辫，正忙着收拾帐篷准备起程。

她回头对吴三桂道："妾听说将军只向多尔衮借兵，何必剃发？还换了服饰，又何必听从多尔衮的命令？"

吴三桂辩解道："当初我若不剃发换衣，多尔衮不会相信我，是绝不肯借兵的。"

圆圆忧虑道："这种种迹象表明，多尔衮进据北京，是有谋可图，京师已经不可能为明朝所有了。不知将军向李自成要回太子与二王，想将他们置于何地？"

吴三桂心惊，却故作镇静道："九王爷多尔衮答应过我，借兵击败李自成后，割蓟辽二州酬谢。我向李贼索回太子二王仍入主京师，恢复我大明社稷，九王不会欺骗我的。"他自己也听得出来，这几句话说得毫无底气。

圆圆叹道："恕妾直言，将军若这样想，就大错了。自古以来，你见过有几个角逐战场的人是讲信义的？只怕你还未入陕，多尔衮就在北京称王了。"

吴三桂沉吟不语。

圆圆见他犹豫不决，又道："若被我不幸而言中，那么将军虽击败李自成，不但无功，反而还会落个极大的罪名，遭世人耻笑。如今李自成已是穷途末路，何须将军的铁骑精兵追击？眼前最重要的是，将军迅速返回北京，静观其变。多尔衮对将军是有所顾忌的，行事也应有所戒备，若不如此，中国真的就不复存在了。"

其实，吴三桂心里明镜似的，建州人兵强马壮，对中原早就虎视眈眈，如今已顺利进据京师，到嘴的肥肉岂能吐出来？建州人定都北京，早在他的意料之中。

况且，吴三桂也不敢违抗多尔衮。山海关一战，他五万关宁铁骑伤亡一半，如今以他的关宁铁骑去对抗多尔衮的二十万虎狼之师，无异于以卵击石。但此刻听圆圆之言，句句在理，心里羞愧不已，也不再申辩，当即依了圆圆，命全军速速返回京师。

第二十七章　李岩喋血　牛金星欲杀李闯

滚滚长江东逝水，浪花淘尽英雄。是非成败转头空。青山依旧在，几度夕阳红。
白发渔樵江渚上，惯看秋月春风。一壶浊酒喜相逢。古今多少事，都付笑谈中。

——明　杨慎《临江仙》

那天，李自成从陈圆圆的帐篷里出来，在暗夜的风里伫立良久。

自辉煌地进居北京，到今日从北京仓皇逃出，众多的事实证明，李岩给他的各种建议，不论是从长远的打算，还是眼前的利益来说，都是非常完备而深远的。遗憾的是，他对李岩这些良策都冷漠视之，是因为江山已握在自己手中，还是因为君临天下那种高高在上的霸气？自住进大明皇宫，他竟听不进半点劝谏。

李岩建议，吴军在后穷追不舍，大顺军应丢弃辎重，遣散侍从，轻装西行。众人又认为，既然杀了吴三桂全家三十余口，又何必在乎多杀一个陈圆圆？把她带在军中，这妖冶的女人，谁能说不是祸害？

他是来杀陈圆圆的。

然而，当他再次见到圆圆时，那颗饱经风霜的心，竟如五月的溪水般温柔、愉悦、欢畅。

他依稀觉得，他这一生，都是在跟人生、跟命运争个高低成败得失。殊不知，高与低，成与败，得与失只不过是人生过程中的酸甜苦辣的滋味。

陈圆圆蜷缩在帐篷的一角，那如潭水般清澈的眸子，有一丝被猎人追杀的野兔般的惊恐。那惊恐一闪而过，随即便是一种高贵的坦然。她从角落里起身，走近李自成，神态安详恬静。

李自成嗅着她衣袂飘忽间流转的忍冬花香，在这旷野的夜里，在这逃亡的路上他竟生出一份静修之心。他惊诧万分，他此刻的心竟无半点矫饰与浮躁，他忘却了一切得失与荣辱。过去的日子，是从刀尖上趟过来的，这一刻，他蓦然觉得，他所追求、所祈盼的竟如此简单，而且就在眼前。女人身上那缕馥郁的香甜，如一缕柔柔的心音，是那样清醇地浸透到他的心底。这个女人，给了他一份恬淡的心境。

帐篷外，风的呼啸与战马的嘶鸣打断了他清醒而沉醉的梦。他身不由己，他要带着梦想继续在刀尖上行走。他不能带走这个女人，更不能跟她一起走。要么留下她，留给他的敌人吴三桂。要么杀了她，彻底摧毁心底那一片宁静而清纯的天地与梦想。

可他的手离开了剑柄，鬼使神差般地从怀里摸出一支象征着至高无上的权威，象征着可以生存的令箭，轻轻放在她手中。他走了，走进暗夜里等待着他远征的战马，他终究没有下得了手杀她。

据探子报，吴三桂在绛州扎五彩牌楼迎接陈圆圆，尔后返回京师。李自成暗想，陈圆圆是位重信义的女子，她果真劝说了吴三桂不追赶于我，对吴三桂不免又妒又恨。

后面没有了追兵，大顺军一路无阻，到了山西，李自成驻扎在平阳。

这日，李自成召集文武大臣与各部将领商议。

李自成的临时行宫，众大臣济济一堂，不知是屋子太小，还是大家心情太压抑，空气显得很沉闷。看上去，大家眼神复杂，神情沮丧，没有人开口说话。

李自成耐不住这种沉默，他朝李岩道："军师向来足智多谋，胸怀韬略，我军今后作何打算，请军师直言不讳。"

李岩心想，当初若能听我几点建议，何至于落得如此窘迫？见众人都齐齐地望向他，便把心底的不快按下，起身向李自成道："陛下请恕我直言，自山海关一战之后，我军败落，锐气尽失。而且，我大顺军大部分兵士毫无斗志，不是逃便是降。无论是吴三桂的关宁铁骑，还是多尔衮的满洲兵马，大顺军都难以与他们抗衡。"

李自成频频点头："军师分析得极是，只是我军将何去何从，还望军师想个万全之策。"

牛金星在一边眨巴着小眼睛，看看这个，又看看那个。

宋献策则十分信任地看着李岩，他相信李岩有济世安邦的宏图大略，正等着他道出良策。

李岩从李自成的话里，听出几分焦灼与迫切，又见宋献策微微点头，便道："陛下，我军目前要避开吴三桂与多尔衮的锋芒，固守秦、晋两省，不让满洲人侵占一分一毫的土地。而后，我军休养生息，再图大计。"

李自成露出赞许的微笑。

李岩道："我军损兵折将，元气大伤，如今应补充兵士与有将才之人。臣愿回河南杞县，招募我中原救国救民有志之士，据守开封。"

李自成喜道："军师此计可行！"

李岩又道："臣请求陛下授予臣便宜特权，有了陛下给予的权力，以臣的能力，大可以控制河南，然后会合陛下的兵力，定能将满鞑子逐出中原。"

李自成拊掌称妙，笑道："军师果然龙虎鸿韬，英雄伟略！有你这样的社稷之臣，何愁大事不成！"当即下旨：进祥符伯李岩为祥符郡王兼督河南全省兵马大元帅，赐尚方宝剑，节制文武，准其便宜行事，朝廷不加遥制。

李自成终于病倒，连日的战斗与焦虑击倒了这个健硕的汉子，午饭没吃，侍女侍候他喝了汤药正要躺下，护卫来报，牛丞相求见。

牛金星进门一不问病情，二不问军情，挥手示意侍女等人退下，脱口道："陛下如此信任李岩，封他为河南兵马大元帅，赐尚方宝剑，准其便宜行事，朝廷不加干涉，陛下是否想过后果？"

李自成歪在床上，用手支撑着脑袋，漫不经心地问："丞相此话何意？"

牛金星煞有介事道："李岩此人看去外表忠厚质朴，其实他诡计多端，城府极深。"

"噢！"李自成听出牛金星话中有话，坐直了身子。

牛金星见引起李自成的注意，继续说："自李岩、李牟两兄弟追随陛下以来，陛下对他们可谓是高天厚地之恩，可他二人并不知感恩。"

李自成紧盯着牛金星，一时忘了病痛。

"打进据皇城，李岩劝陛下把陈圆圆还给吴三桂，以收买吴心，陛下未采纳他的建议。"牛金星似漫不经心地说，"自那时起，李岩就怀恨在心。"

李自成神色略有不忿，口中却问："丞相此言可有依据？"

牛金星道："山海关战败之后，臣曾听军师对部下说，攻打山海关时，他本有妙计阻止满鞑子入关，但因为陛下在京师时没有听从他的诸多建议，所以不出一谋一策，坐等陛下一败，来显示他的高明。"说毕，又故意看看左右，压低嗓子道，"最近，臣又听说军师暗中与吴三桂有来往。陛下，凡事宁信其有，不信其无，不可不防。"

李自成一拳击向床沿，怒道："此贼可恶至极！"

牛金星见李自成已完全听信这番话，又劝道："陛下请息雷霆之怒！李军师手下耳目众多，若让他知道臣向陛下禀告此事，而引起他的警觉，恐他狗急跳墙。"

李自成犹自骂道："奸贼是欺负朕在病中？他想造反？"

牛金星摇头道："陛下千万别小瞧了李岩，此人貌似忠厚，其实内心奸诈，更兼天资聪颖，文韬武略不在臣之下。而且，他历来胸怀大志，如今见陛下大势已去，便借机摆脱困境，另图大事。"

李自成刚喝了一碗药汤，又听了牛金星的述说，不知是药汤起了作用，还是内心焦灼，竟出了一身冷汗。他忍不住抹了一把额头，似要把汗水、忧虑与病痛一齐抹去。

"李岩、李牟两兄弟在河南早已深得民心，河南百姓只知有李岩，不知有陛下。"

李自成极不自然地哼了一声。

"陛下昨日赐他尚方宝剑，又授他总督河南兵马大元帅，这无异于纵虎归山。李氏兄弟此去河南，大权在握，臣想，他不但不能为陛下所用，日后反而是陛下夺取江山的一大劲敌。"

连日来的遭遇与变幻莫测的事态，已让李自成焦头烂额，心神涣散，他一时无法辨别牛金星话里的真假，一双血红的眼珠子直瞪瞪地看着他。

牛金星雪上加霜道："在攻打山海关之前，李军师曾在军中说，'十八孩儿主神器'，恐怕另有一姓李之人君临天下。陛下难道看不出李岩的野心么？"

李自成怒不可遏，杀李岩之心顿起。

牛金星趁热打铁："陛下，此人不除，后患无穷！"

李自成眼神复杂地看着牛金星，轻轻摇了摇头，又点点头。

牛金星似乎已经明白李自成的意思，便轻声道："陛下放心，臣当竭力而为！"

辞别李自成出来，牛金星回到丞相府，急忙召集心腹闻人训、孙昂、史定、马元龙、刘伯清等人密谋，如何不动声色地除掉李岩兄弟。

孙昂有些顾虑："李岩非等闲之辈，此事须从长计议。"

牛金星道："时不可失！等他离了此地，便悔之晚矣！"

刘伯清问："李闯正在病中，不知他意下如何？"

牛金星的这帮党羽，眼里只有牛金星，从未有李自成。私下里便称李自成为李闯，牛金星也不加指责。

闻人训最是胆大妄为，一双似永远未睡醒的小眼，朝刘伯清眨巴眨巴道："管他意下如何！如今李闯气数已尽，又在病中，不如把他除了，咱们拥丞相登位为王。"

众人听了此话，莫不心惊。

牛金星面黑皮粗，身材壮硕，知天文，晓地理，熟读孙子兵法，可此人好高骛远，利欲心重。他早不满李自成对李岩的器重，对李岩在军中处处得人心，更是心怀嫉妒。今日略施小计，便引起李自成的杀心，正为能借李自成之手拔掉眼中钉而暗自得意。

猛然间，听闻人训说把李自成除了，扶他登基，吃惊之余，无不自负地说："牛某虽出身寒微，却能官至宰相，与皇帝也只相差一步。牛某既能官至宰相，未必就无福登天子之位。"

史定、孙昂等人点头称是。

牛金星喜道："若得你们拥戴，日后，你们便是开国元勋，世代受勋爵袭制。今日就议定起事的计策，老夫所担忧的，只有军师李岩与宋献策，他二人必定不会为我所用。"

闻人训一脸倨傲，满不在乎道："我等先劝李岩辅佐丞相成其大事，只要李岩答应了，那宋献策与李岩相交甚厚，自然会追随李岩。"

马云龙赞道："闻兄此计甚妙！如果李岩跟咱们一条心辅佐丞相，他日事成，共享荣华富贵。如果他不答应，便杀了他，我们再相机行事。"

孙昂是个城府极深的人，他摇头道："此事未必如你们说的这样简单。李岩那厮，向来自命不凡，自以为读了几句圣贤书，便把天下人不放在眼里，他何曾正眼瞧过我们？在李闯手下任军师，还常常抱怨未遇明主，何况向来跟丞相不和？他是绝不会扶持丞相的。依孙某之见，有李岩在，咱们成事就有十分风险，此事绝不能让他知晓，不如想条妙计，先除了他，咱们行事更为方便。"

牛金星心知肚明，李岩文韬武略，性情潇洒，淡泊功名，在军中极得人心，岂肯杀李自成而辅佐于他牛金星？所以，听了孙昂的话，便道："孙将军此言极是！李岩不过一介书生，老夫今日的所作所为，是人心所向，天命所归，岂是他能知晓的？日后事成，老夫有在座的诸位功勋辅佐，少一个李岩，又有什么相干？如果劝不了他，反而泄露了天机。如今趁李闯还在其位，借他的口谕先杀了李岩，再图大计。"

史定献媚道："丞相说的真是两全其美的良策！如果杀了李岩，咱们起事便无人阻拦；如果杀不了他，只说是奉了李闯之命，与我等无关。"

牛金星拊掌笑道："史将军好计谋！把李岩除了，宋献策就没有了朋党，料他也掀不起什么大浪！"

众人议定，就说奉了皇帝陛下李自成的口谕，在丞相府设宴为李岩、李牟兄弟饯行。同时，在厅后埋伏二百名刀斧手，只等牛金星一声令下，便动手杀了李氏兄弟。

落日的余晖在西边天际留下一抹如血残阳，几只暮归的鸟儿从窗前飞过，留下几声疲惫的鸣叫。

李岩打量着所有的事务都已准备妥当，正想差人唤弟弟李牟来，商量明日一早率兵起程事宜，护卫亲兵报说，牛丞相拜见。

李岩叫快请，心里不免疑惑，近年来，牛金星与我貌合神离，极少往来，今儿因何事亲自登门？

牛金星一进门就哈哈笑道："哎呀！军师啊，你这就要走了，皇帝陛下尚在病中，吩咐老夫今夜设宴制酒为军师兄弟饯行。"

李岩施礼道："戎马生涯，来去无定，礼节何必如此周全。再说，李岩何德何能，劳丞相亲自登门邀请？李岩实不敢当！"

牛金星听他言语之中已有拒绝的意思，便黑脸一沉，冷声道："莫非军师是嫌弃牛某官小位卑？要皇帝陛下亲自来请？"

李岩忙摆手道："丞相息怒！李岩并非此意！"

牛金星又满脸堆笑道："老夫哪能对军师发怒呢？军师既无此意，那就说定了，今夜不醉无归。"说罢告辞而去。

李岩有些郁闷，天底下哪有这样请人赴宴的？以官职压人，这叫什么饯行？明明是强人所难！难道……

正自不解，李牟从侧门进来，见他在堂前发呆，且满脸的不快，忙问："兄长因何事烦恼？"

李岩示意他坐下，把刚才牛金星上门的事说了一遍，又满腹忧虑道："你我兄弟自幼习经世致用之学，钻研兵法，击剑练武，为的是报效朝廷，造福于天下百姓。谁料想前明王朝腐败，你我报国无门，便跟随闯王打天下。自随闯王以来，你我二人莫不为闯王出谋划策，先提出'据宛洛川收中原，据中原以争天下'的建议。之后又提出'均田免赋'、'迎闯王，不纳粮'，以取得百姓的信任与拥戴。"

李牟笑着安慰道："兄长，这些年来，你做的这些事情，军中兵士与百姓都是知道的。当年攻破洛阳，赈济十几万灾民的大事，兄长做来有条不紊，忙而不乱，秩序井然，老百姓都以为李公子与闯王是同一个人，那时只知有李公子，不知有李闯王。"

李岩忙抬手，低声制止道："牟弟，往后千万不可在人前说百姓只知有李公子，不知有李闯王了，这等话将会给你我兄弟惹祸上身。"

李牟听了，默默点头。

李岩叹息道："我以兵法上精湛的战略战术来帮助李闯，一鼓作气拿下京师。谁料，定都北京后，闯王刚愎自用，疏远谏臣，喜欢那些拍马溜须之辈。牛金星身为丞相，只求讨好闯王，歪曲事实，欺下蒙上，更将闯王引入歧途。"

李牟想了想说："兄长说的极是！闯王的得失功过，自有后世之人盖棺定论。眼下，我兄弟二人如何应对牛金星，才是最要紧的。"

李岩眉头紧锁："牛金星今夜设宴为我兄弟饯行，绝非好意，我看还是不去为妙。"

李牟道："他特意上门邀请，若不去，只怕他对我们的成见更深。"

李岩道："若去了，只怕你我性命在此休也！"

李牟道："哥，从追随闯王的那天起，我们的性命便由天定。如今大局已定，料想也难有大的作为了。眼下，我们只有逃避，可当今天下遍地狼烟，你我只身能逃向哪儿？牛金星党羽众多，大权在握，闯王凡事都听他的，又处处护着他。我们既不能逃，就不能与他再结仇怨，不如先与他周旋，再做定夺。"

李岩叹道："当初，我带着你跟错了李闯，才至于有今日！扪心自问，辅佐闯王，我披肝沥胆。而今，狼心狗肺之徒，竟起谋害我兄弟之心，难道，天数已定我必死于此地？"

李牟安慰道："哥哥放心！今夜我陪你赴宴，看他有何动静，你我随机应变，料他也不敢乱来。"

无奈之下，李岩只得与李牟同去赴宴。

牛府，牛金星衣冠鲜明，在门前笑容满面地迎接李氏兄弟。

一进大厅，李岩便觉情景不妙。

大厅里灯火辉煌，牛金星亲近的将领、部下已济济一堂。平时对李氏兄弟不理不睬的人，此刻都向二人行礼，笑容可掬，恭敬有加。

宽敞的大厅用一排屏风隔开，摇曳不定的烛光下，屏风上黑影绰绰，李岩暗叫不好，回头看时，几条彪悍的大汉已将大门悄然关上。他兄弟二人只身前来赴宴，并未带亲兵护卫，此刻已不可能退出牛府。

李岩只得以目光示意李牟。

李牟进门来，见一屋子的人全是牛金星平日相处甚厚的大将，而且目光闪烁，神情怪异，便觉不妙。心里万分后悔劝兄长来赴宴，但眼下不容作他想，牛金星已一手一个，拉他兄弟二人入座。李牟无奈，以目光暗示哥哥，二人倍加小心，伺机应变。

席间，你敬我让，热闹非凡，酒过三巡，菜过五味。牛金星突然朝孙昂微微一点头，孙昂立即起身道："当初，我大顺军入都北京之时，李闯一坐金銮殿便头晕目眩，百病缠身。可见，李闯无德无福坐此江山，以至于大顺军一败涂地。如今虽大势将去，我等有良知之人却不能坐视不管。"

李氏兄弟听得心惊肉跳，李岩正要答话，那孙昂却不容他开口，接道："今有牛丞相，读圣贤书，通孙子兵法，上知天文，下晓地理，讲古今治乱兴亡，信口道来，如数家珍，又宽宏大度，我等奉牛丞相为主，实乃天意人愿合二为一。自即日起，我等齐奉牛丞相，以图天下大事，若有违者，当即砍了！"

孙昂话音刚落，众人齐声起哄，一时，大厅里烛摇灯晃，杯倾酒翻，吵吵嚷嚷，如炸了棚一般。

牛金星见状，抓起酒杯朝地上使劲摔去，那些争论不休的人立即退向一边，只留下李岩兄弟面面相觑，不知所措。

突然，屏风后闪出一群黑衣人，围住李氏兄弟，不由分说，举刀朝二人一顿乱砍。

可怜李岩、李牟顷刻间命赴黄泉。

牛金星见刚才还活生生的两人已成一堆肉泥，饶是久经沙场，杀人如麻，也不免胆战心惊，胃肠翻涌。他哆嗦着说："李氏兄弟已除，眼下最要紧的是，如何除掉李闯。"

闻人训又坐至桌前，提壶斟酒，满饮一盏，把酒盅朝桌上一顿，发狠道："一不做，二不休。今夜就向李闯逼宫，叫他让位。不然，就一并杀了，永绝后患。"

孙昂斟酌道："李自成不比李岩兄弟，他二人只身赴宴，我们做起来干净利落。李自成有精悍的贴身护卫亲兵，我们星夜不请而至，会引起他的警觉，怕不容易得手。"

史定附和道："孙将军说得极是。"

闻人训皱眉道："今夜若不杀了李闯，被他知道我们已经杀了李岩兄弟，后果不堪设想。"

牛金星也觉眼下的处境严峻，忙吩咐手下收拾大厅，招呼众人去偏厅商议。

丞相府的厨子中有个叫张汉的，恰与宋献策的马夫张三旺是同乡。晚上的宴席做好后，照例怀揣了烧酒，包了一只鸡与两斤卤牛肉，从后门偷偷溜出来，在宋献策家的马棚找到张三旺，二人就着鸡与牛肉，你一口，我一口地喝起来。

一壶酒喝到一半，张汉叹道："唉！人呐，今朝有酒今朝醉，莫管明日到何方。"

张三旺见他酸溜溜的，笑得酒喷洒了张汉一脸："你个死胖子，天天有肉吃，有酒喝，还叹哪门子气？"

张汉抹一把油嘴道："你说像李军师这样的好人，咋也得不到好报呢？"

张三旺红着脸斥道："你是喝多了酒乱说话！李军师学问高，人品好，打仗治世皆有方，又待人温和，从不摆脸色给人看，怎么会得不到好报！"

张汉神色紧张地看看马棚周围，小声道："李军师兄弟俩今日此时怕是已经归天了。"

张三旺扔下酒壶，抓住他的臂膀，急道："此话怎讲？"

张汉把亲兵吩咐烧菜摆宴席请李氏兄弟赴"鸿门宴"的事说了一遍，张三旺忙道："你赶快回你的丞相府，怕是要出大事了！"说罢，扔了鸡腿，拔腿便往宋献策的营帐跑去。

傍晚，李自成就着小菜喝碗清粥，一盏茶的工夫后，又喝了碗汤药，便沉沉睡去。

宋献策听了马夫张三旺的话，急急忙忙来到李自成的行宫，侍从说陛下吃药刚睡下，不宜进见。

宋献策顾不了许多，厉声道："我有要紧事禀告，误了事拿你是问！还不快让我进去见皇帝陛下！"

侍从只得带宋献策进去，却见李自成已醒，正欲下床。

宋献策顾不得许多礼节，上前急道："陛下，牛丞相已擅自杀了李军师与李牟兄弟！"

李自成淡淡地"噢"了一声，语气平淡，神色冷漠。

宋献策见他如此模样，心里惊奇：难道他知道牛金星杀李岩？又不便质问，只说："眼下我军正待恢复士气，再图大事。李岩是大顺军的核心人物，如何说杀就杀了？"

李自成满脸不悦，他是核心人物，那我李自成是什么？心里的话终究没有说出口。转念又想，牛金星动作也太快了些，居然不跟我商量就动手。

宋献策见他不语，又道："李岩有何过错，以至丞相要杀了他？"话音未落，便听门外一阵纷沓的脚步声，李自成正待询问，却见贴身侍卫李二与王虎神色紧张地从后门进来禀告："陛下，牛丞相带兵马包围了行宫！"

宋献策已猜出几分，却仍然问李自成："陛下，这是何故？"

李自成怒道："牛金星，他想干什么？"

宋献策冷笑道："牛丞相刚刚杀了军师，此刻又包围了陛下的行宫，难道陛下真不知道他下一步要干什么？"

李自成变色道："难道他想弑君篡位？"话音未落，牛金星与他的得力干将已到跟前。

牛金星一张黑脸笑成了一堆牛屎粑，他背着双手，慢悠悠地围着李自成转了两圈，然后立在李自成面前笑道："陛下，臣已奉你的谕旨，处死李岩兄弟。"

李自成怒道："朕何曾下过谕旨？"

牛金星道："陛下何须动怒？陛下尚在病中，谨防怒气伤身。陛下虽未发谕旨，却是点头默认了叫臣杀李岩的。"

宋献策听了，怒火中烧，但眼前的状况更让他担忧，他唯有不动声色，静观其变。

牛金星又道："陛下自进北京城以来，未曾打过胜仗，而且总是病体不支。如今大敌当前，大顺军何去何从，陛下已无谋无略可言，不如尽早退位给本相，以免生灵涂炭。"

跟随牛金星同来的诸将齐声道:"我等从今往后,愿辅佐丞相!"

宋献策虽身材矮小,其貌不扬,却是一身的剑心侠胆,当初被李岩叹为当世奇才。此刻,只听他怒道:"你们这帮逆贼,原来蓄谋已久!先杀军师,又来逼皇帝退位!实在是不能容忍,李二何在?快保护陛下!"

李二、张虎应声抢至李自成身边,护在左右。

牛金星见状怒道:"这宋矮子正是李岩的死党,不杀后患无穷。"便拔剑刺向宋献策。可惜,一代奇才便倒在血泊之中。

李自成喝汤药后睡过一觉,此刻早惊出一身冷汗,顿觉头脑与身子轻松不少,拔剑指着牛金星骂道:"原来你这奸贼蓄谋已久,你播弄是非,杀朕左膀右臂,意在篡位,朕岂能容你!"说罢挥剑便砍。

无奈,牛金星人多,李自成寡不敌众,幸亏李二、张虎等亲兵护卫拼命厮杀,护着李自成从后门抢出,慌乱之中,夺马而逃。

后来,李自成逃至湖北九宫山,死于当地人的铁锹之下。又听说李自成隐于一座寺庙,削发为僧。这些都是后话。

这日,牛金星设宴款待众将,与闻人训、孙昂、史定等人商议,择吉日登王位,统领三军。

席间,牛金星容光焕发,得意非凡。谈笑间,封闻人训为丞相,孙昂为军师。正忘形之际,忽听探马来报,吴三桂率领他的关宁铁骑与满洲骑兵已近在咫尺。

牛金星得意的笑容僵在脸上,酒盅掉在地上摔得粉碎,慌乱之中,急令在座的众将领马上率兵迎敌。

大顺军本来就疲惫不堪,连日来又起内乱。牛金星与闻人训等正为扫除了李岩与李自成而洋洋自得,哪里去节制三军!危急之中,牛金星的兵马毫无斗志,如何能与吴三桂的精锐之师抗衡?吴军的关宁铁骑与满洲骑兵,如狼似虎,只杀得牛金星的人马尸横遍野,血流成河。最后,把牛金星与几百名步兵,堵在一座山谷,山谷东西是悬崖峭壁,南北是一条狭窄的小路,真是插翅难飞。

兵士中有几个头目,聚到一起悄悄议论:"当初,咱们跟随李闯虽然也打败仗,但是,胜败乃兵家常事。况且李军师有勇有谋,军纪严明。而牛丞相无故杀了李军师,逼走闯王,至军心涣散。如今倒好,咱们兄弟被困此地,真是死路一条。"

一个满脸胡须的汉子一刀砍断身边的树枝，愤然道："这一路千辛万苦的打来，好不容易进了北京城，做梦都不曾想会落到这一步。更令人惊恐的是，咱大顺军内部竟自相残杀起来。我看突围也是死，被困也是死，不如杀了牛金星，降了吴三桂，才是唯一的出路。"

众人听了眼睛一亮，都道：若要保命回家侍奉老母妻儿，只有如此。一人提议，众人附和，几百兵卒挥剑舞刀拥向牛金星。

牛金星正焦头烂额地与几个心腹商议如何冒死突围，见众人如潮水般涌向自己，一时不知何意，正待喝问。

几百名求生的兵卒哪里还待他开口，内中不知谁高喊一声"杀"，一时刀剑挥舞，顷刻间，牛金星与他的几个死党亲信便成了一堆肉泥，临死的那一瞬，他突然想到这也许就是报应，可这报应来得也太快了些，他的死法跟李岩、李牟兄弟竟如此相似。

一代红妆照汗青——陈圆圆传

第二十八章　国破家亡　弱女劝夫复山河

衰柳白门弯，潮打城还。小长干接大长干。歌板酒旗零落尽，剩有鱼竿。
秋草六朝寒，花雨空坛。更无人处一凭栏。燕子斜阳来又去，如此江山。

——清　朱彝尊《卖花声》

建州人已在北京建立了大清朝廷，清世祖顺治皇帝顺顺利利，风风光光地住进了紫禁城。当年的九王子多尔衮已是重权在握的摄政王，大清朝几乎控制了大半个中国。

吴三桂消灭了李自成的主力，多尔衮大喜之余，又有几丝忧虑。他不怕陕西的流寇，也不怕李自成的残余附随了四川的张献忠，他只担心吴三桂。吴三桂性情多变，一旦听从前明遗臣的呼声，而倒向南京的南明小朝廷，助福王朱由崧恢复明朝，那才是他最头痛的事儿。

多尔衮与吴三桂，是战场上多年的对手，了解对手，比了解朋友更为重要，也更为深刻而透彻。

在多尔衮看来，吴三桂有勇有谋，善于投机，心机深沉的同时又奸诈残忍。为了一个女人，不顾国家的利益，不顾亲人的生死。他能冷静地目睹三十多位亲人，被李自成一个个割下脑袋扔到他的脚边，而不乱心智。每每想到此，就算是在战场上厮杀了半辈子的多尔衮，也不免心胆俱寒。

满人中，有人说吴三桂是有情有义的汉子，为了心爱的女人，不惜遭世人唾骂，引清兵入关。

可多尔衮以为，一个连父母兄弟姐妹都不顾及的人，何来感情而言！一个不忠不孝不仁不义之人，如何能信任？他能引清兵入关，同样也能率领江湖中的前明将士反清复明。

多尔衮一直思索着如何用好吴三桂这枚棋，用好了，一子定乾坤，用得不好，全盘皆输。从吴三桂把陈圆圆抢出田府起，到这次打开山海关大门，引清兵入关，不难看出，吴三桂为了达到自己的目的可以不择手段。如今，唯有封以高官厚禄稳其心，让他远离南京——南明小朝廷。

于是，大清朝廷以吴三桂平定李自成有功，授予爵位，封为平西王，世镇云南，兼辖贵州。

南明小朝廷虽偏安江左，却志在收复北京。福王与朝中大臣，对吴三桂引清兵入关不计前嫌，而是加封他为蓟国公，并从海路运米三十万石、白银五万两犒劳吴军。无奈，吴三桂已受大清朝廷的封赏，不愿再见南京派来的使者。

后堂，陈圆圆在窗前托腮沉思，此刻，正是夕阳西下、倦鸟归巢之时，那最后的一抹暖阳斜斜地照进窗来，在她身上涂抹了一层金色光芒。

吴三桂推门进来，见她侧身而坐，玉手托腮，挺直的鼻梁，微微翘起的圆润的下巴，在暖阳之中熠熠生辉。禁不住爱意横生，几步跨上前去，将她搂在怀里道："爱卿这般庄严圣像，真如女菩萨下凡啊！"

陈圆圆抬眼见他兴奋的神色，知他受清廷封赏而扬扬自得，面带愠色地推开他，冷声道："我一个赢弱女子，一不能普度慈航，二不能给天下穷人布施衣食，如何称得上女菩萨？世人不骂我红颜祸水、倾国倾城便是福了。"

吴三桂见她突然之间恼怒，以为自己说话造次，便嬉笑道："爱卿何故气闷？只要我平西王爷说你是女菩萨，你便是女菩萨，干他人何事！人的嘴巴子，除了吃喝，便是说长道短，要说且由他，我们只过我们的好日子便是了，何须多虑！"说着，又要拉她入怀。

陈圆圆推开他的手，正容道："王爷你且坐下，好好说话。"

吴三桂见她神色庄严，只得拉张椅子，在她对面坐下，笑道："爱卿有何话说？"

陈圆圆道："王爷，按规矩，圆圆本不应过问王爷与朝廷之间的事。但蒙王爷爱怜，有些事情也确实因圆圆而起，所以，才贸然问一句：王爷眼下有何打算？"

吴三桂好像没听明白她的话，皱眉道："打算？爱卿此话何意？"

圆圆道："李自成的大顺军已溃败，其他残余不足为虑，王爷该专心对付满人了。"

吴三桂忙小声道："爱卿往后说话要多加小心，摄政王多尔衮生性多疑，我这王爷府中，怕也有他的人呢！"

圆圆皱眉道："世人都称王爷英雄盖世，王爷几时变成胆小鬼了？"

吴三桂拉过她的双手，抚摸着，迟疑道："摄政王对我原本就不信任，稍有差池，便将性命不保。如今对国家大事，我只有听从，不能过问。"

圆圆抽回双手，道："王爷不过问？王爷亲自打开山海关大门，引清兵进来。引他们进来，却不能赶他们出去，不说无颜见大明列祖列宗于地下，又有何面目见京师百姓？王爷享受清朝的封赏，难道就不想想天下人的公论？"

吴三桂略带恼怒道："我不是不明白这些道理，山海关一仗，我的关宁铁骑损失颇重，五万兵马剩下两万。后来，摄政王以他的满洲骑兵充实了我的兵力，如果跟他们开仗，无异于以卵击石。"

圆圆起身道："王爷，恕圆圆无理！圆圆也是为王爷的声誉而进言。多尔衮虽兵强马壮，但他们刚刚进据北京，在中原占地实在是少而又少。而大明王朝养士二百七十多年，岂无忠义之士？北京城里，那些前朝遗臣，没有不随王爷反清的。还有各省各地的有志之士，只要王爷登高振臂一呼，天下忠义之士必会集结在王爷麾下，还怕赶不走满鞑子？"

吴三桂暗想，这个女人，看似娇小柔弱，却是头脑清醒，心细如发丝，论起国家大事来，条理清晰，竟比男人都强。忙赔笑道："爱卿说得很有道理，待我仔细考虑一番再做定夺。"

圆圆见他几次变了脸色，也觉自己说话过于直率。他虽然爱自己，视自己如珍宝，毕竟男人的事情不容女人多嘴，更何况他如今是钦封的王爷！当下便倚在他的肩上，笑意盈腮道："王爷，圆圆不过女流之辈，说话也欠思考，哪有什么道理？我怕王爷遭世人唾骂，不过提醒王爷而已。"

吴三桂顺手将她搂进怀里，叹息道："我何尝不想做个受世人尊崇的英雄？可是，南明小朝廷弘光帝昏庸无能，朝中党派纷争激烈。皇帝依赖的重臣马士英、阮大铖等人醉生梦死，利用手中的权力鬻官肥家，只有一个史可法或许有所作为，却也受到排挤。"

圆圆见他神情忧虑，轻轻抚摸着他衣上的绣花图案，柔声道："难道王爷就此罢了？妾身以为，正因为南明小朝廷昏庸无能，王爷该挺身而出，担起恢复大明王朝的重任。"

吴三桂摇头道："谈何容易！"

圆圆道："偌大的中国，不会只有一个史可法，各省的志士大有人在，将军何不试试？”

吴三桂道："爱卿以为，我如今是自由之身？"

圆圆离开他的怀抱，惊道："难道王爷不是自由之身？"

吴三桂起身走至窗前，望着外面那株高大的银杏树，银杏叶子在风中如彩蝶般扇着双翼。圆圆太聪明，他不想让她知道得太多，也不愿让她看透他内心深处的某种想法。回头道："我手下的吴军，已不再是以前单一的关宁铁骑了。当初，多尔衮命我歼灭李自成，拨两万建州骑兵充实我的军队。如今这些骑兵已深入我军中，成了监视我的眼睛，我的一举一动，多尔衮看得一清二楚。"

圆圆知道他说的这些，一半是实情，一半是他给自己找的借口。

夕阳已经落下，屋里的光线黯淡，吴三桂立在窗前，高大的身子遮住窗外渐渐淡下去的天光。

圆圆站在离他几步远的桌边，默然神伤，她问自己，这还是当年那个在姑苏戏园子看戏的清纯少年么？那个在洛兰成的杏园里偷眼看她的、腼腆而英武的少年吴三桂呢？眼前这个男人，身着满人的官服，闪着青光的脑袋后结着一条猪尾巴似的辫子，满嘴的摄政王、恭亲王，哪里还有一点汉人的影子？

吴三桂见她无语，走近她，双手扶着她的肩膀，轻声道："爱卿，满洲人对我中原垂涎已久，就算我不引清兵入关，总有一天，他们也会用炮炸开我山海关大门，那样的话，百姓会惨遭涂炭。我放他们进来时，只打李自成，对关内百姓秋毫无犯。"

圆圆的目光越过他，望向窗外愈来愈浓的夜色，不语。

"福王在南京，酗酒好色，追欢逐乐，不以国事为念。把国家大事委托给奸臣马士英，自己则同一班佞臣干着昏天黑地的勾当。他这只是短暂的栖息，料难长久。况且大势已去，恢复大明社稷，实在是一纸空文。而多尔衮兵强马壮，有备而来，一旦打起来，满洲人在关外还有接应。"

吴三桂像是给圆圆分析目前的状况，又像是为自己辩解："若我为南明小朝廷出力收复北京，也不过是封侯袭爵。而多尔衮的朝廷却让我南面为王，管辖云南及贵州，待本王爷养精蓄锐，排除多尔衮安插在我军中的清兵，东山再起，岂不比今日起事更为有利，更有把握？"

他说得滴水不漏，圆圆一时无话反驳，寻思着慢慢再劝解，便笑道："原来王爷早有妙计！妾身是瞎操心了。"

吴三桂爱怜地拍拍她柔嫩的脸颊，笑道："爱卿冰雪聪明，所想之事也是本王操心之事，哪能说是瞎操心呢！只是，本王不忍心爱卿操劳，你只管跟着本王享受荣华富贵便是了。"

二人正卿卿我我的，丫头在门外轻声道："王爷夫人，晚饭备好了，请王爷夫人用餐。"

吴三桂扶了圆圆往前面餐厅而来。

一时饭毕，三桂笑道："爱卿最喜花前月下的风致，今儿十六，俗话说得好，十五的月亮十六圆，今夜的月亮定是圆满无缺的，刚吃过饭，何不去园里走走？也好消食化气。"

圆圆微笑点头，吴三桂扶了圆圆正要出门，忽然门童进来，递上一张拜帖。

吴三桂皱眉道："这是谁呢？拜访也不看时辰！"待接过帖子看了一眼，又眉开眼笑道："这下好了，竟是红娘来了。"

圆圆不解地问："红娘？什么红娘？"

吴三桂笑道："来了你便知道了。"随即吩咐门童快请客人进来。

圆圆刚退回厅内坐定，忽见门外闪进一人，身着银色战袍，头戴同色头盔，体格不凡，英武逼人。

奇的是，那人竟盯着圆圆微笑。

圆圆暗想，三桂怎么让我见外人？正疑惑间，听吴三桂笑道："几年不见，子安表兄越发英武豪迈了。快请坐！"

圆圆惊道："子安？"再细看来人，俊朗的目光之间，似曾相识，只是想不起在哪儿见过。

那人也不言语，只笑吟吟地看着圆圆。

吴三桂道："爱卿忘了姑苏戏园子了？"

见圆圆迷惑的样子，吴三桂笑道："你忘了在姑苏给你和袁雪贞、卞玉京几个写品题的祖子安了？"

圆圆蓦地想起，这眉目俊朗，英武不凡的将军，不是祖子安还会是谁？不免大惊道："啊呀！相隔这么些年了，我何曾想到能在这儿见到祖将军？"

祖子安忙重新施礼，笑道："夫人还是叫我子安为好，千万别称将军，叫得我羞愧。"

吴三桂笑道："快坐下快坐下！"

丫环送上茶来。

圆圆道："回想起往事，恍如隔世，转眼这么多年过去了，也不知袁雪贞、顾眉生、卞玉京她们怎么样了。还有画眉与灯心草，也不知在何处？"说毕，不免伤心，竟红了眼眶。

吴三桂忙安慰道："画眉与灯心草在江南老家，过得挺不错的，都生了儿子了，怎么你不知道？"

圆圆破涕为笑："真的？他们有了孩子了？你何曾对我说起过他们？"

子安呷口茶笑道："袁雪贞不知如何，我倒是听说，顾眉生嫁给了安徽进士龚鼎孳了。"说毕，神色默然。

圆圆尽忙问："卞玉京呢？"

子安回道："卞玉京爱上江南才子吴梅村，当时崇祯帝的国舅看中了卞玉京，要将她选进宫中，吴梅村怕得罪国舅，竟不敢娶卞玉京，只在她寓所吹了几支曲子便离去。后来卞玉京嫁给一个富商，两年后出家做了女道士。"

圆圆听了，唏嘘不已。

吴三桂见她悲伤，忙安慰道："爱卿别难过了，各人有各人的命运，命运是不可强求的。"

子安也笑道："谁说不是呢？当年给你们几个做品题花谱时，只说你的命最好呢！"

子安像是想起了什么，又道："当年秦淮八艳中，那位'不类闺阁'的奇女子柳如是，夫人还记得么？"

圆圆忙道："记得，怎么不记得！她是最出类拔萃的，琴棋书画，诗词歌赋，无一不精，尤其是那一手好丹青，她如今怎么了？"

子安叹道："秦淮八艳中，除了夫人你，就属她嫁得最好了，她嫁给了被人誉为江南第一大才子的'文章宗伯'钱谦益了。"

圆圆听得目瞪口呆。

子安又道："钱谦益的岁数虽可以做她的祖父，却把她视若珍宝，如今正带她在南京任上。钱谦益是尚书，她便是尚书夫人了，可叹的是，一介女流之辈，其思想敏锐、处事干练竟是男子也赶不上她。"

圆圆忙问："此话怎讲？"

子安呷口茶道："钱谦益本是'东林党人'的领袖，一到南京上任，身边便围绕一群老东林党人。平日里，他的尚书府便是东林党人的集结之处，柳如是以尚书夫人的身份迎来送往，周旋于高官贵人之间，在帮助钱谦益处理朝务之余，她主张恢复大明社稷。"说完，有意无意瞟了吴三桂一眼。

吴三桂瞪眼道："她主张恢复大明社稷？"又压低声音："我看是钱谦益把她宠得不知天高地厚了，光是在家里动动嘴皮子，就可以恢复大明社稷了？"

圆圆何等聪明的女子，听子安缓缓道来，又见吴三桂面生恼怒，似乎已经猜出祖子安星夜上门的目的。

她向吴三桂温婉笑道："子安是客人，又是亲戚，更是少年时的好友，王爷何故生恼？"说毕，起身来至门边，吩咐侍女春桃重新沏茶，并备几色点心，几样果蔬，送到里面小书房来。

圆圆也不请示吴三桂，只向他二人笑道："二位请至里面书房坐吧，我有事情请教。"

吴三桂豁然开朗，心想，这小女人果然有心窍，谁知道多尔衮在我这王爷府中安插了多少仆人？凡事小心为妙，不要被他拿了把柄。

三人来至书房坐定，春桃摆好茶盏点心，退出书房，顺手带上房门。穿过大厅，去廊下向园子的一条长椅上拿了绣花的家什，返回坐在靠近书房门口的木椅上，低头绣花。

春桃姑娘是陈圆圆如今的贴身侍女。

吴三桂找到圆圆后，倍加珍惜，无论行军打仗，还是回京师闲居，都把圆圆带在身边，生怕再次失去了她，又特地给她买了个使唤丫头。买这个丫头时，吴三桂是用了一番心思的，他知道多尔衮已经在他身边安插了不少的眼睛，这是他目前不能排除的，也是他平生感到最耻辱的事。他绝不能让多尔衮再弄个探子在圆圆身边做侍女，便派心腹到绛州乡下买了春桃。

兵荒马乱的年月，田地里又无收成，春桃爹娘早已过世，跟兄嫂过日子，本来十五六岁的姑娘也可以嫁人了，但春桃嫂子见春桃生得壮实，手脚勤快，既能做粗活，又能帮她带孩子，便留在家里使唤，并不着急给她找婆家。恰巧吴三桂的侍卫来买丫头，那女人眼红白花花的银子，肚子里的如意算盘打得噼啪响，卖了春桃，既得了银子，又省了一笔嫁妆，何乐而不为？便讨价还价以春桃识事体、听话能干卖了二十两纹银。

圆圆把这女孩儿当作以前的画眉，待她如亲姊妹一般，从不恶语呵斥。

春桃也乖巧，见圆圆仙女一般的模样儿，又无夫人的架子，比家里的嫂子更和睦可亲，便认定圆圆是亲人，侍候得更是殷勤周到，凡大小事务从不

第二十八章　国破家亡　弱女动夫复山河

241

让圆圆交代，见事做事，事事妥帖。

这不，这会儿，见圆圆把客人让进小书房，猜测是有要紧的事儿，她便拿了绣花绷子坐在门边绣花，一来，方便听里面叫她。二来，若有人想靠近书房，见有她在，也有所顾忌。

吴三桂放下茶碗，瞟一眼祖子安道："表兄星夜到我这儿来，怕不是单单要说柳如是卞玉京顾眉等人的吧？"

圆圆不语，伸手拿了个橘子剥开皮，放在祖子安面前，又剥一个，一片片地递给吴三桂。

祖子安笑道："王爷还是少年时快人快语的性情，我也就不啰唆了。"他上身前倾，靠近吴三桂："福王派出的使者已到北京，一来犒赏王爷的部下，二来祭谒先帝的陵寝，不知王爷是否见过他们？"

吴三桂咽下一片橘子，也不知是橘子酸，也不知是祖子安的话题令他厌烦，他皱眉回道："南京的使者确实来过，但我没见他们。"

祖子安明知他没见南京来的人，仍问："朋友之间的往来，实属常事，何况王爷是战功卓杰的英雄，天天宾客盈门，也理所当然。王爷不见，莫非有难言之隐？"

吴三桂捡起一片橘皮，又随手扔了："我算什么英雄？不遭世人唾骂便万幸了。"又道："你不是不知道，摄政王生性多疑，我这王爷府中，也不知他安插了多少暗探。你说我敢接见南京来的使者么？若见了他们，怕你今夜也见不到我了。"

子安惊道："你是说摄政王有可能会杀了你？"

三桂道："若我与南京有来往，他知道后，必杀无疑！"

子安忧虑道："我是受父亲之命而来的。父亲近来身体欠安，心里有放不下的事。他说，他身在清国，心系明朝，倘若机会成熟，他必定为恢复大明社稷尽毕生余力。"

圆圆不语，只看着吴三桂。

吴三桂似未听懂子安的话，只顾喝茶。

子安道："那洪承畴当年变节投靠建州人，进京师以来，自愧无颜见亲朋好友，与家父欲夺回大明社稷，以雪前耻。无奈，他二人手中无兵权，不敢轻举妄动。"

吴三桂道："变节乃一念之间，如今想恢复明朝宗室，谈何容易？"

圆圆想，祖大寿、洪承畴当年变节投敌，环境所迫，实属无奈。今日想恢复大明社稷，其勇气可嘉。吴三桂引清兵入关，是有意而为，其罪不可恕，哪有资格对他人评头论足？

因此，听了吴三桂的话，圆圆在心里把往日对他的敬重与爱慕便减了几分，只专注地听祖子安说话。

子安道："正因为不容易，家父才派我来王爷府上，与王爷商议。王爷拥有十万精锐兵马，在北京举旗而起，大江南北的有志之士，必为之而动，家父与洪大人也随之响应，王爷何愁大事不成？"

吴三桂冷笑道："表兄说得简单，我军中一半是多尔衮安插的人马，他们岂能任由我起事？"

子安急切道："只要王爷答应，这些都能解决。当初，王爷引清兵入关时，与多尔衮有约定，只割蓟辽二州，如今他却占据北京，欲一统中原，王爷正该理直气壮地质问他的，如何如此怕他？王爷在北京举旗，以南京为根本，内有家父与洪承畴，外有江南江北的义士，恢复大明社稷，在此一举，请王爷三思。"

吴三桂不语。

圆圆敬佩地望向祖子安，她未曾想到，当年文弱秀气的书生，身上的英雄气概，是吴三桂所没有的。她对吴三桂说不清是可惜，还是失望。自进书房以来，她都没有开口说话，她知道，吴三桂是铁了心跟随多尔衮了。

圆圆看着子安，轻轻摇了摇头，意思是子安再多说也无益。

子安不甘心就此罢休，问："王爷有何顾虑？"

吴三桂摇头道："我担心事未做成，反而先死在多尔衮的刀下。"

子安奇道："王爷难道先放话出去，再起事不成？"

吴三桂有自己的想法："你说的这些话，我何尝不懂。我总觉得南京的小朝廷不可靠，福王的性情我有所了解，朝中大小事务都托给马士英。他自己则花天酒地，这样的皇帝，我保他有何益？"

子安劝道："王爷太多虑了，王爷只需振臂一呼，天下志士必定响应，南京朝廷也必定为之气壮。若王爷置之事外，按兵不动，南明小朝廷也必然走向灭亡。王爷不保福王，何不为天下汉人担起重任？"

吴三桂任由他把道理说上天去，也丝毫不动心，祖子安见他无意反清复明，只得告辞而去。

第二十九章　忠言逆耳　吴三桂无意复明

僵卧孤村不自哀，尚思为国戍轮台。夜阑卧听风吹雨，铁马冰河入梦来。

——宋　陆游

自祖子安离去后，圆圆对吴三桂虽然失望，却仍然试图说服他跟随南明，扯起反清复明的大旗。

这日午后，春桃见圆圆倚窗沉思，以为夫人犯困，便欲扶她进屋歇息。

圆圆却道："你去备些蔬果点心，煮一壶碧螺春，送至园里的莲花亭中，再拿了那副水晶石的围棋来。"

春桃答应着去了。

圆圆则由小丫头扶了，向园中姗姗而来。

花园中，风穿竹林，烟迷幽径，亭外池边，繁花落瓣。圆圆觉得满地的残红幽香如梦，她心里滋生出一缕异样的情绪，这乱世中的片刻宁静与风雅诗意，与她此刻的心境竟丝丝入扣。难道，她要寻求的不是与吴三桂长相厮守？不是与他白头偕老？这纷扰的红尘中，有什么是她留恋的呢？

她想起姑苏，想起那个坐怀不乱的君子方舟子。方舟子虽是一介文弱书生，虽一去不复返，但他身上那股真男人的气概，让她永生难忘。

她想起冒辟疆，那位才华飘逸，风度翩翩的复社公子，一身正气，与江南的志士同人，欲担负起天下兴亡。

"夫人。"一声唤打断她的遐思，春桃正等候在莲花亭畔。

圆圆抬眼望去，见亭内石桌上已摆好茶果点心，旁边另有一几一案，几上设有古琴，案上笔墨纸砚一应俱全。

圆圆喜道："好丫头，难为你想得周全。"

春桃见主人夸奖，脸上红霞流转，低头扶了圆圆步上几级石阶，那石椅石凳上早铺上绣花锦垫，这样坐着，不至于寒气侵身，圆圆再次感到这丫头的细致入微。

春桃沏一盏茶递给圆圆："夫人，请用茶。"她指着亭外的一只泥炉道，"奴婢听厨房的张妈妈说，茶要现泡才好喝，所以，奴婢便向张妈妈要了这泥炉与水壶来。"

圆圆呷口茶笑道："正是呢！我以前的丫头画眉是姑苏人，最会沏茶了，你慢慢地就都会做了。"说着一眼瞥见笔墨纸砚，便放下茶碗，走至案前。

春桃见了，忙向砚池注了清水，磨起墨来。

圆圆挽袖执笔，蘸墨写道：

僵卧孤村不自哀，尚思为国戍轮台。夜阑卧听风吹雨，铁马冰河入梦来。

待墨迹干时，春桃正要卷了，却见吴三桂几步跨进亭来，满面春风地笑道："爱卿好兴趣！这满园的美景给爱卿启示了？写的什么？快让我看看。"

春桃忙铺开纸退到一边。

吴三桂在诗文上没多大的出息，更不明白圆圆于此时此地写这首诗的含义。但他见落款处写着："比丘尼琬芬抄录"几个字，心里老大不痛快。琬芬是圆圆的字，"比丘尼"是什么？是尼姑，这个他是知道的。难道，圆圆想出家了？多少年来，我为她朝思暮想，为她引清兵入关攻打李自成。为了她，我全家三十多口死在李自成刀下也在所不惜。我千辛万苦地找到她，就是为了送她去做尼姑？

圆圆本想借陆游的诗来劝化他，见他捧着诗稿，眉头拧成了结，忙上前接过诗稿放到案上，扶他坐下，回头唤春桃快沏茶。

春桃正烧滚了水，重新沏了两盏茶来。

吴三桂并不喝茶，只紧紧地抓住圆圆的双手，神情颇为忧虑："圆圆，你有什么烦恼事，只管对我说。何苦闷在心里，又何必效仿古人出家做尼姑？若我有哪些不到之处，你不妨直说，我也好有所反省。"

圆圆忙伸手捂住他的嘴，温婉笑道："王爷说的哪里话？王爷对圆圆的好，对圆圆的恩，圆圆今生今世都无法偿还。"

吴三桂又抓住她的手："那你何故要做尼姑？"

圆圆心里恍然，原来他不看诗文，只看落款。便笑道："王爷，古人常说：词言情，诗言志。而我却不是有什么志向要表达。只是近年来遇事太多太离奇曲折，而且当今时局变幻莫测，我无法参透其中的奥妙。又想起少年时听私塾先生讲过陆放翁的故事，才抄录了这几句诗，不知王爷因何忧虑？"

吴三桂这才端起茶碗啜了口茶，叹道："爱卿，不要说你参不透时局，连本王我也参不透啊！"

见圆圆专注地看着他，又接道："建州人定都北京，表面上看去很稳定，但是，福王在南京，张献忠在四川，其他各省的地方豪强不胜枚举，这时局真可以说是多事之秋。清朝此时也正是用人之际，多尔衮把云南这样边远的野蛮之地赏给我作为封地，我正当壮年，却让我归藩休养。可见，摄政王对我尚无半点信任。"

圆圆道："王爷，恕妾说话直率，王爷为清朝开山海关大门，剿灭李自成，立下汗马功劳，换来的也不过是一处封地，一个王号而已。可无论如何，王爷是汉人，在他们眼里，是外族，是不可能融入他们的血液里去的。"

吴三桂点头无语。

圆圆又面露忧戚道："可在汉人眼里，王爷是引狼入室的卖国贼，而我，则是红颜祸水。千秋万代，只怕会永远流传下去。"

吴三桂将她搂在怀中，抚摸着她的肩背，不知是安慰圆圆，还是给自己打气，轻声道："我不管也不怕人们说我，至于你是不是红颜祸水，后世之人自有公论。以后，我不准你这样糟蹋自己，我是钦定的平西王爷，你就是我的王妃。"

圆圆心里很是感激，这世间除了吴三桂，怕是没有哪个男人如此挚爱她，如此尊重她的人格了。

"爱卿，从眼前的情景来看，我唯一要做的，就是远赴云南，到我的封地去做我的平西王爷，我想听听你的意见。"

圆圆离开他的怀抱，坐直了身子，正色道："王爷，妾身出身贫寒，不曾进过学堂。七八岁时，蒙村中私塾先生的关爱，才识得几个字，读得几句前人的贤文。听师爷讲辛弃疾、陆放翁、文天祥，也知道他们爱国爱民的故事。那巾帼不让须眉的梁红玉，不也是青楼女子出身？李易安'生当作人杰，死亦为鬼雄'的豪气，是我平生最仰慕的，陆放翁抗金报国的豪情斗志，更是激励了一代又一代的爱国志士。"

吴三桂听她一气说出这些人来，心里惊诧不已。

圆圆越说越激动："我一介女流，虽无报国之力，却也懂得自己乃华夏炎黄之后。中华乃礼仪之邦，我既为大明汉脉之子孙，何必去做清朝的边庭野民？"

吴三桂惊道："你给我讲这些大道理，搬出这许多古人来，就是不想跟我去云南？"

"我劝王爷也不要去。"

吴三桂面带恼色道："我若不去云南，只有一种结果，那就是死！"

圆圆敛了笑容，起身面向亭外的池塘，那池边的绿柳垂丝，正随风飘舞，拂起一圈圈涟漪。

她幽幽道："我虽不如梁红玉侠骨柔肠，却也懂得，古来创大业者，要把握天时、地利、人和三大机遇。"

吴三桂漫不经心地应道："这个我何尝不知。"

圆圆道："虽然王爷打开山海关大门，但清兵初入关内，根基不牢，人心向背，王爷本来有机可乘，在绛州营中，妾身曾劝王爷放弃追杀李自成，而掉头驱除满人而自立，王爷不听，失去天时。后来，王爷剿灭了李自成，声望在外，本可以联络天下志士反清复明，王爷又放弃良机，失去地利。前日，王爷拒绝见福王派遣的南明朝廷的使者。昨日，祖子安的一再相劝，王爷也无动于衷，这便又失去了人和。"

吴三桂听她一一道来，额头已渗出细密的汗珠。

圆圆背对着，看不见他的脸色，自顾自地说："天时，地利，人和三者有一，诸事难成，何况三者全失！王爷爱多尔衮赐予的王号，我陈圆圆却不稀罕做这个高贵的王妃！"

圆圆半天不见回答，回头见他摘了帽子抹汗，他后脑勺猪尾巴似的辫子让她顿生厌恶，冷笑道："王爷削发易服，身上哪里还有一点点汉人的影子！"

吴三桂听了，猛地把帽子往头上一扣，怒道："你给我住嘴！"几步冲出亭子，又站在石阶上大声道："春桃，去给夫人收拾衣物用具，随时准备起程！"

圆圆待在原地，春桃走近她，悄声道："夫人。"

圆圆抹去眼角的泪水，轻声说："听王爷的吩咐，去收拾东西吧！"

晚饭正摆上桌子，吴三桂的义子王辅臣拜见义父。

这王辅臣是吴三桂关宁铁骑的得力干将，骑马射箭，刀枪剑戟样样精通，又骁勇善战，在关外边防时，吴三桂就收他作了义子。

吴三桂正因下午在花园与圆圆红了脸而不知如何开口，见王辅臣来了，非常高兴，忙道："辅臣来了，快一起吃晚饭。"

春桃正扶了圆圆出来，王辅臣见了忙上前叩头请安，圆圆含笑道免礼。

席间，王辅臣欲言又止。

吴三桂斥道："有话就说，遮遮掩掩的，哪里有一点儿男人本色？"

圆圆也含笑点头。

王辅臣放下筷子低声道："父亲连日上表求见皇帝，而朝廷不准。依辅臣看来，是摄政王对父亲的戒备未曾消失，而且疑心越来越大。"

吴三桂也放下酒杯。

王辅臣道："昨日听人说，京师传言父亲与南京早有来往，所以福王才派使者来京，这对父亲很不利啊。天津巡抚骆养性奉摄政王之命接见了南明使者，摄政王却将他打入大牢。孩儿以为，摄政王是杀鸡儆猴，做给父亲看的。"

圆圆听了心中暗惊，或许自己真的错怪了三桂。

吴三桂道："清朝刚刚立足北京，南明小朝廷在江南占了半壁江山，四海之内，战事不断，朝廷正是用人之时，而摄政王却命我去云南开藩而驻。这明摆着是对我的不信任，想要名正言顺地除了我，又苦于没有抓住我的把柄。幸而我留了个心眼儿，不见南京使臣，不然，我今天就在大牢里了。"

王辅臣小心道："父亲功高盖世，又兵权在握，一旦朝廷不再信任，只怕大事不好了。"

吴三桂不语，一口干了杯中酒，将空杯往桌上重重一顿，眉心紧锁，在圆圆看来，他的心事有千钧之重。

"父亲，孩儿有一计，可帮父亲获取摄政王的信任。"王辅臣神秘地说。

"何计？"

"辅臣听说，南京福王酗酒好色，追欢逐乐，不以国事为念。他常对人说：'天下事，有老马在'，把军国重事委托给马士英，自己则花天酒地，醉生梦死。再者，东林党人跟马士英又不共戴天，相互之间，争权夺利。唯有一个正直忠诚的史可法，又不受重用，被排挤出朝廷，统兵在外。"

吴三桂警觉地问："那又怎样？"

王辅臣低声道："父亲何不乘此机会，率一轻捷之旅，由皖南入金陵，名为与福王合作反清复明，暗地里以狂风扫落叶之势，一举夺了南明小朝廷。"

圆圆听了暗自心惊：此人的心机真是深不可测啊！

"夺了南京，父亲在朝中功居第一，必能冰释前嫌，摄政王便会另眼看待父亲。"

吴三桂连连摆手道："不可不可！此事万万不可！南明使者进京时，多次求见于我，我未曾答应。福王所赠送之物，我也不曾接受。我吴家历来受大明朱氏恩惠，今后虽不能扶持朱家，也绝不对南明朝廷动一刀一箭，怎能为了贪功而背叛南明？"

王辅臣见他说得冠冕堂皇，一时不辨真假。心想，当初投靠多尔衮，引清兵入关时，如何就未想到明朝朱氏的恩宠呢？又想，莫非因我不是他亲生儿子，而拿大道理搪塞于我。于是起身拿过酒壶，给吴三桂斟酒，赔笑道："辅臣不是要父亲做忘恩负义之人，也不是劝父亲为讨好清朝而灭南明。但父亲应该明白，被人怀疑的日子难过啊！而且，我听说朝廷已经下旨，命肃、豫两位亲王领兵下淮扬了，此等大功眼睁睁地看他们得了去。"

吴三桂接过酒杯，呷口酒叹道："这些我何尝不知道？可朝廷并未下旨命我向南京起兵，只令我速速赶赴云南。若我擅自攻打南京，岂不是违抗旨意？如此一来，只怕死得更快！"

一直不语的圆圆伸手轻轻按住吴三桂的手臂，温婉而言："王爷说的极是！无论南京是否轻易夺取，也无论功劳是否大过于天，若没有朝廷的诏命，擅自兴兵攻打南京，对明朝先帝来说，是背叛了故主、忘了根本。对清朝新帝来说，是欺主越权。背主忘本，遭受后世子孙唾骂；欺主越权则受新朝廷的责罚。大丈夫贵在有自知之明，贵在自立，若一味地贪功而不审时度势，那是自取其辱，望王爷三思！"

吴三桂轻轻拍拍她手背，笑道："爱卿所言极是！这次我听爱卿的，绝不轻举妄动！"

次日一早，吴三桂正倚着窗台，笑微微地看春桃侍候圆圆梳头，忽听侍卫在门外唤王爷。

春桃忙出去，随即拿了一封书函进来，递给三桂。

吴三桂漫不经心地拆开看时，只有两行草书："亲王大鉴：火速入滇，开藩最宜。"落款处，是摄政王多尔衮的红色印鉴。

吴三桂把来函扔向一边，脱口道："如此催促，究竟是何意？"

圆圆对着铜镜簪上那支忍冬花的金簪，一扭头，簪子上吊着的那粒晶莹的珍珠轻盈地摇摆着，吴三桂见了，刚才的怒气烟消云散，心里如细雨落入碧绿的湖面，荡起圈圈点点的涟漪。

圆圆见他如醉如痴的模样，含羞问道："王爷看什么呢？"

吴三桂笑道："圆圆，比起当年在姑苏，你可是更见成熟丰盈，更高贵不凡了。"

圆圆俯身捡起书函，嫣然笑道："王爷镇守边关多年，无暇顾及儿女之情，如今见了妾身，自然以为妾身是最好的了。"

吴三桂摇头道："在本王心中，这世上的女子，无一人能及你！"

圆圆嗔道："王爷说什么呢？王爷久经沙场，硝烟战火熏出一张甜言蜜语的嘴巴来了？"

吴三桂一把搂住她笑道："男人若是经历了硝烟战火，就越懂得珍惜女人，珍惜眼前的时光。"

圆圆颇为感动，却无言以对，因为，她刚刚拿定主意，不跟他去云南。

她拿起多尔衮的亲笔书函，沉吟道："王爷，你不觉得摄政王是怕你有所作为，才催促你赶快去云南么？"

"有所作为？他是怕我随南明反清，我对他忠心耿耿，他却一直不曾真正信任过我。"

"可是，王爷，你现在做决定也来得及啊！"圆圆殷切地看着他。

"圆圆，别逼我！我出生入死奋斗了这么多年，绝不能为了那个没有未来的南明小朝廷，而放弃眼前的一切。"

霎时，圆圆明白了，今天的吴三桂已不是往日那个姑苏城里有志向的英俊少年了。王爷的尊号，一方富饶的封地，便是他眼前的一切。这一切胜过前明社稷，胜过天下苍生。

圆圆轻轻放下书函，幽幽道："王爷，妾身不想去云南，王爷是否愿意找一间清净尼庵，让圆圆了却尘缘？"

吴三桂的脸色由白转青，由青转红，压低声音怒道："不能！你死了这个念头吧！我千辛万苦，费尽心机地找到你，不是为了要送你进尼姑庵的！"又朝外叫道："春桃，收拾东西，明日起程！"

吴三桂摔门出来，站在门边想了想，又唤来几个粗使的仆妇交代道："你们几个给我听好了，从今日起，凡我不在夫人身边时，你们要倍加小心侍候好夫人，不能离开夫人半步，不能让夫人有半点闪失，不能让夫人单独外出。若有差池，小心你们的脑袋！"

几个仆妇战战兢兢地答应着。

吴三桂的声音很大，圆圆在里屋听得清清楚楚。她知道，他这是有意说给她听的，她不能有任何举动，一旦有所举措，就会连累无辜。她绝望地倒在床上，吴三桂变了，变得她不认识了。

第二天，吴三桂带着圆圆与部众向云南进发。

途中，不断有消息传来，清兵兵至扬州，用红夷炮轰城，史可法与城中军民奋死抵抗，江南古城，血流成河。战至最后，史可法夺刀自刎。扬州知府任育民，身着明朝官服，端坐府衙，静候如狼似虎的清兵。

次日，又听说多尔衮不费一刀一箭占了六朝古都南京城，钱谦益献城有功，应召北上封官。

随后，清兵打到江阴城下，江阴典史阎应元率十几万军民齐心抗敌，清兵调两百多门大炮攻城，坚守了八十一天的城池被攻陷。清兵恼羞成怒，下令屠城，至清兵出榜安民时，全城只残存五十三人。

随后，是嘉定屠城。

圆圆听到这些，手脚冰凉，眼泪如断了线的珠子，滚滚而落。多少个夜晚，梦回星转，风光旖旎的秦淮河畔，不再是清歌檀板，人语纤浓；不再是月光幽洁，桨声汩汩。昔日的繁华已被炮火硝烟湮没，风流已随秦淮河水悄悄流逝。她心里陡然升起一股悲悯与羞愧，是悲悯天下苍生，还是羞愧自己苟且偷安？一个主意在她心里落地生根，她要抛却吴三桂给她的荣华富贵，找个安静的角落，长斋绣佛，侍奉佛祖，以洗沉重的罪孽。

第三十章　穷途末路　永历帝误投缅甸

金锁重门荒苑静，绮窗愁对秋空。翠华一去寂无踪。玉楼歌吹，声断已随风。
烟月不知人事改，夜阑还照深宫。藕花相向野塘中。暗伤亡国，清露泣残红。

——五代　鹿虔扆《临江仙》

一连几天的阴雨，吴三桂的人马辎重休息了几天，这日新晴，大队人马正欲从湘黔入滇，忽然侍卫送来朝廷六百里加急诏书。

原来，先明朝神宗万历之孙朱由榔初封为桂王，南京失陷后，南明福王与福州唐王相继死去。朱由榔便在肇庆即位，改元永历。当时，两粤、滇黔及江西、湖南等地都奉永历帝，其声势浩大比当年的南明小朝廷有过之而无不及。

四川的张献忠死后，他的部将孙可望取代了他的位置，统领张部，见永历帝声威显赫，便向永历称臣。孙可望表面称臣，实则是想借永历的势力而牵制大清兵马，自己从中渔利。

然而，永历帝朱由榔生性懦弱，更无雄才大略，虽一度拥有两广、云贵、江西、湖南、四川等地的抗清义士。无奈，朝中派系复杂，党争纷繁，永历帝竟不能威慑众将，所以，虽辗转奔波，却无丝毫成就。

这天，永历帝正为诸事一筹莫展，忽得消息：孙可望自称"秦王"，率部已占了云南沐府。

永历帝垂首叹道："沐府受朝廷恩宠，世袭藩封，其财富富甲天下。朕本想倚仗沐府以图天下大事，不料，竟被孙可望捷足先登。"而左右文武大臣惧怕孙可望的虎狼之师，一路行来，逃的逃，散的散，最后，只有内阁大臣严起恒、大金吾马吉翔、大司礼庞天寿随驾而行。

路上，不断有噩信传来：吴三桂已由四川入滇，清兵已入桂林，云南沐府已被孙可望占了。而且，各省各地的反清义士死伤惨重，永历帝流泪道："大明江山，怕是再无指望恢复了！天下之大，朕今日竟不知往何处去！"

大金吾马吉翔道："陛下，我们现在所处的位置，距离缅甸最近，我们先投奔缅甸，再作打算。缅甸国历来受我大明朝的恩惠，想来，不应拒绝。"

庞天寿摇头道："以臣看来，投奔缅甸实属冒险。缅甸乃弹丸小国，以前臣服我大明王朝，是因为我大明国大势大。如今时过境迁，我们落难而来，后面有清兵追赶，只怕缅甸会弃我大明而转头依赖清朝了。只是今日，我们既无兵力与清兵决战，又无据地可依赖防守，除了投奔缅甸，也别无他法。"

吴三桂接到摄政王多尔衮六百里加急诏书时，方知永历帝投靠在缅甸。待大队人马到达云南时，草草安顿了圆圆与家人，直奔缅甸而来，命缅王交出永历帝及太后皇后等人。

缅甸国诸大臣惧怕吴三桂，一面答应交人，一面派人骗永历说：晋王李定国打败清兵，来接皇帝归云南，须连夜送皇帝陛下去晋王营中。便拥了永历及太后、皇后与各嫔妃，由数十名壮士抬了座椅，乘黑而行。至黎明之时，永历帝见前面兵营旌旗招展，竟是平西王吴三桂的旗号，对母亲流泪道："母后，儿子无能，连累母后了。"

太后悲哀地摇头，哽咽道："皇帝不必自责，天命如此！"

永历帝仰面长叹道："我大明王朝待吴家父子不薄啊！为什么会是这样的结果！"

吴三桂远远地见永历与太后及嫔妃，垂头丧气，怏怏而来，心里也不免气馁。他原以为永历帝拥有两广、云贵、江西、湖南、四川等地的反清义士，声威浩大，他便可以反清复明为名，与永历帝合兵一处，挟天子以号令天下，图谋一番惊天动地的事业。

可眼前的永历帝只落得"孤家寡人"，看来，大明真是气数尽失！吴三桂便不作他想，也不想去见永历帝，只命部将从缅甸人手中接过永历母子及嫔妃，即率部回云南。

一连几日，他就琢磨着，永历帝既无可用之处，不如杀了。杀了永历，既免除后患，亦可博得多尔衮的信任。

这天，吴三桂召集幕僚与各部将领来平西王府议事。待大家坐定之后，他开口道："永历帝朱由榔已无用处，不如杀了，诸位将军意下如何？"

部将汉人吴定起身道："王爷，恕末将直言：历来改朝换代之时，都不杀旧主，而且，还会封侯。自秦汉以后，除了弑君以外，前朝的君主不是封为王爷，便是公卿。朱由榔虽建号称帝，反清复明，那是因为他本来就是明朝子孙，反清复明应当本分，无可指责，王爷何必杀他？不如送至京中，由朝廷处置，朝廷或许有可能封给他爵位也未可知。"

众人点头称是，吴三桂不悦道："将军说的也有道理。但是，作为臣子，应替朝廷出力。俗话说，斩草留根，春来必发。朱氏后代一人不除，你我等人一日不得安宁，若一时发善心而留下他，日后，养虎为患，便悔之晚矣！"

众人听了，心中惊愕，作为一个汉人，而且又受前朝皇帝诸多恩宠，怎可如此心狠手辣？要斩草除根？莫不是为了自己官位再高升？清朝还能让你高升到哪儿去？

吴定道："王爷竟以这样的借口要杀永历帝？还是请王爷奏请京师，听候朝廷发落吧！"众将也随声附和，吴三桂只得依了吴定，吩咐起草奏章，报知朝廷。

几天后，朝廷圣旨到，钦定永历留在云南，由吴三桂处置。

收到圣旨的第二天，吴三桂又召集诸将，商议用哪种方法杀永历帝。

众将觉得吴三桂太过歹毒，又不敢明言，只默不作声。

满人将领爱里阿问："王爷认为用哪种刑法呢？"

吴三桂道："本王也不想将永历处以极刑，只想将他们帝后骈首。"

骈首，就是将永历帝与太后及众嫔妃排在一起，一并砍头。

众人听了，饶是身经百战，杀人如麻，也不免打了个寒战。

"骈首？骈首还不是极刑？他是明朝朱氏的后代，曾经为君王，王爷怎可对他施以骈首？王爷也未免太残忍了些！"爱里阿满脸通红，神情很是激愤。

吴三桂心里恼怒：若不看你是满人，连你也一并杀了！汉人中有谁敢这样跟本王说话的！

但他不敢得罪爱里阿，只道："将军是满人，怎么为一个汉人说话？"

爱里阿冷笑道："末将是满人不错。末将认为，无论汉人满人，人心都是肉长的，都有怜悯之情、良善之心。朱由榔虽是明室皇帝，却并不是王爷的杀父仇人，王爷何必下此毒手？如果末将处在王爷的位子上，也绝不会这样狠毒。王爷这样的做法，只会给后世之人留下骂名！"

吴三桂辩解道："本王也不想留下骂名，只是朝廷已经下旨，不杀他岂不是抗旨？"

爱里阿回道："不错，朝廷下旨留永历帝在云南，任由王爷处置，却并不曾责令王爷将其骈首！”

"在座的除爱里阿将军外"，吴三桂自知理亏，想得到其他人的赞同，便望着在座的众人道，"再无其他人有你这样的想法了"。

在处置永历帝的事情上，吴三桂见汉人将领虽无人明白地站出来反对，但从他们的目光中流露出的不屑与愤慨，难免让他诧异。而满人一再为永历帝说话，更让他心惊而恼火。

不料，座中一个叫卓罗的起身道："王爷，不是无人赞同爱里阿将军，而是怕王爷降罪。卓某虽不才，却也懂得知恩图报。前明朱氏江山，至今天这种境地，实属不得已。王爷受朱家恩宠颇深，应感念前恩，正好借此机会图报。而王爷却要处以极刑，实在让人心寒。况且，朱由榔虽为阶下囚，毕竟曾经封为皇帝，统领过数省。如果王爷一定要杀了他，就请让他留个全尸，如果朝廷怪罪下来，卓某愿承担全部责任。"

吴三桂听了，心里羞愧，那白净的面皮，红一阵，青一阵，半天说不出一句囫囵话来，起身丢下众人，独自离去。

陈圆圆从吴三桂的随身侍卫那里知道了这件事的原委，心里对他那份初始的缠绵柔情已渐渐淡漠，随之而来的，是一种无可奈何的愤懑和无以言表的鄙视。

午后，天气闷热，窗外的树叶纹丝不动。

圆圆慵懒地倚着窗台，望着那株棕榈树出神。这异域的陌生环境，与吴三桂种种离奇的行为，更让她思念战火中的江南与那些要好的姐妹。

蓦然，吴三桂与心腹夏国相的声音，透过窗前的树荫传进圆圆的耳朵。

吴三桂忧虑道："唉！国相，本王如今是骑虎难下啊！"

夏国相献媚道："王爷有何难解之事，不妨道来。"

"前几日两次召集众将领商议，都无结果。不杀永历，就得不到摄政王的信任，本王也寝食难安。杀了他，又落个忘恩负义的骂名。"

"王爷，朝廷不是下旨了么？杀了他名正言顺。"夏国相讨好道。

"朝廷下旨，留永历在云南由本王处置。这正是摄政王的高明之处，他不说杀，也不说不杀，任本王定夺，他是用永历试探本王对朝廷是否忠心啊！"

夏国相不语。

又听吴三桂发狠道："本王一定要杀了永历，以博取大清朝廷的信任，而这骂名要由朝廷承担，本王是不得已奉旨行事，谁也怪不得本王。"

夏国相拊掌笑道："这就是了！王爷不过是奉旨行事，谁敢抗旨！"

圆圆听了二人的对话，原本冷却的心更加绝望。吴三桂是钦封的平西王，封地云南，是统领云南的最高官职。在这一方领土上，他一言九鼎，代表着一种至高无上的准则。而他身边的幕僚、副职则是道德与忠诚的象征，他们应当坚守自己的信仰，要寻求一种合理的制度来约束主公的所作所为，不被私欲所玷污。而不是像夏国相这样的人，一味地讨好、迁就，将主公引上邪路。

吴三桂的声音打断了圆圆的沉思。只听他道："本王想去拜见永历，以便让他明白我的苦衷，我杀他是情非得已。可我身为大清国的王爷，拜见他时，是穿清朝官服，还是穿明朝官服呢？如果穿清朝官服，怕他误会。若穿明朝官服，又怕大清朝廷知道了而降罪于我。"

夏国相道："王爷不必为此小事烦忧，如果王爷在清朝官服里穿明朝衣服，谁人能见？话又说回来，王爷如今已是大清国钦封的王爷，穿清朝官服去见他，也应当本分。"

吴三桂点头，似有所领悟。突然，又想起一事道："那么，本王见他时，将如何行礼呢？"

听到这儿，陈圆圆真想出去，嘲笑、鄙视他一番，但她忍住了。这世上最歹毒、卑鄙、无耻的人，莫过于吴三桂了。

又听那夏国相悠然道："王爷贵为云南藩王，永历已是王爷的阶下囚，王爷见他时作个揖也算是抬举他了。"

吴三桂笑着点头。

夏国相告辞而去，吴三桂则转过画廊，昂首阔步地跨进门来，正欲张嘴唤春桃侍候更衣，却见圆圆在窗下对镜梳头，心里顿时不悦，快快地想，怎么就这样巧？我与夏国相在园中说话，她在这里梳头，我的话她是不是都听去了？又不便问，只上前笑道："爱卿如何自己梳头？春桃呢？"

圆圆并不回头，只对着面前的铜镜，慢慢梳理那一头乌云似的秀发，淡淡地答道："妾身方才登楼远眺，竟不辨东南西北，不知身在何处。一时迷茫，又恰有一阵风来，拂得鬓发乱飞。下楼回房揽镜自照，见自己风鬟雾鬓，唯恐有失王爷的体面，便对镜修饰一番。"

"登楼远眺？"吴三桂有些不解，皱眉问道，"爱卿要看哪里？"

圆圆拢起头发，随意挽了髻，簪了金钗，起身离开梳妆台，拂去肩上的落发，望向窗外，轻声道："我登高，是想远望家乡。"

吴三桂惊愕道："爱卿随本王来此，贵为王妃，极尽人间荣华富贵。况且，爱卿在江南已无亲人，如何就思乡了？"

圆圆不以为然："尽享荣华富贵之人，难道就不思乡了？这普天之下，又有哪一方山水能比得过风光旖旎的江南？江南养育了我，便如我的父母一般。更何况，我的那些姐妹，还有启蒙恩师都还在呢！只是，如今战火弥漫，故乡满目疮痍，怕也是物是人非了。"

吴三桂默然无语。

圆圆走向窗前，窗外那几株棕榈树在南国的骄阳中投下长长的、斜斜的影子，一股不知名的花香，随风飘进窗来，沁人心脾。

吴三桂心想，这女人真是不可思议，既然知道江南仍处在战火纷飞之中，就该珍惜眼前这宁静舒坦的日子。若不是我吴三桂，你陈圆圆今日还不知在哪儿受罪呢。正要随意安慰几句，却见圆圆走至琴台坐下，挽了罗袖，边抚琴边吟唱道：

帘外雨潺潺，春意阑珊。罗衾不耐五更寒。梦里不知身是客，一晌贪欢。
独自莫凭栏，无限江山。别时容易见时难。流水落花春去也，天上人间。
——南唐 李煜《浪淘沙》

吴三桂听了，面沉如水，冷声道："爱卿，本王待你不够好么？你随本王到此，难道还有什么不满足的？"

圆圆玉指划过琴弦，一把收住，头也不回地答道："王爷此言差也！想我陈圆圆出身寒微，为葬姨母而卖身到梨园，又不慎坠入青楼。幸遇王爷爱惜有加，不嫌弃妾身残花败柳之质，几次三番救我于苦海，如今又贵为王妃。我的姐妹们或许还在青楼饱受煎熬，王爷的恩德，圆圆三生三世也不能报答万分之一，还有什么不满足的？"

"既如此，爱卿方才如何发出这般哀伤的感叹？"

"少年时，蒙恩师教诲，尚且知道一些岳飞、文天祥、辛弃疾等人的故事，崇尚他们是真正的英雄。词人李易安'生当作人杰，死亦为鬼雄'的豪迈之气概，让妾仰慕不已。那青楼女子梁红玉，在硝烟弥漫的战场，为丈夫韩世忠击鼓助威，更让我汗颜。我无力效仿梁红玉，也只有效仿唐后主李煜，发一丝感叹罢了。"

吴三桂羞愧得满面通红，心里恼怒，却发作不得。看她那背影，竟有说不出的清冷与孤傲。

他越来越无法揣摩陈圆圆的心思了。女人，要的不就是衣来伸手、饭来张口、穿金戴银、出入乘车坐轿、有仆佣丫头围着转的日子？可这女人要的是什么呢？天天拉长着脸跟我说三道四，难道本王处理事务还得听你的不成？心里不觉把往日对圆圆的爱恋与柔情蜜意骤然减了几分，竟生出莫名的厌烦来。

二人都沉默无语，屋里的气氛有些尴尬，吴三桂正想出去，却见春桃端了托盘进来，托盘上是在江南与北京都不曾见识过的新鲜瓜果。春桃笑道："王爷也在啊！正好尝尝这些果子。"

吴三桂却沉着脸吩咐道："快去把我以前穿过的明朝官服找来。"

春桃满腹疑惑，见夫人面朝窗外，二人似乎有争吵，便把话咽回到肚子里，放下果盘，转身去找王爷的官服。

片刻后，春桃捧了官服来，侍候吴三桂更衣。

圆圆知他要去见永历，故意问道："王爷今日穿明朝官服，要去哪儿？"

吴三桂道："我要去拜见明朝皇帝。"

圆圆故作惊讶地问："明朝皇帝？莫非崇祯帝仍然健在？真是可喜可贺，大明朝恢复有望了！"

吴三桂皱着眉头，没好气地说："我说的不是崇祯帝，是永历帝。"

圆圆不再装聋作哑，真心劝道："我知道你要去见永历帝。既然永历帝被俘，我以为王爷最好不要去见他。"

吴三桂颇为奇怪，他知道这小女人心思细密，对世事往往有意想不到的看法，便又满脸堆笑地问："爱卿此话怎讲？"

圆圆走近他，边帮他拉衣领，边说："王爷如果是顾念明朝朱氏江山，感恩朱氏对吴家的恩宠，想扶持朱氏后裔反清复明，王爷可以大大方方地去拜见永历，也不必计较穿哪朝的衣冠。"

吴三桂不语。

圆圆又道："如果王爷不是存着这个心愿，那么你与他相见时，他若质问你、指责你，王爷又如何回答呢？"

吴三桂傲然道："爱卿原来是怕他给我难堪。他已经是本王的阶下囚，只会委曲求全，求本王施舍，哪里还敢指责于我！"

圆圆摇头道："王爷，我虽不出门，却也听说永历帝为人谦和忠厚，又宽宏大度，只是用人不当，才至于这么快就被你生擒活捉。在缅甸时，为了他母后才没有自杀，像这样不畏惧死亡的人，王爷切不可轻意污辱了他。"

吴三桂不语，三下五把脱了刚刚穿上的明朝官服，又穿上清朝衣冠，就要出门。

圆圆在他身后叹道："如果永历帝见了王爷这身衣冠，必然知道末日到了。王爷此行，哪里是去拜见故主呢？分明是去送他上西天的！"

吴三桂转身怒道："你！这句话若是出自他人之口，本王早已让他人头落地！"

圆圆并不惧怕，一双清澈如秋水的眼眸鄙夷地看着他，冷笑道："在王爷辖下，绝不会只有贱妾一人同情永历帝而反对王爷。"

吴三桂十分恼怒，厉声道："从缅甸抓他回云南，是朝廷下的圣旨。要杀他也是朝廷的意思，本王有何过错？"

圆圆已看出吴三桂是个利欲熏心，善于在官场上投机钻营的人，难以说服，便不再看他，依然望向窗外那几株高大笔直的棕榈树。太阳已隐入云层，墙上、地面再无棕榈树长长的、斜斜的影子，间或有一两只不知名的鸟儿，从窗前掠过，一串串清脆悦耳的鸣叫在这异域的风中流转。

吴三桂又换上明朝官服，将清朝官服穿在外面，出门时，又让侍卫捧了明朝的官帽跟在身后。

第三十一章　人生如茶　个中滋味唯自知

杨柳迷离晓雾中，杏花零落五更钟。寂寂景阳宫外月，照残红。

蝶化彩衣金缕尽，虫衔画粉玉楼空。惟有无情双燕子，舞东风。

——明　陈子龙《山花子》

吴三桂走后，圆圆心里忐忑不安。

自从在绛州找到吴三桂，她便发现吴三桂再也不是以前那个意气风发、志在报国的英俊少年了。虽然历尽磨难，虽然感激吴三桂为了她而不惜一切代价，但他那种不顾亲人安危、不顾国家大局的恣意妄为，让她难以理解。如今，她看得清楚明白，吴三桂决不会为了国家与百姓而牺牲自己的利益，他的权欲心太重，在他所有的行为当中，都是在为他自己的官运亨通而扫清障碍。

在这个古老的国度里，德行天下，以孝为先。一个不孝敬父母，不关爱兄弟姐妹的人，又能有多大的造化？

从此刻起，陈圆圆不想再与他多费口舌，她也不在乎吴三桂往后对她是恩宠有加，还是冷落闺房。她要大胆地告诉他，她将以自己的方式度过余生。

春桃见她魂不守舍的，替她换了新茶，轻声问："夫人是不是担心王爷？"这女孩儿虽不识字，却能听声辨风，但她毕竟是奴婢，不敢把话说穿。

圆圆有几分吃惊，回头看着她。自摄政王多尔衮封吴三桂为平西王后，府里的下人有的称圆圆为陈娘娘，有的称她为王妃。圆圆觉得这两种称呼听起来都很别扭，碍着吴三桂的面子，也不好阻止。春桃是整天跟在身边的，嘱咐春桃只准叫她夫人。

春桃见圆圆只看她不说话，以为自己说话造次，得罪了主人，便垂了头，正要道歉。却听圆圆幽幽地叹道："我不是担心王爷，我是担心永历母子，与那些无辜的嫔妃。王爷这一去，这些人怕是活不过今夜了。"

春桃竟然也长叹一声道："倘若天下人都似夫人这般良善贤德，那日子该是怎样的和美！"

圆圆正喝茶，见她这般长吁短叹的，不禁笑道："你这丫头可不简单呢！往后，我可不敢小瞧了你了！"

不想春桃红了眼睛，似有眼泪在眼眶里流转，她哽着喉咙道："若不是遇到夫人，也不知奴婢是死是活，还是在哪里受罪。奴婢的父母死得早，哥哥是一母同胞的兄长，把奴婢当作牛马一样使唤，嫂子的刻薄就不用说了。"

圆圆温和地笑道："看你这丫头！还真哭了，你如今不是很好了么？再过个一年半载，寻一个忠厚老实的男人嫁了，有了自己的家、自己的孩子，往后的日子就慢慢好起来了。"

春桃见圆圆说嫁人，又红了脸，低眉垂首道："多谢夫人好意！春桃这辈子不嫁人！若夫人不嫌春桃蠢笨，春桃就侍候夫人一辈子！"

圆圆一时无语，她看得出，春桃说的是肺腑之言。这是个诚实善良、知事勤快的女孩儿，就如以前侍候她的画眉姑娘。

"夫人是不是想知道王爷去见永历皇帝的事儿？"春桃有些犹豫地问。

圆圆脱口道："是啊！可恨我不能亲自去看看。"

春桃低声道："夫人不知道王爷的贴身侍卫里有个绛州小伙子么？他是我同乡。"

圆圆诧异地望向她。

"方才王爷出门时，奴婢见他也随王爷一起去了。"春桃解释道："待他回来时，问他那边的情形，不就清楚了？"

圆圆叹道："难为你想得周全！我也只能问问，其他的，我也无能为力了。"

"夫人不要因此而烦恼。常言道，举头三尺有神明。夫人的善心，神明都是知晓的。永历帝的生死，由天，由不得人。"春桃软语安慰着。

太阳不知何时又钻出云层，向西天滑去。那高大的棕榈树投在地上的影子越来越长，有风飘进窗来，仍然夹带着那股不知名的清香气息。一只鸟儿惊慌地从窗前掠过，丢下一连串的哀鸣。

春桃看着西斜的太阳道："天色不早了，夫人先歇息一会儿，奴婢去后面厨房看看。夫人这几日吃得很少，想吃什么可口的，奴婢吩咐下去。"

圆圆摇头道："也没有什么特别想吃的东西，近来心绪烦乱，也无好胃口。"

"奴婢去熬点清粥，再炒两个清淡的小菜"，春桃笑道："或许夫人吃了胃口便好了。"

圆圆道："我也跟你去后面走走，一个人在房里怪闷的。"

春桃笑道："夫人去走走也好。"便扶了圆圆出门，向后面厨房去。刚拐过前廊，便见吴三桂的侍卫向这边匆匆而来。

圆圆便立在当地，等他走近。

侍卫早就看见了圆圆主仆，小跑几步上前，禀告道："启禀陈娘娘，王爷去看永历帝时，突然身体不适，现已回转，在书房歇息。"

圆圆惊道："哦！怎么会这样？"

侍卫回道："小的也不知，王爷去见永历帝之前还好好的。"

这侍卫正是春桃的老乡小李广。他本名叫李富贵，从小爱舞刀弄棒，十八般兵器，玩得出神入化。而且骑马射箭极准，能百步穿杨，被吴三桂选进关宁铁骑时，大伙儿便送他一个美名"小李广"。后来做了吴三桂的贴身侍卫，众人竟忘了他的真实姓名，都呼他小李广了。

春桃捏一下圆圆的手臂，轻声道："夫人，这里不是说话的地方，何不回屋去？"

圆圆略一思索，对小李广道："你若无事呢，便在前面廊下等我。我去书房看看王爷就来，有几句话要问你。"

小李广回道："夫人先去书房看王爷，方才郎中开的药方在小的手上，小的去城里抓药回了，再来听夫人差遣。"

圆圆点头道："王爷的药自然要紧，你快去吧！"

小李广快步走出园子，圆圆携春桃往书房而来。

吴三桂的书房，倒还是有几本书的，圆圆见那书摆放得整齐划一，知道他从未翻动这些书。

圆圆进来时，吴三桂正闭目躺在软榻上，一个叫莲儿的侍女正在一边替他擦拭额头上的汗。

圆圆上前俯下身，轻声唤道："王爷，前半晌还好好的，怎么就这样了？"

吴三桂听见圆圆的声音，睁开眼，拉住她的手道："爱卿莫担心，不妨事的。方才郎中看了，说是水土不服，又受了点风寒，吃几剂药就好了。"

圆圆关切道："王爷在这书房里也不太方便，还是回房去歇息，岂不好？"

吴三桂虚弱地笑道："爱卿在这他乡异域，也是吃不好，睡不稳，我就不去打扰你了。暂且在书房歇息，叫莲儿侍候就是了。"

丫头莲儿竟莫名地红了脸。

圆圆的心咯噔一下，这才抬眼细细地打量这个莲儿。

莲儿十六七岁的模样，身材高挑，容貌俏丽，一双细长的眉眼显出几分妖娆妩媚。圆圆在心里叹息一声，不知是为莲儿，也不知是为自己。她对吴三桂温和地笑道："王爷既已安排妥帖，贱妾也就放心了。"回头又对莲儿道："莲儿姑娘，待会儿药煎好了，要记得侍候王爷喝，切不可疏忽大意了。"

莲儿敛眉垂首应道："莲儿谨记夫人教诲！"

圆圆起身道："王爷，妾回屋了。王爷好生养着，凡事不可操之过急，王爷贵体要紧。"说毕，扶了春桃的肩膀袅娜而去。

吴三桂看着她优雅的背影，心里恨道："我对你千般宠爱，万般顺从，你竟对我越来越冷淡。为了你，我不惜一切代价，你不领情，竟指责我有求荣之意，无救国之心。我就要宠幸别的女人，让你嫉妒，让你尝尝失落、寂寞的滋味。"

听着圆圆缓缓离去的脚步声，故意大声唤道："莲儿，坐到爷身边来。"

莲儿不敢违抗，走近软榻，吴三桂伸手一拉，莲儿站立不稳，一下倒在他身上，吓得不知所措。

吴三桂就势把她搂进怀里，一翻身又将她压在身下，伸手扯开她的衣衫，那少女雪白结实坚挺的双乳便显露出来。

莲儿羞得满脸通红，不敢反抗，不敢挣扎，只低声乞求道："王爷，奴婢是清白之身，王爷……"

吴三桂斜着眼睛笑道："王爷我要的就是你这处子之身！今儿若侍候好了爷，爷往后独宠你！"

陈圆圆携春桃逶迤而来，远远地便见小李广候在廊下。

待到跟前，小李广向圆圆施礼道："夫人，小的已抓药回来，丫头们正在厨房煎呢！"

圆圆边点头，边往屋里去。

春桃故意落在后面，小声道："小李广，你做事挺麻利的，这么快就把药捡回了？"

小李广搔了搔后脑勺，咧开嘴憨厚地笑道："跟在王爷身边，我们每个侍卫都有一双飞毛腿，没有马的时候，就用双腿跑。不然，如何送信？如何保护主公？"

"那你再用你的飞毛腿跑去厨房交代张妈妈，晚餐给夫人熬一点粥，炒两个素淡的青菜，外加一碟腌脆萝卜。"春桃笑道："熬粥要用江南的碧粳米，不可太清寡，也不可太浓稠；腌脆萝卜要用小磨香油浇透。"

圆圆回头嗔道："你这丫头，如此啰唆！何不自己说去？他一个小伙子，如何理这些婆婆妈妈的琐碎事儿？"

不想那小李广笑道："夫人放心！小的已记下春桃姑娘的话了，不会交代错的，小的这就去厨房。"说毕，掉头就走。

春桃朝他背影喊道："你去交代了，立即过来，还有事呢！"

小李广边走边回头笑笑，算是应了春桃。

夕阳已落下西边山坳，留下一片燃烧着的晚霞，归林的鸟儿叽叽喳喳的，好不热闹。有风飘进窗来，清润而香甜。

圆圆坐在窗前，望向园中的花花草草，喃喃而语："这本是个宁静祥和的黄昏，可惜，我这个异乡之客，丝毫感觉不到它的美。此时此刻，江南的姑苏，美丽的秦淮河畔，我家乡的黄昏，那该是世上最美妙最令人着迷的黄昏了。"

春桃正沏了茶来，听她自言自语的，笑道："夫人莫非思乡了？奴婢虽从未到过江南，但从夫人的相貌体态看来，江南必定是个好地方，才养育出夫人这般天仙似的美人来。"

圆圆接过茶盏，揭了盖子正要喝，听她这般言语，笑道："你这丫头！几时学会奉承人了？"

春桃带几分委屈道："奴婢是心底里的话，不是假话迷惑夫人。家里的下人们都说，夫人比当年皇宫里得宠的田贵妃还要美貌十分呢！"

想来这春桃是不知道圆圆以前的故事，若知道她侍候的这位美貌夫人，被前明崇祯皇帝视为红颜祸水而赶出皇宫，就不会说她比当年的田贵妃还要美貌十分的话了。

好在圆圆并不计较这些，只是笑笑而已。

她啜口茶，幽幽道："女人的美貌是最容易衰败的，如三月枝头的桃花，一夜风雨过去，便零落成泥。那时，还有谁由爱生怜呢？青春才是女人的无价之宝。可惜，人生没有永恒的青春。"

春桃见她忧愁的模样，不解地想，夫人受王爷百般宠爱，过着锦衣玉食般的日子，还有什么不满足的呢？

圆圆似看透她心里的想法，笑道："傻丫头！人的一生啊，就如这杯中的茶，无论冲泡时的开水如何沸腾，沸腾过后便是清寂。人的一生，即便有千言万语，也只能欲说还休。是啊！欲说还休，能向谁诉说呢？又有谁愿意听呢？人生如茶，个中滋味，唯有自知。"

春桃不懂夫人的一生怎么就跟这杯中茶有关了，她正欲说什么，听外面响起脚步声。

小李广在帘外轻声唤道："夫人！"

圆圆示意春桃叫小李广进来说话。

小李广进来禀道："小的方才去厨房，吩咐张妈妈熬粥了。王爷的药已经煎好，有丫头送去王爷的书房了。"

圆圆点头，温和地问："王爷今日去看永历帝之前，还好好的，如何回来就病了？"

小李广有些迟疑，欲言又止。

圆圆又道："据我方才看来，王爷又不像有病的样子。"她心想，这些日子，为了永历帝的事，还有朝廷的猜疑，这些还不够烦恼的？生病了还留个美貌的丫头在身边？方才从书房出来，在门外，明明听他在身后那样温情地唤莲儿，叫莲儿挨近他，今儿不生出点事来才怪。又想，就算生出事来，纳那莲儿为妾，那又如何？跟我陈圆圆有什么相干？

春桃小声道："小李广，夫人问你呢！若知道什么，跟夫人说说有何妨？"

小李广想，知道这些事的又不止我一人，夫人让我说，我又怎敢违抗？便详细道来：

"王爷将永历帝从缅甸接来时，安置在永明池畔。王爷去时，本来是想脱去外面的清朝官服，以里面穿的明朝官服拜见永历帝的。可到了永明池畔，见有许多旧时官员正集结在那儿，而且还有王爷手下的一些将领，都等候着拜见永历帝。"

有这么多人想见永历帝，倒叫圆圆讶异。

小李广道："不知为什么，王爷未曾脱掉外面的清服，还叫侍卫把明朝官帽快快送回府中。"

圆圆心想，他见众人心向明朝，若当众脱掉清朝官服，露出里面的明朝官服，怕人耻笑为虚伪。

"众人见王爷去了，都自觉让王爷先见永历帝。王爷正不知是跪，还是不跪，永历帝开口问：你是何人？王爷报了自己的姓名，随即跪倒在地。"

小李广一开了口，话便像决了堤的河水般滔滔不绝：“永历帝一听王爷的名字，脸上竟满是笑意，他声音不大，却透着威严。只听他说：你身为大明臣子，父子二人深受大明国恩。你以武举而受用于大明朝廷，后又受先皇器重，升至辽东总兵。你吴家受皇恩浩荡，本应思恩图报，你却引清兵入关灭了自己的国家。如今又囚禁朕于此地，你到底想怎样呢？”

小李广慢慢道来，波澜不惊，陈圆圆却听得惊心动魄，冷汗涔涔，她略有几分急切地问：“王爷是如何回答的？”

小李广摇头道：“不知为什么，王爷竟一字也答不出，跪在地上也不能动，是左右边上的人扶他起来的。小的在门边接到王爷时，见他脸色灰白，满头是汗。后来，小的想，王爷或许就是那时受了风寒的。”

陈圆圆点头道：“这就是了，他的病由此而起。”

小李广奇道：“夫人知道王爷因何而病？这也奇了，那郎中来看王爷时，问王爷是否受了惊吓，王爷不悦道，‘本王久经沙场，踩着死人的头颅过来的，还有什么能吓倒本王’，吓得那郎中闭了嘴。”

圆圆道：“时候也不早了，你先自去罢，恐王爷找你，只是你不要把方才在我这儿的事告诉王爷。”

小李广机灵道：“夫人放心！小的知道，若说了，小的恐怕也难在王府待了。”说毕，便要出去，又见圆圆像是还有话要说，便又站住了。

果然，圆圆道：“从明日起，凡是有永历帝的事，你多留心些。”

小李广施礼回道：“是！夫人！”这才出门往吴三桂书房而去。

晚间，圆圆就着青菜、腌脆萝卜吃了一小碗粥，春桃侍候着洗漱了，在灯下捧了本《心经》，又并不曾读，神思游离于书外。

往日，吴三桂除了处理要事，其空闲之时便与圆圆在一起，片刻不曾分离，一起吃饭，一起在园子里散步，对圆圆是百般宠爱与顺从。如今，竟三天两头见不着人。

春桃暗地里替主子着急，见她魂不守舍的，以为她在等吴三桂，便大着胆子道：“夫人，王爷今夜怕是不会来了。”

圆圆放下书，顺手拿起桌上的一根银簪子拨弄灯芯，漫不经心道：“不来也罢，我倒落得个自在。”

拨去烧焦的灯花，灯骤然亮了许多，春桃放下手中的绣花绷子，抬眼望着圆圆道：“夫人知道那个莲儿的来历么？”

圆圆用一块碎布擦着银簪子上的灯油，随口道："我哪里知道一个丫鬟的来历？不都是从乡下买来的。"

春桃摇头道："夫人，这莲儿可不是一般丫头。奴婢听张妈她们私底下议论，谁也不知道莲儿的身世，只知道她不是一般人家的女孩儿。"

圆圆奇道："那她是什么样的人儿呢？"

春桃道："听说莲儿精通琴棋书画，能诗会赋，又写得一手好字，男人的字都不如她写的矫劲有力，大气辉煌。"

圆圆笑道："你整天在我身边，如何知道这般清楚明白？"

春桃笑道："夫人，有哪个大户人家的佣人不知道主子们的事的？他们无事之时，不就是拿主人们的事说三道四？"说毕，见圆圆变了脸色，吓得一哆嗦，忙道，"奴婢多嘴，请夫人责罚！"

圆圆道："我何必责罚于你！有道是，哪个人前不说人，谁人背后无人说。又道是，若要人不知，除非己莫为。你还知道些什么？只管道来。"

春桃有一条又黑又粗的长辫子，此时她双手绞着辫子尾道："听张妈她们说，王爷买了莲儿来，不是要她做丫头，是要收房的。"

圆圆暗吸了口气，她整日与吴三桂待在一个屋檐下，竟不知这些发生在眼皮底下的事儿，真是太可笑了。今儿下午在书房见他二人的模样，又不像是已成好事，难道二人竟尚未上手？

圆圆不是吃醋，她只是有些难过，她觉得吴三桂变得太快。又或许不是他变了，而是他骨子里原本就是这样一个不忠不孝不仁不义，喜新厌旧，善于投机钻营之人。

世人都道吴三桂"冲冠一怒为红颜"而引清兵入关，那"红颜"便是她陈圆圆。可谁又真的能知晓吴三桂当时的心思？他是为了陈圆圆，还是为了他自己？

春桃见她半天不作声，轻唤道："夫人！"

她抬眉望向春桃，见她关切的眼神，心里颇为感动，她这一生遇到的好人还是多的。这丫头竟与以前的画眉一样，对她忠心不二。就算吴三桂如今有几分冷落她，对她毕竟有天大的恩情，她还是万分感激的。

她微笑道："春桃，你一天到晚地忙上忙下，早些去睡罢，不要陪着我熬了。"

春桃摇头道："夫人，奴婢不困。"

"若真不困，就陪我说说话儿。"

"夫人"，春桃欲言又止。

"有什么你只管说，怎么老是这模样儿？我喜欢直来直去的女孩儿，不喜欢扭扭捏捏的。女孩儿大大方方的就好，扭扭捏捏的，反显得小气、做作。"圆圆道。

"晚饭后我去厨房提热水时，在廊下遇到小李广。"春桃道。

"他说什么了？是不是永历帝的事儿？"圆圆急切地问。

"不是。小李广说，夏国相不知从哪儿听得有两个奇女子，一个叫八面观音，另一个叫四面观音。"

圆圆奇道："怎会有叫如此名字的女子？夏国相要怎样？"

"小李广说，夏国相向王爷推荐了这二人，说得如天上的仙女一般无二，王爷听了，责令夏国相速速找到这两个女子，并想法弄进王府，夏国相正着人四处打探呢！"

第三十二章　为除后患　三桂云南杀永历

伤心莫问前朝事，重上越王台。鹧鸪啼处，东风草绿，残照花开。
怅然孤啸，青山故国，乔木苍苔。当时明月，依依素影，何处飞来？

——元　倪瓒《人月圆》

不出几日，吴三桂生病的事，人尽皆知。满人汉人暗地里都以为吴三桂是拜见永历帝时受了惊吓，是天意使然。因此，去拜见永历帝的臣子，再也不敢有丝毫的怠慢之心。

昆明的春天跟江南的春天大不一样。

江南的春天，多是雨天。那雨到了江南，似乎比在别的地方无端地就多出几分神韵。杨柳丝丝弄轻柔，烟缕织成愁。那春雨细如丝线，密密斜斜，绵绵潇潇，如烟如雾如梦如幻。

昆明的春天也多雨，但这雨，来得突然，去得快。方才还是阳光灿烂，眨眼间，头顶上飘来一片云，降下一阵大雨，那云朵又倏忽而去，还给太阳一个碧蓝的天空。

这不，一阵狂风暴雨过去，又是阳光倾城。

圆圆坐在窗前，百无聊赖地看着那几株粉色的月季。虽然花瓣上还有晶莹的雨珠，花骨朵儿却远不如先前那般丰盈艳丽，两只蜜蜂左右盘旋了一会儿，便嗡嗡地飞远。圆圆想，蜜蜂或许是嫌弃月季已近凋零，去寻觅更新鲜、更娇艳的花朵了。

春桃笑吟吟地进来，一手抱一大把花，一手提着竹篮。

圆圆诧异道："你这丫头做什么呢？哪里来的这许多鲜花？莫不是园子里摘的？"

春桃放下篮子笑道："是啊，夫人！奴婢见园里这些又好看又香甜的鲜花，便想着摘了来给夫人插瓶，管理花园的老杨叔听说夫人喜欢花儿，高兴得不得了。"

圆圆喜悦的心情瞬间黯淡了几许，是啊！姑苏城的这个季节，不管是风和日丽，还是烟雨迷蒙，那青石板的小巷中，不是有阿婆阿妹挎着竹篮卖花么？那梦里百转千回的吴侬软语仿佛又在耳边响起：香喷喷的白兰花哩，茉莉花……

春桃麻利地把花枝分开，插在装了清水的花瓶。回头见圆圆神情淡淡的，不知她又为何事烦忧，忙从衣袋里掏出一页纸笺递给她："夫人，前几日，奴婢听两位新来的姨太太唱一支曲子，挺好听的。她们说这是一个姓吴的江南才子作的，奴婢想，夫人常常想念江南，何不向她们要了来，给夫人瞧瞧？奴婢不识字，便央莲儿姨娘房里的丫头香草抄了一份。"

圆圆诧异地接过，打开看时，是一首长篇叙事诗，劈头一句便是：

> 鼎湖当日弃人间，破敌收京下玉关，

接下去便是：

> 恸哭六军俱缟素，冲冠一怒为红颜。
> 红颜流落非吾恋，逆贼天亡自荒宴。
> 电扫黄巾定黑山，哭罢君亲再相见。
> 相见初经田窦家，侯门歌舞出如花。
> 许将戚里箜篌伎，等取将军油壁车。
> 家本姑苏浣花里，圆圆小字娇罗绮。
> 梦向夫差苑里游，宫娥拥入君王起。
> 前身合是采莲人，门前一片横塘水。

她越读越心惊，这一字一句不是写她陈圆圆的么？她收起诗稿，一把抓住春桃的手臂，瞪大眼睛问："你说那江南才子姓吴，叫什么？"

春桃头一遭见夫人这般模样，吓得不知所措，嗫嚅道："奴婢当时也未听清楚，似叫什么村的。"

圆圆双目无神地望向窗外，雨后的阳光格外耀眼，被雨水冲刷过的树叶碧绿如玉。

"是他，江南才子吴梅村。"

春桃小心地问："夫人认识这位吴梅村么？"

圆圆收回目光，无力地点点头，又摇摇头："以后你不要跟她们一起说这诗了。"

春桃不解地点头，又道："那日莲儿姨娘恰巧也在，呵斥两位新来的姨太太，不让她们再唱，说若是被王爷听见了，有性命之忧。当时奴婢不解，只是想，既是江南才子作的，夫人一定喜欢，便央香草抄了来。"

圆圆收起诗稿，揉了揉发胀的眼睛："这事儿就不要再提了。我且问你，你那个老乡小李广呢？怎么好几天都不见他的人影？永历帝也不知怎样了？"

春桃回道："奴婢前两天也不见他，昨儿傍晚，见他匆匆忙忙地从外面回来，直接去了王爷那边。奴婢若再见着他了，就叫他往夫人这边来。"

直到次日傍晚，小李广才匆匆过来。

圆圆见他满头是汗，叫春桃倒了碗凉茶给他，小李广也不客气，接过一口气喝干，边抹着嘴边的茶水，边道："夫人，这几日小的奉王爷的命令，在金蟾寺巡守。"

"金蟾寺？你是说永历帝就关在金蟾寺内？"圆圆问。

小李广回道："永历帝一直关在金蟾寺。那日王爷受惊后，便命几百名侍卫将金蟾寺围得密不透风，若有人拜见永历帝，必先告知王爷，待王爷恩准后，方可见永历帝。"

圆圆听了暗惊。

小李广忽然叹了口气。

"你年纪轻轻的，为何这般叹息？"圆圆奇道。

小李广心里一惊，在主子面前长吁短叹，以为夫人会怪罪。忙道："请夫人恕小的无理！王爷不准侍卫们把有关金蟾寺的事传出去。"

圆圆坐正身子，敛了笑容道："你但说无妨！若王爷怪罪于你，我会替你说话。"

小李广知道躲不过夫人这一关，便如实道来："王爷见大多数人都心向明朝，唯恐有变，派兵严密把守金蟾寺。又与夏国相商议，要尽快杀了永历。前两次会议中，众将领都反对杀永历帝，这次就不召集众人商议了，也不用极刑，赐两条罗带，用食盒装了送去，令永历帝与他母后自尽，留个全尸。"

圆圆坐不住了，她站起身走向琴几边的圆桌，端起茶碗，她的手在发抖，直听得碗盖与碗沿轻轻的磕碰声。

小李广继续道："昨日午时，永历帝正在后院探望他母后，忽有人报说平西王爷派人送来食物了。永历帝听了，脸色变得苍白，接过食盒，默然叹道，'这哪里是食物？分明是要命的毒药！朕死不足惜，只是累及母后。在这数十年中，朕又累及了多少生灵！这都是朕之罪过！'说毕，永历帝愤然掀开盒盖，盒内并无食物，只有两条罗带。不觉对母后流泪道：'母后，吴三桂这逆贼是要咱母子自缢啊！'。太后骂道：'吴三桂这忘恩负义之辈，今日杀我母子，我母子死不瞑目，他日九泉之下，要亲眼看他碎尸万段！'"

小李广一口气说到此，叹道："谁料早有人将这几句话报与了王爷，王爷十分恼怒，立即派统领王仁贵率二百亲兵赶至金蟾寺内。永历帝见状，知大限已到，恳求王仁贵道：'朕一人赴死便是了，请不要再惊扰太后。'那王仁贵面无表情：'末将奉了平西王之命，陛下既接受了两条罗带，必要有两条命才能回报与王爷。'永历帝又恳求说：'金蟾寺山门正对五军山，朕欲登高远望故乡，待太后归西后，朕再赴死，不知将军是否肯行此方便？'"

小李广停下，舔了下干裂的嘴唇，圆圆见他两只虎目里闪着晶莹的泪光，便将手中的茶碗递到他手中，柔声道："你先喝口水，慢慢说。"

小李广接过，喝了口茶，望着圆圆道："夫人，你道王仁贵那厮怎样说？那厮恶声道，'我只听命于平西王爷，你若有话说，就去告知王爷，不要妨碍我执行王爷的命令。'"

圆圆的心在隐隐作痛。

"永历帝听了此话，抱着太后大哭。太后道：'吴三桂逼我母子自缢，以掩人耳目。横竖是死，不如等他来一刀砍了，成全他弑君之名。'永历帝劝道：'母后不必如此，此事后世自有公道，自缢倒能落个全尸。'太后流泪取来罗带，永历帝不敢看太后，又恐太后年事已高，便替太后将罗带打了结，身边的宫人扶太后上了椅子，移去椅子时，永历帝与皇后及众嫔妃跪倒在地，放声痛哭。"

小李广已是泣不成声，春桃在一边嘤嘤哭泣，圆圆呆坐在窗前，任泪水沾满衣襟。

当时，在场的军士，不论是汉人，还是八旗将士，都被永历帝感动，抑或是同情永历帝。他们私下里议论："像这样的君王才是仁爱之君，我们何不一起反了，以助他一臂之力，立此天下大功？"说毕，便有数十人割辫而起。

那王仁贵一时慌了手脚，忙派人将此事飞报给吴三桂。

吴三桂做梦也不曾料到这一着，忙命王仁贵率亲兵将割辫的人众驱散，并命他催促永历帝自缢。

永历帝见母亲已去，已了无生趣，唯恐活着受吴三桂的羞辱，便对皇后及众嫔妃道："你们跟朕一起，未享过一天的平安快乐，朕愧对母后与众卿。今日，朕将赴死，倾巢之下，岂有完卵？朕去了，顾不得你们了，你们好自为之！"说毕，甩罗带于房梁之上，自缢而死。

吴三桂得到永历帝的死讯后，又命王仁贵将永历帝的皇后、次子及众嫔妃押至郊外，以弓弦绞杀而死。

说来也怪，其时正是午时，红日当头，就在皇后与永历帝的次子被绞杀那一刻，突然狂风大作，乌云翻滚，飞沙走石，对面不见人，众人都道是吴三桂触犯了天威。

春桃睁着一双惊恐的眼睛道："难怪了，昨天那阵雨好大啊！"

小李广道："后来，王爷说：'永历母子说要在九泉之下，看本王碎尸万段，本王要他二人无目见我。'便命王仁贵把永历与他母亲的尸体浇了油，点一把火，化为灰烬。"

圆圆已没有了眼泪。

杀了永历，吴三桂似乎再也没有了顾忌，云南这片天地，皆为他所有，他吴三桂就是云南的天，就是云南的地。

这日早餐过后，夏国相一步三摇地来了，见吴三桂坐在桌边剔牙，忙趋步上前，叩首道："启禀王爷，昆明西郊五华山上的平西王府主体已经落成，王爷是否过去看看？若有哪些地方不满意的，属下督促工匠再行修改。"

吴三桂笑道："本王今儿兴致颇好，正欲出去走走。"回头对圆圆柔声道，"这些时日，我忙里忙外，无暇顾及爱卿。看上去爱卿似有抑郁之色，想必整日关在屋子里闷得慌，今儿天气晴好，爱卿随我出去晒晒太阳，散散心如何？"

圆圆见夏国相在侧，也不便多说，展眉含笑道："多谢王爷眷顾！妾身欠安，不能随王爷去了，王爷带侍卫与夏国相去吧！"

吴三桂见她慵懒娇柔的模样儿，又爱又恨。自入滇以来，陈圆圆似乎不再把他这个王爷放在心上。他知道，为了永历的事儿，圆圆至今耿耿于怀。但他的所作所为，不仅仅是为了自己今后的仕途坦荡，他还有更大的事儿要做。他知道陈圆圆聪慧过人，可他毕竟是一步一步从战火中趟过来的，知道官场中的险恶，为了保存自己，他要不惜一切代价清除他面前的障碍。所以，他不能听圆圆的劝告而发一丁点儿慈悲，只有做天下最无情、最卑鄙、最心狠手辣的人，才能成就一番事业。

吴三桂碍着夏国相，也不便多说，他不能让属下看出一个姬妾对自己的不恭敬。见圆圆浅笑盈盈地，也满脸堆笑道："爱卿身上欠安，就好好地歇息。春桃，好生侍候夫人！"

春桃答应着，扶圆圆回屋。

吴三桂带了小李广等几个贴身侍卫，随夏国相往西郊五华山而来。

路上，夏国相见吴三桂神情郁闷，知是为圆圆烦恼，也不说破，只催马上前，与他的马相差一步，探身道："王爷，那两个叫'八面观音'与'四面观音'的女子找到了。"

吴三桂果然兴趣倍增，忙问："哦！她二人现在何处？"

"属下已吩咐茶花坞的主人好生款待她二位，不得接待外客，不知王爷意下如何？"

吴三桂捋着下颌的胡须，眯眼笑道："好！待本王看了新落成的王府再定夺。"

五华山位于昆明西郊，北接螺峰山，东连祖遍山，西与翠湖山水相连。这儿风光旖旎，气候宜人，显赫的平西王府便建在这里。《陈园园事辑》里有记载："红亭碧沼，曲折依泉，杰阁丰堂，参差因岫，冠以巍阙，缭以雕墙，横广数十里。卉木之奇，运自两粤；器玩之丽，购自八闽；而管丝锦绮，以及书画之属，则必取之三吴，细载不绝。"

后来，清人孙鹏有诗，描绘当时五华山景致，曰："一上飞云居五华，松涛声里好为家。西风昨夜吹来早，寒菊当门独自花。"

吴三桂登高望去，只见楼台亭阁，巍峨凝重，回廊百转，幽径千折。后花园内，更是奇花飘香，怪石为山，树木森森，流水淙淙。

一路转下来，天已渐黑。夏国相见吴三桂不时地捋着胡须点头微笑，心里得意，讨好巴结道："王爷可以择吉日乔迁新居了。"

吴三桂点头笑道："还是烦请国相去找最好的风水师，择良辰吉日，迎圆圆及众美姬入府！"

晚饭后，吴三桂来至圆圆房中。

圆圆已卸去头上的钗环，乌黑如云的长发用一方绣花丝帕束在脑后，穿一袭浅紫色的绸缎睡衣，捧一本《心经》，正在烛光下细读。窗前的矮几上，搁置一只碧玉香炉，淡淡的青烟若有若无。

吴三桂掀开门帘，被眼前的情景深深吸引。他倚着门框，默默地看着，或者说是在内心深处享受某种宁静与美好。

他这一生中，自青年开始，便在马背上细数春夏秋冬的季节更迭。塞外的风霜雨雪，战场上的硝烟黄沙，刀尖上滴落的鲜血，成就了他一副铁石心肠。然而，在他内心深处，固执地保留着的一方净土，一处柔软之地，是为眼前这个女人而留的。

眼前这个女人能让他浮躁的心安静下来，能让他抬头看蓝天上有白云飘过，能让他那双杀人都不眨一下的眼睛看清花朵的颜色，看鸟儿在树上叽叽喳喳地跳来跳去。

可是近来，他觉得这女人变了，变得爱管闲事。美貌的女人，天生就是跟男人享福的，有金银珠宝、绫罗绸缎就足够。锦衣玉食、养尊处优的日子，是多少女人梦寐以求的！而她总是心事重重的样子，她还有什么不满足的呢？他百思不得其解。

他爱这个女人，就像爱惜他的一双眼睛。他虽然有了莲儿和其他的女人，可莲儿是他情欲的需要。而陈圆圆，才是他心灵的慰藉。如果陈圆圆不想跟他有肌肤之亲，他便不敢强求。而莲儿，则随叫随到。

今夜，他不想见别的女人，他要陪在圆圆身边，告诉她最好的消息与今后的打算。

春桃见王爷来了，无声地退了出去。

吴三桂随手关了房门，走向圆圆，轻声唤道："圆圆，爱卿！读什么书呢？如此入神。"

圆圆抬眉浅笑道："王爷来了！妾读的是《心经》。"

吴三桂拉过她那双丰腴柔嫩的双手，笑道："《心经》？心经不是尼姑和尚读的么？爱卿何必去读这个东西？明白人也读糊涂了。"

圆圆心里一晒，不想反驳，只曼声应道："贱妾本就是个糊涂人呢！"

吴三桂见了圆圆，哪里有心思去管什么《心经》，他一把搂过圆圆，把脸埋在她的秀发里，嗅着她那忍冬花的浓郁芳香，沉醉道："爱卿，在这异域他乡，能闻到家乡的忍冬花香，是我吴三桂几世修来福分！"

圆圆奇道："王爷，昆明没有忍冬花么？"

吴三桂搓揉着她浑圆的肩背，眯着眼睛道："不知有没有。你身上这股奇异的忍冬花香，跟姑苏老家后花园里的忍冬花香丝毫不差。"说着便要亲她的唇。

圆圆扭开头，笑而不语。

吴三桂见她这般模样，更是心痒难耐，带几分不满地问："爱卿几时变得扭扭捏捏的？"说毕，索性把头埋在她胸前，隔着薄薄的绸衣，吻她结实丰盈的胸。

外面传来轻轻的敲门声，吴三桂头也不抬，圆圆推着他道："王爷，春桃送茶来了。"

吴三桂抬头气咻咻道："深更半夜的，喝哪门子茶！"

圆圆快步走过去开门。

春桃端了托盘进来，吴三桂正欲骂人，见春桃放下托盘，端起一只碗走向他，轻声道："王爷，这是参汤。"又向圆圆道："夫人的燕窝汤，请趁热喝了罢。"说毕反身出去，顺手带上房门。

吴三桂喝口参汤，奇道："这也怪了！爱卿很会调教丫头，以前的画眉会侍候人，那是打小学来的。如今的春桃不过是乡下姑娘，侍候爱卿竟如此熟练老到。"

圆圆笑道："哪里是我调教的？是这丫头聪明，凡事看人家做，自己便会了，这叫用心。"

吴三桂一口喝干参汤，带几分讨好道："是，是，有爱卿这样聪慧的主人，必定有聪明伶俐的丫头。"

圆圆放下碗，嗔道："王爷这是夸我呢？还是损我？"

吴三桂见她面带羞恼，眼睛却顾盼多情，忙搂过她道："爱卿，即便我用尽天下最美的语言，也道不尽爱卿的妙处，又怎么舍得损你？"

不想，圆圆听了这话，反而敛了笑容，变得忧愁满面的。

吴三桂忙道："爱卿，本王特意为你建的王府已经落成，只等吉日一到，爱卿便可住进去了。"

圆圆挣脱他的怀抱，在他对面的软椅坐下，眉头微蹙，轻声问："王爷，能容贱妾说几句心里的话么？"

吴三桂颇为诧异，心想，我何曾不让你说话了？一个女人家，整日待在闺房中，也是闷得慌，是不是想起什么主意来了？便点头道："爱卿有何话，只管道来，或是想要什么新鲜的玩意儿，或是侍候人的丫头，吃的、穿的、用的、玩的，本王立即派人去弄了来。"

圆圆摇摇头："王爷说的，贱妾都已拥有，比起王宫，就眼前的这座王爷府也毫不逊色。"

吴三桂疑惑不解："爱卿既然满足眼前的一切，那还有什么令你愁眉不展的呢？"

圆圆幽幽道："王爷恕妾直言，大明朝的最后一线血脉已断绝，如今，大清稳坐天下，表面看来是四海安静，八方太平。王爷也加官晋爵，庇荫子孙。只是，当年王爷引清兵入关，已给世人留下一段不光彩的记忆。"

听到此，吴三桂脸色变了。

"贱妾听说江南才子吴梅村，为此作了一首长诗，在民间唱响，其中一句是：'恸哭六军俱缟素，冲冠一怒为红颜。'说的就是王爷为了妾身而引清兵入关之事。"

吴三桂骂道："都是那些不得志的书生痞子！自己无所作为，却专好附庸风雅，作些他娘的狗屁诗词来。"

圆圆见他怒气冲冲的模样，轻轻摇头道："王爷，这怨不得别人。王爷做的事，实在是有背社稷与民族的。"

不等圆圆的话说完，吴三桂恼怒道："你一而再，再而三地提这个话题，引清兵入关，引清兵入关，我还不是为了你！如今倒好，你过着锦衣玉食，令人羡慕的日子，却说三道四来了。"

她眼里噙着晶莹的泪水继续道："王爷为此留下卖国的骂名，而贱妾则生生世世承担着红颜祸水的罪过。"

第三十三章　红尘如梦　梦回江南无行处

朱颜渐老，白发添多少？桃李春风浑过了，留得桑榆残照。

江南地迥无尘，老夫一片闲云。恋杀青山不去，青山未必留人。

——元　白朴《清平乐》

吴三桂腾地站起身，本想拂袖而去，见她楚楚可怜的模样儿，又不忍扔下她，便耐着性子说："你看你，我刚刚说起新落成的王府，你偏偏提起这些陈芝麻烂谷子的事，好不叫人扫兴！"

他顿了顿，又道："古往今来，改朝换代之时，有多少功臣是踩着同辈的头颅，趟着他们的鲜血过来的？爱卿不是自小就熟读诗书么？不是有句话说'沉舟侧畔千帆过，病树前头万木春'么？"

陈圆圆吃惊地睁着一双秀美的眼睛，她惊诧于吴三桂竟然知道这两句诗文，正待问他。

吴三桂不让她插嘴，继续道："朱氏的大明王朝，昏庸无能，腐败堕落，它的覆灭是必然的。是李自成那些为所欲为、贪得无厌的农民军推翻了大明，不是我吴三桂！不错，是我引清兵入关的。然而，清兵入关时，我号令三军在关内不准滥杀无辜，不准动百姓的一草一木。请问爱卿，世上还有谁能做到这一点？清兵入关后，除了剿杀李自成，对百姓是秋毫无犯！话又说回来，活着的人，谁不想过上好日子？谁不想住进高楼大厦？谁不想左拥右抱，姬妾成群？我吴三桂东征西伐，歃血沙场，为大清立下汗马功劳，封藩封王不应该么？如今，统领云南一方天地，唯我独尊，为自己心爱的女人建座府邸，有错么？"

陈圆圆冷笑道："王爷所做的一切，自然无错！过去了的事，多说无益。如今王爷晋爵封王，统领云南一方，无异于云南之王，其富贵不可限量。

"妾出身贫贱，不得已流落烟花巷中，又不幸被权贵者买来贩去，幸得王爷几次救赎，才有今日之残躯。王府中美姬佳丽不下千人，而贱妾年老色衰，又体弱多病，请王爷体谅妾心，恩准贱妾带发修行。"

吴三桂这才知道为什么总见她读经书，原来早生去意。

陈圆圆见他不语，又道："妾愿青灯黄卷，诵经绣佛，为王爷祈福，也为自己忏悔前过。"

吴三桂不解道："爱卿何来出家之意？我如今南面称王，比起那些朝中大臣，其富贵与权力有过之而无不及，往后正是你我共享荣华富贵之时。恰巧今日一早接到诏书，朝廷命各地受封的王爷，将正室改称王妃，我正要封爱卿为王妃呢！"说毕，满怀期待地看着圆圆，他以为圆圆会感激涕零，跪地谢恩。

不承想，陈圆圆跪地流泪道："王爷，并非妾不懂王爷的真心与情意。妾知道王爷爱妾胜过一切，妾出身卑微，以残花败柳之质，至王爷府中，金衣玉食，珠环翠绕，受王爷百般宠爱，已是天大的福分，妾已万分满足，哪里还敢奢望王妃的名分？这王妃的封号，贱妾万万不敢当，还请王爷另行选择门当户对的女子为正室王妃吧！"

吴三桂纳闷了，女人，不都为了富贵与名分而讨好主子，或钩心斗角，或争风吃醋，或暗施手段？这个陈圆圆，他真是越来越不懂了。

他心里不悦，但仍然和颜悦色地问："爱卿怎会有这种想法？你知道本王并不计较你的出身，而且一直都非常尊重你，当你是良家女子一样看待。本王看中你的，不仅仅是你的美貌，更要紧的是，你待人宽厚，又识大体，阖府上下，没有不敬重你的为人的，本王这才要封你为王妃。"

陈圆圆依然跪着，她抬头望着吴三桂，泪眼婆娑道："多谢王爷垂爱！圆圆原本也是良家女儿，只是母亲早逝，父亲无力抚养而寄养于姨母家，无奈兵荒马乱之时，姨父挑着货郎担子一去不复返。姨母病逝，贱妾十三四岁时卖身葬姨母，流落梨园。后遇红极一时的田国丈，强行将贱妾买回国丈府。妾命苦不堪言，本以为就此了结一生，又谁知周国丈从中周旋，妾又被进献给先帝。先帝以国事忧烦，实则是认为贱妾容貌太过娇艳，红颜祸水，怕贱妾误了他的国，倾了他的城，又把贱妾退还给田窦家。

"直到王爷去田府，圆圆才得以伴随在王爷身边。然而，好景不长，王爷奉命出镇宁远，圆圆不能随侍左右。"

吴三桂见她悲悲切切，哭得梨花带雨的，忙扶她起来，坐在身边。

圆圆继续道："本以为，在吴府安享富贵，恪守妇道，静候王爷佳音。

谁料李闯入京，又掳贱妾于军中，几经磨难，几番周折，才得以与王爷重逢。"

　　说到此，圆圆拉住吴三桂的一双大手，泪光莹莹："天地之大，竟无圆圆立足之处，只任人抢来买去。多年来，东南西北无所适从。今日虽遇王爷垂爱，后世之人难免以圆圆的遭遇作为茶余饭后的笑谈。如今民间已有'恸哭六军俱缟素，冲冠一怒为红颜'之说。圆圆既不能从一而终，又有何面目做王爷的王妃？人贵在有自知之明，不是圆圆舍得放下王爷而去，实在是万不得已啊！"

　　吴三桂听了，圆圆话中虽对他有情有义，但他仍然浑身不自在，圆圆一个历尽磨难的妇人，尚且知道从一而终。而他呢？少年时，便得大明王朝的武举第一名，受朝廷恩宠，官至总兵，是何等的荣耀？明室对他又是何等的信任与宠幸？如今面对这个柔弱的女人，他能说什么？他面带羞惭却又有几分负气地说："你这是在讥讽本王么？本王的心事岂是他人能知晓的？待时机一到，爱卿便知本王的宏图大志了。"

　　圆圆急道："王爷误会了！王爷对圆圆有再生父母之德，圆圆岂能讥讽？只求王爷恩准了圆圆的请求，了却了这微薄的心愿！"

　　吴三桂走向床前，从枕边扯过一块罗帕，替她拭去泪水，爱怜道："你心向佛门，我也不得阻拦。只是少安毋躁，待搬进王府后，我为你再筑一座园子，修一净室，让你虔心向佛。如果你想离开王府，向那山野庙宇去出家，我是决不允许的！"

　　吴三桂住进了新王府。

　　进府的当天，那一车车的美艳娇娃，与皇帝的三宫六院七十二妃比起来，毫不逊色，就更不用说金银珠宝、奇珍异物了。

　　这日，吴三桂召来心腹夏国相。

　　吴三桂捋着颔下几根稀疏的胡须道："国相，你看这五华山风光秀美，气候堪比江南。本王欲在王府附近筑一座园子，以供家眷们游赏，你道如何？"

　　夏国相心想，建新王府动用白银数以万计，占用民间田地已是怨声载道，再建座园子，那得多少银两，多少地盘？口中却道："王爷想得周到！江南不都兴建造园林么？这五华山的风景，造园子再合适不过了。"

吴三桂点头笑道："国相看取何处造园子合适？"

夏国相思索道："属下看城北就好。那儿空旷开阔，倚山面水，更兼花草缤纷，树木繁茂。若造园子，其园内的景观也无须刻意雕琢，是不可多得的极好去处。"

吴三桂拍手赞道："不愧是国相，目光独到，颇具匠心！"

几句话夸得夏国相心里美滋滋的，又十二分地讨好道："王爷，明日便是吉日，明日动工如何？"

吴三桂沉吟道："自然是越快越好！只是那几处的民居，责令他们搬迁，怕也要些时日，明日动工太仓促了些。"

夏国相不以为然："属下当即写下告示，往那山墙上一贴，限他们五日之内搬迁，否则就当无人居住拆了。明日派人先把地盘圈起来，还怕他们不快些搬走？"

吴三桂点头赞同。

雨，淅淅沥沥地下着，远处的山，近处的树，都笼罩在迷蒙的雨雾之中。昆明的雨季像极了江南，一下就是几天，若不是那阔叶的树木，还有那与江南的粉墙黛瓦完全不同的楼台亭阁，圆圆几乎疑是在江南了。

圆圆百无聊赖，抱了琵琶，在窗前随手弹唱道：

朱颜渐老，白发添多少？桃李春风浑过了，留得桑榆残照。
江南地迥无尘，老夫一片闲云。恋杀青山不去，青山未必留人。

唱毕，她望向远处黛色的山峦，又想起姑苏城来，那楼前的芭蕉是否碧绿如玉？那遒劲的腊梅是否梅子满枝？还有那院墙上紫色的忍冬藤是否还在？

噢！是了，此时正是夏季，正是忍冬花开的季节，那一墙的忍冬花开了么？那曾经馥郁了一座古城的忍冬花，是否还记得当年那个爱采忍冬花泡茶的女子？只可惜，当年的花季女郎，如今已朱颜渐老，要终老他乡了。

还有横塘的小楼，楼前的荷塘，楼后的竹林，是否都还在呢？还有那人儿，那个英俊潇洒、风流儒雅的复社公子冒辟疆，你可知道当年那个痴情的女子，如春天的柳絮，无枝可依的坎坷？

想到冒辟疆，陈圆圆的心突然如针刺般痛起来，她俯身在窗台上，无力地呻吟。

在一边做针线活的春桃见状，忙扔下手中的针线，将她扶至床上靠着，拿枕头垫了后背，又倒了温在炉中的参汤，给她喂下，便要去禀告王爷叫郎中来。

圆圆急忙摇手，示意春桃不要去。

半个时辰后，圆圆苍白的脸色才慢慢红润起来。

"夫人方才吓死奴婢了。"春桃用衣袖抹了一把额头上的汗，轻轻地嘘口气道。

圆圆微弱地笑笑："也不知为什么，近来常常心悸，今儿心痛得比往常厉害些，不过，一会儿就过去了。"

春桃奇道："夫人身体不适，如何不肯告诉王爷？王爷知道了，必给夫人请最好的郎中。"

圆圆敛了笑容，神情严肃地叮嘱春桃："你千万别将此事说出去！若王爷知道我有心痛的毛病，是断不肯让我独处修行的。"

春桃有些茫然地点头。

主仆二人正说些闲话，却听小李广在门外唤春桃，春桃忙出去，一会儿又进来，手里多了一只竹篮。

春桃笑盈盈地："夫人，你看这果子，还有这蘑菇，都水灵灵，鲜嫩嫩的。"

圆圆奇道："是去山下买的么？"

"是小李广在山上采的。"

"小李广？他人呢？快唤他进来，我正有事要问他呢！"

春桃忙放下篮子出去，小李广正在廊下，看着雨发愁。见春桃急忙忙的出来，上前笑道："春桃，你是在找我么？"

春桃嗔道："天下唯独你是个机灵人，我为什么找你？"

小李广搔着后脑勺憨笑道："你不找我，为何急急忙忙地跑出来，又东张西望的？"

春桃笑道："休得贫嘴！且饶你这次，快去吧，夫人有事要问呢！"

小李广迟疑道："夫人又有何事要问？上次永历帝的事，王爷还询问了我们这些护卫，为何夫人知道得这样清楚。"

春桃脸一沉，冷笑道："众人都知道你是王爷的护卫，威风着呢！难道夫人就使唤不动你么？"

小李广赔笑道："看姑娘说的，小的哪敢不听夫人使唤！"说毕，也不叫春桃带路，径直往里面去。

春桃在后面吃吃地笑道："这不就是了，何必多费口舌！"

圆圆已经下床，坐在窗下的圆桌边。

小李广停在门外叫声夫人。

圆圆道："进来说话！"

小李广跟春桃前后脚进门。

春桃上前轻声问："夫人可好些了？"

圆圆点点头："好多了！不妨事的！"

小李广上前施礼："给夫人请安！夫人身上不适么？小的这就叫府上的大夫来。"说毕就要出去。

圆圆拦住："无妨！不用麻烦大夫了，不过是老毛病，心绞痛，一会儿就过去了。"

小李广回道："自建王府时，小的就在这五华山中跑上跑下，认识一个挖草药的瑶族老人，他是专治疑难杂症的，在这一带颇有名气，天天有病人找上门。夫人是何症状，说给小的听，明儿小的去找他弄些草药来。"

春桃挑眉道："这治病也是闹着玩儿的？一个民间郎中的草药也能治病？"

圆圆道："春桃不可小瞧了民间郎中，民间往往有高人奇士。"

随即把自己心痛的症状给小李广细细说了一遍，小李广默记在心。

圆圆又问："你方才说建王府，我正要问你呢，大约半年前就听说王爷要建一座园子，园子的名字也取好了，叫野园。如今怎样了？"

小李广道："回夫人，这园子非比一般人家的园子，哪能这么快就建好？只是靠近王府的这一小半园子快建成了，若不是这几天连连下雨，说不定夫人就可乘车游园了。"

"噢！难道这园子里原先就是空地，是没有人居住的？怎么从未听见一点点风声？"

"夫人住在深宅绣楼里，自然不知道外面的事了。这五华山是昆明城里最高的地势，居住的人可多了。建园时，王爷勒令他们搬迁，他们都不愿搬呢？"

圆圆不解地问："那些居民必是祖祖辈辈住在此地的，这突如其来的，要他们搬到哪儿去？哪儿又有现成的房屋供他们居住呢？"

小李广附和道："夫人说的是！"

圆圆拧眉道："我不是叫你来附和我说话的，我是想问问，王府勒令居民搬迁，是否给了银两，作为重新安置费用的？"

小李广迟疑着。

圆圆道："我一个妇道之家，问了也白问，也没有大宗的银两散发给那些可怜的居民，王爷也不听我的劝告。唉，不问也罢！"

小李广忙道："请夫人饶恕！小的在夫人面前，知无不言，言无不尽。"

原来，新建王府时，地基及附近，就有众多的居民，他们世世代代生于斯，长于斯。王府突然一声令下，勒令五日之内全部搬迁，他们到哪里去找栖息之地？有钱的人家或许有几处房屋，不愿搬迁。无钱的人家，无处着落，更不愿搬。

夏国相把王爷的指令下到地方府衙，起初，地方官惧怕王府势力，凡来府衙求情说理的，一例不敢向王府上报，只暗中补偿一点搬迁费。

这次建园子，所圈的范围内，仍然有众多的居民，看到告示时，大多不愿搬迁。他们既恨吴三桂卖国，又恨他来云南抢他们的土地建府筑园。这次官府无奈，只得告知夏国相。

吴三桂听了，吩咐夏国相："拨两万两白银，足可安置他们了。"

两万两白银如何安置这许多户民众？加上官府暗中克扣，到居民手中的，少得可怜。几名身强力壮的男子招集所有的住户，一齐涌向官府。吴三桂以百姓聚众闹事捉拿十几人打入死牢，只待秋后问斩，这事便就压了下去。

然而，那些平民百姓惶恐之中，又哪里去寻找栖息之地，便山脚溪畔，田头地尾，随处栖息。一时，五华山一带，怨声载道，骂声不绝。吴三桂、夏国相等人置若罔闻，官府见王爷不闻不问，也落得自在。

居民都赶出去了，可那山间的坟墓却无人迁葬。活着的人都找不到栖息之地，哪里还有能力去管埋在地下的死人！

吴三桂一声令下，将圈内的坟墓一律掘起，拢至一堆，运至数十外的一处山坳，挖个坑，埋在一处。这样一来，谁也分不清谁是谁的祖宗，谁是谁的前辈了。

筑园子的场地已开辟出来，吴三桂发库银十万两，征募匠人与劳工近万人，开工建筑。一应砖瓦木石，均由下属官吏开发采购。

夏国相又有告示贴出，凡云南境内，有奇花异草、珍禽怪兽的一律献给王府，若发现有隐匿不献的，便打入大牢问罪。

云南境内的一些富商巨贾，欲讨好巴结吴三桂的，便把自家珍藏的异品贡献出来，又给吴三桂提供一些信息，哪家有珍品，哪家有奇物，吴三桂便一一以低价强行收购。

小李广说完，见夫人右手托腮，眼睛望向窗外，似乎并没有听他说些什么。那神态，如一尊美丽而忧愁的雕像。

小李广又看看春桃，春桃向他挥手，示意他先退去。

陈圆圆把小李广的话一字不漏地听了，那颗对吴三桂还存有几分温柔之心，已冷到极致。

一个内心良善之人，是不可能变得这样快、这样狠毒的。他一步一个脚印地走来，每一步都是那么冷酷与阴狠。一、他大开山海关之门，无视国家与百姓的安危，引清兵入关；二、李自成杀了他一家三十八口人，把头颅一个个扔在他的脚下，他竟然不为亲情所动；三、他本可以给永历帝一条生路，为了自己的利益执意杀了永历，并挫骨扬灰；四、为了讨好一个女人，建王府、筑花园，置百姓的安危而不顾。

圆圆在心里细数他的行径，那曾经所有的温柔浪漫，所有的爱恋情怀，如午夜的烟花，绚丽灿烂后，瞬间消失得无影无踪。

她不想再劝说吴三桂了。因为，她知道，吴三桂可以为她做一切，却绝不可能为了她而改变他自己。

她要尽快离开这儿，离开这座奢华的王府。人海浮沉，红尘如梦，这繁华之处，终究不是她的归宿。

窗外，依然风雨飘摇。那细细密密的雨，像极了江南的雨，只是这儿的雨丝毫没有江南雨的轻灵秀美之气，倒似沾染了几分幽怨与哀愁，显得分外的阴郁而沉重。

也不知过了多久，吴三桂的野园建成。

后人有歌曰：

古滇城北数里许，后枕高山前带水；孤松峭拔撑天高，绿杨缥缈斜阳里。此中佳胜古来稀，中有野园壮丽无伦比。层楼杰阁亘云霄，水榭风轩随处起。名花异草四时开，不尽千红与万紫；珍禽奇兽尽搜罗，纵横遍地皆罗绮。长桥似波一任飞，龙舟竞渡聊复尔。十步阁兮五步楼，古称阿房只如此。中唯

妆台尤杰出，隔离天日不盈咫。谁能为此壮大观？吴王兴业震遐迩。借兵入卫明社墟，缅甸凯旋明祚讫。论功不数桑维翰，封藩开府南滇地。升平而复溺晏安，况复佳人久擅倾城美。大兴土木复穷奢，舍是不足娱歌伎。君王岂计民游离，只忧美人心不喜……

第三十四章　故国难回　台近荒丘易断魂

潮生潮落何时了？断送行人老！消沉万古意无穷，尽在长空淡淡鸟飞中。

海门几点青山小，望极烟波渺。何当驾我以长风？便欲乘桴浮到日华东。

——元　赵孟頫《虞美人》

自野园落成之后，陈圆圆一直病病恹恹的，吴三桂每每想带她游园，见她身体不适而慵懒倦怠的模样，便打消了念头。

圆圆每每提及离开王府、独处修行之事，也被吴三桂以她生病为借口而拒绝。

吴三桂想不通了，他花了巨大的财力、物力与精力为她修造的这座野园，比起皇帝的御花园，其自然风景与人为景观，有过之而无不及，为什么她一点兴趣都没有？

这奢华至极的王府，风光旖旎的野园，还有那锦衣玉食，与那呼之即来，挥之即去的奴仆，这些在她眼里竟然如同虚设。而其他众多的美姬侍妾，为了取悦于吴三桂，争风吃醋，钩心斗角，极尽献媚之所能，丑态百出。她们巴不得天天坐着马车，随吴三桂在偌大的园子里游来荡去。

可吴三桂冷眼看去，陈圆圆又不像是在吃醋赌气，王府里的富贵也好，野园里的美景也罢，还有那些欲与她一争高下的美人，她似乎从未放在心上。或者说，她已经没有心了，留在他吴三桂身边的，似乎只是一个美丽的躯壳。

这个陈圆圆，她究竟要什么呢？吴三桂有时赌气不管她，每逢天气晴朗之时，便带莲儿等一群宠妾在园子里尽情嬉戏打闹。

这日，吴三桂遍请滇中名士及王府众幕僚，于野园饮宴。吴三桂本一介武夫，并不懂诗文。但他自幼生长在江南，江南文人的浪漫气息与风流儒雅，曾经让他耳濡目染。他在这权力与富贵达到顶峰之时，便也附庸风雅起来。他本想带圆圆出来一展歌喉与诗文，圆圆却以身体不适而推脱，无奈，他只得带莲儿与其他侍妾来至园中。

莲儿年轻，那青春的姿容，正是吴三桂身边一道亮丽的风景。

王府之中，无人知晓莲儿的出身来历，只知道她能作诗文，会写一手令人叫绝的好字。据书法行家说，那字的娇劲气势连男子都不及。

宴饮开始，吴三桂的美姬佳丽，极尽所能，跳舞的，唱曲的，赢来宾客们一阵阵掌声。

酒至酣处，只听那莲儿唱道：

> 波映横塘柳映桥，冷烟疏雨暗亭皋。春城风景胜江郊。
> 花蕊暗随蜂作蜜，溪云还伴鹤归巢。草堂新竹两三梢。

这是一首《浣溪沙》，不知何人所作，只是词中明丽清秀的自然之景与眼前的野园十分的贴切。

莲儿婉转流利的歌喉，引得满座宾客的齐声喝彩。

座中一中年人扬声笑道："王爷，能否请莲儿姑娘再展歌喉，唱一支诙谐的曲子？"

这人大概是常逛歌楼舞馆的，他所说的诙谐，就是极香艳的曲子。吴三桂竟不以为意，看着莲儿，含笑道："莲儿再唱一曲，本王亲自为你抚笛！"

众人听王爷要亲自抚笛，兴致极高。

莲儿谢过王爷，思索片刻，悄声对吴三桂耳语几句。便见她柳眉轻扬，朱唇慢启，和着吴三桂清扬的笛声唱道：

> 红楼别夜堪惆怅，香灯半卷流苏帐。残月出门时，美人和泪辞。
> 琵琶金翠羽，弦上黄莺语。劝我早归家，绿窗人似花。

这是花间派词人韦庄的一首《菩萨蛮》，词里回忆起当年残月夜的离别，到如今也难以忘怀。莲儿婉转唱来，把那依依惜别之情，与美人临别时的嘱托，唱得如诉如泣，动人心怀。

座中宾客，没有不惧怕吴三桂的，表面上都攀附于他，暗地里却恨他，瞧不起他。此刻听他把一支曲子吹奏得似白云出岫，如落花缤纷，尤其是那依依惜别之情，吹洒得淋漓尽致，竟对他刮目相看起来。

一曲终了，满园寂静。片刻后，众人离座而起，掌声、喝彩声响成一片。

　　吴三桂得意之极，吩咐侍从取金珠玉镯、绫罗绸缎赏莲儿，其他侍妾，各有赏赐。

　　吴三桂又命莲儿作诗，与在座的名士酬和应答，以宣扬今日饮宴之事。莲儿即兴而作，又赢得众人的赞赏。

　　黄昏，众宾客扶醉而归。

　　吴三桂随莲儿来至房中，见莲儿将所得的赏赐存放在柜中。诧异道："这柜中东西，不都是本王赏赐于你的么？"

　　莲儿嫣然笑道："这些贵重之物都是王爷所赐，莲儿将收藏起来，绝不动用。"

　　吴三桂奇道："这是为何？本王赐予你的金银首饰与绫罗绸缎，不就是让你穿，让你戴的？"

　　莲儿回道："莲儿自来至王爷府中，承蒙王爷爱惜，吃穿用度，都如贵妇一般。这柜中的物品都是王爷额外赏赐，莲儿贮存起来，若他日王爷有宏图大事，就给王爷犒赏属下将士。"

　　吴三桂听了，心中万分欣慰，不仅对莲儿刮目相看，更是百般宠爱。莲儿一语惊醒梦中人，吴三桂在往后的日子里，赏赐侍妾也好，日常饮宴也罢，也不如往日那般挥金如土，而是有意敛财，以备日后充军需之用。

　　清晨，春桃进来侍候圆圆穿衣梳妆。

　　圆圆忽然道："今儿天气如何？我想去园子里走走。"

　　春桃拍手喜道："今儿天气好着呢！夫人原该多去园子里走走的，整天关屋里，好人也能闷出病来。"

　　圆圆用手指轻轻点一下春桃的额头："你这丫头，见说去园子，就高兴成这样，莫不是成天想着玩儿？"

　　春桃到底少女性情，毫不掩饰地笑道："是啊！夫人，奴婢早就想去园子里逛逛了。听说王爷几日前办的饮宴可热闹了，那莲儿出尽了风头。"

　　"莲儿年轻貌美，又多才多艺，合该是她出风头的时候。"圆圆边说边走至梳妆台前坐下。

　　春桃拿了一只象牙梳子，替她梳着乌黑的长发，似有些忧虑道："夫人，奴婢原不该多嘴。只是夫人也看看王爷身边那些人，一个个乌鸡眼似的争风吃醋，钩心斗角，拼着命地粘在王爷身边。夫人却像局外人似的不闻不问。王爷要封夫人为王妃，这是多少女人做梦都想的好事儿！夫人倒好，一句话便推脱了，还叫王爷另娶王妃。王爷请夫人去游园也请不动，这不，王爷还真娶了王妃，这些日子王爷也不来这边了。"

圆圆从镜里看了春桃一眼，笑道："你这丫头，还说不该多嘴，却啰啰唆唆地说这许多！我知道你是替我着想。只是你哪里知道，这几年来，王爷对我的宠爱、给我的荣华富贵，已经到了无以复加的地步。你看王府里的日子，如烈火烹油，似鲜花着锦，富贵到了极致。你想想，哪有鲜花不谢的？哪有不熄的烈火？如今我年老色衰，体弱多病，正是抽身退步的时候，哪里还去跟她们一争高下！"

春桃停了手，惊道："抽身退步？难道夫人真的要离开王府？"

圆圆叹道："离开王府，我也无处可去。只求王爷赐我一间净室，侍奉在佛前，便心满意足了。"

春桃替她挽了发髻，在右边鬓角别了一支碧玉簪子，笑道："夫人早就跟王爷提过这事儿，王爷并未答应，是舍不得夫人离开。"

圆圆若有所思："无论如何，我意已决！"

春桃打开衣橱门，翻看着衣裳："夫人今儿去园子，就穿这件海棠红的如何？"

圆圆皱眉道："海棠红太过妖媚娇艳了。"

"这园子里满是奇花异草，五彩缤纷的，夫人这样袅娜的体态与绝世的容貌，正该穿鲜艳点儿的衣裳，把那些花草都比了下去。"春桃拿了那件海棠红的衣裳过来。

"女人再美貌，也比不过花去！花草树木，得日月之精华，聚天地之灵气，其气质、神韵，还有那股自然的馥郁之气，岂是我等浊世之人可比的！"圆圆走向衣橱，取出一件极淡的青绿色衣裙，"还是穿这件鸭卵青的好，素净、淡雅、自然，能融入万物之中。"

春桃侍候圆圆穿了，又去外间侍弄片刻，端了托盘进来道："这是一早就熬好的燕窝粥，夫人先吃一碗，再吃几块点心，我去下就来。"

圆圆喝了小碗燕窝粥，吃了几块松软香甜的酥饼，觉得精神比往日好了许多，见春桃尚未回来，便来至院中，正欲出门，却听门外响起马车辚辚声。

正疑惑间，见吴三桂一步跨进门来，眉开眼笑道："难得爱卿有雅兴逛园子，我这园子原本就是为爱卿而建的，今日才不枉了我这番心血。"

圆圆正施礼请安，听他这话，惶恐道："王爷，贱妾如柳絮陋质，承蒙王爷爱惜，已经玷污了这琼楼玉宇之地了。更有何德何能，让王爷造出这偌大的园子来享受？外人又会给贱妾重加一罪了。"

吴三桂不悦道："人生一世，草木一秋，你只管享受眼前的美景与荣华，何必去管他人说什么！乱世英雄也好，治世功臣也罢，功过与否，自有后来人评论。"说毕，见圆圆低眉敛首，又怕她改变主意不去园子，随即又笑道："来，我扶爱卿上车。"回头又吩咐刚进门的春桃带几名仆妇，拿了一应用具与吃食，从近路先去望月台候着。

车夫赶着马车缓缓而行，清风轻轻吹拂，携带着奇花异草的芬芳，迎面而来。那如雨的花瓣，偶尔随风而起，落在发髻、落在双肩，又滑下衣襟，留下一缕馥郁，飘忽而去。

圆圆在车上望去，野园视野开阔，地势起伏跌宕，人工雕琢与自然景物浑然天成。正是敞处开莲池，夹道种杨柳，翠竹森森，碧水幽幽，更兼楼台亭阁，风轩水榭，罗列其间。

圆圆心里暗暗叹道，建造这些楼阁庭院的土地，原是多少穷人的栖息之地，如今都被吴三桂强占来造金屋藏娇娃了。

吴三桂见她眯眼只顾前方，便笑着指道："爱卿，你可见这两边各有一道河流？"

圆圆顺着他的手指看去，果然有两条河流绕园而过。

吴三桂伸手揽过圆圆柔软的腰肢，在她耳边细语道："爱卿，我怕你怀念姑苏，怀念秦淮河，便挖了这两条河，引进水源。你身体太弱，待夏日，我陪你河上泛舟如何？"

圆圆含笑点头道："王爷曾答应过贱妾，要给妾一间净室诵经事佛的，还请王爷不要食言为好。"

吴三桂皱眉道："爱卿何苦念念不忘诵经事佛？想当初，我与你天各一方时，你苦苦相守。后来东征西战，你也舍命相随。如今天下安宁，四海无事，本王独尊云南，真可谓富贵已极，你却要去伴那青灯古佛，孤独寂寥。"

圆圆道："托王爷的福，贱妾富贵已极，若再贪图荣华，只会给自己再添加一重罪孽，求王爷赐一净室，恳请王爷恩准！"

说话间，马车已到望月台。

等候在望月台的春桃与几个仆妇，忙上前扶圆圆下车。圆圆抬眉望去，望月台有几分江南的亭榭风味，只是两边的柱子有刀斧削过的痕迹，而且很明显。

圆圆不解地问："王爷，这柱子上应该题有对联啊！"

吴三桂道："爱卿真不愧是江南名媛！一眼就看出来了。原本是有对联的，后来叫匠人削去了。"

圆圆奇道："这是为何？"

吴三桂愤愤道："这望月台刚建好时，本王发布告征联，一个叫夏岩的狂生送了副对子来，并亲手写在柱子上。"

圆圆奇道："那对联是如何写的？"

吴三桂笑道："说给你听听也无妨，本王对这副对联记忆犹新：月明故国难回首，台近荒丘易断魂。"

圆圆听了，默不作声。

哪知吴三桂又笑道："起初，我还以为是赞美野园的佳句，后来听夏国相说是骂本王的，便将柱子上的对联用刀削了，顺便把那狂生夏岩的脑袋也削了，这望月台便不再题联。"

吴三桂说得云淡风轻，像是在讲一个不相干的典故。圆圆却听得惊心动魄，这样的男人，这样的地方，还有什么值得留恋的？

春桃见二人倚石桌坐下，正要沏茶，不料圆圆起身，朝她笑道："春桃，你去外面逛逛去，我来沏茶。"

春桃抬头见她暗暗丢过来的眼神，轻声道："炉上水刚刚烧滚，夫人小心些，不要烫着自己。"

圆圆笑道："你放心地去，不妨事的。"

春桃向吴三桂施礼，低头退出望月台。

吴三桂探究的目光看着圆圆沏茶。

圆圆端茶过来，盈盈笑道："若是有画眉在，王爷便有江南的花茶喝了。昆明的花儿倒是比姑苏多，只是春桃不会侍弄这些花花朵朵的。"

吴三桂接过茶碗，喜道："今儿难得爱卿好情致，能喝到你亲手沏的茶。想喝昆明的花茶还不容易？我命人去制了，专供爱卿品尝。"

陈圆圆在他对面坐下，敛了笑容道："多谢王爷恩宠！贱妾还是那句话，恳求王爷寻一处净地，以了却贱妾虔心向佛的愿望。"

吴三桂放下茶碗叹道："你几次三番地提起这事儿，我一直都不曾答应，是因为我舍不得你离开。既然你心意已决，本王就遂了你的心愿。只是，你不能离开王府。"

圆圆不语。

吴三桂起身指向远处的一片森森树林道："那一片林子中，隐有一座单独的小楼，是野园中最为僻静的去处，爱卿若喜欢，就去那儿清修。"

圆圆顺着他的手指望去，只见一片绿幽幽的树木竹林，并不见小楼。但知道吴三桂不会骗她，忙跪地磕头谢恩。

吴三桂连忙扶起她："那楼里所有的用具都是一应俱全的，你只管住进去就是了。你还是把春桃带在身边，那丫头你使唤熟了。我叫管家去寻一个会做江南菜的厨娘，再多挑几个粗使的丫头给你带去。"

圆圆感激道："多谢王爷照顾得周全！圆圆来生定当衔环结草以报！"

吴三桂握住她的手道："我不图你来生衔环结草，只图时常可以见到你。"

圆圆不知是想避开这个话题，还是未听清他的话，自顾自地说："明儿便是初一，搬过去就是，也不用择日选日这些烦琐的事了。"

吴三桂道："诸事听凭爱卿自己主张，明儿一早，我吩咐小李广驾车过来候着。"

正说着，忽见小李广飞马过来，见吴三桂在望月台上，便翻身下马，在台阶下道："启禀王爷，夏国相有要事相告，正到处寻找王爷。"

吴三桂听说夏国相有要事相告，略一思索，便吩咐小李广护送圆圆驾车回府，自己则跃上小李广骑来的马，飞奔而去。

直到晚饭后，圆圆也没见着吴三桂，并不以为意。

春桃忙着收拾东西，大有把满屋的东西都搬过去的架势。

圆圆道："春桃，你别乱忙了。只把我平日穿的衣裳与用具，还有这些佛经、诗经典籍，都收拾妥当了就可以了。"

春桃小心翼翼地收拾着古董字画，头也不抬地说："夫人，这些贵重的东西若不搬过去，也不知落在何人手里。偌大一个王府，好东西多得数都数不过来，那些人一个个明里暗里抢着要。唯独夫人，不但不争不抢，还把自己的体己拿去替王爷做赏赐，争脸面。"

圆圆笑骂道："你还真是没见过世面的乡下丫头！这些古董字画、金银珠宝、绫罗绸缎，是能吃是能喝？还是能带进棺材里去？"

春桃回头，有些惊愕地看着她。

圆圆走至窗前，望着窗外深不可测的黑暗，幽幽道："也难怪你把这些东西看得贵重，它们的价值何止千金！但如果你经历了我所经历过的一切，你就不会如此看重这些东西了。"

春桃从床边拉过一件夹衣披在她身上。

圆圆仍旧道："以前我也喜欢戴这些名贵的金银首饰，喜欢穿样式新颖、色彩鲜艳的衣裙。如今，我只要有一张床、一堵墙、一碗饭、一身布衣，便足矣！"

"爱卿何故如此悲观？"

突然听见说话声，二人吃了一惊，回头看时，吴三桂正立在门边。

圆圆忙趋步上前请安："王爷万福！"

春桃低头快步退出，顺手带上房门。

吴三桂眉头紧蹙，眉宇间似有挥之不去的忧虑，圆圆不敢猜测，她暗暗祈求菩萨保佑：吴三桂不要收回那栋她尚未住进去的小楼。

他把圆圆搂进怀里，将脸埋进她的秀发中，深深吸一口气道："你身上的忍冬花香，总能让我想起姑苏老家。"

"王爷有心事么？"圆圆抬眉，小心地问。

"今儿得到消息，皇帝驾崩，八岁的孩童玄烨登基。"吴三桂回道。

圆圆从他怀里挣脱出来，惊道："皇帝驾崩？大清皇帝顺治不是很年轻么？怎么就驾崩了？"

"不知道是如何死的。"吴三桂坐至桌边，圆圆忙过去给他斟茶。

"自入清廷以来，我一直得不到多尔衮的信任。进云南后，朝廷对我的猜忌更深。"吴三桂呷口茶道，"我是钦封的平西王，皇帝驾崩，居然不通知我奔丧。"

"王爷将作何打算？"

"我想以奔丧为名进京探听虚实，以看朝廷往后的举动，可又担心受朝廷挟制，不让我回云南。"吴三桂的语气无不忧虑。

圆圆迟疑道："王爷，恕贱妾多嘴。云南虽是王爷的封地，起初，所有的官员大多由朝廷配置，而这些人都被王爷以各种理由撤回京师，如今王爷任用的都是自己的部下与心腹。这样一来，王爷能不引起朝廷的猜疑么？"

吴三桂暗想，你整天关在屋子里，居然知晓这些事儿，还有什么是你不知道呢？女人真是不可思议。

"正因如此，我怕进京后受朝廷挟制，便命夏国相与大将马宝，点兵十万，明日起程进京。"

圆圆急道："王爷千万不可如此！"

吴三桂奇道："为什么？爱卿说来听听。"

圆圆道："王爷此举太过莽撞！天底下，哪有带十万大兵奔丧的！朝廷本来对你疑心重重，如今见你声势浩大，还以为你要反清呢！"

吴三桂思索道："爱卿说的也有道理，只是我还得进京。"

这夜，吴三桂住在圆圆屋里。

次日，吴三桂早早起床，对圆圆道："我今日起程进京，特留下侍卫小李广，随时听候爱卿的使唤。昨日我已交代过他，今日帮爱卿搬进园中小楼。"

圆圆盈盈拜谢："王爷在百忙之中还想得如此周全，贱妾感激不尽！王爷进京，一路上多加小心，保重贵体！"

吴三桂扶起她，笑道："爱卿，有你在，我的心就是暖的，就是实的。我会平安归来！爱卿等我！"

陈圆圆倚门目送吴三桂远去。天空又飘起细雨，廊外的粉百合，在雨中已经没有了昨日清新娇柔的优雅神韵。圆圆看着蔫蔫的花瓣，心绪茫然。

吴三桂带心腹夏国相与大将马宝，率十万大军经贵州、湖南，入湖北、河南，望北京而来。一路上浩浩荡荡，气势冲天，士兵对沿途百姓的骚扰，马宝一概不问。

数十日后，快到达京城时，吴三桂命马宝率大军先行，自己则故意落后缓缓而行。

早有人把吴军进京之事报给了朝廷。

新登基的八岁小皇帝玄烨，哪里处理得了这些事儿？朝廷大事皆由孝庄太皇太后与四位辅臣代理。吴三桂原本就是有争议的人物，今儿又率十万之众来京，说是奔丧，谁能说清他的真实意图？

马宝率军已抵京师城外，十万大军突然蜂拥而至，堵塞路途，损坏田地间的作物，京城中，人心惶惶。有的说吴三桂要反清复明，有的说吴三桂趁新帝年幼，带大军入京是来夺取皇位的。一时，众说纷纭，谣言四起，老百姓怕的就是战火重燃，生灵涂炭。于是，大批居民出城避祸。

朝廷命吴军退至城郊，派大臣赴军中犒劳安抚，先奖励吴三桂的功绩，再以居民惧怕大军骚扰为由，命吴三桂在城郊设祭哭灵。

吴三桂随后姗姗而来，见大军被拒之城外，暗惊，朝廷不但不相信我吴三桂，竟然对我戒备森严，连城门都不让进！心里恼怒，却也无可奈何，只得命属下于京城外设祭台，率大军草草祭了先皇，当日便起程回云南。

第三十五章　回首来处　也无风雨也无晴

莫听穿林打叶声，何妨吟啸且徐行。竹杖芒鞋轻胜马，谁怕？一蓑烟雨任平生。

料峭春风吹酒醒，微冷，山头斜照却相迎。回首向来萧瑟处，归去，也无风雨也无晴。

——宋　苏轼《定风波》

吴三桂自北京奔丧归来，心里虽然激愤，面上却不露声色。只命心腹大将马宝、胡柱国、郭壮图等抓紧时间操练新兵。

随他一起南征北战的旧部将士，大多年迈，有的已经逝去，他便招募各将士的子弟，以及云南各地的青壮年充实他的部队。并将资质聪慧的年轻人选拔出来，教习他们武侯阵法，练习骑射。一时，吴军营中，谈兵说阵、骑马射箭的少年精英，不可胜数。

这日，夏国相来报，朝廷派遣来云南的使者，已抵达贵州。

吴三桂眉头紧锁："国相，你认为朝廷派人来云南是何用意？"

夏国相回道："据密报，此次朝廷派出多名使者，巡察各省，不仅仅只来云南。"

吴三桂冷笑道："朝廷无非是想窥探本王的举动。国相，传令下去，命各部官员在朝廷使者到来期间，只许热情款待，谨慎周旋；不准信口开河，乱说乱道。"

夏国相点头应是。

吴三桂抬眼，直视夏国相："朝廷一方面不信任我、防着我，另一方面又想稳住我，这日子过得太窝火了些。如今该何去何从，国相若有良计，请指点一二。"

夏国相沉吟片刻，压低声音说："王爷若自动辞去世袭平西王之任，交出兵权，朝廷对王爷的猜疑，必定冰消雪融。王爷若做不到这两点，就必须尽快自谋出路，另起炉灶。优柔寡断，拖延时间，只会招来灭顶之灾。"

吴三桂叹道："唉！如今就是交出兵权，也会招来杀身之祸！"

夏国相道："朝廷虽封王爷世袭平西王，藩封罔替，三代之后，晋封自动废除。而且，朝廷对王爷的猜疑与防范，不是一日两日了，王爷应早做打算，以王爷的过人智慧，何须属下多说？"

吴三桂起身，背负双手，缓缓走至窗前，沉声道："这可是性命攸关的大事，不能草率决定，也不知众部下是否还愿意跟随本王。"

夏国相点头赞同："王爷说的极是！我们要以恩感人，以威服众。"

吴三桂笑道："知我者，国相也！"

夏国相道："王爷，属下还一点疑虑，不知当讲不当讲？"

"讲！"

"不知王爷是否想过，朝廷有一天会撤藩。"

"噢？"

"皇帝虽年幼，但是，大清国的根基日渐稳固。朝廷最担忧的恐怕就是王爷这样手握重大兵权的藩王了。"

吴三桂捋着稀疏的胡须，一双锐利的眼睛深深地看着夏国相。

"如果朝廷突然降旨撤藩，命王爷归宗养老，王爷将何去何从？是遵旨做个顺民，还是抗旨不遵？"

吴三桂胸腔里气血翻涌，苍白的脸颊泛起一层红晕。他看着自己一双与脸色同样苍白的手道："这个问题我也想过，只是我没有耐心等到他撤藩的那一天！"

"此事宜早不宜迟，请王爷早做决断！"夏国相说毕，告辞而出。

吴三桂往陈圆圆的小楼逶迤而来。

翠绿的树木掩映着小楼，小楼西面有一池碧荷，一座小巧的竹桥，通向湖心的木轩，微风拂过，千株荷影，摇曳生姿。

吴三桂跨进院门，便听木鱼声声，一股幽幽的檀香味绕鼻而来。他挥手支开门边的丫头，穿过大厅，径直来到佛堂。

佛堂的神龛中，一尊慈眉善目的观音菩萨栩栩如生，桌前供有三盘时新的水果，香炉里，青烟袅袅婷婷。

陈圆圆正盘腿坐在蒲团上，一手敲着木鱼，一手捻着佛珠，双目微闭，口中念念有词。

她早已不戴金银首饰，一头乌黑的长发挽在脑后，用一支古拙的木钗簪了，一袭玄色遮障衣，虽遮住了婀娜的身姿，却更衬得她肤如凝脂，脸如满月。

吴三桂立在她身侧，半晌没有吭声，似不忍唤醒酣睡中的人儿，又似不愿打破这美好的宁静。

这纷繁的世上，唯有在陈圆圆面前，他才有一种要停下来享受自然的馈赠、怡情山水的渴望，有一种细水流年，要与她携手日暮天涯的归宿感。

然而，他心底有个声音总在提醒他，他的归宿不在这儿，他还有更远大更辉煌的梦想尚未实现。

曾经，在那天青草长的苦寒之地，在那黄沙飞舞着刀光剑影的战场，在那汗水和着鲜血与眼泪的硝烟里，他举剑刺向苍茫的天空，他发誓要用手中的宝剑与胯下的战马去征服世界，去实现一个辉煌的梦。

圆圆依然闭目念经，隔着袅袅青烟，吴三桂欣赏着她端庄而俏丽的容颜。就是这个女人，让他冲冠一怒引清兵入关；也是这个女人，让他目睹三十八位亲人的头颅一个个掉在自己的脚下。而今，他不能因为这个女人而毁了那个金碧辉煌、至高无上的梦。

吴三桂奇怪地想，到底是自己心狠，还是对陈圆圆的一片痴情？是她成就了自己，还是自己天生就有一副反骨？

反骨？想到这两个字，他心里骤然一惊，忙收敛起繁杂的思绪，轻轻咳嗽一声。

圆圆似从梦中惊醒，停下敲木鱼的手，抬眉见吴三桂笑微微地立在身边，没有惊喜，也没有厌烦。她放下佛珠与木鱼，淡淡笑道："王爷来了！王爷请到隔壁书房用茶。"

吴三桂仔细端详着她，笑道："爱卿的气色比往日好了许多。"

"托王爷洪福！给了贱妾这样一个清修之所！"圆圆笑道："今儿王爷想喝哪种茶？"

"就喝普洱吧。"

圆圆唤春桃烧滚水沏茶。

"爱卿，本王要做一番大事，日后不能常来看你，你要保重自己的身子骨。待大事一成，爱卿便可贵为皇后了。"

圆圆心里惊愕，却并不问缘故，只朝吴三桂跪下，叩首道："贱妾命贱福薄，如果荣华至极，唯恐折了贱妾的阳寿。此处虽好，毕竟是在王府之内。还是恳请王爷另寻一处幽静之所，以成全贱妾长斋绣佛的愿望！"

吴三桂皱眉道："本王一直以为，你虽出身低微，却有着高远的心志。如今连至高至贵至尊之位都不能吸引你，难道你真是看淡了尘世间的一切？对眼前的荣华富贵无欲无求？"

圆圆依然匍匐在地，不肯起来。

吴三桂弯腰扶起她，叹道："本王知道无法挽留你，两月前，已在野园之外寻了一处清幽之地，专为爱卿修一座庙宇，大约下月底就可完工。"

陈圆圆又要跪下谢恩，被吴三桂一把拉住，拥进怀里。

陈圆圆挣脱出来，敛眉合掌道："王爷，这是佛堂清净之地。"

吴三桂环顾四周，悻悻地说："本王在自己的王宫之中，竟然不能跟自己的女人亲热！"

"王爷府中，虽不能说有佳丽三千，可美人也不胜枚举。莲儿、四面观音、八面观音等，都是绝色佳人，王爷好好看待她们吧！圆圆与王爷，尘缘已尽！"

吴三桂像是为自己辩解道："我找这么多女人至王府之中，为的是掩人耳目。人们都道我吴三桂不过是酒色之徒，而我则借此韬光养晦，这样或许能解除朝廷长期以来对我的猜疑。"

圆圆轻轻道："恐怕朝廷并没有因为王爷的女人众多而解除对王爷的猜疑。"

吴三桂皱眉道："爱卿说的是，朝廷派出的使者快到昆明了，虽然不知道他们的确切来意，却也不能排除来窥探我的动机。"

圆圆有些迟疑地问："王爷，如果朝廷一旦撤藩，王爷将作何打算？"

一直以来，吴三桂都不敢小瞧了陈圆圆。此刻，当她一语道出他心中的那份忧虑，他唯一的一个念头就是：赶快逃离这个女人！

为什么她总能窥探到他内心深处的秘密？为什么她对他的依恋一去无踪？还有什么是她不知道的？朝廷撤藩他要反，朝廷不撤藩，他也要反，他要实现那个辉煌而至高无上的梦。

离开陈圆圆的小楼，他心事重重地走在林间小径中。

回首再看绿林掩映中的小楼，蓦然间，他似乎明白了，为什么陈圆圆一而再，再而三地要求离开王府，离开这样幽静而奢华的清修之地。她一定是知道，他要做一番大事。成，她不享受吴家的荣华富贵；败，她也可以不承担他所带来的灭顶之灾。他抬手抹去额头上细密的汗珠，心里再一次对陈圆圆刮目相看。

初秋的午后，一场大雨把天空洗涤得像一匹泛着光的青缎子，把大山树林浸染得青翠欲滴。

雨后的阳光更明亮，风儿更清新，池塘的荷叶上，滚动着晶莹的水珠。那些湿了羽毛的鸟儿，梳理着羽毛，鸣声更加清脆悦耳。只有园中的花儿，在雨后显得委琐而无精打采。

陈圆圆望向窗外，那是一个不染尘埃的洁净世界，她似乎能听见大自然的呼吸。竹林摇曳，花香飘逸，清亮的水珠从叶片上滑落，如一弦一韵，如悠悠琴音。

她的心不再浮躁，不再沉溺于往日的苦痛与怨尤。随着大自然的韵律，往日躁动的心早已趋于宁静。她已经放下所有的执着与念想，告别了爱过的、恨过的、怨过的一切。

然而，她毕竟没有离开奢华的王府。这个看似纯洁幽静的环境，依然是吴三桂给她的。

这幢小楼，看似简洁，实则富贵已极。

在她住进来之前，吴三桂已安排好所有的用具，存放了极其名贵的字画与古董，还有给她的整箱的珠宝首饰，与永远也穿不完的绫罗绸缎。

那些侍候她的仆妇，在生活中，能想她没想到的，能做她想都想不到的所有事情，她依然过着饭来张口，衣来伸手的日子。

她要离开这儿，要向这个富贵已极，奢华已极的王府告别，寻一处真正的清净之所，伴着自然之音了此余生。

"夫人，"春桃的呼唤打断她的沉思，"小李广来了，在门外候着。"

圆圆忙道："快叫他进来说话。"

小李广进门向圆圆施礼，又后退两步，方开口道："回夫人的话，新建的寺庙已经完工。昨日，小的奉王爷之命去接玉林大师，大师现已在寺中。"

圆圆听说玉林法师已到寺庙，悬着的心顿时落位安定。

她看看身边的春桃，又看看小李广，笑着招手："小李广，你上前来，我有话说。"

小李广迟疑着，忐忑不安地上前两步。

圆圆笑道："听说你跟春桃是老乡？"

小李广答："回夫人的话，小的跟春桃姑娘是同乡。"

圆圆拉过春桃，让她跟小李广并排站在一处，笑道："春桃，你觉得我今儿能做个媒婆么？"

春桃的脸一下红到耳根，扭头就要走。

圆圆道："走了就没意思了。你整天小李广长，小李广短的，怎么？原来是我弄错了？原来你并不喜欢他？"

小李广听了前面的话，惊喜得一颗心狂跳，及听了后面几句，又如同当头浇了一盆冷水。

春桃不走了，却也没走近来，低头倚着门框，两只手指把一条乌黑粗壮的辫尾，缠来绕去。

"春桃，我见你与小李广挺般配的，又是同乡，我禀告王爷，让你俩成亲如何？"

春桃尚未开口，小李广一下跪倒在地，连连叩头道："多谢夫人！多谢夫人成全！"说毕，眼泪竟溢满眼眶。

圆圆忙叫他起来说话。

小李广起身道："夫人，小的自幼失了父亲，是母亲守寡把小的抚养成人，十八岁那年，正遇上王爷追赶李自成的残部，小的便随王爷东征西战，无暇顾及家中老母。自到云南后，就再也没有回去过，也不知老母亲是死是活。"

圆圆心里怜悯，转头问春桃："春桃，你愿意嫁给小李广么？"

春桃抬眼看了圆圆一眼，扭捏着不答。

圆圆挥一挥衣袖："姑娘家原应矜持、娴静，但在大事面前，应当落落大方，处事果断，而不是忸怩作态。"

春桃依然低头不语，小李广急切地看着她。

圆圆转向小李广："俗话说得好，强扭的瓜不甜。她既不愿意嫁给你，我请王爷在府中找一个模样俊俏，性情温顺的丫头配给你。你看这样可好？"

春桃抬头望向小李广，那眼神里有说不出的几重话语，几重意思。

小李广轻轻说："回夫人，小的还是喜欢春桃姑娘。"

圆圆冷笑一声："你喜欢她，她却不喜欢你。剃头挑子一头热，靠不住的。"

小李广尚未回答，春桃却急道："夫人，奴婢愿意嫁！"

圆圆笑道："你这丫头，你愿意嫁给谁呀？我可没听见你说要嫁给哪一个。"

春桃抬手指向小李广，羞红了脸："除了他还能有谁？"

小李广兴奋得不知所以，只搓着那一双骨节粗大的手。

圆圆起身走近春桃："择日不如撞日，明天就把你俩的事办了，我也就要离开这儿了。"

春桃又急道："夫人，奴婢不嫁了，奴婢跟着你，服侍你一辈子。"

圆圆叹道："傻丫头，你年纪轻轻的，跟着我干什么？"

"可是夫人，往后谁侍候你呢？"

"哪有出家人要人侍候的？再说我还不太老，手脚健全，日常生活中的琐事，我还能做。"圆圆笑着拉春桃走向衣橱，"这些衣裳都是极好的，有的只穿过一两回，有的还从未穿过。你的身量跟我差不多，就都送给你。"

春桃跺脚道："夫人，奴婢哪有福气穿这些好衣裳？"

"从明儿起，我就用不着这些五颜六色的衣裙了。你若不要，就送给其他丫头婆子。"

春桃求助似的望向小李广，小李广轻轻点头道："你就受了夫人的好意吧！"

"这才是了。往后，若想起我了，就去寺庙看我。从这儿去寺庙，应该不太远吧？"圆圆望向小李广，笑问。

小李广回道："夫人，不算太远，小的骑马只需一顿饭工夫。"

圆圆松口气道："好了，我再也没有牵挂了。春桃服侍了我几年，就如我的亲姐妹一般，把你交给小李广，我就放心了。"

春桃走近小李广，悄悄拉了他的衣袖，轻声道："跪下！"

两人跪下，向圆圆叩头谢恩。

圆圆忙弯腰拉二人起来。

小李广欲言又止。

圆圆道："小李广，你想说什么就说吧，不妨事的。"

小李广道："夫人，王爷不在府中。"

"王爷不在府中，我也可以做主替你俩办了婚事。"

"夫人，小的不是这个意思。"

"噢！"

原来，朝廷派来的使者，带来了朝廷的诏书。

诏书上说，平西王吴三桂献山海关、平李自成，又南征北战，功不可没，特晋封为平西王，封藩云南。今西南安定富硕，再留平西王在此，实在是有屈大才。即命吴三桂移镇关东，加封世袭。吴王向来忠心耿耿，必不负朝廷重托，诏书所到之日，吴王当积极部署诸般事宜，向朝廷奏报启程日期。

圆圆听了万分惊愕：朝廷来得好快啊！面上却不露声色地问："王爷率部起程去关东了？"

小李广道："是的，夫人。只是……"

圆圆双眉微蹙："只是什么？但说无妨。"

小李广轻声道："小的听众将言论，这次朝廷恐怕不是真的要王爷移镇关东。至于是什么，小的也说不出个道理来。"

圆圆若有所思，突然问："真的，我忘了问你，你怎么没随王爷去呢？"

小李广答："王爷启程时，命郭壮图将军留守云南，又命小的办妥夫人进寺庙的事后，就在郭将军麾下听任调遣。"

"噢！原来如此！那你跟春桃的事，就今夜办吧！好在你二人都是孤身在此，无须通知亲戚朋友，也不讲究排场。春桃，你看如何？"

春桃跪下哽咽道："奴婢既跟了夫人，夫人就是奴婢的亲人，奴婢听凭夫人安排。"

小李广道："小的与春桃原本都是穷苦人出身，今儿受夫人恩惠，哪里还敢奢望讲究与排场？能与春桃结为连理，是小人几世修来的福分！小的唯有多谢夫人成全，夫人的大恩大德，小的来世当牛做马再报！"

第二天，小李广驾了马车，与春桃送陈圆圆来到新落成的寺庙。

玉林法师为寺庙取名为"宏觉"，择日为陈圆圆受戒，并赐名"寂静"，又字"玉庵"。

三十四岁的陈圆圆剃度在莲台下。

从此，暮鼓晨钟，青灯黄卷……

注：

康熙十八年（1679 年），吴三桂在湖南即位，国号"周"，但不久病死。其部下拥立其孙为王，其孙年轻无能，吴军节节败退，退回云南。

康熙十九年（1680 年），清军攻入昆明，吴孙自杀。吴家男女老幼尽遭杀害，唯独圆圆幸免于难。但她的最终归宿众说纷纭。

据《庭闻录》记载：云南"城破，圆圆老死"。

据《平吴录》记载："陈沅不食而死。"

据《平滇始末》记载："陈娘娘与伪皇后俱自缢而死。"

《吴逆始末记》则有不同说法，认为陈圆圆已经出家。书曰："圆圆终事诸书未载，无可考见。道光庚寅太仓王后山幕游云南，于会垣西关外瓦仓庄三圣庙得晤圆圆第七代法孙见修，言出家始末甚详。"

"当吴逆将叛，圆圆以齿暮乞为女道士，于宏觉寺玉林大师座下茹度，法名寂静，字玉庵。迨吴逆殄灭遂遁迹于三圣庙，从之者伪昆阳牧妻李氏。因庵屋湫隘，辟地数弓，有康熙二十八年碑记可证，至康熙丁巳但化，年八十，立墓县华庙后。传有遗像二帧，一明时都人装，着红霞帔子，手执海棠花一枝，乃入宫时作也。一比丘尼趺坐蒲团，乃披薙发后作也。后山因摹像以归，并为之记，遍征题咏，其事遂传于世。"

在今人的研究中，陈生玺先生的说法较为可取："或许圆圆先曾为尼，但在吴三桂败后，圆圆已死则是事实。"